KB187454

외국인의 한국고전학 논저 선집 1

서양인의 한국고전학 선집 1

― 한국어의 발견과 한국의 구술문화 ―

역 주 자

이진숙   세명대학교 산학협력단 연구원
최성희   부산대학교 교양교육원 강사
장정아   부산대 학교 인문학연구소 전임연구원
이상현   부산대학교 인문학연구소 HK 교수

이 책은 2011년도 정부(교육과학기술부)의 재원으로 한국학중앙연구원
(한국학진흥사업단)의 지원을 받아 수행된 연구임(AKS-2011-EBZ-2101)

외국인의 한국고전학 논저 선집 1

서양인의 한국고전학 선집 1
- 한국어의 발견과 한국의 구술문화 -

초 판 인 쇄   2017년 11월 20일
초 판 발 행   2017년 11월 30일

역 주 자   이진숙·최성희·장정아·이상현
감 수 자   정출헌·권순긍·하상복·이은령·강영미
발 행 인   윤석현
발 행 처   도서출판 박문사
책 임 편 집   최인노
등 록 번 호   제2009-11호

우 편 주 소   서울시 도봉구 우이천로 353 성주빌딩 3층
대 표 전 화   02) 992 / 3253
전   송   02) 991 / 1285
홈 페 이 지   http://www.jncbms.co.kr
전 자 우 편   bakmunsa@hanmail.net

ⓒ 이진숙 외, 2017. Printed in KOREA

ISBN 979-11-87425-59-5   94810   정가 37,000원
       979-11-87425-58-8   94810(set)

외국인의 한국고전학 논저 선집 1

서양인의 한국고전학 선집 1
— 한국어의 발견과 한국의 구술문화 —

이진숙·최성희·장정아·이상현 역주

정출헌·권순긍·하상복·이은령·강영미 감수

한국에서 외국인 한국학에 대한 연구는 지금까지 주로 외국인의 '한국견문기' 혹은 그들이 체험했던 당시의 역사현실과 한국인의 사회풍속을 묘사한 '민족지(ethnography)'에 초점이 맞춰져 왔다. 하지만 19세기 말~20세기 초 외국인의 저술들은 이처럼 한국사회의 현실을 체험하고 다룬 저술들로 한정되지 않는다. 외국인들에게 있어서 한국의 언어, 문자, 서적도 매우 중요한 관심사이자 연구영역이었기 때문이다. 또한 그들 역시 유구한 역사를 지닌 한국의 역사·종교·문학 등을 탐구하고자 했다. 우리가 이 책에 담고자 한 '외국인의 한국고전학'이란 이처럼 한국고전을 통해 외국인들이 한국에 관한 광범위한 근대지식을 생산하고자 했던 학술 활동 전반을 지칭한다.

『서양인의 한국고전학 선집－한국어의 발견과 한국의 구술문화』는 1880년~1920년대 사이 출판된 단행본 혹은 국내 및 재외학술지에 수록된 서구인들의 대표적인 한국고전학 논저들을 엮어 놓은 것이다. 외국인의 한국고전학이란 전체적 얼개와 맥락에서 본다면 이 시기의 가장 중요한 특징은 한문과 국문의 언어가 공존하는 한국의 전근대 언어질서에 서구인의 언어가 개입하는 모습이라고 말할 수 있다. 문호개방과 함께 서구인들에게 한국어, 한국고전의 세계가 발견되며, '언어 간 번역'이란 구도 속에서 한국의 고전이 재배치되는 시기이다. 한국학의 담당주체란 측면에서 본다면, 1880년에서 1910년 사이 외국인의 한국고전학은 파리외방전교회 및 재외의 동양학자들이 열어 놓은 한국학적 업적을 한국주재 외교관과 개신교 선교사가 공유, 계승하는 시기이다. 그렇지만 가장 주목해야 될 한국학의 담당주체는 역시 한국의 개신교선교사 집단과 그들의 학술네트워크이다. 국내에서 발간한 그들의 영미정기간행물 3종(*The Korean Repository, The Korea Review, Transactions of the Korean Branch of the Royal Asiatic Society*)은 당시 서구어로 씌어진 대표적인 한국학 학술지였기 때문이다.

여기에 수록된 서구어로 된 한국고전학 논저는 당시 한국의 구술문화를 탐구한 서양인의 한국학 논저이다. 그 시원은 그들의 한국어학 연구에 기반한 것으로, 이를 바탕으로 한국인의 구어와 한글이란 고유표기를 주목하여 속담, 설화, 고전시가, 고소설 등을 연구한 논저이다. 특히 한국의 문호가 개방된 이후 한국문화를 직접 체험할 수 있었던 외국인들은 과거 중국/일본 등에서 출현한 재외의 동양학자와는 변별된다. 특히 구한말 한국주재 외국인집단은 한국개신교선교사와 비교·대조 작업을 수행할 가장 적절한 대상이다. 한국주재 외교관이었던 애스턴(William George Aston, 1841~1911), 제임스 스콧(James Scott, 1850~1920), 모리스 쿠랑(Maurice Courant, 1865~1935), 한성 일어학당의 외국어교사였던 오카쿠라 요시사부로(岡倉由三郎, 1868~1936)가 그 대표적인 인물들이다. 그들의 한국학에 있어서의 초점은 한국어에서 '한국문헌'에 대한 탐구로 전환되는 양상을 보여주며, 19세기 말 한국도서의 출판·유통문화를 증언한 공통적인 모습을 보여주기 때문이다.

또한 한국문화의 중국문화에 대한 종속성을 강조하고, 자국어로 된 국민문학의 부재를 논하는 모습을 보여준다. 그렇지만 개신교선교사들은 이러한 당시의 지배적인 한국문학론에서 벗어나 한국적 고유성을 찾고자 하는 새로운 지향점을 보여준다. 그것은 개신교선교사들이 스스로 내걸었던 자신들의 정체성과 관계된다. 즉, 그들은 단순히 여행자의 시각이 아니라, 한국문화를 오랫동안 체험했던 내지인이란 입장에서 한국에 관해 이야기하고자 했기 때문이다. 이는 당시 개신교선교사가 지녔던 변별점, 특히 구한말 한국을 비교적 한정된 기간 동안 체험했던 외국인들과는 다른 차이점으로 인하여 가능했다. 그것은 한국인에게 한국어로 성서를 번역해야 했으며 복음을 전파해야 했던 한국개신교선교사의 특수한 입장과 처지이다. 즉, 개신교선교사들에게 한국문학은 서구의 근대분과학문이란 관점에서 논할 연구대상일 뿐만 아니라, 그들의 복음전파를 위해 참조해야 될 일종의 문학적 형식이자 전범이었기 때문이다.

목차

일러두기

1. 저자명, 논저명, 간행물명, 권수, 호수, 출판지, 출판사, 출판연도 등 원문의 서지사항은 장제명 뒤에 병기했다.

2. 외국인명 또는 지명 표기는 외래어 표기법과 국립국어원 홈페이지에서 제공하는 '외래어 표기 용례'를 따랐다. 서양인명의 경우 해당 인명이 본서의 처음 나올 때에만 전부 ( )안에 병기하여 생몰년과 함께 모두 밝혀 적었고, 이후에는 생략했다. 다만, 해당 저술의 논자의 경우에는 각 논저의 첫 머리에 약식으로 다시 반복하여 밝혔다.

3. 서양서나 잡지가 거론될 때, 번역서 내지 일반화된 번역명이 있는 경우에는 이를 제명으로 제시했다.

4. 각 논저에 대한 이해를 제공하기 위해, '해제'를 수록했다. '해제'는 저자 소개, 논저의 전반적인 내용과 학술사적 의의, 저술 당시의 상황 등을 밝히도록 노력했다. 더불어 해당 논저를 상세히 분석한 논문을 참조문헌으로 제시했다.

5. 원문의 띄어쓰기, 들여쓰기, 행갈이 등은 가급적 변개하지 않았으며, 원문 자체에 포함된 오탈자, 오식 등은 수정하지 않은 채, 정정 내용을 주석으로 제시했다. 원문 저자의 각주는 각주에서 영어, 번역문 순으로 배치하고 [원주]라고 표시했다. 나머지 각주는 모두 역주자들의 것이다.

6. 원문의 번역은 직역을 원칙으로 했지만, 원문의 의미를 해치지 않는 범위에서 국문 문장에 가깝게 의역했다. 번역문의 ( )는 저자의 것(원문)이고, 번역문의 [ ]는 역주자가 추가한 것이다. 다만 프랑스어 번역문의 경우, 병기된 한자는 모두 역주자의 것이다.

제1부

외교관의 한국고전학과
한국고전의 발견

▌해제 ▌

제1부에 엮어 놓은 서양인의 한국고전학 논저는 파리외방전교회와 한국개신교 선교사 사이에 존재하는 구한말 한국주재 외교관들의 논저이다. 알렌(Horace Newton Allen, 1858~1932), 애스턴, 모리스 쿠랑, 스콧 등의 한국학 논저는 개신교선교사들의 한국학 논저와 동시기적 성과물이며 또한 서구인들에게 상호공유된 학술적 업적이었다. 일례로, 쿠랑의 『한국서지』(1894~1896, 1901)라는 기념비적 업적은 외국인의 참조논저가 전무한 상태에서 돌출된 것이 아니었다. 외국인들은 한국을 학술적 차원에서 이미 논하고 있었다. 이는 한국이 아닌 '在外의 공간'에서 '외국어로 한국이 논해지고 있던 지점'으로, 쿠랑이 공유했던 학술 네트워크이며 그의 저술이 유통되는 시공간이었다. 미국 외교관 알렌, 영국의 외교관이었던 애스턴과 스콧은 쿠랑과 동시기 한국, 한국의 출판문화를 체험했으며, 재외의 한국학적 업적을 남긴 중요한 인물이라고 평가할 수 있다.

한국고소설을 최초로 영역한 알렌과 대비해볼 때, 애스턴, 스콧은 동양학자란 면모를 더 많이 지니고 있었다. 일례로, 두 사람의 한국어학 논저는 쿠랑의 『한국서지』 「서설」의 중요한 참고논저이기도 했다. 쿠랑의 한국학에 관한 연구사적 개괄에서도 두 사람의 한국어학에 관한 공헌은 개신교선교사들의 업적과 함께 중요하게 거론된다. 나아가 애스턴은 쿠랑이 참조한 한국문학(고소설)에 관한 논저를 남겼다. 또한 그는 장서가로서의 면모도 지니고 있다. 그가 수집한 문고와 서적들은 오늘날 러시

아의 동방학연구소에 소장되어 있다. 이들 외교관들의 한국고
전학 논저가 지닌 특징은 크게 세 가지로 정리할 수 있다. 첫째,
논문을 발표한 지면이 한국에서 발행되는 정기간행물이 아니
라, 재외에서 발행된 서구인의 동양학 관련 잡지였다는 점이다.
둘째, 파리외방전교회의 신부들이 남겨놓은 업적을 기반으로
이들의 연구가 진행된 점이다. 셋째, 한국고전을 서구의 언어·
문헌학(Philology)이란 연구방법론으로 조명한 점이다.

정리하자면, 구한말 한국주재 외교관들은 한국개신교선교사
들과 동시기 한국고전의 문화생태를 체험했으며, 한국고서 수
집 및 조사작업을 수행했으며, 한국어에 대한 관심이 한국문헌
전반으로 심화된 연구경향을 보여준다. 이들의 연구로 인해 한
국학 담론에 있어 그 정당성의 근거가 한국 측 문헌에 기반하게
되며, 이는 외국인의 한국고전학이 시작됨을 의미한다.

┃참고문헌 ─────

국외소재문화재재단 편, 『러시아와 영국에 있는 한국전적』 1-3, 보고
　　　　사, 2015.
김성철, 「19세기 후반~20세기 초반 서양인들의 한국 문학 인식 과정
　　　　에서 드러나는 서구 중심적 시각과 번역 태도」, 『우리문학연
　　　　구』 39, 2013.
박재연·김영, 「애스틴 구장 번역고소설 필사본 『隨史遺文』 연구: 고어
　　　　자료를 중심으로」, 『어문논총』 23, 2004.
박진완, 「러시아 동방학연구소 애스틴 문고의 한글자료」, 『한국어학』
　　　　46, 2010.
부산대학교 인문학연구소·점필재연구소, 콜레주 드 프랑스 한국학연
　　　　구소 편, 『『콜랭 드 플랑시 문서철』에 새겨진 젊은 한국학자의

초상』, 소명출판, 2017.

이상현, 『묻혀진 한국문학사의 사각-외국인의 언어·문헌학과 조선후기-식민지 언어문화의 생태』, 박문사, 2017.

이상현, 『한국 고전번역가의 초상-게일의 고전학 담론과 고소설 번역의 지평』, 소명, 2013.

이상현, 윤설희, 『주변부 고전의 번역과 횡단 1, 외국인의 한국시가 담론 연구』, 역락, 2007.

정병설, 「러시아 상트베테르부르크 동방학연구소 소장 한국 고서의 몇몇 특징」, 『규장각』 34, 2013.

황호덕·이상현, 『개념과 역사, 근대 한국의 이중어사전』 1-2, 박문사, 2012.

제1장

설화와 고소설 번역을 통해, 한국문명을 세계에 알리다

- 미국공사 알렌, 『한국설화집』(1889) 서문

H. N. Allen, "Preface," *Korean Tales - Being a Collection of Stories Translated from the Korean Folk Lore*, New York & London: The Nickerbocker Press, 1889.

▌해제▐

　알렌(H. N. Allen, 1858~1932)은 1884년 9월 장로교 의료선교사로 내한한 후, 주한 미국공사관의 서기관·대리공사·전권공사 등을 역임하면서 1905년 5월 공사직에서 해임, 귀국할 때까지 외교관으로 21년간 한국을 체험한 인물이다. 알렌의 『한국설화집』(1889)은 비록 축역이며 의역의 형태이지만, 한국의 고소설을 영역한 최초의 사례이며 또한 동시에 한국설화가 단행본 형태로 출간된 최초의 자료선집이란 학술사적 의미를 지니고 있다. 모리스 쿠랑은 『한국서지』에서 한국고소설 관련 부분을 작성함에 있어, 알렌의 영역본을 참조했음을 밝힌 바 있다. 홍종우(洪鍾宇, 1850~1913)의 한국고소설 불역본이 출판되었을 때도

17

애스턴과 쿠랑은 알렌의 영역본이 오히려 한국고소설을 온당히 번역한 사례로 평가한 바 있다.

그의 저술 Ⅰ~Ⅱ장에는 한국과 수도 서울에 대한 간략한 소개글이 있다. Ⅰ장 「서설: 국가, 국민, 정부」(Introductory: The Country, People, and Government)에서는 한국의 지리와 기후, 인구, 국토, 광물, 자연경관, 정치제도, 세금·화폐·토지·호패제도, 의식주, 건축, 신분제도, 과거제도 및 한국인들의 성격과 언어·종교, 선교사들이 온 이후 신앙, 교육, 문물의 변모, 과거 그리고 현재 중국과 한국의 관계에 대해 소개했다. Ⅱ장 「묘사: 수도 안과 주변의 풍경」(Description: Sights in and about the Capital)에는 서울이 한국에서 차지하는 중심적인 위상과 그 내력, 인구와 거주양상, 도로와 수로, 가옥, 白衣의 옷차림, 가정생활, 서울의 정경, 궁궐과 왕실에 대하여 이야기 했다. Ⅲ장 이후 설화와 고소설이 다음과 같이 수록되어 있다.

수록제명	해제
Ⅲ. The Rabbit and Other Legends Stories of Birds and Animals (토끼와 기타 전설. 조류와 동물 이야기)	• 일반적인 식물·동물들에 대한 설명·꾀꼬리 전설·궁녀와 관원의 애절한 사랑 이야기·鳥類에 대한 俗信·제비(흥부놀부의 略述)·토끼전
Ⅳ. The Enchanted Wine Jug Or, Why the Cat and Dog are Enemies? (마법의 술병, 고양이와 개가 원수가 된 이유)	• 犬猫爭珠 설화
Ⅴ. Ching Yuh and Kyain Oo The Trials of Two Heavenly Lovers (견우직녀, 두 천상배필의 시련)	• 견우직녀 설화와 <백학선전>을 교합.

수록제명	해제
VI. Hyung Bo and Nahl Bo Or The Swallow-King's Rewards (흥부놀부, 제비 왕의 보은)	• <흥부전>(경본25장본 혹은 20장본)의 번역
VII. Chun Yang, The Faithful Dancing-Girl Wife (춘향, 충실한 기생 부인)	• <춘향전>(경본30장본 이하)의 번역
VIII. Sim Chung, The Dutiful Daughter (심청, 효성스러운 딸)	• <심청전>(경판24장본(한남본))의 번역
IX. Hong Kil Tong Or, The Adventures of an Abused Boy (홍길동, 학대당한 소년의 모험)	• <홍길동전>의 번역

　상기 알렌의 고소설 번역이 쿠랑, 애스턴에게 상대적으로 좋은 평가를 받은 점은 그 변용양상은 어디까지나 서구인 독자를 배려한 일종의 문화의 번역이었기 때문이다. 또한 알렌은 반-미개인(semi-savage people)이라고 잘못 인식되던 당시의 한국(인)을 변호하려고 했다. 이 점은 우리가 번역한 알렌의 서문이 잘 말해준다. 즉, 알렌은 개항 이후 한국을 지나가는 외국인들의 단편적인 소감에 폄하되는 한국의 형상을 바로잡으려고 했다. 알렌은 설화라는 지평에서 고소설을 번역했으며, 그가 체험했던 한국문화의 지평에서 변개를 수행했던 셈이다. 즉, 서구 독자의 취향과 시장을 염두에 둔 홍종우, 로니의 불역본과 달리, 알렌의 텍스트 변용과 그 지향점은 어디까지나 진실하며 진정한 한국의 모습을, 서구에 알리는 것에 있었기 때문이다.

▍참고문헌 ─────────
구자균, 「Korea Fact and Fancy의 書評」, 『亞細亞硏究』 6(2), 1963.

오윤선, 「근대 초기 한국설화 영역자들의 번역태도 연구」, *Comparative Korean Studies* 20(1), 2007.

오윤선, 『한국 고소설 영역본으로의 초대』, 집문당, 2008.

이상현, 『묻혀진 한국문학사의 사각-외국인의 언어·문헌학과 조선후기-식민지 언어문화의 생태』, 박문사, 2017.

이상현, 『한국고전번역가의 초상, 게일의 고전학 담론과 고소설 번역의 지평』, 소명출판, 2013.

이상현, 윤설희, 『주변부 고전의 번역과 횡단 1, 외국인의 한국시가 담론 연구』, 역락, 2007.

이진숙, 김채현, 「게일의 미간행 육필 <백학선전> 영역본 고찰」, 『열상고전연구』 54, 2016.

이진숙, 이상현, 「『게일 유고』 소재 한국고전번역물(3): 게일의 미간행 육필 <홍길동전> 영역본에 대하여」, 『열상고전연구』 51, 2016.

임정지, 「고전서사 초기 영역본(英譯本)에 나타난 조선의 이미지」, 『돈암어문학』 25, 2012.

조희웅, 「韓國說話學史起稿—西歐語 資料(第Ⅰ·Ⅱ期)를 중심으로」, 『동방학지』 53, 1986.

전상욱, 「<춘향전> 초기 번역본의 변모양상과 의미 - 내부와 외부의 시각 차이」, 『고소설연구』 37, 2014.

최지지, 「알렌 『토끼전』 영역과정에서의 변개지점에 대한 연구」, 『국어국문학』 180, 2017.

Preface.

서문

Repeatedly, since returning to the United States, people have asked me, "Why don't you write a book on Korea?" I have invariably replied that it was not necessary, and referred the inquires to the large work of Dr. Griffis, entiled "Corea, the Hermit Kingdom," which covers the subject in a charming manner.

미국으로 돌아온 후 나는 "한국에 대한 책을 써보지 그러느냐?" 는 요청을 계속 받았다. 그 때마다 나는 한국을 매력적인 방식으로 다루고 있는 그린피스 박사의 방대한 저술인 『은자의 나라 한국』[1]이 있으므로 새로운 책이 필요하지 않을 것이라고 대답해왔다.

My object in writing this book is to correct the erroneous impressions I have found somewhat prevalent—that the Koreans were a semi-savage people. And believing the object could be accomplished best in displaying the thought, life, and habits of the people as portrayed in their native lore, I have made these translations, which, while they are so chosen as to cover various phases of life, are not to be considered as especially selected.

그럼에도 내가 이 책을 쓰게 된 목적은 한국인이 반-미개민족이 라는 다소 널리 퍼져있는 한국에 대한 잘못된 인상을 바로잡기 위해 서이다. 나는 이 목적을 가장 잘 달성할 수 있는 방법이 한국의 토착 설화 속에 나타난 한국인의 사상과 삶, 그리고 습관을 보여주는 것 이라고 생각하고, 저서 대신에 번역을 선택했다. 따라서 이 번역 선

---

1 W. E. Griffis, *Corea, the Hermit Nation,* London: W. H. Allen & Co. 1882.

집은 우수 작품만을 선별한 것이 아니라 한국인의 삶의 여러 측면들을 두루 담아낼 수 있는 작품들로 이루어졌다.

I also wished to have some means of answering the constant inquires from all parts of the country concerning Korean life and characteristics. People in Washington have asked me if Korea was an island in the Mediterranean; others have asked me if Korea could be reached by rail from Europe; others have supposed that Korea was somewhere in the South Seas, with a clime that enabled the natives to dispense with clothing. I have therefore included two chapters, introductory and descriptive in character, concerning the subjects of the majority of such questions.

나는 또한 미국 각 처의 사람들이 한국인의 삶과 특징에 대해 계속해서 질문할 때마다 대답할 어떤 방법이 있었으면 했다. 한국이 지중해상의 섬이 아닌지 물어보는 워싱턴 사람도 있었고 기차를 타고 유럽에서 한국으로 갈 수 있는지 묻는 사람들도 있었다. 또 어떤 사람들은 한국이 옷을 입지 않아도 되는 따뜻한 기후의 남태평양 어딘가에 위치해있다고 생각하기도 했다. 그래서 나는 이러한 주제와 관련하여 두 장을 삽입하여, 한 장에서는 한국을 소개했고, 다른 장에서는 한국의 특징을 기술했다.

"Globe trotters," in passing from Japan to North China, usually go by way of the Korean ports, now that a line of excellent Japanese streamships covers that route. These travellers see the somewhat barren coasts of Korea-left so, that outsiders might not be tempted to come to the then hermit country; perhaps they land at Chemulpoo(the port of the capital, thirty miles distant), and stroll through the rows of miserable, temporary huts, occupied by the stevedores, the pack-coolies, chair-bearers, and other transient scum, and then write a long article descriptive of Korea. As well might they describe America as seen among the slab shanties of one of the nearest western railroad towns, for when the treaties were formed in 1882 not a house stood where Chemulpoo now stands, with its several thousand regular inhabitants and as many more transients.

일본에서 출발하여 북중국으로 가려는 "세계 여행자들"은 일본의 고속 증기선의 노선이 한국을 거쳐 가기 때문에 주로 한국의 항구를 경유한다. 여행자들은 다소 황폐한 한국의 해안을 보고 바로 떠나기 때문에 외지인들이 은둔의 나라를 방문해보고 싶은 욕구를 느끼지 않을 것이다. 내가 추측하기로 그들은 제물포(Chemulpoo, 수도에서 30마일 떨어진 항구)에 착륙하여 부둣가 인부, 짐꾼, 가마꾼 그리고 뜨내기들이 사는 초라한 임시 오두막이 늘어선 곳을 둘러보고 한국을 묘사하는 장문의 기사를 내보낼 것이다. 그러나 이것은 미국 서부로 가는 기차를 타고서 철도에서 가장 가까운 마을의 슬래브 판잣집들을 보고서 미국을 묘사하는 것과 다를 바가 없다. 지금의 제물포에는 수천 명의 주민이 살고 있고 그보다 더 많은 단기 체류자들이 거주하고 있지만, 1882년 조약이 체결될 당시 제물포에는 집도

한 채 없었기 때문이다.

H. N. Allen.

H. N. 알렌

Washington, D. C., July 1, 1889.

1889년 7월 1일 워싱턴 D.C.에서

제2장

한국고소설을 통해,
한국민족문학의 부재를 논하다

- 영국외교관 애스턴, 「한국의 대중문학」(1890)

W. G. Aston, "On Corean popular literature," *Transactions of the Asiatic Society of Japan* 18, 1890.

애스턴(W. G. Aston)

| 해제 |

애스턴(W. G. Aston, 1841~1911)은 대한제국 시기인 1884~1886년 사이 한국주재 영국 총영사를 역임했던 인물로 당대 외국인 사이에 저명한 일본학자였다. 그는 1864년부터 25년 동안 일본주재 영국 영사관으로 근무했으며, 1872년 일본아시아학회의 설립자 중 한 사람이었다. 그는 다수의 일본학 관련 논저를 비롯하여 일본어문법서(1872), 일본 역사를 소개했으며(1896), 영어로 씌어진 『일본문학사』(1899)를 집필한 바 있고, 일본의 종교인 신도에 관한 저술(1905)을 편찬한 바 있다. 그렇지만 그의 동양학 연구의 완성을 위해 1870년경부터 한국어를 학습했으

25

며 한국서적을 수집했으며, 다수의 한국학 논저도 제출했다. 일
례로, 한국어의 계통론과 관련하여 한일 양국어의 동계설을 주
장한 국어사적으로도 큰 의미를 지닌 한국어학논저, 임진왜란
을 다룬 역사학 논저, 한국의 고소설을 주목한 문학논저 등은
이 시기를 대표하는 외국인의 한국학논저라고 평가할 수 있다.

「한국의 대중문학」(1890)은 그가 체험했던 19세기 말 한국서
적의 출판·유통문화, 한국인의 어문생활에 대한 중요한 증언이
담겨져 있다. 또한 한국고소설과 관련하여 <장화홍련전>의 줄
거리 요약, <임진록>에 대한 발췌번역, <숙향전>에 관한 주석
상의 짧은 언급이 보인다. 마지막으로 한국의 구전설화 1편을
영어로 그 한국어발음을 전사했으며 번역한 내용이 있다. 애스
턴은 이 글에서 한국의 고소설을 근대국민국가의 민족문화란
관점에서 그 의미를 부여하고자 했다. 그는 한국고소설을 문예
성이 결핍된 것이며 또한 민족문학으로서 고유한 특징을 드러
내주지 못하는 작품으로 규정했다. 이러한 그의 논리는 당시에
서구인들에게 통념이었던 일종의 한국문학부재론을 보여준다.
그 중심논지와 결론을 보면, 중국고전 중심의 한문문학이 지배
적인 위치에 있었고 국문(언문·한글)은 위상이 낮고 널리 활용되
지 못했기에, 국민문학이라는 차원에서 이야기할 수 있는 한국
의 고유성과 수준 높은 문예미를 보여주는 국문문학이 없다는
것이기 때문이다.

┃참고문헌

국외소재문화재재단 편, 『러시아와 영국에 있는 한국전적』 1-3, 보고사,

2015.

김성철, 「19세기 후반~20세기 초반 서양인들의 한국 문학 인식 과정에서 드러나는 서구 중심적 시각과 번역 태도」, 『우리문학연구』 39, 2013.

김승우, 「19세기말 서구인 윌리엄 G. 애스턴의 한국문학인식」, 『동양고전연구』 61, 2015.

박재연·김영, 「애스턴 구장 번역고소설 필사본 『隨史遺文』 연구: 고어 자료를 중심으로」, 『어문논총』 23, 2004.

박진완, 「러시아 동방학연구소 애스턴 문고의 한글자료」, 『한국어학』 46, 2010.

이상현, 『묻혀진 한국문학사의 사각-외국인의 언어·문헌학과 조선후기-식민지 언어문화의 생태』, 박문사, 2017.

이상현, 『한국 고전번역가의 초상-게일의 고전학 담론과 고소설 번역의 지평』, 소명, 2013.

이상현, 윤설희, 『주변부 고전의 번역과 횡단 1, 외국인의 한국시가 담론 연구』, 역락, 2007.

이준환, 「조선에서의 한국어학 연구의 형성과 전개에 영향을 끼친 유럽과 일본의 학술적 네트워크 탐색」, 『코기토』 82, 2017.

정병설, 「러시아 상트베테르부르크 동방학연구소 소장 한국 고서의 몇몇 특징」, 『규장각』 34, 2013.

황호덕·이상현, 『개념과 역사, 근대 한국의 이중어사전』 1-2, 박문사, 2012.

小倉進平, 『朝鮮語學史』, 刀江書院, 1940.

楠家重敏, 『W.G.アストン 日本と朝鮮を結ぶ學者外交官』, 丸善雄松堂, 2005.

The popular literature of Corea has received little attention from European scholars. Nor is it much honoured in its own country. It is conspicuously absent from the shelves of a Corean gentleman's library, and is excluded even from the two bookshops of which Soul boasts, where nothing is sold out but works written in the Chinese language. For the volumes in which the native Corean literature is contained, we must search the temporary stalls which line the main thoroughfares of the capital or the little shops where they are set out for sale along with paper, pipes, oilpaper, covers for hats, tobacco pouches, shoes, inkstones, crockery—the *omnium gatherum*, in short, of a Corean 'General Store.' Little has been done to present them to the public in an attractive form. They are usually limp quartos, bound with coarse red thread in dirty yellow paper covers, after the manner with which we are familiar in Japan. Each volume contains some twenty or thirty sheets of a flimsy grayish paper, blotched in places with patches of other colours, and sometimes containing bits of straw or other extraneous substances, which cause grave difficulties to the decipherment of the text. It is not unfrequently a question whether a black mark is part of a letter or only a bit of dirt. One volume generally constitutes an entire work. There are no fly leaves, no title-page, no printer's or publisher's name and no date or place of publication. Even the author's name is not given. The printer's errors are numerous, and the perplexity they occasion is increased by the confusion of the spelling. For the word 'orthography' has no meaning in Corea, any more than it had in England four hundred years ago. Every writer spells as seems good in his own eyes, and persons and provincial peculiarities are always traceable. There is no punctuation, and nothing to show where one word ends and another begins. A new chapter or paragraph is indicated, not by any break in the printing, but by a circle, or by the very primitive device of inserting the 'words change of subject.'

한국대중문학은 유럽 학자들의 관심을 받지 못했고, 자국에서도 평판이 좋지 않다. 분명히 한국 양반의 서가에 꽂혀있지 않으며, 서울에서 가장 유명한 두 서점에서도 완전히 배제당해서 거기서는 한문 서적만 판다. 이를 구하려면 서울의 주요 도로를 따라 늘어선 임시 가판대를 뒤지거나, 소상점을 방문해야 한다. 소위 한국의 '잡화점'인 이 소상점은 이들 책을 종이, 담뱃대, 기름종이, 모자 덮개, 담배 주머니, 신발, 벼루, 그릇 등과 같은 '만물잡화'와 함께 진열해서 판매한다. 책을 매력적인 형태로 만들어 대중에게 선보이려는 노력도 보이지 않는다. 대부분의 책은 너덜너덜한 사절판에, 표지는 더러운 노란 종이로 되어 있고, 조악한 빨간색 실로 제본을 했다. 이는 우리에게 익숙한 일본 책의 편찬방식이다. 각 권은 약 20-30장 정도의 조잡하고 희끄무레한 종이로 되어 있고, 다른 색깔의 종이를 덧대어 얼룩처럼 보이며, 때로 짚이나 이상한 물질들이 들어 있어 텍스트 파악이 매우 어렵다. 까만 점은 글자의 부호인지, 얼룩인지 종종 구분이 힘들다. 대개 한 권에 한 작품 전체를 싣는다. 표지 다음에 공지도 삽입하지 않으며, 속표지, 인쇄소명 혹은 출판사명, 발행 날

짜나 발행 장소도 없다. 심지어 저자명도 없다. 인쇄 오류는 수없이 많고, 철자법이 통일되어 있지 않아서 더욱 당혹스럽다. 4백 년 전 영국과 마찬가지로 '맞춤법'이라는 단어는 한국에서는 아무런 의미가 없다. 모든 작가들은 자기 눈에 좋아 보이는 대로 글자를 적기 때문에 항상 개인과 지방의 특이성을 추적할 수 있다. 마침표가 없고, 한 단어의 끝과 다른 단어의 시작을 나타내는 장치가 없다. 새로운 장이나 단락은 편집할 때 공란을 넣어서 구분하지 않고, 원을 넣거나 매우 원시적인 장치인 '각설'(words change of subject)이라는 단어를 삽입하여 구분한다.

The character used is a cursive form of the *Onmun*, an alphabetical form of writing which has been in use in Corea for several hundred years. It is a simpler form of the same script to which some Japanese writers have attributed a Japanese origin, styling it the 'character of the age of the Gods.' To those who are familiar only with the more distinct form of this writing used in some printed books, the cursive character is almost, or even illegible. There are numerous contractions, some almost undistinguishable from each other, and the letters run into one another, so that it is hard to know where one ends and another begins. When to these difficulties are added printer's mistakes, erratic spelling, or *lacunae* produced by hole in the paper, the most enthusiastic student may sometimes be tempted to pass on in despair, leaving a *hiatus valde deflendus* in the story.

한국대중문학은 한국에서 몇 백 년 동안 사용되어 온 알파벳 형태의 문자인 언문(Onmun)을 필기체로 쓴 것이다. 언문은 몇몇 일본 작가들이 일본어의 기원으로 삼는, '신대문자(character of the age of the Gods)'라 부르는 것과 같은 문자이지만 좀 더 단순한 형태다. 언문 인쇄본의 명확한 문자 형태에만 익숙한 사람들은 언문의 필기체를 거의 읽지 못하거나 아예 알아보지도 못한다. 축약이 수도 없이 많아 어떤 문자는 서로 구분이 되지 않으며, 한 글자에서 다음 글자로 이어서 썼기 때문에 어디서 글자가 끝나고 다음 글자가 시작되는지 알기 어렵다. 이러한 어려움에다 인쇄 오류, 불규칙한 철자, 또는 종이에 난 구멍으로 인한 '공백'이 더해지면, 가장 열정적인 학생조차도 절망하여 이야기를 부실한 대로 그냥 덮어 두고 넘어가고 싶은 유혹을 느낄 때가 종종 있다.

The use of an alphabetical character for a language highly charged with Chinese words, is a circumstance which has an obvious bearing on the movement now in progress for the adoption of Roman letters, or Japanese *kana*, in writing Japanese. Here we have a literature where not a single Chinese character is used except for the paging. This example seems, and no doubt, encouraging to the promoters of these systems, but it should be noted that no scientific, theological, or other learned work is or can be written in this manner. Beyond a certain point the *Onmun* alone is unintelligible. Even in the ordinary popular tales, I suspect that many of the Chinese words are not understood by the average reader. I once asked a Corean, who had been a small official and who was recommended to me as a teacher, to insert the Chinese characters at the side of the *Onmun* in a not very difficult book. The ludicrous errors he fell into showed that he did not more than half understood what was before him. In his case the difficulty was not with the *Onmun*, which he knew quite well; but without the help of the Chinese character many Corean words derived from the Chinese were to him empty sounds. Many Corean gentlemen, some of them distinguished scholars, are entirely unacquainted with their national script. It can hardly therefore be quoted as a wholly successful application of a phonetic system of writing to a language abounding in words of Chinese origin.

　　한자어가 다량 포함된 한국어에서 알파벳 문자인 언문을 사용하는 것은, 일본에서 로마자를 쓰거나 일본어인 '가나'를 채택하려는 현재진행 중인 운동과 분명히 관련이 있는 움직임이다. 그런데 언문 문학은 쪽 번호를 제외하곤 단 하나의 한자도 사용하지 않는 문학이다. 언문을 장려하는 이들에게는 이것이 고무적인 일이 분명하겠지만, 어떠한 과학과 종교 그리고 기타 학문도 언문만으로 쓰였거나 쓸 수 없다는 것에 주목해야 한다. 어떤 지점을 넘어가면 언문만으로는 이해할 수 없다. 나는 보통의 독자들은 일반 대중 설화에 나오는 한자어를 대부분 이해하지 못하리라 생각한다. 한번은 나의 교사로 추천된 한국인 하급 관리에게 그렇게 어렵지 않은 언문 옆에 한자를 병기해보도록 청했다. 그가 한 터무니없는 실수로 보아 그는 앞에 놓인 책의 절반도 제대로 이해하지 못하는 걸 알 수 있었다. 그는 언문을 잘 알았기에 그가 겪은 어려움은 언문 때문이 아니었다. 한자의 도움이 없으면 그에게 한자어에서 파생한 많은 한국 단어들은 단지 공허한 소리에 불과했다. 일부 한국의 양반들은 뛰어난 학자이지만 국가의 표기인 언문을 전혀 모르는 이가 많다. 한자어에 기원을 둔 단어가 많은 한국어에 언문과 같은 표음문자 체계를 적용한 것이 전적으로 성공적이었다고 보기 어렵다.

But let us now turn from the outward appearance of the popular books of Corea to their contents. Have we here under an unpromising exterior a literature of high artistic merit or at least displaying an interesting and independent national character in its folk lore, its poetry, or its drama? Truth compels us to answer no. The language is in the primitive condition of all languages before great writers have arisen to develop their literary capacities. We hardly expect to find epic poetry, and there is none. There is no thing even which corresponds to our ballads. There is no drama, and although I was told that there exists a native poetry, I was never able to discover any in print or manuscript, unless literal translations from the Chinese can be reckoned as such. There are numerous tales, a little history, abundantly spiced with fiction, a very few translations of Chinese standard works, and some moral treatises, which of course are also more or less Chinese. I have also seen a book of useful receipts, an interpreter of dreams, a book on the etiquettte of mourning, and a letter-writer. Hardly anything has a distinctively Corean character.

The trail of the Chinese serpent is over it all.

한국 대중 서적의 겉모습에서 그 내용으로 눈을 돌려 보자. 전혀 가망이 없어 보이는 외양에서 수준 높은 예술적 장점을 가진 문학, 혹은 그것의 민담이나 시 그리고 희곡에서 조금이라도 흥미롭고 독자적인 민족적 특징을 드러내는 문학을 발견할 수 있을까? 진실을 말한다면 '아니오'라고 할 수밖에 없다. 한국어는 모든 언어 중에서 원시적인 수준의 언어로, 위대한 작가가 나타나 문학적 능력을 발달시키기 이전 단계의 언어에 속한다. 서사시를 발견할 것이라고 기대하기도 어렵고, 사실 서사시도 없다. 우리의 서정시에 해당하는 것이 없고, 희곡도 없다. 한국 고유의 시가 있다고 들었지만, 이런 류의 시가 적힌 인쇄물이나 원고를 발견하지 못했다. 혹 시가 있다면 그것은 중국어를 문자 그대로 옮긴 것이다. 무수한 설화, 허구가 많이 가미된 역사서, 중국의 기본 서적을 번역한 극소수의 번역서, 역시나 다소 중국적인 도덕을 다룬 몇몇 논고가 있다. 나는 또한 실용적인 회계장부, 해몽서, 상중 예절서, 서간서를 보았다. 그러나 어떤 것도 한국의 고유한 특성을 나타내는 것은 없었다. 중국이라는 독사가 남긴 흔적이 모든 것 위에 드리워져 있었다.

These books have not even the merit of antiquity. I should say that few, if any, are more than 300 years old.

Perhaps nine out of ten Corean popular books are tales, of the ordinary character of which the following summary of the *Changhoa Hounyön chön* will give a good idea.[1]

이런 책들은 심지어 유물로서의 장점도 가지지 않는다. 혹 있다고 하더라도 300년 이상 된 것이 거의 없다.

한국 대중 서적의 열에 아홉은 아마도 평범한 수준의 설화이다. 다음의 <장화홍련전>(*Changhoa Hounyön chön*)의 요약이 이를 보여 주는 좋은 예가 될 것이다.

Changhoa and Hougnyön are two girls, daughters of a small noble of Cholsan. The birth of the elder is prognosticated by various miraculous appearances. The mother dies, and the father marries a hideous creature with all the moral qualities of the step-mother of fable. In the interests of her own son, the second wife persuades her husband by a very shallow device that the elder girl has misconducted herself, and has her expelled from home in the dead of night. The son by the second wife accompanies her to a lake, where he compels her to drown herself. The younger daughter learns what had happened from the ghost of her sister who appears to her in a dream, and, guided by a green bird, she proceeds to the lake where she also drowns herself. The peace of the neighborhood is now disturbed by their uneasy ghost, who come out to the bank of the lake and lament so that all who hear them weep bitterly. Then the younger ghost appears to the Perfect of the district, and frightens him to death.

---

1 This is not one of the best of its kind; a better one in every respect is the Syukhyang chön(<장화홍련전>은 이런 류의 작품 중 최고는 아니다. 모든 면에서 더 나은 작품은 <숙향전>이다)[원주].

The inhabitants leave their homes in terror. A new prefect is appointed; to whom ghost junior appears and recounts all the circumstances. He summons before him the wicked step-mother, but she obtains her acquittal by the same device by which she had previously deceived her husband. The same night there is another appearance of the ghost who reproaches the prefect for being so easily taken in. The latter then reports the facts to the Governor of the province, and the Governor memorializes the King. The King orders the wicked step-mother to be *lingshihed*, her son to be strangled, and an honorary tablet to be erected to the two drowned girls. Their bodies are recovered from the lake nothing the worse for their long immersion, and received decent burial. Then there is a fresh appearance of the ghosts to thank the prefect and to inform him that they have procured him promotion. The father of the girls marries a person in every respect a contrast to the wicked step-mother. The two girls are born over again from her, and, on reaching a marriageable age, are wedded to two young men who have just taken degree with honours. Everybody lives happy ever after.

장화와 홍련은 철산에 사는 소귀족의 두 딸이다. 큰딸이 태어나기 전 여러 신비로운 현상이 전조로 나타났다. 두 딸의 어머니는 죽고, 그 아버지는 우화에 등장하는 계모의 도덕적 자질을 모두 갖춘 무서운 여자와 결혼한다. 계모는 자기 아들의 이익을 위해 매우 야비한 술수로 장녀 장화가 부정을 저질렀다고 남편에게 거짓을 말한다. 이에 아버지는 장화를 칠흑 같이 어두운 밤에 집 밖으로 쫓아낸다. 계모의 아들은 장화를 호수로 데려가서 물에 빠져 죽을 것을 강요한다. 홍련은 언니의 유령이 꿈에 나타나 언니가 죽은 경위를 알게 되고, 푸른 새를 따라 호수로 가서 그녀 또한 물에 빠져 자살한다. 이제 평온했던 마을은 그들의 한 맺힌 유령으로 인해 혼란스러워진다. 그들은 호수의 둑 밖으로 나와 비탄에 잠겨 울고 그 소리에 모두들 서럽게 운다. 동생의 유령인 홍련이 물 밖으로 나와 그 지방의 부사 앞에 모습을 드러내자 부사는 유령의 모습에 너무 놀라서 죽음에 이른다.

마을 사람들이 공포에 질려서 고향을 떠난다. 신임 부사가 부임하자 홍련의 유령이 다시 그 앞에 모습을 드러내고 모든 정황을 이야기한다. 부사는 사악한 계모를 소환하지만 계모는 남편을 속였던 것과 같은 방식으로 부사를 속이고 계모는 방면된다. 그날 밤 홍련의 유령이 다시 부사 앞에 나타나 너무도 쉽게 속임수에 넘어간 그를 책망한다. 모든 것을 알게 된 부사는 그 사건을 지방의 관찰사에게 보고하고, 관찰사는 왕에게 보고한다. 왕은 사악한 계모를 '능지처참'(lingshih)하고 그 아들을 교수형에 처할 것을 명한다. 또한 물에 빠져 죽은 두 딸을 위해 위패를 세워 줄 것을 명한다. 그들의 시신은 오랫동안 물속에 잠겨있었음에도 조금도 부패하지 않은 채 발견되었고 호수에서 수습하여 예를 갖추어 안장한다. 두 자매의 유령이 부사 앞에 나타나 감사를 표하고 그를 위한 승진 자리를 마련해 두었다고 알려준다. 자매의 아버지는 장화와 홍련의 사악한 계모와 모든 면에서 정반대인 여성과 결혼한다. 자매는 그녀의 딸로 다시 태어나고, 결혼할 나이가 되자 과거에 갓 급제한 두 젊은이와 결혼한다. 그

후 모두가 행복하게 잘 산다.

My next example of the popular literature of Corea is taken from the Imchinnok, a narrative of the Invasion of Corea by Hideyoshi. The author takes his facts from the contemporary account (in Chinese) written by the Corean statesman Riu; a quantity of material of his own invention, which forms the greater part of his third volume. It is of this that I offer some pages by way of specimen. The events which are related are supposed to have taken place some years after the return of the Japanese armies to their own country.

다음으로 소개하고자 하는 한국대중문학의 예는 히데요시(Hideyoshi)의 조선 침략 이야기를 다룬 <임진록>이다. <임진록>의 저자는 조선의 정치가인 유[성룡]가 한자로 쓴 임진왜란 기록물에서 역사적 사실을 취하지만, 여기에 저자가 창안한 것을 상당량 가미한다. 특히 제3권의 많은 부분이 그러하기에 표본으로서 제3권의 몇 페이지를 발췌하여 보겠다. 이 부분은 일본군이 본국으로 돌아간 뒤 몇 년 동안 발생한 사건을 다루고 있다.

"Now there lived in a temple at Ryöngsan named a priest who was known as Father Syösan. Having lost his parents in his childhood, he shaved his head and entered the priesthood. He had not only mastered the Threefold Canon and the Buddhist breviary, but was thoroughly acquainted with astronomy and geomancy, and having free control of the six kap(甲) and the six chong(丁) was master of the one thousand changes and the ten thousand metamorphoses without limit."[2]

영산의 한 절에 서산 대사로 알려진 한 스님이 살았다. 어린 시절 부모님이 모두 돌아가시자, 서산은 삭발을 하고 스님이 되었다. 서산은 삼장(三藏: the Threefold Canon)과 불교 전례서(典禮書: the Buddhist breviary)에 정통했을 뿐만 아니라, 천문학과 풍수지리에도 뛰어나서 육정육갑(六丁六甲)을 자유로이 부려서 천 가지 변신술과 만 가지 둔갑술에 통달했다.

One day, when taking a walk with a pupil of his named Sămyŏngtan, he learned from the appearance of the sky that the Japanese were preparing a second invasion of Corea, so he went with his pupil to the capital and obtained authority from the king for Sămyŏngtan to proceed to Japan and 'obtain the king of Japan's submission.' Sămyŏngtan, it should be observed, was recognized by the king of Corea from his physiognomy as a 'live Buddha;' and raised, to the rank of general.

어느 날 서산대사가 제자인 사명당과 함께 산보를 하고 있을 때, 천문을 보고서 일본이 제2차 조선침략[정유재란]을 준비 중임을 알

---

2 In other words, he was an accomplished magician(즉, 그는 뛰어난 마법사였다)[원주].

게 되었다. 서산대사는 사명당과 함께 서울로 가서, 사명당을 일본
으로 보내서 '일본왕의 항복을 받아오라'는 왕의 윤허를 받았다. 조
선왕이 살펴본 후 사명당의 인상이 '생불(live Buddha)'임을 알고 그
를 장군의 자리에 올렸다.

"On his departure the Priest gave him out of his sleeve a letter, and
said—'This is a letter of the Dragon King of the Western Sea. Take it,
and if you should find yourself in a difficulty, hold it in your hand,
and turning your face towards the temple of Hyangsansã worship
twice and pray nine times, upon which, as a matter of course, the
Dragon Kings of the four seas will come to your aid.' He gave him
the letter with many injunctions, and Sãmyöngtan having received it,
looked at it, and found that it was as follows:—'What a noble thing it
is for you to go away 10,000 li to an island in the sea for your
country's sake.' The Dragon King of the four seas having reported to
the Supreme Ruler the outrages committed on Corea by Japan, the
Supreme Ruler, loathing such conduct, gave this order 'If Sãmyöngtan
is in straits, do you help him and make him successful.' The Dragon
Kings of the four seas are therefore bound to assist you. But know
that the King of Wè(Japan) was originally a star(?) who was banished
amongst mankind for an offence against the Supreme Rulers. Do not
therefore be too severe upon him."

서사 대사는 사명당이 떠날 때 소매에서 편지를 꺼내 주며 말했

다.[3] "이것은 서해 용왕의 편지이니 받아라. 혹 곤경에 처하면 이 편지를 손에 들고 황산사를 향해 두 번 절하고 아홉 번 기도하라. 그러면 사해의 용왕들이 너를 도우러 갈 것이다." 대사는 사명에게 편지를 건네며 여러 번 주의를 주었다. 사명이 편지를 받아 읽어보니 다음과 같이 쓰여 있었다. "그대가 나라를 구하기 위해 만 리 밖 바다 위의 섬으로 가다니 이 얼마나 고귀한 일인가." 사해의 용왕들이 옥황상제에게 일본이 한국에 저지른 잔학 행위를 고했더니, 옥황상제는 그런 행위를 혐오하여 이렇게 명하였다. "사명당이 곤경에 처하면 그를 도와 목적을 이루도록 하라." 그러하니 사해의 용왕들이 필히 너를 도울 것이다. 그러나 왜(일본) 왕은 본디 옥황상제에게 죄를 지어 인간 세계로 추방된 별(?-원문)임을 명심하고 왜왕을 너무 가혹하게 대하지는 마라.

Such was the letter. Sămyŏngtan, having received it, took leave of the Priest, and set out upon his journey. Notice was sent in advance to each province and district, and orders given to the troops that any person whatever, whether general or private soldier, governor or sub-prefect, who should presume on their authority as regards him, was to be summarily put to death. Sămyŏngtan then started at the head of a large force. The governors of all the provinces and the chief local officials came and waited on him outside the boundaries of their

---

3 원문에는 임진록을 인용했다는 의미로 전체를 큰따옴표 속에 묶고 속의 인용은 작은따옴표를 사용하였다. 이 부분의 번역에서는 편의상 인용부분은 독립인용문으로 처리하고, 그 속의 대화는 큰따옴표로 처리한다. 원문에서 빠진 부호를 첨가하거나 불필요한 부호를 삭제할 때는 각주로 밝힌다.

jurisdictions. Without any obstacle he arrived after many days at Tongnè(near Pusan). The Pusa(prefect) Syongkang said 'The General (i.e. Sămyöngtan) though charged with an important mission was originally nothing but a priest. How can I show him outside the border? So he only sent his subordinates to receive him, and the subordinates, acting on a hint from their chief, provided insufficient entertainment, reception, so that the greater part of Sămyöngtan's retinue were starving. The General was greatly enraged and, taking his seat on his platform or office, ordered Syongkang to be arrested and brought before him. In a moment the Pusa was seized and dragged in. The General greatly childing him, said:— It is true that I am a mountain priest, but I have been appointed General by the king and have come down here in command of a large force: who are you that you do not come to receive me at the border of your jurisdiction and that you starve my soldiers? You deserve to be dealt with according to military law, but as it would be unlucky for me to execute you when on the eve of starting on a expedition to a distant foreign land, I will be lenient towards you. But avoid such misconduct for the future.

편지의 내용은 이러하였다. 사명당은 편지를 들고 서산 대사를 떠나 여정을 시작했다. 각 지방과 지역에 미리 통지하였고, 군대에는 장군이든 일개 병사이든, 관찰사이든 부[副]부사이든, 그들의 권위를 사명에게 앞세우려고 하는 자는 그 누구든 즉결 처형에 처하라고 명령해 두었다. 그런 후 사명당은 대군의 선두에서 출발했다. 각 도의 관찰사들과 각 지역의 수장들은 관할 지역의 경계까지 나와 사명당을 맞이하였다. 그는 별 어려움 없이 여러 날 후 부산의 인근인 동래에 도착했다. 부사 송강은 "장군 즉 사명당은 비록 중대 임무를 맡고 있지만 원래 한낱 중에 불과하다. 어떻게 내가 관할 지역의 입구까지 가서 그를 맞을 수 있겠는가?" 하며 부하들만을 보내 사명당을 맞게 하였다. 부하들은 송강의 언질에 따라 대접과 축하연을 소홀히 하였다. 그리하여 사명당의 수하들 상당수가 굶주리게 되었다. 사명당은 크게 분노하여 단상 즉 관아에 올라앉아서 송강을 잡아들이라 명했다. 부사가 붙잡혀 끌려오자마자 장군은 그를 크게 나무라며 말했다. "내가 산 속의 중인 것은 사실이나 왕명으로 장군이 되어 대군을 이끌고 여기로 내려왔다. 나를 맞이하러 오지도 않고, 군사들을 굶주리게 하는 너는 도대체 누구이냐? 너를 군법에 따라 다루는 것이 마땅하나 원정대가 먼 외국 땅으로 출발하기 전날 밤에 너를 처형하면 재수가 없을 것이니, 내 자비를 베풀 것이다. 그러나 향후 그런 그릇된 행동을 하지 말라."

Now at this time Kim Eungso and Kang Heungnip being dead, the King of Wè had no one to object to his plans, so he desired again to make war. He was putting in order his warlike engines and drilling his soldiers when suddenly a despatch was received from Corea. The King was surprised, and opening it, read as follows:—'Our King, having learnt that you again wish to revolt sends you a live Buddha who has been ordered to examine into your office and after careful inquiry to receive your letter of submission. If you are not obedient you will all be crushed without distinction.[4] When the King read this letter he laughed loudly, and said 'How can there be a live Buddha in Corea?[5] This is only meant to delude us.' He accordingly consulted with his ministers who advised him thus—'Your Majesty can put this so-called live Buddha to the test. Do so and so.' Eighteen thousand screens were therefore provided with all haste, inscribed with Chinese characters and set up to right and left of the road by which Sãmyöngtan was to approach. Orders were given to his escort to whip the horses and to bring him in at a good pace. When Sãmyöngtan had saluted the King of Wè, the King thus spoke—'You are said to be a live Buddha; have you noticed the writing on the screens by the road as you arrived?' Sãmyöngtan replied—'I have seen it in Chuma Kangsan.' Then said the King 'I should like to hear you repeat that writing.' Sãmyöngtan, in reply, without a moment's reflection, recited seventeen thousand nine hundred and ninety nine screens, when the King said, 'Why do you omit to repeat one screen?' Sãmyöngtan said ' On one screen there was nothing written; what is it you would ask me to repeat?' The King, thinking this strange, sent a secretary to investigate the matter, when it was found that one screen had been closed up and covered by the wind. The King was then at last amazed by this wonderful performance, and

---

4 ' 첨가
5 ' 삭제

said to his ministers. 'It is now manifest that he is a live Buddha; what is to be done next?' His minister said;—'At the Hall of Justice there is an artificial pond five hundred feet in depth. Let the emerald cushion of the Hall of Justice be placed on its surface and direct Sămyŏngtan to seat himself upon it. If you do so, you will know for certain whether he is an impostor or no.' The King thought this is a good idea, so the emerald cushion was placed on the surface of the pond and Sămyŏngtan was invited to sit upon it. He did so, having first cast his saddle-cloth over it. The cushion did not sink but floated safely backwards and forwards, following the wind. When the King and his court saw the magical skill displayed in this, they were greatly surprised, and were filled with anxiety. The ministers then said to the King: 'Let not your Majesty be alarmed. If Sămyŏngtan were to escape scathless, a great calamity would ensue. But we have thought of a stratagem. Let a beautiful detached pavilion be built. Let its floor be of cast iron and underneath the floor let there be bellows concealed in the ground. As soon as Sămyŏngtan has been made to enter it, let all the four doors be firmly locked, and the fire be blown with might and main. Then no matter how much of a live Buddha he may be, he cannot avoid being melted in the fire.' The King thought this was a splendid plan, and at once ordered a separate pavilion to be built, giving out that it was intended as a residence for Sămyŏngtan. All the workmen were assembled, and in a short time a house of thirty rooms was completed. How could Sămyŏngtan be ignorant of this? The work being finished Sămyŏngtan was invited to enter the pavilion, upon which the floor doors were locked, the bellows blown with might and main, so that the flames darted forth and people fell down in a faint. Sămyŏngtan laughed greatly in his heart, and writing two characters *ping*, 'ice,' he grasped one in each hand and sat placidly. Then, as if hoar-frost and snow had been falling, icicles hung from the flour walls and it was exceedingly cold. When one night had passed, the cold became so intense that Sămyŏngtan threw away the *ping*, 'ice' which he held in one hand; but it was nevertheless not in least hot. When the King sent officers to inquire if Sămyŏngtan were alive, so far from his being dead, icicles hung down all over the room without an interval, and the cold leaked out among the people. Sămyŏngtan opened the door from within in a leisurely manner and coming out, greatly mocking, said, 'I heard that Japan was a hot country but I cannot sleep with my lodging in such a cold room as this. Is this the disrespectful way in which your King treats the foreign guests who come to him on mission?' The officers were surprised, and hastily returning, informed the King of what had taken place. When the King heard it, he was totally at a loss what to do. His courtiers then said, In this crisis we advise that an iron horse should be constructed and heated till it is red-hot. When this is done, let Sămyŏngtan be invited to mount upon it. Then, live Buddha though he may be, can the result be doubtful?' The King reflected 'Two plans have been already tried without success; if this too fails, we shall simply have been rude to no purpose.' Whilst he was hesitating about it, his ministers said— 'Though one hundred plans fail of success, there is nothing better to be done than what we propose.' The King saw no better alternative; so an iron horse was made, and at once heated in the furnace till it became of the colour of fire. Then Sãmyŏngtan was waited upon, and invited to mount upon it. Now Sãmyŏngtan, notwithstanding that he was abundantly provided with devices, was truly bewildered. But suddenly bethinking himself, he grasped in his hand the Dragon-King-Letter and, turning his face towards Hyangsansã, bowed four times.

이때 김응수와 강홍립이 죽었다. 왜왕은 그의 계획에 반대할 인물이 없어지자 다시 전쟁을 일으키고자 했다. 왜왕은 전쟁 무기를 정비하고 군사들을 훈련시키고 있다 갑자기 한국에서 보낸 급보를 받았다. 왜왕이 놀라서 펼쳐보니 다음과 같았다. "우리 왕은 네가 다시 반역을 꾀하는 것을 알고 생불을 보낸다. 왕의 명으로 그는 너의 관아를 조사하고 주의 깊게 살핀 후에 너에게서 항복서를 받을 것이다. 이를 따르지 않으면 너희는 빠짐없이 다 죽을 것이다." 왜왕은 이 편지를 읽고 크게 웃으며 말했다. "한국에 어찌 생불이 있을 수 있느냐? 단지 우리를 기만하기 위한 것이다." 따라서 그는 대신들과 조회를 하였는데 그들은 "소위 생불이라는 이 자를 시험해 보십시오. 이런 식으로 하시면 됩니다"라고 조언했다. 급히 일만 팔천개의 병풍을 마련하여 한자를 새기고 사명당이 오는 길 양편에 세웠다.

호송대는 말에 채찍질을 가하여 사명당을 빨리 데려오라는 명을 받았다. 사명당이 왜왕에게 인사를 하자 왕은 "당신이 생불이라고 들었소. 오는 길가에 놓인 병풍의 글을 보았소?" 라고 말했다. 이에 사명당이 "주마간산[Chuma Kangsan, 走馬看山]으로 보았소" 라고 답했다. 왕이 "그 글을 외는 것을 듣고 싶소"라고 하자, 사명당이 조금도 지체하지 않고 병풍 일만 칠천 구백 구십 구개의 병풍의 글자를 암송하였다. 이에 왕이 "어찌하여 병풍 하나는 외지 않고 넘어가오?"라고 하자, 사명당이 "한 병풍에는 아무 것도 쓰여 있지 않았는데 어째서 나보고 외라는 것이오?" 했다. 왕은 이를 괴이하게 여겨 측근을 보내 조사하게 했더니 과연 한 병풍이 바람에 접혀 있었다.

왕은 마침내 이 놀라운 행적에 놀라움을 금치 못하고 대신들에게 말했다. "그가 생불인 것이 이제 분명하오. 그 다음은 어찌해야 하오?" 한 대신이 말했다. "정의전에 깊이 5백 피트 되는 인공 연못이 있습니다. 정의전의 에메랄드 방석을 연못 위에 놓고 그 위에 앉으라고 하십시오. 그러면 그가 사기꾼인지 아닌지 분명히 알게 될 것입니다." 왕은 좋은 생각이라 생각하고 에메랄드 방식을 연못의 물 위에 놓아두고 사명당을 초대하여 그 위에 앉으라고 했다. 사명당은 먼저 그 위에 안장깔개를 던지더니 앉았다. 방석은 가라앉기는커녕 바람을 따라 앞뒤로 무사하게 떠다녔다. 왜왕과 대신들이 마법 같은 일이 벌어지는 것을 보고 크게 놀라 불안감에 휩싸였다.

그때 대신들은 왕에게 말했다. "전하 놀라지 마십시오. 사명당이 해를 입지 않고 피해간다면 큰 재앙이 뒤따를 것입니다. 그러나 우리에게는 방책이 있습니다. 외떨어진 곳에 아름다운 전각을 지으십시오. 마루는 무쇠로 만들고 마루 아래 풀무를 두어 땅에 감추어 두십시오. 사명당이 그 전각에 들어가게 되면, 모든 마루문을 꼭꼭 닫고 있는 힘을 다해 불을 넣으십시오. 그러면 제 아무리 생불이라고 하더라고 불에 녹을 수밖에 없습니다." 왕은 기막힌 계획이라 여기고, 사명당이 머물 거처라고 하며 전각을 따로 지을 것을 즉시 명하였다. 모든 일꾼들이 모여들었고, 짧은 시간 안에 방이 30개인 전각이 완성되었다. 사명당이 어찌 이 일을 모를 수 있겠는가? 일이 끝나자 사명당은 초대받아 전각에 든 뒤 마루문이 잠겼고, 풀무로 힘껏 불을 넣었으니, 불꽃이 앞으로 나아가 사람들이 기절하며 쓰러졌다. 사명당은 마음속으로 크게 웃으며 얼음을 의미하는 '빙(氷)' 두 글자를 써서 양손에 한 자씩 쥐고서 태연하게 앉아 있었다. 그때 흰서리와 눈이 떨어지는 듯, 고름이 마루 벽에 걸렸고 전각이 엄청나게 차가워졌다. 하룻밤이 지나가니 추위가 너무 심해서 사명당은 한 손에 들고 있던 얼음 '빙'을 던졌으나 그럼에도 조금도 따뜻하지 않았다. 왜왕이 관리를 보내 사명이 살았는지 알아보도록 했을 때, 죽기는커녕 고드름이 방 가득 빼곡하게 걸려 있었고, 한기가 밖으로 새어나와 사람들도 춥게 했다. 사명당은 유유자적하게 안에서 문을 열고 밖으로 나와 한껏 조롱하며 말하였다. "일본은 더운 나라라고 들었는데 방이 추워 잠을 잘 수 없다. 임무를 받고 온 외국 손님을 너희 왕은 이렇게 무례하게 대하느냐?" 관리는 놀라 급히 되돌아가서 어떤 일이 생겼는지 왕에게 알렸다.

이를 들은 왕은 매우 당황하여 어찌할 바를 몰랐다. 그러나 대신들은 대답했다. "이런 위기가 닥쳤으니 철마를 만들어 벌겋게 달아오를 때까지 달구는 것이 좋겠습니다. 그런 후에 사명당을 초대하여 그 말에 오르게 하시지요. 그러면 비록 그가 생불이라 하지만 결과는 뻔하지 않겠습니까?" 왕은 곰곰이 생각했다. '이미 두 번의 계획

49

을 시도했지만 성공하지 못했다. 이번에도 실패하면 하지 않음만 못할 것이다.' 왜왕이 이를 주저하자 대신들은 말했다. "백 가지 계획이 실패한다고 해도, 지금 제안하는 것보다 더 좋은 제안은 없습니다." 왕은 더 이상의 대안이 없다고 생각하여 철마를 만들라 명하여 즉시 그것이 불꽃색이 될 때까지 용광로에서 뜨겁게 달구었다. 그런 후 사명당을 청하여 그 말에 오르게 했다. 여러 술책을 당했음에도 이번에 사명당은 정말로 당황했다. 그러나 그는 갑자기 생각이 난 듯 용왕의 편지를 손에 꽉 쥐고 얼굴을 황산사로 향한 채 네 번 절을 하였다.

Now after the departure of Sămyöngtan the priest Syösan had spent his days and nights in anxiety. One day he went out and observed the condition of the heavens. Then calling to him an acolyte, he said,—'Sămyöngtan is in straits, and is making obeisance towards me.' He then dipped his finger-nails in water and turning towards the East, sprinkled it thrice, when suddenly a cloud of three colours rose on all sides, drawing which after them, the Dragon-Kings of the four seas, bestriding the wind, passed towards Japan swift as an arrow. Presently Earth and Heaven became dark, the thunder and lightning rolled, a great rain came on, and lumps of ice fell so that Japan became almost like a sea and the number of persons who lost their lives could not be counted. Lord and vassal, high and low, none had any place to escape to. Then clung to one another, and prayed that their lives might be spared. But the water continued to come in until the country became like a vast ocean, and Japan was brought to the brink of destruction. How was it possible not to fear and to be alarmed? Sămyŏngtan, by means of his magic art swung his body into the air, and remained seated. The appearance was as of a mass of clouds resting there-wonderful beyond description. The Sămyŏngtan laughed loudly and exclaimed —'O wicked King of Wè! Ignorant of the will of Heaven, you despised our country of Corea and have long wished to invade it; this crime cannot be forgiven. Not only so, but the number of the Corean people who lost their lives from the year Imchin(1592) onwards is beyond knowing. The prayer by night and day of our country of Corea is to slay the King of Wè and to destroy Japan so that not a seed is left. Therefore, O King of Wè, deliver me your head.'[6] The King of Wè, in great fear, looked up to towards the sky, and in tones of supplication, said, 'I in my blindness and ignorance did not know that you were alive Buddha, and have frequently been guilty of insulting conduct towards you. I beseech you to forgive my offence, and to spare my life. If you do so, I will write a litter of submission, and offer it you. Then Sămyŏngtan said—'I have come here by order of my King, but I am not of a relentless disposition. I will forgive your offence; quickly give me your letter of submission.' When the King heard these words, in his delight he could be only half believe his sense, and

---

6 ' 첨가

he wrote and presented his letter of submission. When Sămyŏngtan received and read it, he saw that its tenor was disrespectful and ordered it to be set aside, and the King of Wè's treasure delivered to him. He then grasped in his hand the Dragon-king letter and bowed four times towards Hyangsansă, when the sky became clear, the waters subsided and Sămyŏngtan coming down took a seat and demanded the treasure. The King said, 'What treasure do you require of me?' Sămyŏngtan said it is not merely your riches that I take from you. The letter of submission which you promises on condition of your life being spared is negligently composed and disrespectful. Of what use is such a letter of submission. Deliver me your head. I will have nothing else.' The King said 'If I offer you my head, the institution founded thousands of years ago (the monarchy) would come to ruin. I beseech you to accept other treasures and a new letter of submission which I will write.' Sămyŏngtan said—'What should I do with other people's treasures.[7] Let me have the letter of submission.' The King presented the letter of submission which as follows:—'Corea and Japan will make friends and will become brother countries.' How will that do?' Sămyŏngtan said 'In that case, which country will be the elder brother.' The King said 'Corea will be the elder brother.' Sămyŏngtan said 'well then, what yearly tribute will you send?' The King said 'Once every year I will render homage

---

7 ' 삭제

by offering precious things of small weight.' Sămyŏngtan said 'Corea already possesses all precious things; the only thing she is scarce of is human skins, which are needed for drums and the like. Send as tribute three hundred human skins every year.

사명당이 떠난 후 서산 대사는 여러 날과 밤을 걱정으로 보냈다. 어느 날 그는 밖으로 나가서 천체를 살피더니 종자를 불러 "사명당이 지금 곤경에 처하여 나에게 절을 하고 있다"라고 말한 후 손톱을 물에 적셔 동쪽으로 향한 뒤 세 번 물을 튕겼다. 그랬더니 갑자기 삼색 구름이 사방에서 일어나 사해의 용왕들을 끌고 바람을 타고 화살처럼 빠르게 일본 쪽으로 지나갔다. 곧 천지가 어두워지고 천둥과 번개가 우르르하니, 큰 비가 내리고 우박이 떨어져 일본은 거의 바다가 되었고 목숨을 잃은 사람이 무수하였다. 영주와 가신, 높든 낮든, 어느 누구도 도망갈 곳이 없었다. 서로를 껴안고 목숨을 살려 줄 것을 기도했다. 그러나 비가 계속해서 내려 나라가 큰 대양처럼 되었고 일본은 망하기 직전에 처했다. 어찌 두렵고 놀라지 않았겠는가?

사명당은 마법으로 몸을 공중으로 부양하더니 그대로 앉아 있었다. 그 모습은 구름이 그곳에서 쉬는 듯했고 신기하기가 말로 표현할 수 없었다. 사명당은 크게 웃으며 소리쳤다. "이 못된 왜왕아, 하늘의 뜻을 모르고, 너는 한국이라는 나라를 경멸하고 오랫동안 침범하고자 하니 이 죄는 용서받을 수 없다. 그뿐만 아니라 임진년(1592) 이후로 목숨을 잃은 한국인의 수는 알기조차 어렵다. 우리나라 한국에서 주야로 하는 기도는 왜왕을 죽이고 일본을 멸망시켜 씨조차 남기지 않게 해달라는 것이다. 그러니 왜왕아, 나에게 너의 머리를 다오." 왜왕은 크게 두려워하며 하늘을 향해 바라보며 탄원하는 목소리로 말했다. "눈이 멀고 무지하여 당신이 생불인 것을 알지 못하고 무례한 행동을 하는 죄를 저질렀습니다. 간원컨대 저의 죄를 용서해 주시고 목숨을 살려주십시오. 그렇게 해 주시면 항복 서한을 작성하여 바치겠습니다." 이에 사명당은 말했다. "나는 우리 왕의 명령으로 여기에 왔으나 무자비한 사람이 아니다. 너의 죄를 용서할 것이니, 빨리 항복 서한을 다오." 이 말은 들은 왜왕은 자기 귀를 의심할 정도로 기뻐하며 항복 서한을 써 주었다.

항복 서한을 받고 읽어본 사명당은 그 어조가 불경한 것을 보고 항복서를 옆으로 치우고 왜왕의 보물을 가져오라고 명했다. 그런 후에 그가 한 손으로 용왕의 편지를 꽉 잡고 황산사를 향해 네 번 절을 하니 하늘이 개고 물이 가라앉았다. 사명당은 공중에서 내려와 자리에 앉으며 보물을 요구했다. 왜왕이 "어떤 보물을 원하십니까?"라고 하자, 사명당은 "내가 너에게 가져갈 것은 너의 재물뿐만이 아니다. 너의 목숨을 살려주는 조건으로 네가 약속한 항복 서한은 성의 없이 작성되었고 불경스럽다. 그런 항복 서한을 어디에 써먹겠느냐? 네 목을 가져야겠다. 다른 것은 필요 없다"라고 하니, 왜왕이 "당신에게 나의 머리를 바치면, 수 천 년 전에 세워진 제도(군주제)가 무너질 것입니다. 간청컨대 다른 보물을 받으시고, 항복 서한도 다시 쓰겠습니다"라고 하자, 사명당이 "다른 사람의 보물이 내게 무슨 소용이 있느냐. 항복 서한을 가져오라" 했다. 왜왕이 "한국과 일본은 친구가 될 것이고 형제국이 될 것입니다"라는 내용의 항복 서한을 주며 "어떠십니까?"라고 하자, 사명당이 "그러면 어느 나라가 형이냐?"라고 했다. 이에 왜왕은 "한국이 형이 될 것입니다"라고 했다.

사명당이 "그래, 그러면 해마다 조공으로 무엇을 보낼 것이냐?" 하자, 왜왕이 "일 년에 한번 씩 무게가 적게 나가는 귀한 보물을 바쳐 경의를 표하겠습니다"라고 대답했다. 이에 사명당이 "한국에는 이미 모든 귀한 보물이 있다. 단 한 가지 부족한 것은 북이나 그 비슷한 것에 필요한 사람 가죽이다. 매년 조공으로 인피 300장를 보내어라"라고 말했다.

The rest of the story may be compressed into a few words. Sămyŏngtan was induced to forego his demand for human skins. On his departure he refused all other presents but one thousand decrepit old men, and of these he allowed any who pleased to return to their homes. At Tongue the prefect pretended sickness and would not present himself at the limits of his territory. For this second offence, his head was promptly taken off. On returning to Sŏne, Sămyŏngtan made his report and was highly commended for all that he had done. He refused all rewards, and after his audience disappeared from human ken to the wonder and surprise of all. Since that time there has been peace between Corea and Japan.

이 이야기의 나머지 부분은 다음과 같이 몇 마디로 축약할 수 있다. 사명당은 마음이 바뀌어 요구했던 인피를 받지 않기로 했다. 일본을 떠나던 날 사명당은 다른 모든 선물을 거부하고 힘없는 노인 천명만을 데리고 갔다. 이들 중 누구든지 집으로 돌아가고 싶어 하는 사람이 있으면 그렇게 하도록 허락했다. 동래에 왔을 때 부사는 병을 빙자하여 관할 밖으로 영접하려 나오지 않았다. 이 두 번째 죄로 그의 목은 즉각 잘렸다. 사명당은 서내[署內]로 되돌아오자마자 왕에게 보고하였고 그의 업적은 크게 칭찬받았다. 그러나 사명당은 모든 보상을 뿌리치고, 왕을 알현한 후에 모두의 경탄과 놀람 속에 속세에서 사라졌다. 그 이후로 한국과 일본은 평화 관계를 유지했다.

This story occurs in a book most of which is genuine history. If we had no other record of the events of this time, we might be tempted to think it a highly imaginative account of some real events, and by eliminating or explaining away the miraculous element to educe from it a true historical narrative, as Dr. Hoffmann has done with the legend of Iingo Kogu's invasion of Corea. We know, however, that, there is not a word of truth in it from beginning to end. There was not embassy of any kind at this time, and the only way to treat this and similar episodes is simply to omit them altogether, if we wish to arrive at an authentic narrative.

이 이야기는 대부분 실제 역사를 다룬 책에 늘어 있다. 이때의 사건을 다룬 다른 기록물이 없다면, 우리는 이 이야기를 몇 개의 실제 사건에 상상력을 많이 가미한 것으로 생각하고, 호프만 박사가 인고 고꾸(Iingo Kogu[천황국])[8]의 한국 침략 전설을 다룰 때 그랬듯이, 불가사의한 부분을 제거하거나 대충 변명하면서 거기서 실제 역사적

---

8 인고 고꾸(Iingo Kogu[천황국]): 여기에서 ingo(いんごう院号)는 천황을 뜻한다.

서사를 끌어내리려는 유혹을 받을지도 모른다. 그러나 우리는 이 이야기에서 진실의 말은 처음부터 끝까지 하나도 없다는 것을 안다. 그 당시에는 어떤 종류의 사절단도 없었다. 만약 우리가 진실성이 있는 서사에 이르고자 한다면, 이 이야기와 다른 유사한 일화들은 그냥 모두 빼버리는 것이 유일한 방법일 것이다.

The next specimen of the Corean popular literature is taken from a M.S. collection of stories made for me by my Corean teacher. It is written in the colloquial dialect which differs somewhat from the written language, though not to the same extent as in Japanese. A romanized version to the original is appended.

다음에 예시할 한국대중문학은 나의 한국어 교사가 나를 위해 만들어준 이야기 모음집에 있는 것이다. 이것은 일본어 모음집만큼은 아니지만, 한국 문어와는 약간 다른 구어체 방언으로 씌어져 있다. 한국 원문을 로마자로 표기한 본을 첨부한다.

The Transferable Tiger
전장호

Once upon a time, a man was travelling along a road. Before him was a high mountain on the flank of which the road ascended steeply, while to the right and left grew flowers and trees of every kind, and fragrant herbage covered the ground. The flying birds and creeping beasts frolicked hither and thither, and from a lofty cliff a pearly stream flowered forth and fell to the bottom of the mountain in a shower of ten thousand jewels. There the water collected into a large pond on the brink of which an old fishermen was quietly sitting. He had laid down his thirty feet fishing-rod and was singing a song, while on the other side a wood-cutter whistled at his work. Charmed by the sound, and his mind engrossed by the contemplation of the scenery, the traveller forgot the weariness of the journey and proceeded on his way, now resting now trudging on, for two or three li, till on the left side of the road he perceived a narrow path, very steep and difficult. Wondering where this path might lead to, he seated himself on a rock to rest, when, looking between the trees, he saw a tiger and a man standing face to face. Amazed at this strange sight, he turned aside for a few steps and, on more precise examination, saw that a youth of twenty or more held a tiger firmly by the neck with one hand, while with the other he grasped the branch of a large tree which stood close by. Observing their condition, he could see that the tiger's strength was exhausted. He stood with only his hind feet touching the ground. The youth was also exhausted, and the two stood looking at one another. Such was the state of things that if one of the two recovered his strength, the other was in imminent danger of death. Now the traveller was by nature a strong and brave man, so when he saw this condition of things, he wished to help the youth and approached. Whereupon the youth besought him, saying:—'I do not know where you live, sir, but I (lit. the small boy), while cutting wood, fell in with this tiger. Not knowing what to do, things have come to this condition. My strength is now exhausted, and I am unable even for a short time to keep hold of the breast. If you will only be good enough to hold him for a little instead of me, I will beat him to death. What do you think of my proposal?' The traveller replied, 'Do so.' He accordingly took the place of the youth, and stood firmly grasping the tiger's neck, so that he could not move. He then urged the youth, saying 'I am in a hurry to proceed on my journey, so be quick and kill the fellow.' The youth replied. 'As I have only now let him go, there is still no rigour in my arms and hands. Wait a little while I go away and bring a weapon with which to kill him.' So saying, he went away, and for the space of two or three hours, did not return. The traveller's strength too became exhausted, and having no means of killing the tiger, nor yet seeing his way to letting him go, for if he did, the tiger would surely harm him, he thus reflected, 'It would have been well for me if I had proceed on my way. But out of my desire to save the youth's life, he indeed is rescued, while I have brought myself to destruction. Was the like ever heard of in this world?' Raising his voice, he called to the youth, but there was no answer whatever. At this time the tiger's strength returned a little, and he tried to move his body, glaring the while with eyes like yellow gold, opening his red mouth and sending forth a roar like thunder. The traveller was no coward, and was not excessively frightened, but the strength of his arms and hands was gradually becoming exhausted and it was an anxious and a dangerous time for him. Just then a fellow[9] of a priest(not the youth) came along by the eastern road. As the trees were very thick, he could not well see the traveller and the tiger, and said to himself 'There was the roar of a tiger from somewhere, but when I look for it, it is strange that neither does it roar again, nor can I see it with my eyes.' He stopped to listen, peeping first to one side, then to the other, when the traveller, thinking it a piece of the greatest good luck, called out suddenly 'Save a man's life, your Reverence!' The priest, startled, rushed toward, and found the traveller in the utmost danger. He was a stout fellow, but he was quite unarmed, and besides he reflected—'By the priestly law it is not allowed to kill or to injure any thing whatever.' But while he thus thought, the strength of the man who was holding the tiger being exhausted, he seemed likely to let him go, and the

---

9 Priest in Corea are treated with the utmost contempt as the meanest of the people(한국에서 중은 천민 중의 천민으로 가장 천한 대접을 받는다)[원주].

tiger's strength was gradually reviving. So he went quickly, and, taking hold of the tiger instead of the traveller, said, —'Look here and listen to my word. By our priestly rule we may not slay any thing whatever with our hands, so I myself cannot kill him, but I will hold this tiger for you. When you have rested your arms a little, go you and fetch a weapon and kill him.' The traveller accordingly let go the tiger and running away to a distance said—'Have you learned only the Buddhist scriptures, and have not read the writings of Mencius? There is a passage in Mencius' works to this effect—"If a man who had killed another with a sword says 'I did not kill him, it was the sword that killed him,' will the guilt lie with the sword, and not with the man? Your case is similar. If I were to listen to your words and kill this tiger, though I should not be to blame the guilt would be yours for causing me to slay the tiger. How could you then say that you had not offended against the prohibition of the Buddhist scriptures? But it is not only for your sake that I refuse to kill this tiger. This tiger is one which it is the custom for one man to pass on to another. Remember this and hold on to him till you find another man to take him from you. Then do as I have done, and transfer the tiger to him." So saying, he ran off. And that tiger was known thereafter as 'The Transferable Tiger.'

There are in the world people who having received benefits requite them by injuring their benefactors. They may be suspected of being disciples of the man who handed over the tiger.

옛날 옛적에 한 사람이 길을 가고 있었다. 그 앞에는 높은 산이 있었고, 산허리의 길은 가팔랐다. 길의 오른쪽과 왼쪽에는 온갖 종류의 꽃과 나무가 자라고, 향기로운 목초는 땅을 덮었다. 나는 새와 기는 짐승이 여기 저기 뛰놀고, 드높은 절벽에서 진주같은 물줄기가 꽃처럼 쏟아지며 산 아래로 떨어지니 만 가지 보석이 우수수 뛰는 듯했다. 그 물이 모여 큰 못을 이루고, 못가에 한 늙은 어부가 조용히 앉아 있었다. 그는 30피트의 낚싯대를 내려놓고 노래를 하고 있었고, 못의 다른 편에서는 나무꾼이 일을 하며 휘파람을 불었다. 행인은 그 소리에 혹하고 마음은 풍경 감상에 푹 빠져서 여행의 고단함을 잊고, 쉬기도 하고 터벅터벅 걷기도 하며 계속 길을 가다가, 이삼 리를 걸었을까, 길 왼편에 매우 가파르고 험한, 좁은 길이 난 것을 보았다. 그는 이 길이 어디로 통하는 길인가 생각하며 바위 위에 앉아 쉬었다.

그때 나무 사이를 바라보니 호랑이와 사람이 얼굴을 마주하고 서 있었다. 이 괴이한 광경에 놀라 몇 걸음 물러나 자세히 보니 20세가량의 젊은이가 한 손으로 호랑이의 목을 꽉 잡고 다른 한 손으로는 바로 옆에 있는 큰 나무 가지를 잡고 있었다. 그들의 상태를 관찰하니 호랑이의 힘이 소진된 것을 알 수 있었다. 호랑이는 겨우 뒷발만 땅에 닿은 채 서있었던 것이다. 젊은이 또한 힘이 다하여 둘은 서로를 바라보며 서있었다. 상황이 이러하니 만약 둘 중 하나가 힘을 회복하면 다른 하나는 즉각 죽음 위험에 처해질 터이다. 행인은 본성이 강하고 용감한 사람이라 이 일의 사태를 보고 젊은이를 도와주고 싶어 다가갔다. 이에 젊은이는 그에게 애원하며 말했다. "어디 사시는 분이지 모릅니다만 나(어린 소년)는 나무를 베다가 이 호랑이를 만나게 되었습니다. 어찌해야 할지 몰라 상황이 이 지경이 되었습니다. 내 힘이 이제 다 하여 잠시라도 이 짐승을 잡고 있을 수 없습니다. 나 대신 잠시만 이 놈을 잡고 있어줄 수 있다면 내가 이놈을 때려죽일 게요. 내 제안을 어떻게 생각하십니까?" 행인은 대답했다. "그렇게 하지." 그리하여 그는 젊은이를 대신하여 호랑이가 움직이지 못하도록 호랑이의 목을 꽉 잡고 서 있었다. 그때 그는 젊은이를 재촉하며 말했다. "나는 바삐 길을 가야 하니 빨리 이놈을 죽여라." 젊은이는 대답했다. "지금 겨우 호랑이를 놓았으니 팔과 손에 힘이 아직도 없습니다. 잠시 기다리시면 가서 그 놈을 죽일 무기를 가지고 오겠습니다." 그렇게 말하고는 소년은 가버렸고, 두 어 시간이 지나도 돌아오지 않았다.

행인도 힘도 소진하였고, 호랑이를 죽일 방법도 없고 호랑이를 놓을 길도 없었다. 만약 그렇게 했다간 호랑이가 틀림없이 그를 해칠 것이기 때문이다. 그래서 그는 '내 길을 계속 갔더라면 좋았을 텐데. 젊은이의 목숨을 구하고 싶은 마음에 그의 목숨을 구했으나 이제 내가 죽게 생겼구나. 세상에 이런 일이 있느냐?'고 생각했다. 그는 목소리를 높여 젊은이를 불러보았지만 전혀 대답이 없었다. 이때 호랑이의 힘이 조금 돌아와 몸을 움직이며 황금 같은 눈을 이글거리며 붉은 입을 벌려 천둥 같은 고함소리를 내질렀다. 행인은 겁쟁이가 아니어서 크게 놀라지 않았지만 팔과 손의 힘이 점차 다해가니 그에게는 불안하고 위태로운 시간이었다.

바로 그때 한 중놈(그 젊은이 아님)이 동편 길을 따라 왔다. 나무가 빽빽하여 그는 행인과 호랑이를 잘 볼 수 없어 혼잣말을 하였다. "어디선가 호랑이 소리가 들렸는데, 살펴보아도 호랑이 소리도 다시 들리지 않고 눈으로 봐도 보이지 않으니 괴이하구나." 그는 소리를 들고자 멈추어 먼저 이쪽을, 다음은 저쪽을 들여다보았다. 행인은 이것이 정말 큰 행운이라고 생각하고 갑자기 소리를 질렀다. "대사, 사람 살려 주시오!" 놀란 중이 앞으로 달려가 보니 행인이 극한 위험에 처해 있었다. 중놈은 체격이 건장했지만 아무런 무장도 하고 있지 않았다. 게다가 생각하니, '불법[佛法]'에 어떤 것이든 죽이거나 해하여서는 안 된다'고 했다. 이렇게 생각하는 동안, 호랑이를 잡고 있는 사람의 힘이 다 하여 호랑이를 놓을 것 같았고, 호랑이는 점차 힘을 회복하고 있었다. 그래서 그는 급히 가서 행인 대신 호랑이를 잡으며 말했다. "이보시오. 내 말을 들으시오. 불법은 우리 손으로 어떤 것을 살해하는 것을 금하고 있어, 내 호랑이를 죽일 수 없지만 당신 대신 호랑이를 잡을 것이오. 팔을 잠시 쉰 후에 무기를 가지고 와 호랑이를 죽이시오." 이리하여 행인은 호랑이를 놓고 멀리 달아나며 말했다. "너는 불경만 배우고 맹자의 글은 읽지 않았느냐? 맹자의 책에 이런 걸 두고 이르는 말이 있다. '칼로 다른 사람을 죽인 사람이, 나는 사람을 죽이지 않았습니다―그를 죽인 것은 바로 칼입니다 라고 말한다면, 그 죄가 칼에 있고 그 사람에게 없는 것일까?' 너의 경우가 이와 같다. 너의 말을 듣고 이 호랑이를 죽이고자 한다면, 나는 죄가 없겠지만 나로 하여금 호랑이를 숙게 한 너는 쇠가 있을 것이다. 그러니 어찌 네가 불경의 금기를 깨뜨리지 않았다고 말할 수 있겠느냐? 내가 이 호랑이를 죽이지 않는 것은 너를 위해서만이 아니다. 이 호랑이는 한 사람이 다른 사람에게 전해주는 것이 관습인 호랑이다. 이것을 기억하고 너를 대신하여 호랑이를 잡아 줄 다른 사람이 나타날 때까지 잡고 있다가, 내가 한 것처럼 하여 이 호랑이를 그에게 넘겨주어라." 이 이후 그 호랑이는 '전장호'로 알려졌다.

세상에는 은혜를 입었지만 은혜를 해로 갚는 사람들이 있다. 그들
은 호랑이를 넘겨준 사람의 제자일지도 모른다.

TRANSLITERATION[10]

CHöN-CHANG-HO

전-장-호

I chön é hăn sarăm i kil eul katöni, aphé kheun san i ikko, keu san
höri é unpheun kokè ka innăn tè, oin phyön myö olheun phyön é kak
sèk namu oa kkotchhi'myö hyangkwiro-on pheul i kăteuk hăko,
namăn săi oa keuinăn cheumseung i iri työri oang nè hămyö
chhung-chhung hăn pahoi é ok kăthăn mul i heullö san arè ttörö chini
ilman kuseul i ttuinăn tăt hămyö, keu mul i mohyösö kheun mossàl
niruko, keu mot ka é koki chapnăn neulkeun i eui hanka i anchösyö
sépal naksitè răl nokho norè răl peurămyö keu könnö namu
puiyöchiko kanăn chhopu eui suipharam sorè é chyöngsin i heuimi
hăya phungkyöng man tham hăya kie kanăn syuko răl nikko hok
anchimyö hok hèng hăya tu-ö-ri răl katöni keu kil oin phyön é

---

10 The system of transliteration of Corean followed here is that described by Mr. E.
Satow in his *Dictionary of Corean Geographical names*. But as I have not access to
that work at present, there are no doubt some unintentional deviations from it. (다음의
한국어 음역 체계는 사토(E. Satow)의 『한국 지리명 사전』(Dictionary of Corean
Geographical names)을 따른 것이다. 그러나 지금 이 책이 나의 수중에 없으므로
분명 의도치 않게 조금 다른 부분이 있을 것이다)[원주].

chyökeun kil i issö kăchang höm hăkönăl sèng kak hăté, 'i kil eun ötè
ro thong hăn kil inko' hăko, pahoi uhuei anchösyö suiryöhăl
cheueum é, namu sè ro poni pöm koa sarăm i söro macho syönnanchira.
Maăm é isyang hăyö, tuö köreum eul omkyö kajö chăsyéhi pon
cheuk, nahi ispyö syé toin ahé ka hăn son euro pöm eui mok eul
tăntăn i chuiko, han son euro kyöthé syön kheun namu kachi răl
peutteulko syön năn tè, keu moyang eul sălphyö poni, pöm to keuinn
i chin hăya tuippal man ttăhé tăhiko syökko, keu ăhè to keuinn i chin
hăya söro păra poko syönnăn cheuk, keu hyöngsyé ka tul cheup é
hănahi monchö keuiun i namyön hănahi chukeul tikyöng ira. I sarăm
i keunpon keuiun to mèu ikko yongmèng hăn sarăm iröni i moyang
eul poko sarăm eul ku hăya churyö hăya kakkai kani keu ăhè pirrö
kălotè-"Ötè kyéopsin nyangpan iopsinchi morăotè, syotong i namu
răl pöhitaka i pöm eul mannaon cheuk ötchi hăol syu ka öpsaoa i
moyang i toiyössaoni itsé năn keuiun i chin hăoasyö i nom eul
peutteulko chamkan săirato issăol syu ka öpsăoni syotong eui tèsin
euro chamkan peutteulko syösö kyésimyön syotong i i nom eul
ttăryö chukil kös ini, măăm é öttö hăopsinikka? hăkönăl, i sarăm i
tètap hătè, 'keurökhé hayöra' hăko, keu ăhè răl tèsin hăya keu pöm
eui mok eul tăntăni chuiko syössini keu pöm i eumchăki chi mot
hănănchira. Chèchhok hăté 'Nè ka kal kil i pappuni, pappi i nom eul
chukyöra,' hătè, keu ăhè tètap hătè 'Syotong i cheukkeum keu nom
eul nohassăon cheuk phal koa syon é ohiyö keuinu i öpsăoni
chamkan tö kitariopsosyö, tarăn té ro kasyö i nom chukil keuikyé răl

kachö orira' hăko ötè răl katöni tuösi tongan é toraochi ani hănănchira. I sarăm i tto hăn keuiun i chin hăya, i pöm eul chukil syu to öpko, noheul syu to öpsö, manil noheumyön i pöm i syang hăl thö ira. Sèngkakhătè, 'Nè ka kanăn kil i nakattömyön tyoheul kös eul, keu ăhè eui mokseum eul kuwön hăyö churyö hătaka, keu ăhènăn ku hăko, na năn chukkè toiyossăoni, irö hăn il i syésyang é tto innanya?' hăko keu ăhè răl sorè chillö peurăté, tomuchi tètap i öpnanchira. i tté é pöm i keuiun i tasi chokom tora oasö ché mom eul yotong hăryö hăya hoang keum kăthăn nun eul peureup ttăko chuhong kăthăn ip eul pörimyö sorèrăl pyökuyök kătchhi hăni i sarăm i ponté köp i Öpnăn sarăm inkoro koahi musöwö hăchi năn anina phal koa syon é kuiun chin hăyö kanănchira. Mèu uitè hăyö keunsim hăl cheueum é, keu ahè năn ani oko hăn chyung nom i tongphyön kil lo naomyö namu ka manheun cheuk, i sarăm koa pöm eul chal pochi mot hăko hollo mal hătè. 'Ötèsyö pöm eui sorè ka natöni nè ka chhachitè tasi sorè to ani nako, nun é poichi to ani hăni, koi i hăn il irota,' hăyö, iri kiut työri kiut hăkönăl, i sarăm i sippun tahèng hăyö, keuphi peurătè- 'Tèsa năn sarăm eul sallyö chusio' hăni keu chyung i nollomyö pappi oasö poni sarăm i chukeul tikyöng ira. I chyung to kuiun eun manheun nom irotè musăm keuikyé năn öpnănchira. Tto séngkak hăni-'Chyung eui pöp é tomuchi muös itönchi chukimyö syang hăchi mot hănăn pöp io: tto sèngkak hăn cheuk työ pöm eul peutteulko innnăn sarăm eui keuiun ta hăya pöm eul notchhil tăt hăko, pöm eun keuiun i sèro oa kanănchira.' Pappi oasö pöm eul keu sarăm tèsin

euro peutteulmyö nilotè'-Yö posio-né mal eul teurăsio-uli chyung
eui pöp eun ché syon euro muös itönchi salsyang hăchi mot hănăn
pöp in cheuk, nè ka chhinhi chuki chi mot hăni, i pöm eul nè ka tèsin
euro peutteul thö hèhè, phal eul chamkan suiko ötè kasö pyöngkeui
răl ötö kachiko oasyö i pöm eul chukisio' hăkönnl, i sarăm i pöm eul
nokko mölli tara namyö niloté-"Nö năn pulkyöng man nilkko
Mèngchă eui keul eun nilkchi ani hăyönnănya? Mèngchă hănăn keul
é mal hăki răl, 'sarăm i khal lo sarăm eul chukiko kălotè-nè ka sarrăm
eul chuki chi ani hăko, khal i sarăm eul chukyötta-hămyön, chinsil lo
sarăm i choi ka öpko, chal i choi ka issărya' hayössini, nè ka
cheukkeum keu oa kăttota. Nè ka nè mal eul teutko i pöm eul
chukimyön na năn ohiryö choi ka öpsöto nö năn na răl sikhyösyö
salsyang eul hăyössăn cheuk choi ka nè kyè issăl kös ini nè ötchi
pulkyöng kyöngkyé é choi răl ani pöm hăyötta hăkénnanya. Keurön
koro nö răl nèka ui hăm euro i pöm eul ani chukil ppeun anira, i pöm
i hăngsyang sarrăm mata chyön hăyö onăn pöm ini, keuri alko
peutteulko ittaka, tto tarăn sarăm eul mannakö teun nö năn na oa
kătchhi keu sarăm euikyé chyön hăra' hăko tomang hăyö kani i
yönko ro i pöm eui pyölmyöng i chyönchyangho ra hăta.

Iché syésyang é sarăm i hok năm eui eunhyé răl nipko torohyé
eunhyé răl pèpan hăyö eunhyé niphin sarăm eul hèropké hănăn nom
i itta hăni euisim khöntè, i pöm eulnăm euikyé chyön hătön nom eui
tyéchă in ka hănora.

[11]이 전 에 한 사람 이 길 을 가더니, 앞에 큰 산 이 있고, 그 산 허리
에 높은 고개가 있는 데, 왼 편 며 오른 편 에 각 색 나무 와 꽃이며 향
기로운 풀 이 가득 하고, 나는 새 와 기는 짐승 이 이리 저리 왕 래 하
며 충충 한 바위 에 옥 같은 물 이 흘러 산 아래 떨어 지니 일만 구슬
이 뛰는 듯 하며, 그 물 이 모여서 큰 못을 이루고, 그 못 가 에 고기 잡
는 늙은 이 의 한가 이 앉아서 세발 낚시 대 를놓고 노래를 부르며 그
건너 나무 베어지고 가난 초부 의 쉬파람 소리 에 정신 이 흐미 하여
풍경 만 탐 하여 길 가는 수고를 잊고 혹 앉으며 혹 흥 하여 두-어-리
를 가더니 그 길 왼 편 에 좁은 길이 있어 가장 험 하거늘 생 각 하 데,
'이 길 은 어데 로 통 한 길 인고' 하고, 바위 위에 앉아서 쉬려 할 쯤
에, 나무 새 로 보니 범 과 사람 이 서로 마주 섰는지라. 마음 에 이상
하여, 두어 걸음을 옮겨 가서 자세히 본 즉, 나이 이십여 세 된 아이
가 한 손 으로 범 의 목 을 단단히 쥐고, 한 손 으로 곁에 선 나무 가지
를 붙들고 섰는데, 그 모양을 살펴보니, 범도 기운 이 진 하여 뒷발 만
땅에 닿이고 섰고, 그 아이 도 기운 이 진 하여 서로 바라 보고 섰는
즉, 그 형세 가 둘 중 에 하나이 먼저 기운 이 나면 하나이 죽을 지경
이라. 이 사람 이근본 기운 도 매우 있고 용맹 한 사람 이니 이 모양을
보고 사람을 구 하여 주려 하여 가까이 가니 그 아이 빌어 갈오데 -"
어디 계신 양반 이옵신지 모르오데, 소동 이 나무를 베다가 이 범을
만나온 즉 어찌 할 수가 없어 이 모양 이 되었사오니 이제 난 기운이
진 하여서 이 놈을 붙들고 잠깐 사이라도 있을 수가 없으니 소동 의
대신 으로 잠깐 붙들고 서서 계시면 소동 이 이 놈을 때려 죽일 것 이

---

11 번역문의 띄어쓰기는 위의 로마자 음역 표기 부분을 따랐다.

니, 마음 에 어떠 하옵시니까? 하거늘, 이 사람 이 대답 하데, '그렇게 하여라' 하고, 그 아이를 대신 하여 그 범 의 목을 단단히 쥐고 섰으니 그 범 이 움직이 지 못 하는지라. 재촉 하데, '내 가 갈 길 이 바쁘니, 바삐 이 놈을 죽여라,' 하데, 그 아이 대답 하데 '소동 이 지금 그 놈을 놓았은 즉 팔 과 손 에 오히려 기운 이 없으니 잠깐 더 기다리옵소서, 다른 데 로 가서 이 놈 죽일 기계를 가져 오리라' 하고 어디 를 가더니 두어시 동안 에 돌아오지 아니 하는지라. 이 사람 이 또 한 기운 이 진 하야, 이 범을 죽일 수도 없고, 놓을 수도 없어, 만일 놓으면 이 범 이 생 할 터이라. 생각하데, '내 가 가는 길 이 나갔으면 좋을 것을, 그 아 이의 목숨을 구원 하여 주려 하다가, 그 아이 난 구 하고, 나 난 죽게 되었으니, 이러 한 일 이 세상 에 또 있느냐?' 하고 그 아이 를 소리 질 러 부르데, 도무지 대답 이 없는지라. 이때 에 범 이 기운 이 다시 조 금 도라와서 제 몸을 요동 하려 하여 황 금 같은 눈을 부릅뜨고 주홍 같은 입을 벌리며 소리를 벼락 같이 하니 이 사람 이 본데 겁 이 없는 사람 인고로 과히 무서워 하 지 는 않으나 팔 과 손 에 기운 진 하여 가 는지라. 매우 위태 하여 근심 할 즈음 에, 그 아이 는 아니 오고 한 중 놈 이 동 편 길 로 나오며 나무 가 많은 즉, 이 사람 과 범을 잘 보지 못 하고 홀로 말 하데, '어디서 범 의 소리 가 나더니 내 가 찾아도 다시 소리 도 아니 나고, 눈 에 뵈지 도 아니 하니, 괴 이 한 일이로다.' 하 여, 이리 기웃 저리 기웃 하거늘, 이 사람 이 시뿐 다행 하여, 급히 부 르데, '대사 는 사람을 살려 주시오' 하니 그 중 이 놀라며 바삐 와서 보니 사람 이 죽을 지경 이라. 이 중 도 기운 은 많은 놈 이로데 무슨 기계는 없는지라. 또 생각하니 '중 의 법 에 도무지 무엇 이든지 죽이 며 생 하지 못 하는 법 이오: 또 생각 한 즉 저 범을 붙들고 있는 사람의 기운 다 하여 범을 놓칠 듯 하고, 범 은 기운 이 새로 와 가는지라.' 바삐 어서 범을 그 사람 대신 으로 붙들며 이로데'-여 보시오-내 말 을 들으시오-우리 중 의 법 은 제 손 으로 무엇 이든지 살생 하지 못 하난 법 인 즉, 내 가 친히 죽일지 못 하니, 이 범을 내 가 대신 으로 붙 들 터 히니, 팔을 잠깐 쉬고 어디 가서 편기를 가지고 와서 이 범을 죽 이시오' 하거늘, 이 사람 이 범을 놓고 멀리 달라 나며 이르데-"너 는 불경 만 읽고 맹자 의 글 은 읽지 아니 하였느냐? 맹자 라 하는 글 에 말 하기를 '사람 이 칼 로 사람을 죽이고가로데-내 가 사람을 죽이 지 아니 하고, 칼 이 사람을 죽었다-하면, 진실 로 사람 이 죄 가 없고, 칼 이 죄 가 있으랴" 하였으니, 네 가 지금 그 와 같다. 내 가 네 말을 듣고 이 범을 죽이면 나 는 오히려 죄 가 없어도 너 는 나 를 시켜서 살생을 하였은 즉 죄 가 네 게 있을 것 이니 네 어찌 불경 경계 에 죄 를 아니 범 하였다 하겠느냐. 그런 고로 너 를 내가 위 함 으로 이 범을 아니 죽 일 뿐 아니라, 이 범 이 향상 사람 마다 전 하여 오는 범 이니, 그리 알 고 붙들고 있다가, 또 다른 사람을 만나거 든 너 는 나 와 같이 그 사람 에게 전 하라' 하고 도망 하여 가니 이 연고 로 이 범 의 별명 이 전장 호 라 하다.

　이제 세상 에 사람 이 혹 남 의 은혜 를 잊고 도로히 은혜를 배반 하 여 은혜 입은 사람을 해롭게 하는 놈 이 있다 하니 의심 컨데, 이 범을 남 에게 전 하던 놈 의 제자 인 가 하노라.

제3장

『진언집』을 통해, 한국 불교문명과 고전학의 가능성을 말하다

- 영국외교관 스콧, 「한국의 역사와 문학에 관한 만필(漫筆)」(1894)

J. Scott, "Stray Notes on Korean History and Literature," *China Branch Royal Asiatic Society* 28, 1894.

스콧(James Scott)

┃ 해제 ┃

　스콧(James Scott, 1841~1920)은 조선 임시 총영사로 부임한 애스턴의 보좌관으로 1884년 4월 26일 내한했다. 6월 6일 인천 주재 영국임시 부영사로 임명되어 1885년 7월까지 근무했으며, 그 후 1887년 5월 30일 영국 인천 부영사 대리로 착임하여 1892년 4월에서 9월 26일까지 재임하였다. 그는 다수의 한국학 저술을 남긴 인물은 아니다. 하지만 당시 스콧의 한국어학 관련 업적은 큰 의미를 지닌 것이었다. 그가 2번 출판한 한국어문법서는 비록 파리외방전교회의 『한어문전』의 내용을 추려 영어로 편찬한 저술이지만 당시 영어로 된 최초의 한국어문법서였다.

그는 언더우드에 이어 2번째의 영한사전을 출판하기도 했다. 스콧의 영한사전에는 한국어학 논문으로 보아도 무방할 「서설」이 수록되어 있으며, 한글의 기원, 특징, 비교언어학적 특징에 관한 상세한 논의를 담고 있다.

우리가 번역한 스콧의 논문은 「서설」에서 그가 보여준 한국민족과 한국어에 관한 그의 관점과 연구방향이 투영되어 있다. 스콧의 「서설」에서 '한국의 사신들이 북경(北京)에서 범어에 능숙한 중국인을 만나 한글자모에 대한 개념을 얻었다'는 가설은 모리스 쿠랑과 게일에 의해 비판받은 바 있다. 하지만 한국학을 접근하는 두 사람과 다른 스콧의 관점이 반영되어 있다. 즉, 유교를 중심에 놓은 관점을 보여준 쿠랑, 게일과 달리, 그는 중국의 방언과 일본어, 동아시아의 불교 문명(불경 번역)을 통해 한글자모의 기원을 기술하고자 한 다른 지향점을 지니고 있었다. 스콧의 논문은 그의 영한사전 「서설」에서처럼 어학적인 연구성향이 강하며, 한국의 역사와 문학은 간헐적인 차원에서 이야기된다. 또한 상해에서 출판된 외국인의 중국학 잡지에 수록된 글이었기에, 중국학에 있어서 한국연구가 지닌 의미와 가치, 중국과의 비교 고찰이 전제될 수밖에 없었다.

하지만 이 논문은 외국인의 한국고전학으로 충분히 포함할 만하다. 왜냐하면 그의 초점은 한국인의 한국어로는 탐구할 수 없는 지평을 향해 나아가고 있었기 때문이다. 이는 유럽 열강과의 조약에 따라 진행된 교류의 역사와 별도로 존재하는, 한국의 문헌이 이야기해 주는 한국의 고전세계였다. 그의 초점은 '한국어'에서 '한국문헌'으로 변모되고 있었다. 그는 한국의 사찰에서 승려들과의 오랜 교류 속에서 간신히 얻을 수 있었던 『진언집』을 통해, 과거 한국인의 한글에 관한 음운론적 지식을 발견했고, 이를 기반으로 한국을 체험하지 못한 외국인의 한국어에 관한 진술들을 비판할 수 있었다. 스콧은 이후로도 사찰 속을 돌며 한국의 불교문명, 이 장소에 보관되고 있는 한국의 문헌, 한국의 고전세계를 탐구하기를 희망했다. 물론 그의 꿈은 이뤄지지는 못했다.

┃참고문헌

이상현, 『묻혀진 한국문학사의 사각-외국인의 언어·문헌학과 조선후기-식민지 언어문화의 생태』, 박문사, 2017.

이상현, 「한국주재 영국외교관, 스콧(J. Scott)의 '훈민정음 기원론'과 만연사본 『眞言集』」, 『한국언어문학』 99, 2016.

황호덕·이상현, 『개념과 역사, 근대 한국의 이중어사전』 1-2, 박문사, 2012.

小倉進平, 『朝鮮語學史』, 刀江書院, 1940.

In giving a few notes on Corean history and literature, I would fain preface my remarks with an appeal to the kind indulgence and consideration of the reader. The field of enquiry is a wide one and at best but only partially known. Until very recent years the country was a sealed kingdom, barred and banned against foreign intrusion, and the outside world all intercourse was denied.

한국의 역사와 문학에 대한 몇 가지 글을 전하면서, 나는 독자들

의 너그러움과 이해에 대한 부탁을 서문에 적을 수밖에 없다. 이 조
사의 범위는 방대한 것이며, 기껏해야 일부 알려진 내용에 불과하
다. 최근까지도 이 나라는 봉인된 왕국이었으며, 잘 알려지지 않고
있고 외국에 대한 문호가 금지되었으며 외부 세계와의 모든 교류가
부정되었다.

So far as I have been able to gather from historical records, there
are only three sources affording us any information of Western
nations coming in contact with the people and country in personâ
propriâ. First, we have the Mohammedan traders, who, in their
peregrinations along the coast of China in search of commerce,
visited the south-west coast of the peninsula towards the close of the
eighth century, as recorded by Arab geographers of the period. Their
presence in the country is proved by a philological factor peculiar to
Corean euphony whereby shinra - zenra of the Japanese and shinlo of
the Chinese - passes into silla of the Corean.[The principle governing
these changes will be explained under the rules regulating Corean
euphony.]

내가 수집할 수 있었던 역사적 기록들의 범위에서, 서구의 국가가
스스로 한국과 한국인들을 접촉한 정보를 우리에게 제공해 주는 세
가지 자료가 있다. 첫째, 8세기 말 한반도의 남서부 해안을 방문했던
이슬람 상인으로, 이 시기 아랍 지리학자의 기록에 따르면 이들은
상거래를 위해 중국 해안을 따라 횡단하고 있었다.[1] 한국에서 이들

의 존재는 한국어 음운에 관련된 한 가지 언어학적[2] 요인으로 입증되고 있다. 신라[shinra]—일본어의 'zenra'와 중국어 'Shinlo'—가 한국 silla의 일부분이 되었는지 그 문제는 전차하고 말이다.[3][이러한 음운 변화를 규율하는 원칙은 일반화된 한국어 음운 법칙에 따라 설명될 것이다.]

From these Arab merchants we gather little regarding the country, only an incidental reference to a few article of commerce. It was not until the seventeenth century that Europeans came in contact with Coreans, when some unfortunate Dutchmen were shipwrecked on the coast, and hold captive for years. The narrative of the Duthch supercargo Hamel, written towards the close of the seventeenth

---

1 서양에 한국이 알려지는 데, 동양과 서양 사이의 교량 역할을 담당한 이들이 이슬람 문화권의 사람들이었으며, 9세기 중엽 많은 아랍의 문헌들 속에는 신라를 다녀온 그들의 귀중한 기록이 남겨져 있다. 스콧이 이야기하는 자료는 9세기경 아라비아의 지리학자 코르다드베의 저술(Ibn Khordadbeh, *Book of Roads and Provinces*)을 지칭하는 것이다. 이와 관련하여 스콧은 그리피스의 저술을 참조했다. 그리피스의 저술을 보면, 당시 서구인들이 아라비아의 지리학자의 저술을 직접 참조한 것은 아니란 사실을 발견할 수 있다. 그것은 일종의 재인용이었다. 코르다드베의 논지가 알려지게 된 가장 중요한 계기는 실크로드라는 이름을 사용한 유명한 독일의 지리학자인 리히트호펜의 책에 인용되었기 때문이다. (Ferdinand von Richthofen, *China, Ergebnisse eigner Reisen und darauf gegründeter Studien* 3, Berlin, 1877 p.575)
2 'philological'은 오늘날 통상 '문헌학적인'이라는 의미이지만 스콧의 논문과 이 시기 학술적 용례를 따른다면 '언어학적'이라고 번역하는 편이 더욱 타당하다. 왜냐하면 문헌 속의 과거 언어와 변별되는 현재의 생활어를 과학적인 연구방법론에 의거하여 연구한다는 어학 연구의 관점과 방향이 선교사/외교관의 어학연구에는 투영되어 있지 않은 형국이었기 때문이다.
3 아랍 지리학자는 신라의 국명을 silla[실라]로 표기했는데, 이는 중국, 일본어의 한자음 표기와는 다른 것이었다. 하지만 여기서 silla[실라]가 한국의 신라를 지칭하는 것에는 서구인 모두가 동의했던 것이다.

century, gives a graphic account of Corean manners and customs, and, as read at the present lines, conveys an exact picture of the people and country. Place after place which he mentions in their captive wanderings have been identified, and every scene and every feature can be recognised as if it were a tale told of to-day. So strong is native conservatism both in language and habits that Hamel's description of two hundred years ago reproduces every feature of present Corean life. The only relies of these unfortunate captives so far discovered have been two Dutch vases unearthed in Seoul in 1886. The natives knew nothing of their origin, beyond a vague belief that they were of foreign manufacture. The figures on them, however, told their own tale of Dutch farm-life, and the worn rings of the handles bore marks of the constant usage of years. We may well fancy them to be the last of the household gods of the shipwrecked Wetteree, who, like Will Adams of Japanese history, lived and died a captive exile though the honoured guest and advisor of the king and government. The presence of these captive Dutchmen in Corea may perhaps explain what must always seem an anomaly among Asiatic races, namely blue eyes and fair hair. These peculiarities have been frequently observed by travellers in various parts of the peninsula, exciting comment and conjecture without, hitherto, any definite explanation.

이들 아랍 상인들로부터 우리는 이 나라에 대한 자료는 거의 수집하지 못했으며 상업에 관한 적은 몇몇의 기사들에 대한 아주 단편적인 참조만 가능했다. 17세기가 되어서야 유럽인들이 한국과 접촉했는데, 이때 불행히도 네덜란드인들은 해안에서 난파되어 수년 동안 포로로 잡혀 있게 된다. 17세기 말에 쓰인 이 네덜란드 감독자 하멜의 이야기는 한국인의 풍속과 관습에 관한 생생한 이야기를 제공해주며, 현재에도 읽어 보면 당시 사람들과 나라의 모습을 정확히 담고 있음을 알 수 있다. 그가 포로로 방랑하는 동안 언급한 모든 장소들이 증명해주며, 모든 장면과 특징들은 마치 오늘날의 이야기처럼 인식될 수 있다. 언어, 관습에서 토착적인 보수주의가 너무 강하기에 하멜의 2백년 전 묘사는 현재 모든 한국인의 생활의 특징을 재현한 것이다.[4] 이 불행한 포로들과 관련하여 확인된 내용 중 유일한 유물은 네덜란드의 화병 두 개가 1886년 서울에서 발굴되었다는 점이다. 한국인들은 그 원산지에 대해서 알지 못하고 있었고 오히려 외국에서 제조된 것이라는 막연한 생각을 가졌다. 하지만 당시 모습은 네덜란드 농가의 삶에 대한 그들 자신의 이야기를 말해주고 있으며, 손잡이의 낡은 고리는 오랫동안 그들이 사용한 세월의 흔적을 간직하고 있었다. 우리는 일본 역사 속 왕과 정부의 귀한 손님이자 고문이었음에도 포로가 되어 끌려간 자로 살다가 죽은 W. 아담스와 같이[5], 난파되었던 때테레(Wetteree)[6]의 가보(家寶)가 다다른 마지막을,

---

4 스콧이 거론하는 책은 하멜의 표류기이다. 하멜 표류기는 1668년 네덜란드에서 암스테르담과 로테르담에서 초판이 간행된 이후, 프랑스어, 영어, 독일어로 번역되었다. 스콧을 비롯한 영미권 외교관 혹은 선교사들이 주로 참조한 영역본은 "H. Hamel, *Narrative of an Unlucky Voyage and Imprisonment in Korea*, 1653-1677, 1744"이다.

5 스콧이 거론한 윌리엄 아담스(William Adams(三浦按針), 1564-1620)는 일본을 방문한 최초의 영국인이자 항해사이다. 일본에 표착(漂着)하여 들어온 그는 도

이를 통해 상상해볼 수도 있을 것이다. 이들 네덜란드인 포로의 존재는 무엇이 아시아인 사이에서 변종으로 보이는지를 설명해주는데, 소위 파란 눈과 금발이다. 이런 특징은 한반도의 다양한 지역 내 여행자들에 의해서 흔히 확인되며, 지금까지도 명확한 설명 없이도 풍문과 억측을 불러일으킨다.

The third period of contact with Western civilisation dates from the attempt of the Jesuit Fathers to penetrate into Corea in the early part of the present century. The history of Roman propagandism in the country is so recent and well known that it will suffice to merely allude to it in the present article as a long record of patient endurance and suffering, such as martyrs invite in the diffusion and defence of their faith. But to these Fathers we are indebted for our first knowledge of the language, and their Corean-French dictionary embodies the labour and research of years, - a monument of painstaking accuracy and erudition.

서양 문명을 접한 세 번째 시기는 금세기 초반 예수회 신부들이 한국을 찾던 시간으로 거슬러 올라간다. 국내에서 가톨릭 전도의 역

쿠가와 이에야스의 외교정책 고문이 되어, 영주가 되었다. 그는 서구식 선박을 제조했으며, 네덜란드, 영국 상인들 사이에서 중개활동을 담당했다. 또한 일본에 동인도회사를 설립함에 크게 기여하였다. 그는 본국으로 귀국을 희망했으나, 이는 거절당했고 그의 삶을 일본에서 마감해야 했다.

6 조선에 귀화했던 최초의 서양인인 朴淵(혹은 朴燕, J. J. Welteveree)을 지칭하는 것으로 보인다. 그 역시 네덜란드 출신으로 풍랑을 만나 한국에 표착하여, 포로가 된 인물이다. 그는 하멜 일행의 통역을 담당했다.

사는 아주 최근이며, 현재 내용에서는 순교자가 선교와 자신의 믿음을 지키며 찾은 것처럼 인내심 있는 버팀과 고난의 오랜 기록과 같은 단순한 암시에 불과하다는 점은 잘 알려져 있다. 하지만 이들 신부들에게 우리는 한국어에 대한 최초의 지식, 그리고 수년 간의 노고와 연구로 만들어진, 근면한 정확성과 박식함의 기념비『韓佛字典』에 빚을 지고 있다.[7]

My subject, however, in the present article must lie altogether apart form the history of foreign intercourse as developed during the past ten years under treaty with European powers. This opening of the country, however, has introduced us to a new race and people with a language dating from pre-historic times, and throwing valuable side-lights on the original pronunciation of Chinese as used in their ancient Classics and Poetry.

그러나 지금 이 글에서의 나의 주제는 유럽 열강과의 조약에 따라 지난 10년 동안 진행된 교류의 역사와 별도로 존재하는 것임에 틀림 없다. 하지만 이 나라의 개방은 우리에게 선사 이전 언어를 가진 새로운 인종과 사람들을 소개해 주었고, 고전과 시문에 사용된 중국

---

7 파리외방전교회가 출판한『韓語文典』과『韓佛字典』을 말한다. 실제 스콧은『韓語文典』을 참조하여 한국어문법서를 발간한 바 있다. 그가 발행한 사전의 서문에서는『韓佛字典』을 참조사전으로 말하지 않았으며, 그의 사전 영어에 대응하는 한국의 구어를 중심으로 편찬한 사전이다. 하지만 한국어를 연구한다는 넓은 범주에서『韓佛字典』은 중요한 역할을 했음을 이러한 스콧의 기술을 통해 발견할 수 있다.

고유의 발음에 대한 가치 있는 자료들을 제공해 준다.

As a race, the Coreans occupy a very unique position on the east of Asia; while their language, both as regards its own intrinsic peculiarities as a distinct tongue, and especially in respect to ancient Chinese sounds, is well worth the serious study of sinologues and philologists.

민족으로서 한국인은 동아시아에서 매우 고유한 위치를 지닌다. 또한 그들의 언어는 구어로서 그 언어가 지닌 본래의 고유성과 함께, 특히 중고 중국어 발음[중고한자음]을 충실하게 따르는 점은 중국 학자와 언어학자에게 중요한 연구 가치를 지니고 있다.

Coreans are unanimous in ascribing to Kitzu(箕子), an exile from North China in B.C. 1122, the introduction of writing by means of Chinese characters. Coreans trace their ancestral home to the valley of the Sungari River, from which they pushed their way southwards, as did their successors, the Tartars and Manchus of modern history. But instead of entering China, they located themselves along the Yaloo River and occupied the fertile plains to the south. Here Kitzu established his rule, and the country became a land of refuge for fugitives from North China. At the present day, the grave of Kitzu in the north-west province is carefully tended and venerated as the resting-place of Corea's patron saint. Each succeeding dynasty and government vies in guarding this sacred national relic, for, to Coreans, Kitzu is no myth or legend of bygone ages. As are Mecca and Muhomet to the Mussulman believer, so is Kitzu to the Corean scholar,-the father and founder of their civilisation and history.

    한국인들은 BC 1122년 중국 북부로부터 망명한 기자(箕子)가 한자로 글 쓰는 법을 소개했다는 점에 이견이 없다. 한국인들은 그들의 선조들의 고향을 송화강(松花江) 유역에서 찾았고 그곳으로부터 남하하였으며, 이는 타타르족이나 만주족 근대사에서 그들의 선조와도 같다. 그러나 중국으로 들어가지 않고, 이들은 압록강(Yaloo River)을 따라 정착하였고 남쪽까지 비옥한 평야에 자리 잡았다. 여기에서 기자는 그의 법령을 수립했고 이 나라는 북중국의 난민을 위한 도피처의 땅이 되었다. 현재, 북서부에 있는 기자(箕子)의 무덤은 한국 시조의 안식처로서 돌보고 숭배된다. 각 계승 왕조와 정부는 이 신성한 국가적 유산을 지키기 위해 경쟁했다. 왜냐하면 한국인에게 기자는 과거 시대의 신화나 전설이 아니기 때문이다. 이슬람 신자에게 메카나 마호메트와 같이, 한국의 학자들에게 기자는 문명과 역사의 아버지이자 창시자이다.

It is not, however, until we came to the second century B.C. that we can feel ourselves on sure ground in regard to Corean records, which at the period possess but little interest for the general student. The peninsula was occupied by a congeries of rude tribes under petty chieftains warring and fighting with each other, but all the line being driven farther and farther south as the hardy inhabitants of the north forced their way into the country and settled in the plains to the south of Yaloo River. The aborigines, driven from their home by these invaders from the north, sought refuge in the Kiusha islands in Japan across the Tsushima Channel. The result on the race has been twofold, - two distinct characteristics of type: one, the Tartar or Manchu, tall of stature, with well cut features; and the other, Japanese, with its distinctive individualities of build and physiognomy. Tradition and history alike bear out these characteristics. As the northern races from the Sungari River pushed forward under pressure of population and the severity of climate, seeking warmer regions and more congenial surroundings, the aborigines themselves sought a new borne in Japan. And recent, researches ascribe the Japanese language to Aino origin based on Corean grammatical construction, and the remarkable parallelism and similarity of Corean and Japanese syntax can only be explained by race identity of Corean in pre-historic ages. The explanation offered is, that the Ainos impressed their vocabulary on the immigrants from the peninsula, but that these immigrants were unable to abandon their own peculiar grammatical construction. Certainly, in subsequent historical years, art and literature have always been intimately associated between the two countries: Corea imports and barrows from China, and in her turn passed on her new civilisation to Japan, where the pupil, more apt than the master, and located in more favourable surroundings, has long outstripped Corea in the march of progress.

하지만 BC 2세기에 이를 때까지 한국의 사료와 관련하여 확실한 근거를 느낄 만한 것이 없으며, 이 시기에는 일반 학생들에는 흥미를 가질 만한 것이 거의 없다. 한반도는 서로 전쟁을 일삼고 분쟁을 벌이는 작은 우두머리들 아래 미개한 부족들이 자리 잡고 있었으나, 북방의 강력한 거주민들이 진군하여 압록강 남쪽으로 평야에 정착하게 되면서 점점 더 남쪽으로 밀리게 되었다. 북방 침입자에 의해 자신의 터전으로부터 쫓긴 원주민들은 쓰시마 해협을 가로지르는 일본 규슈의 난민이 되었다. 이후 이 종족은 두 부분으로 나뉘면서 두 가지 고유한 특성을 가지게 된다 - 그중 하나는 타타르족 또는 만주족으로 키가 크고 옷을 갖추고 있었으며, 다른 하나는 일본인으로 체구와 얼굴이 확연히 달랐다. 전통과 역사는 모두 이런 특성을 말해 주고 있다. 송화강 북부 지역이 인구 팽창과 기후적 영향의 압력으로 살기 어려워지자 따뜻한 지역과 유사한 환경을 찾게 되면서, 원주민들은 일본에서 새로운 탄생을 추구하게 되었다. 그리고 최근 연구는 일본어가 한국어의 문법적 구조에 바탕을 두고 있는 아이누 말에서 비롯된 것이라는 점을 보여주며, 한국어와 일본어의 유사성과 평행관계는 선사시대의 민족 유사성(또는 동질감)으로만 설명될 수 있다.[8] 이 설명은 아이누 족이 한반도로부터 이주자에 대한 말에

---

8 스콧의 상관이며 주한 영국의 영사관이었던 애스턴의 논문을 참조한 것으로 보인다. 애스턴의 이 논문은 오늘날에도 한국어의 계통론을 논한 논저 중에서 한일 양국어의 同係說을 주장한 효시로 평가된다.(W. G. Aston, "A Comparative Study of the Japanese and Korean Languages," *The Journal of the Royal Asiatic of Great Britain and Ireland, new series* Vol. XI, Part III, 1879.)

관심을 가졌으나 이들 이민자들은 자체적인 문법 구조를 버릴 수 없었다는 것이다. 분명한 것은 이후 역사에서 미술과 문학이 항상 두 나라 간에 밀접한 연관성을 가져왔다는 점이다: 한국은 중국으로부터 수입하고 차용하였으며, 일본에 새로운 문명을 전달해 주었고, 스승보다 우호적인 환경에서 사는 재주 있는 이 제자는 진보경쟁에서 한국을 오랫동안 능가해왔다.

A study of the native vernacular, eliminating all terms strictly Chinese, proves clearly that the Coreans from their earliest ages were in possession of many of the elements of culture and society. They understood the manufacture of copper and iron, employing charcoal in the reduction of these metals. Coal does not appear until very recent years, and though found in great quantities in the north-west is practically undeveloped and unused. Gold and silver both exist largely in the peninsula, but until the advent of Chinese among the people, the precious metals were unknown and ignored. Again, in agriculture the Coreans were highly advanced, as evidenced by the long string of native names for all kinds of grain and produce. But one factor, however, shows how primitive the race must have been at best. I refer to the few numerals that are purely Corean in origin, namely from 1 to 99. And this restricted limit proves how meagre must have been their ideas of property , - a simple people with few requirements, such as are still found among the poor classes in scattered villages. But as they advanced in civilisation from contact

with China, Chinese numerals were imported to supply the
deficiencies of their native vocabulary. I would here request the
attention of sinolgues and others to the pronunciation of these
Chinese-Corean numerals from 1 to 10 and upwards as compared
with the sound now in use in Cantonese. Especial study and research
will be necessary to explain the aspirate and l final of Corean for the
nonaspirate and t final of Cantonese.

　　모든 한자어를 배제한 토착적인 고유어에 대한 연구는 이른 시기
부터 한국인이 문화와 사회적인 요소를 가지고 있었다는 것을 입증
하고 있다. 이들은 숯을 활용한 금속 환원을 사용하여 동과 철의 제
조 방법을 이해했다.[9] 석탄은 매우 최근에서야 등장했으며 북서부
에서 상당량을 발견했음에도 개발되거나 사용되지 않고 있다. 금과
은은 모두 한반도에 대량으로 존재하고 있으나 중국인이 출현하기
전까지 사람들은 진귀한 금속으로 인식하지 못하고 무시되고 있었
다. 또한 농업에서 한국인들은 크게 진보했으며 대부분 곡물과 농산
물의 한글 이름을 통해서도 알 수 있다. 하지만 한 가지 요소는 얼마
나 이 민족이 원시적인지를 보여주고 있다. 저자는 고유로 된 숫자
가 1에서 99까지 밖에 거의 보지 못했다. 그리고 이 제약은 얼마만큼

---

9 스콧은 한국어에서 철을 주조하는 것과 관련된 한국의 고유어를 통해서 이 점
　을 추론한 듯하다. 그의 영한사전(J. Scott, *English-Corean Dictionary,* Corea:
　Church of England Mission Press, 1891)에서 그의 논문에서 그가 제시한 영어 어
　휘를 포함한 관련 항목들을 정리해보면 다음과 같다. forge(of iron) 쇠로문 ㄷ다 /
　Cat Iron 무쇠 / Copper 구리, 동 / iron 쇠, 텰, (cast)무쇠, (malleable) 시위쇠, 텰ㅅ,
　쇠실 / ironclad 텰갑선 / charcoal 눗, 검탄.

자산의 개념이 부족한지를 보여준다 - 이처럼 분산된 부락에서 가난한 사람들 중에서 확인할 수 있듯이 요구사항이 거의 없는 단순한 사람들이다. 하지만 중국과 접촉으로 문명이 발전하면서 중국어 수사가 유입되어 순수 한국어 어휘의 부족함을 채워주고 있다. 저자는 여기에서 중국학자나 다른 이들에게 현재의 광둥어[廣東語] 소리와 비교하여, 1에서 10까지와 그 이상의 중-한 숫자 발음에 주목하도록 요청하고자 한다. 광둥어 종성 't'와 비기식음에 대한 한국어의 종성 'l'과 기식음을 설명하려면 특별한 연구와 조사가 필요할 것이다.

The great starting-point in the history of Corean literature must date from the introduction of Buddhism in A.D.372. The devotees of the new cult gave themselves up to the study of their ritual in the original Sanscrit under the teaching of Hindoo masters. By the end of the fifth century Buddhism was the acknowledge religion of the people, and Corean enthusiasts pushed across into Japan, propagating and establishing their new faith. Until the beginning of the fifteenth Buddhist priest were repositories of learning in Corea, and wielded a power and influence accordingly. One result of the study of Sanscrit by Buddhist priests, both in China and Corea, has been the system of phonetics by means of Chinese characters, whereby they endeavoured to reproduce the value and sounds of Sanscrit vowels and consonants, which they divided into gutturals, palatals, dentals, labials, aspirates, etc, in strict conformity with the Sanscrit classification. As being more or less technical, I will supply a list of the Chinese characters

employed by Buddhist priests to transcribe Sanskrit sounds to any
student desirous of obtaining them.

한국 문학의 역사에서 본격적인 출발점은 AD 372년 불교가 도입
된 날로부터이다.[10] 이 새로운 종교에 대한 열광적인 신자들은 인도
스승의 가르침에 따라 산스크리트어 원본으로 자신의 종교의 의식
에 대한 연구에까지 이르고 있다. 5세기 말, 불교는 국교로 인정되었
고 한국의 열성적인 신도들은 일본으로 이 새로운 종교를 전파하였
다. 15세기 초반까지 불교 승려들은 한국에서 지식의 보고[寶庫]였
고 그에 따라 권력과 영향력을 휘두르게 되었다. 한국과 중국에서
불교 승려들의 한 산스크리트어 연구 결과는 한자를 통한 음성 표
기 체계였으며, 이는 산스크리트어 자모의 값과 소리를 재생하는
데 주력했고 산스크리트어의 엄격한 분류에 따라 후두음, 구개음,
치음, 양순음, 기식음 등으로 나뉘었다. 다소 전문적인 것일지도 모
르지만, 나는 불교 승려가 이 산스크리트어 소리를 이 언어를 배우
려는 학생들에게 음역하도록 사용한 한자어 목록을 제공하도록 할
것이다.[11]

Towards the close of the eighth century, Syel Ch'ong(薛聰), a
famous priest and scholar of the Silla dynasty, composed the Nido(吏

---

10 스콧은 고구려 소수림왕에게 진(秦)왕 부견(苻堅)이 불화와 경전, 승려를 보낸
   사료를 근거로 이 점을 주장한 것으로 보인다. (『三國史記』권 18 고구려본기6,
   「소수림왕 2년」)
11 실제 스콧은 그의 말대로 목록표를 개신교 선교사들 편찬한 국내 정기간행물에
   게재한다.(J. Scott, "Sanskrit in Korea," *The Korean Repository* IV, 1897.)

讀) syllabary, i.e, some 250 Chinese characters, arbitrarily selected to represent the sound of the noun inflexion or verb conjugation as heard in the native vernacular, on the same principle as the Katakana of modern Japanese, whom attached to Chinese ideographs. This Nido syllabary, so-called from being constantly used by subordinate officials unequal to the niceties of pure Chinese composition, is merely an adaptation of Chinese characters employed for their phonetic value; whereas the present Corean script is a true alphabet both in form and use, though combined into a syllabary. Its invention, however, dates some six centuries later, when by that time three changes of dynasty had been effected in the history of the peninsula. Silla disappeared in A. D. 934 and was succeeded by the unification of the different clans under the Kaoli or Kori rulers, a name rendered Corea by the early Portuguese and now transformed into Corea in our English parlance. The year 1392 A. D. saw the extinction of this Kaoli dynasty, when the present rulers of the country resumed their original designation of Cho-son as used by Kitzu in their early mythical ages.

8세기 말 무렵, 신라의 유명한 승려이자 학자인 설총(薛聰)은 이두 문자 체계를 구성하였다.[12] 예를 들어, 일본의 근대 가타카나에서도

---

12 스콧은 분명한 참조 표시를 하지 않았기에, 실제 그가 한국의 어떤 역사적 문헌을 통해 설총이라는 존재를 말했는지를 분명하게 추론할 수 없다. 다만 스콧과 동시기 한국학적 업적을 내놓은 모리스 쿠랑이 『삼국사기』와 『문헌비고』를 출처로 제시한 점을 염두에 둘 필요는 있다.

근거가 되고 있는 약250개의 한자가 한국어에서 들리는 명사의 굴절과 동사의 활용을 나타내도록 자의적으로 선택되었다. 이두는 순수 중국어의 미묘함을 따라갈 수 없었던 하급 관리들이 계속해서 사용했기 때문에 이두[吏讀]라고 불리게 되었다. 이 이두 문자 체계는 단지 음가를 나타내기 위해서 사용된 한자의 채택일 뿐이다. 반면에 현재 한국의 문자는 비록 음절로 결합하지만 형태와 사용 면에서 충실한 자모이다. 하지만 실제 고안은 한반도 역사에 세 번의 왕조가 더 들어선 이후인 약6세기 이후가 된다. 신라는 AD 934년에 멸망하였고 고려(Kaoli, Kori)의 통치로 재통합되었으며 고려는 초기 포르투갈어로 Corea가 되며 현재 영어로 Corea가 되었다. AD 1392년은 고려왕조가 멸망했으며, 현재 통치자들은 과거 기자와 같이 조선(Cho-sen)의 칭호를 재개하였다.

The fifteenth century may well be termed the Augustan age in the history of the peninsula. A strong, vigorous and independent government held away from the Long White Mountains on the north to the Straits of Tushima in the south, including at one time that island itself. Literature and arts flourished. The ambition of the Royal House then, as now, was to mark and accentuate the individuality of its country as an independent State distinct from China and Chinese influence, either literary or political. When the first king of the present dynasty seized throne in 1392, he was careful to have his title to rule duty acknowledged by the Chinese Emperor us his suzerain, and received, as has been done by his successors, investiture accordingly. Annual missions followed to the Ming Court at Nanking, where the Coreans came into contact with the envoys from the vassal States on the borders of China, each possessing a language and script distinct from Chinese. The king of Corea, desirous of accentuating his independence, resolved to abandon the use of Chinese writing as the official medium of correspondence; and invented an alphabet suited to the special requirements of the native vernacular.

15세기는 한반도 역사에서 문예전성기라 일컬을 수 있다. 강하고 역동적이며 독립적인 정부가 북쪽의 백두산(Long White Mountain)으로부터 남쪽으로는 쓰시마 해협과 그에 속하는 섬까지 통치하였고, 문학과 예술이 번성하였다. 왕조의 야망은 현재와 같이 문자적으로나 정치적으로 중국과 다르고 중국의 영향을 받지 않는 독립된 개별 국가가 되는 것이었다. 조선의 태조가 1392년에 즉위할 때, 자신의 통치 권한을 종주국인 중국 황제로부터 인정을 받고 그 상속자로서 수용되도록 했다. 사신들은 남경[南京]에 있는 명나라를 조정으로 해마다 갔으며 여기에서 한국은 중국 국경에 면하고 있는 국가의 사신[명의 봉신국가들]을 접하게 되고 그들 모두 중국과 다른 언어와 문자를 가지고 있었다. 자신의 독립성을 강조하고자 한 한국의 왕은 공식적인 의사소통 수단으로서 한자를 이용한 표기의 사용(이두 사용)을 그만두기로 결심하였으며 자국어의 특수한 요건에 맞는 자모를 고안하였다.[13]

---

13 스콧은 한글의 기원과 관련하여, 북경의 궁정에서 범어에 능통한 중국인을 만나 애기를 나눈 곳에서 한글이 첫 개념이 형성되었다는 주장을 펼친 바 있다.(J.

Corean historical annals published under government auspices, as also Buddhist records, all agree in ascribing the date of the publication of this corean alphabet to A. D. 1447. A royal proclamation was then issued recapitulating its advantages compared with clumsy and cumbersome system Syel Ch'ong as above explained. Native conservatism proved too strong for even royal decrees; and the Corean script has become relegated to the lower masses and among women and children. But for educational purposes, this Corean alphabet has proved invaluable; and commentaries have been prepared in the vernacular explaining the Chinese Classics, giving the Corean sounds and meanings of the Chinese text. The Ok P'yen (玉篇), the standard dictionary of Chinese in Corea, reproduces in native script the pronunciation of Chinese ideographs.

정부의 후원 아래 출판된 한국의 역사적 연대기들은 불교도의 기록과 같이, 모두가 AD 1447년을 한글의 발표일로 여기는 데 동의한다.[14] 왕조의 선포는 앞서 설명한 설총의 다소 미흡하고 불안정한 체계와 비교할 때 장점을 요약하여 발표되었다. 심지어 왕조의 어명보다 재래의 보수성이 너무 강함이 증명되었다. 그리고 한글은 하위계

Scott, "Introduction," *English-Corean Dictionary,* Corea: Church of England Mission Press, 1891. p.ⅷ.) 그는 한국의 사신들이 여러 국가의 사신과의 만남을 통해 한글이 형성되었다는 견해를 이 논문에서도 표명하고 있는 셈이다. 물론 이 학설은 인정받지 못했으며 모리스 쿠랑, 제임스 게일 등에 의해 비판을 받게 된다.

14 한글반포와 관련하여 스콧이 분명히 참조한 역사서는 『國朝寶鑑』이다. 영한사전에 수록된 한국어 논문이기도 한 글에서 이 점을 밝혀 놓았다.(Ibid., p.ⅸ.)

충과 여성 및 아동의 것으로 격하되었다. 하지만 교육적 목적으로 한글은 매우 유용하게 되었으며, 한문 고전을 한국어로 설명하는 고유어 주석을 마련하였고 한자에 대한 한국어 발음과 의미를 제공하였다. 한국에서 규범적인 한자 사전인『옥편』은 한문 텍스트에 실린 한자의 발음과 의미를 현지의[한국의] 표기로 표현했다.

As originally invented the Corean alphabet consisted of 28 distinct letters divided into initials, finals and vowels. Eight letters were used as initials or as finals.

ㄱ, ㄴ, ㄷ, ㄹ, ㅁ, ㅂ, ㅅ, ㅇ.
k, n, t, l/r, m, p, s/t, ng

Nine letters could only be employed as initials.

ㅋ, ㅌ, ㅍ, ㅈ, ㅊ, ㅿ, ㅇ, ㆆ, ㅎ.
k', t', p', ch, ch', j, -[15], n[16], h

There are eleven vowels, viz. : -

ㅏ, ㅑ, ㅓ, ㅕ, ㅗ, ㅛ, ㅜ, ㅠ, ㅡ, ㅣ
a, ya, e, ye, o, yo, u, yu, eu, ă

---

15 spiritus lenis.[원주: 역자 - 기식성 연음]
16 spiritus nasal.[원주: 역자 - 기식성 비음]

But as at present, employed the Corean alphabet contains only 14 instead of 17 consonants. From among the initials, three letters disappeared from their script and were replaced by the form corresponding to nasal ng, ㆁ, which as an initial had also lost its nasal sound and is now employed to represent, a pure open vowel corresponding to the spiritus lenis.

　　최초 고안된 한글은 초성, 종성 및 모음(중성) 등 28개의 구별되는 문자로 구성되었다. 8자는 초성과 종성으로 사용되었다.

　　ㄱ, ㄴ, ㄷ, ㄹ, ㅁ, ㅂ, ㅅ, ㆁ.
　　k, n, t, l/r, m, p, s/t, ng

9개는 초성으로만 사용될 수 있었다.

　　ㅋ, ㅌ, ㅍ, ㅈ, ㅊ, ㅿ, ㅇ, ㆆ, ㅎ.
　　k', t', p', ch, ch', j, -, n, h

모음(중성)은 11개가 있다.

　　ㅏ, ㅑ, ㅓ, ㅕ, ㅗ, ㅛ, ㅜ, ㅠ, ㅡ, ㅣ
　　a, ya, e, ye, o, yo, u, yu, eu, ă

하지만 현재 사용되는 바와 같이, 한글은 17개 자음 대신 14개만을 가지고 있다. 초성 중에, 세 개는 표기에서 사라졌고 비음 ng, ㆁ 으로 대체되었고, ㅇ은 초성으로서는 비음성을 잃고 현재는 기식성 연음(spiritus lenis)에 대음하는 순수 개모음(open vowel)을 나타낼 때 사용된다.

The history of the invention of this alphabet, and especially of the euphonic changes which the language must have undergone, both in speaking and in writing, opens up a long vista of study and research. But a careful review of the early pronunciation of Chinese ideographs will show clearly how the four letters △, ○, ㆆ, ㆁ came to be included under one phonetic as an intial. The Coreans originally employed the circular letter ○ to indicate a pure open vowel initial with a usage corresponding exactly to the spiritus lenis, and as such it appears regularly in old books, and especially in manuscript works, at the present date. No modification has ever occurred as regards the sound it was selected to represent. But in modern Corean this letter is no longer written a mere circle, but has assumed a shape analogous to the nasal ㆁ ng, where the small upper stroke is an appending hook to connect with the preceding letter.

이 알파벳의 발명의 역사와 특히 쓰기와 말하기에서 필연적으로 발생하는 음운 변화(euphonic change)에 대해서는 장기적인 연구와 분석을 해야 할 것이다. 하지만 이른 시기의 한자음을 신중히 검토하면, △, ○, ㆆ, ㆁ 등 네 글자가 어떻게 초성으로서 하나의 음성에 포함되는지를 분명하게 보여줄 것이다. 한국인은 본래 원형의 문자 ㅇ을 정확히 기식성 연음에 해당하는 용도로서 순수한 개모음 초성을 사용하며, 그 내용은 고서, 특히 필사본 작품에서 현재까지도 자주 나타나고 있다. 그것이 나타내는 소리에 어떤 수정도 없었다.. 그러나 근대 한국어에서, 이 문자는 단순히 동그라미(ㅇ)로 쓰지 않고 비음 ng ㆁ과 유사한 형태를 가진 것으로 상정되었고, 이 때 위쪽의 작은 꼬리모양이 이전 문자의 연결성을 제공한다.

The triangular letter △ was selected to indicate the initial consonant sound j sound as heard in the Chinese words 日, 仁, 人, 而, etc. This initial j sound is totally unknown to Coreans as part of their own vernacular and only appears in this instances as an attempt to reproduce the Chinese pronunciation of the seventeenth century A. D. at the time of the invention of their alphabet. In ancient pre-historic periods these words possessed a distinct n, not j, as their initial consonant and were regularly rendered into Corean accordingly. But this n initial has now disappeared in strict accordance with the euphonic rule still visible in Corean enunciation whereby this n is elided before the vowel i or y at the beginning of a Corean word. The value of this n initial for the modern Chinese j can be seen in the Go-on(喉音) of the Japanese which was imported from Corea. [It is true that, the Kan-on(漢音) of the Japanese show the j initial, but this pronunciation was derived from China direct towards the close of the sixth century.] At the same time the present Shanghai dialect fully bears out the value of the n initial for the modern j in Chinese; -

	Jap.	Shai.	Corea
日식	ni	nyih	il
人신	nin	nuun	in
仁신	nin	niun	in
而식	ni	ni(êrh)	i
弱샥	niak	zah	yak
兒식	nei	ni	yei or ă

　　삼각형 모양 문자 'ㅿ'는 한자어인 日, 仁, 人, 而 등에서 들리는 초
성 자음 'j'음을 나타내도록 선택되었다. 초성 'j' 음은 실제 한국인
에게 그들 자신의 고유어의 한 부분으로는 전혀 소개되지 않았고 오
직 그들의 자모 고안 시점인 AD 17세기의 한자음을 재현하려고 시
도한 사례에서만 보인다. 선사시대에 이런 단어들은 초성 자음처럼
'j'가 아닌 'n'음을 가지고 있었으며, 한국어에 유입되어 점차 규칙
적으로 나타났다. 하지만 이 초성 'n'은 현재 한국어의 음운규칙에
완전히 부합되어 완전히 사라졌고 그에 따라 'n'은 한국어 단어의
맨 앞에서 모음 'i'나 'y' 앞에서만 탈락된다. 근대 중국어 'j'에 대한
초성 'n'은 한국에서 유입된 일본어의 오음(吳音 Go-on)에서 찾을 수
있다[실제로 일본어의 한음(漢音, Kan-on)은 초성 'j'를 보여 주지만
이 음은 6세기 후반 중국에서 직접 유래한 것이다.] 동시에 현재 상
해의 방언에는 근대 중국어의 'j'에 대한 초성 'n'이 있다.

	Jap.	Shai.	Corea
日ᅀᅵ	ni	nyih	il
人ᅀᅵᆫ	nin	nuun	・in
仁ᅀᅵᆫ	nin	niun	in
而ᅀᅵ	ni	ni(êrh)	i
弱ᅀᅣᆨ	niak	zah	yak
兒ᅀᅵ	nei	ni	yei or ǎ

This triangular letter was regularly employed in Buddhist translations from the Sanscrit to represent j; but in the Corean vernacular all such words were pronounced with open vowel initial. In the current script the triangular letter △ j was entirely dropped except among priest transliterating Sanscrit, its place being taken by the true spiritus lenis O.

삼각형 모양의 문자는 불교 번역물에서 산스크리트어 'j'를 나타내도록 규칙적으로 사용되고 있다. 그러나 한국의 고유어에서는 이 모든 단어들이 개모음 초성과 함께 발음된다. 현재 표기에서, 삼각형 문자인 △ j는 산스크리트어를 완전히 음역하는 승려들 사이를 제외하면 완전히 탈락되어 있으며 실제 기시성 연음(spiritus lenis)의 'O'로 대체되고 있다.

The two letters ㆁ ㅇ were intended to represent the two nasal initials n and ng of ancient Chinese sounds still in force in Japanese, in Cantonese, in Shanghai and in several other dialects of China.

Both these nasal initials have disappeared from Corea; the sounds are replaced by the true vowel initials or spiritus lenis.

ㆆ ㅇ 두 문자는 일본, 광동, 상해 및 기타 중국의 일부 방언 등에서 고대 한자음인 두 초성 비음 'n'과 'ng'를 나타내도록 사용된다. 이 두 초성 비음 모두 한국에서는 사라졌다. 그리고 실제 초성 모음이나 기식성 연음(spiritus lenis)으로 대체되고 있다.

This attempt on the part of Corean scholars of the fifteenth century to reproduce the differences between the open vowel initials, the sounds of the patal j and of the two nasals n and ng, was early doomed to failure. To the ordinary Corean ear such nicety of distinction was unintelligible, and the people early discarded the use of the letters △ ㆆ ㅇ, resorting to the spiritus lenis ○. This latter again in its turn was modified in the current script into the form ㆁ of the true nasal final.

15세기 무렵 한국의 학자들이 구개음 'j'음과 두 개의 비음인 'n'과 'ng'의 개모음 초성 간의 차이를 재현하고자 한 시도는 초기에 실패하게 되었다. 보편적인 한국인의 귀에 이처럼 정밀한 구별은 어려운 일이며, 사람들이 일찍이 △ㆆㅇ의 사용을 폐지했고, 기식성 연음(spiritus lenis) 'ㅇ'에 의존하였다. 이 문자는 다시 실제 종성 비음 형태인 'ㆁ'로 현재 문서에 수정되어 있다.

In this connection I would here desire to call attention to an extract from the philological essay prefixed to Giles' Dictionary. It runs as follow: - "When a vowel is not preceded by a consonant, Coreans write a circle before it, the idea evidently being to show that a stress or a faint nasal ng precedes all initial vowels, for the same sign is used as a final to express the nasal ng." Now this deduction by the learned author is very much wide of the mark; for, as I have already explained, Coreans fully understood the differences between nasal and open vowel initials, ⁻ only that in process of time the symbols became identical in their writing. No doubt the peculiar euphonic elision of n and ng before the vowel i or y in certain Corean words must have misled the author into generalising insufficient data in this instance.

이와 관련하여, 나는 자일즈의 사전에 수록된 「언어·문헌학적 고찰」로부터 요약한 내용에 주목하고자 한다. 이는 다음과 같다: "하나의 모음이 자음 뒤에 나오지 않으면, 한국인은 그 앞에 원(이응)을 붙이는데, 이는 모든 초성 모음에 앞서 강세 또는 거의 비음이 없는 형태라는 관념을 분명하게 보여준다. 왜냐하면 이 기호는 비음 'ng'을 나타내는 종성으로 사용되는 것과 동일하기 때문이다."[17] 현재 학식 있는 저자의 추론은 상당히 표적을 벗어난 것이다. 내가 이미 설명한 바와 같이, 한국인들은 비음과 개모음 초성 간의 차이를 완전히 이해하고 있다 단지 이 과정에서, 이 기호는 그들의 글에서 동

---

17 E. H. Parker, "Philological Essay," H. A. Giles, *A Chinese-English Dictionary*, London: Kelly&Walsh, 1892.

일하게 되었다. 당연히 특정 한국어 단어에서 모음 'i'나 'y' 앞에서 'n'이나 'ng'의 특정 음운 생략은, 이 경우 저자를 불충분한 자료를 일반화하도록 잘못 인도했음이 의심의 여지가 없다.

I may here mention that at the time this philological essay was written these three missing letters were unknown factors in Corean pronunciation, but their discovery has served to explain many peculiarities in Corean vocalisation hitherto only open to conjecture. As at present used, their alphabet consists of 25 letters. I had early known that originally there were 28 letters. For years my enquiries and research have proved fruitless, until in 1890 a fortunate reference to a Sanscrit Buddhist volume dating back to 1778 A. D. supplied the key to the solution of the problem, explaining the palatal j and the nasal n and ng.

여기에서 나는 「언어·문헌학적 고찰」이 쓰여질 당시, 세 가지 소실문자가 한국어 발음에서 알려지지 않은 요인이라고 언급할 수도 있지만, 그들의 발견으로 말미암아 추측에 의존하는 한국어 발성(유성음화)에서 많은 특이성을 설명해줄 수 있다. 현재 사용되는 바와 같이, 그들의 자모는 25개로 구성되어 있다. 나는 일찍이 본래 28자였다는 사실을 알고 있다. 그리고 수년간 나의 연구와 조사를 통해도 증빙할 성과가 없다가, 1890년에 이르러 1778년경 산스크리트 불교 문서에서 우연히 찾은 내용이 이 문제의 해답을 제시하고 있으며 구개음 'j'와 비음 'n'과 'ng'를 설명하고 있다는 점을

알게 되었다.[18]

The phonetic changes and the modifications of their alphabet by Coreans form an interesting study in connection with the ancient pronunciation of Chinese as introduced into the peninsula in B. C. 1122 and especially at the time of the Buddhist propagandism in A. D. 372. The Chief feature requiring the serious attention of sinologues is the strikingly similar identity of pronunciation by Coreans and Cantonese, with one exception, - but an exception that only accentuate the rule, - t final in Cantonese being invariably replaced by l final in Corean. Another point awaiting explanation is the irregularity in regard to aspirates. Many words, especially where the letter p is initial, are found to possess a strong aspirate in Corean where no aspirate exists in modern Chinese or even in ancient Chinese so far as at present known. In this connection, the Corean pronunciation of Chinese presents so many anomalies that I have failed to discover any law regulating or explaining these aspirate

---

18 스콧이 다른 그의 논문에서, 그가 참조한 이 자료가 乾坤42年에 간행된『眞言集』 재판본이라고 밝혔다.(J. Scott, "Sanskrit in Korea," *The Korean Repository* IV, 1897, pp.99~103.) 이는 만연사본『진언집』(1777년)을 가리키는 것으로 보인다. 만연사본『진언집』은 조선시대『진언집』의 집대성본이며, 전대『진언집』의 개정작업 즉 당시의 범어를 옮길 때의 지침(중국의『홍무정운』, 諺文 및 梵語에 대한 지침)과 밀교의례에 대한 설명이 부가되어 있다. 즉, 스콧이 무엇을 근간으로 한국불교와 관련하여 진술했는 지를 충분히 짐작할 수 있다. 더불어 모리스 쿠 랑이『한국서지』에서 梵語관련 서적으로 거론하는 책 역시 동일한 간기를 지닌 개정된『진언집』임을 감안한다면, 서구인들이 당시 수집할 수 있었던 판본이라고 판단된다.

peculiarities. In their transliteration of Chinese characters, Coreans give six finals, viz. k, l, m, n, p and ng. But in their own vernacular, Coreans constantly employ not only these six finals but t final as well.

한국인들에 의한 자모의 음성 변화와 개정은 한자가 처음 유입되던 BC1122년과 특히 불교가 전파되던 AD372년 한자의 고전 발음과 관련하여 흥미로운 연구를 제공한다. 중국학에 대한 지대한 관심을 요하는 중요 특성은 한국인의 발음과 광동어의 유사성이다 한 가지 예외로서 강조되는 경우인 광동어에서 종성 t 음은 한국어에서 종성 l로 대체되었다. 설명이 필요한 또 다른 점은 기식음에서 불규칙성이다. 특히 'p'가 초성인 경우처럼 많은 단어들, 현재 알려진 바에 의하면 근대 중국어는 물론 중고 중국어[고대 중국어]에서도 기식음이 없는 많은 단어들이 한국어에서는 강한 기식음을 지닌 것으로 발견된다. 이와 관련하여, 한국의 한자음은 내가 어떠한 규칙적인 법칙이나 이 기식음의 특성을 설명하는 데에 실패한 많은 예외들을 제시해준다. 한자의 음역에서, 한국인들은 'k, l, m, n, p, ng' 등을 통한 6개의 종성을 보여준다. 하지만 한국인들은 고유어에서 항상 이 6개의 종성만을 사용하는 것이 아니고, 종성 t도 사용한다.

It is evident therefore that in rendering the sounds of Chinese words, Coreans were not debarred by any defect in their vocal organs from pronouncing a final t. Thus the natural inference is that the sounds of Chinese ideographs as first taught to Coreans contained no

103

t final but were pronounced in l final, which latter sound has been regularly passed on from generation to generation and thus retained in their language. On the other hand, modern Chinese are unequal to the sound of l when final; and so far as I am aware, no dialect of China possesses a regular l final as part of its colloquial. The question raises an important and interesting factor for the student. But whatever its solution, there is every reason, judging from the linguistic capabilities of the Coreans, to consider that when first introduced into Corea from North China, the words now pronounced by Cantonese in t final ended originally in l and no Chinese word then ended in t final.

그럼으로 이는 한자어의 음을 번역할 때에 한국인들이 종성 't'를 발음하는 발음기관의 결점을 문제시하지 않았던 증거이다. 따라서 한국인이 처음 배운 중국 표의문자의 음이 종성 't'를 포함하지 않았지만 종성 'l'로 발음되었다는 자연적인 추론이 가능하며, 이는 세대를 거쳐 늘 전달되었고 한국어에 남아 있다. 반면, 근대 중국어는 종성에서 'l'의 음과 같지 않다. 내가 알고 있는 한, 중국어 방언도 구어에서 규칙적인 종성 'l'을 갖고 있지 않다. 이 문제는 학생들에게 한 가지 중요하고 흥미로운 요소가 된다. 하지만 답이 무엇이건 간에, 한국인의 어학적 능력으로부터 판단해 보며 여러 가지 이유 즉, 북중국에서 한국으로 처음 유입될 때 현재 음절말 t 음로 광동인에게 발음되는 단어들이 본래 l 음이었는지, 그때 중국 단어에는 음절말 t 음이 없는지를 고찰하게 된다.

While Coreans are quite capable of sounding l as a final, they are entirely unequal to its correct pronunciation when initial. Under such circumstances they invariably employed the allied sound of the trill, viz. r, as the initial. In fact, Coreans possess only one letter for the trill, which they render as r when initial but as l when final. This rule holds good only as regards words of purely Corean origin, for words derived from Chinese a new factor comes into play, which I shall explain directly.

한국인은 종성으로 'l'을 발음할 수 있지만, 초성일 때 정확한 발음과 완전히 같지는 않다. 이런 환경에서, 그들은 항상 초성으로서 전동음 'r'과 결합한 소리를 사용하게 된다. 실제로, 한국인들은 전동음에는 한 가지 문자만 가지게 되며, 이는 초성에서는 'r'이 되지만 종성으로는 'l'로 발음된다. 이 규칙은 순수한 한국어에서만 유효한데, 한자어에서 온 단어에서는 새로운 요인이 작용하게 되는데, 이점은 내가 바로 설명하고자 한다.

In order to produce the true sound of our English letter l Coreans used combination, vix. n as the final of syllable and l as the initial of the word following, and the euphonic value of these two letters in juxtaposition corresponds with our English l sound. No better example of this peculiarity can be seen than in the word shinra of Japanese, i.e. shin-lo of Chinese, which while written s-i-n-r-a in Corean was always silla-sila.(of English)

영어 알파벳 'r'['l]의 실제 발음을 내기위해, 한국인은 음절 종성의 'n'과 다음 단어의 초성 'l'의 조합을 쓰는 데, 병치하는 두 문자의 값은 영어의 'l'음에 대응된다. 이 특수성에 대한 가장 적절한 사례는 일본어의 shinra로 즉, 중국어로는 shin-lo인데, 한국어에서는 s-i-n-r-a로 쓰며 반면에 항상 silla-sila(영어의 경우)로 읽는다.

The learned author of the Hermit Kingdom has fallen into a curious mistake regarding this word. He considers the Sila mentioned by the Arab geographers as a corruption, whereas on the contrary it represent the sound of the true Corean pronunciation, which these Arab traders must have heard from the mouths of the natives themselves, thereby proving the presence of these Mahommedan traders in the peninsula.

박학한 『은자의 나라, 한국』의 저자는 이 단어에 대한 흥미로운 오류를 범하고 있다.[19] 그는 아랍 지리학자들이 (본래음(Sinra)의) 변음으로 'Sila'를 언급한 것으로 생각한다. 반면, 이는 실제 한국인의 발음을 나타내는 것으로, 이 아랍 상인늘은 모국어 화자들의 입을 통해 들었음이 분명하므로 한반도에서 이슬람 상인의 존재를 증명하고 있다.

In order to understand the force and value of the Corean trill, the

---

19 W. E. Griffis, *Corea, the Hermit Nation*, New york: Charles Scribner's sons, 1885 p.2.

student must always bear in mind that the letter properly represents a sound ranging between r as initial and l as a final; and that ease and freedom of enunciation constitute the one law regulating Corean euphony. And to understand this principle, one has only to study the lazy, indolent habits of the people generally-habits which they carry equally into their spoken language ‐ they cannot take the trouble to disassociate two separate and distinct consonant sounds.

한국인의 전동음(顫音)의 영향력과 가치를 이해하려면, 학생들은 항상 문자가 초성 'r'과 종성 'l' 사이에 이르는 소리를 나타내는 점과 그리고 발음의 용이함과 자유로움이 한국어 발음을 규정하는 하나의 원칙이라는 점에 유념해야 한다. 그리고 이 원칙을 이해하려면, 사람들이 전반적으로 지닌 게으르고 나태한 습관, 그들의 구어에 동일화하려는 습관, 즉, 두 가지 다른 분리된 자음 소리를 생각하는 고생을 피하려는 습관을 연구하면 된다.

But in respect to this sound of l in connection with the Corean pronunciation of Chinese, I would here call attention to a further peculiarity which may be summed up in one rule, viz. that all Chinese words now beginning with l are read in Corean as if they began in n. It is only among Corean purists, thoroughly acquainted with Chinese, that in transcribing this initial sound in Chinese the Corean l is employed to indicate the Chinese pronunciation of the fifteenth century when their alphabet was invented. All such Chinese words, now assimilated into their language, are rendered in n by the masses and people generally in order to correspond with current Corean pronunciation. Even in modern Chinese dialects the use of initial n for l is frequently heard, and it need exite therefore no surprise that Coreans should employ similar sounds. Thus in Corea năil(to-morrow) is derived from 來 lai(come) and 日 il(day), and as thus used, n for l obtains regularly throughout the language. Chinese students acquainted with the Shanghai dialect will readily understand this linguistic interchange of n and l, and in many points Shanghai and Corea Chinese are found to approximate.

　　하지만 한자에 대한 한국인의 발음과 관련하여 'l' 소리에 대해서, 나는 현재 한국에서 'l'로 시작하는 모든 한자어가 'n'으로 읽히고 있다는 한 가지 규정으로 요약될 수 있는 특성에 관심을 가지고 있다. 한자어 초성을 음역하면서, 한국의 알파벳이 고안되던 15세기 한자어 발음을 표시하도록 'l'을 사용한 사람은 오직 한문에 정통한 한국어 순수주의자들 뿐이다. 이 모든 한자어는 한국어에 동화되어, 현재 이에 부응하는 현재 한국인의 발음은 일반 대중들과 사람들에 의해 'n'으로 발음되고 있다. 근대 중국어 방언에서도, 'l'에 대한 초성 'n'의 사용은 자주 들리고 있으며, 그에 따라 한국어도 유사한 소리를 가지게 되는 것은 놀랄 일은 아니다. 따라서 한국에서 내일(năil, tomorrow)은 내(來, come)와 일(日, il)에서 나오게 되며, 그 사용에 따라, 'l'에 대한 'n'은 한국어 전반에서 규칙성을 가지게 된다. 상해 방언에 정통한 중국 학생들은 'n'과 'l'의 언어적 교환을 이해할 것이며, 많은 점에서 상해와 한국의 한자어는 유사점이 있는 것으로 보일 것이다.

Regarding this question of Chinese pronunciation, apart from the evidence supplied by dialects, the student must start from the fourth century A. D. in the prosecution of his researches. The propagation of the Buddhist religion taught the necessity of a standard for transcribing the new ritual into Chinese from the Sanscrit. Liao I(了義), a learned priest during the time of Tung Chin(東晋) dynasty, [A.D.400] selected 36 Chinese characters to represent the sound of the Sancrit alphabet. These phonetics, as they may aptly be termed, were afterwards modified by Shen Yo(深約) A. D. 500, in collaboration with certain Hindoo priest, and remained the standard pronunciation of Sanscrit by Chinese until A.D. 1376, when they were finally revised and reduced to 31,-five sounds, considered identical in Chinese, being eliminated. These phonetics are known to Coreans as the Hung Wu Cheng Yun, - the "correct sounds of the Emperor Hung Wu," the first of the Ming dynasty. They form an important link in the history of the invention of the Corean alphabet and supply the key to the grouping and pronunciation of the different letters. They illustrate at the same time certain modifications which occur in aspirates and especially the presence of sonant as well as of surd initial sounds in Chinese as spoken at the beginning of the fourteenth century. Not that Coreans themselves posses any distinction in their written language. The distinction is there, but is made unconsciously in speaking only -either the sonant or surd may be used as an initial - both forms are equally intelligible and used indiscriminately.

한자어 발음의 문제에 대해서, 방언에서 제공되는 증거 외에도, 학생들은 이 연구를 4세기로부터 시작해야 한다. 불교의 유포는 산스크리트어에서 중국어로 새로운 교리를 음역하는 기준의 필요성을 가르쳤다. 동진(東晉) 왕조 시기[AD400] 학식 있는 승려인 Liao I (了義)는 산스크리트어 자모의 소리를 나타내도록 36개의 한자를 선택하였다. 이 발음표기법은 (학습에 적절했기에) 후일 500년경 심약(深約, 441~513)이 힌두교 승려와 합작으로, 수정하였고, 1376년까지 중국에서 산스크리트어 발음의 표준이 되었으며, 최종적으로는 중국어에 통합하여 5개의 소리들을 생략하여 개정되고 다시 만들어졌다. 이 음운은 한국인에게는 명나라 태조인 "주원장(Emperor Hung Wu)"의 바른 소리"라 하여 『홍무정운』이라 하였다. 이들은 한국의 알파벳 발명의 역사에 중요한 고리를 만들었고, 다양한 글자의 그룹화와 발음에 핵심적인 부분을 제공하고 있다. 동시에 기식음 특히 14세기 초반 구어로서 한자의 초성 무성음(surd)은 물론 유성음(sonant)의 존재에서 발생하는 특정 수정형태를 보여주고 있다. 한국어 자체는 문어에서 이런 구별을 갖지 않는다. 이 구별은 있으나 구어 형태에서만 무의식적으로 이루어지고 유성음이나 무성음이 초성으로 사용될 수 있으며 두 가지 모두 동일하게 명료하며 차별 없이 사용된다.

When, however, the Coreans began to evolve their alphabet on the basis of the Hung Wu phonetics, they found certain allied sounds pronounced with a variant amounting to a distinction of surd and sonant. They were, however, unequal to the comprehension of its true value, and fell back on a peculiar pronunciation of their own vernacular wherewith to indicate this Chinese sonant. The Coreans however were not strictly correct from a purely phonetic point of view. I will explain. The four letters k, p, t, and ch are pronounced by Coreans at the beginning of a word or syllable with so strong an emphasis or pressure as to produce four new and allied sounds which may very properly be named "reduplicated" sharp checks or surds.; and this name "reduplicated" will serve to indicate the manner in which they are written by Coreans. Instead of inventing new letters to represent these sounds, the native scholars with great discrimination merely doubled the initial k, p, t, and ch; and the same process was made applicable to the sibilant. While the Coreans observed the variant between surd and sonant in Chinese sounds, they were unequal to its correct appreciation in their own language and confused the ordinary and reduplicated surds of their vernacular.

그렇지만 한국인들은한글을 『홍무정운』의 음운학을 기준으로 진화시키면서, 그들은 유성음과 무성음의 구별에 이르는 변칙으로 발음되는 특정 결합 소리를 발견했다. 그러나 그들이 실제 가치를 이해한 것으로 등치할 수 없으며, 한자어 유성음을 나타내는 고유어 자체의 특정 발음에 의거한 것이었다. 한국인들은 순수한 음운학적 관점에서 보면 어떻게 보더라도 엄밀하게 정확한 형태는 아니었다. 나는 설명해보겠다. 한국인이 단어나 음절 초부분에서 발음하는 'k', 'p', 't', 'ch' 네 가지 문자는 강한 강조 혹은 강세를 두어 발음할 경우 새로운 네 가지 소리를 내며 이를 중복된 폐쇄음 혹은 무성음이라고 한다. "중복된"이란 명칭은 한국인들이 쓰는 방식을 지칭하기 위한 것이다. 이런 소리를 나타내는 새로운 글자를 고안하는 대신에, 한국의 토착 학자들은 이를 구별하기 위해 단지 초성 k, p, t, ch를 중복해서(겹쳐서) 썼다. 이런 과정은 치찰음에서도 적용된다. 한국인들은 무성음과 유성음을 한자 소리에서 변이를 관찰한 반면, 그들 자신의 언어 속에서는 동일한 수준에서 정확히 적용하는 식별력을 보여주지 못하며, 그들 자신의 고유어에서의 단일 형태나 중복된 형태의 무성음을 혼동하였다.

The two Chinese characters 羣 and 定 may serve to explain this principle. The former is regularly read koun in Corean, but when dealing with the Chinese sounds of the early Ming period, the native scholars found this character read with a sonant initial g which they confused with their own peculiar reduplicated pronunciation and doubled the Corean letter in order to indicate its affinity to the surd. As rendered by the Coreans, the character is read koun(k-o-u-n), but there is a tendency to modify the k into g— i.e. from surd to sonant as if it were goun, but without the Coreans being capable of comprehending the difference. A similar rule applies to the transliteration and pronunciation of the Chinese character 定. But here the tendency of Corean euphony modifies the initial surd t into a palatal ch; and it is only in the N. W. province of the peninsula that the true surd is retained in Corean. On the other hand, in order to indicate the presence of the sonant of the Chinese, they resorted to the reduplicated form of transliteration in Corean.

두 한자, 羣과 定은 이 원리를 설명하기에 적합하다. 전자는 한국인들은 '군'으로 읽지만, 명나라 초기 한자음으로 다루고자 할 때, (한국의) 본국 학자들은 초성 유성음 'g'로 읽는다는 것을 확인했는데, 그들 자신의 특징적으로 반복되는 발음 그리고 무성음에 가깝게 나타내게 위해 이중으로 쓰게 되는 한국의 문자(의 발음)을 혼동한 것이다. 한국인들에 의해 표현될 때 이 한자는 k-o-u-n이라고 읽히지만, k를 g로 수정하는 경향이 있다 - 예를 들어, 무성음에서 유성음으로 마치 군(g-o-u-n)처럼 읽지만, 한국인이 그 차이를 이해하는 것은 아니다. 이와 유사한 규칙은 한자어 定의 음역과 발음에도 적용된다. 하지만 여기에서 한국어 음운의 경향은 초성 무성음 't'를 경구개음 'ch'로 수정한다. 그리고 한국에서 진짜 무성음[t]이 있는 곳은 한반도 북서쪽이 유일하다. 반면, 한자어 유성음을 표시하도록, 그들은 한국어의 중복된 음역 형태에 의존하고 있다.

As regards the form of their letters, Coreans went to the Sanscrit direct. Ever since the appearance of Buddhism in Corea, Sanscrit has been regularly studies by the Corean priest. Even as late as the seventeenth century, Corean monks made a special study of Sanscrit and compiled learned disquisitions elucidating its history in connection with Chinese and Corean. My good fortune has been to discover one of these volumes, giving parallel transcriptions in the three languages.

문자 형태에 관련하여, 한국인들은 산스크리트어의 방향을 따랐다. 한국에 불교가 등장한 이래, 한국의 승려들은 산스크리트어를 연구해 왔다. 적어도 17세기 말 무렵, 한국의 승려는 산스크리트어에 대한 한 가지 특별한 연구를 했고 한자와 한국어와 관련하여 설명하는 논문을 편찬하였다. 저자는 운 좋게도 이들 중 하나를 발견하였고 이는 세 가지 언어로 되어 있었다.[20]

The Sanscrit alphabet, passed form India through Tibet into China, and by the time it reached Corea the letters had been subjected to many changes and modifications necessitated from the circumstance that they had to be written down the page with a Chinese pen, i. e. brush, instead of horizontally with the Indian reed. The Coreans possessed and used the true Sanscrit letters; and some exemplars which I have seen scarcely differ in form or style from that now found in any modern Sanscrit grammar, - their identity is so patent

---

20 『진언집』의 '梵語(산스크리트어) - 한글음 - 한자음'으로 구성된 모습을 세 가지 언어로 본 것이며, 17세기 말로 시기를 한정지은 스콧의 진술을 통해 15세기에 나온 『진언집』을 그가 참조하지 못했음을 알 수 있다.

that, as the saying goes, "he who runs may read." But under Corean hands, Sanscrit was further transformed much as English writing differs from English print, — the Coreans curtailed and modified the square angular Sanscrit letters into a short cursive script adapted for speed and convenience in writing. It is from this cursive Sanscrit script that Corean scholars evolved their alphabet. But in transcribing Sanscrit, Coreans did not write with letter following letter; they combined them into syllabary form, and this Sanscrit syllabary combination supplies the key to the present system of Corean writing whereby two or three letters are regularly grouped into one logotype.

산스크리트어 자모는 인도에서 티베트를 거처 중국으로 건너왔고, 한국까지 도달한 시점에서 문자는 예를 들어, 인디안 리드로 수평을 사용하는 대신 브러시와 같은 중국의 붓으로 써야 하는 어쩔 수 없는 환경에 따라 많은 변화와 수정이 있게 되었다. 한국어는 산스크리트어 문자를 보유하고 사용하였다. 내가 확인한 일부 사례는 현재 산스크리트어 문법에서 확인되는 형태나 스타일과는 다른 것이었다 - 그 특성이 매우 명백하므로 소위 "달리면서 읽을 수 있다"고 말하기도 한다. 하지만 한국에서 산스크리트어는 마치 영어 필기체와 인쇄체가 다르듯 크게 변화하였다 - 한국인은 각형 산스크리트어 문자를 빠르고 쓰기 쉽게 흘림체 형태로 단축하고 수정하였다. 한국의 학자들이 자모를 발전시킨 것은 흘림체 산스크리트어 형태로부터 나온 것이다. 하지만 산스크리트어 음역 중에, 자모 다음 자모를 쓰지는 않았고 음절 형태로 결합하였으며 이 산스크리트어 음절 결합은 현재 한국어 쓰기에 중요한 점을 제공한 반면 두세 개는 규칙적으로 합자활자[合字活字]로 유형화된다.

In connection with Sanscrit literature in Japan, a form of writing has frequently been remarked in regard to which scholars and others have hitherto failed to assign its true history or origin,—they can only agree that it was imported from Corea with the advent of the Buddhist religion. The key to its identity is found in this Sanscrit syllabary combination as thus explained, whereby the true Sanscrit letters were grouped into logotypes, for each of which there was a corresponding Chinese character representing its pronunciation.

일본의 산스크리트어 문학과 관련하여, 쓰기 형태는 종종 학자들이 그 역사나 기원을 잘못 두는 것에 관심을 두고 있다.—그들은 다만 불교의 출현과 함께 한국으로부터의 유입에만 동의할 뿐이다. 그 특성의 핵심은 산스크리트어 음절 결합에서 확인되며, 실제 산스크리트어 문자는 합자활자로 그룹화되고, 그 발음을 나타내는 해당 한자가 있다.

It was my hope, had my stay been prolonged in Corea, to visit the ancient temples and monasteries on the Keum Kang mountains near the east coast at Wŏnsan, and follow up my research for Buddhist relics and other works bearing on Sanscrit and Corean. In the

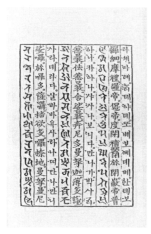

recesses of these mountain valleys, Hindu and Chinese missionaries first established themselves, and popular tradition concurs in romantic tales of Sanscrit literature on palm-leaf and other script. These Buddhist temples are full of interesting relics, literary and historical, but the difficulty is to induce the priests to disclose their treasures. It took me two years and much negotiation to secure the one volume new in my possession, which supplies many interesting particulars regarding the history and origin of the Corean alphabet as derived from Sanscrit.

나의 희망은 한국에서 장기적으로 체류하면서 원산 동해안에 가까운 금강산의 고대 사찰과 수도원 등을 방문하고 산스크리트 어나 한국어로 된 불교 유적과 기타 문서를 연구하는 것이다. 이런 외떨어진 산골짜기에 힌두교나 중국 선교사들은 처음 정착했다. 종려잎과 다른 형태로 씌어진 산스크리트어 문학의 낭만적인 이 야기가 민간전승에 나타나기 시작한다. 이 불교 사찰은 흥미로운 유적, 문학, 역사 등이 가득하지만, 승려들이 보물을 공개하도록 하는 것은 쉽지 않다. 내가 현재 보유하고 있는 한 권의 책을 갖기 까지 2년의 시간과 많은 협상이 필요했으며, 이 책은 산스크리트 어에서 유래한 한국어 자모의 역사와 기원에 대해서 많은 흥미로

운 점을 주고 있다.[21]

One word as to the characteristics of the Corean people —patient and docile; free from all animus or hauteur against Europeans; conscious of their national weakness; poor and oppressed; the slaves of a selfish, grinding officialdom, but capable under a just government of intellectual development and national progress. Their one national weakness, —a fondness for alcohol and tobacco; their one pleasure and enjoyment —to saunter sightseeing over hill and valley, the term Kukyeng(picnic), being part and parcel of their daily life.

한국 사람의 특성을 나타내는 하나의 단어는 인내심과 온순함인데, 유럽인에 대한 적개심과 거만함이 없다. 국가적 약점을 인식하고 있다. 가난하고 억압받고 있다. 이기적이고 압박하는 관료주의의 노예이지만 지적인 개발과 국가적 발전을 지향하는 정부가 지배하고 있다. 한 가지 국가적 약점은 술과 담배에 대한 기호이며 이는 곧 즐거움과 향락이 되고 있으며, 들과 계곡으로 관광을 하며 이는 구경(kukyeung)이며 그늘의 일상생활의 부분이 되고 있다.

In religion —the Corean would appear to have none —only a dead level of Confucian philosophy or materialism. The captive Dutchman

---

21 좌측에 배치된 자료가 스콧이 발견한 『진언집』인 것으로 보인다. 스콧의 또 다른 논문(J. Scott, "Sanskrit in Korea," *The Korean Repository* IV, 1897)이 수록된 영미간행물에 수록된 것이다.

Hamel made the same observation some 200 years ago. Buddhism has long lost all hold upon the people, who regard the priesthood with supreme contempt. No monk allowed to enter the capital. One caste of the Corean priesthood occupies a very unique position. I refer to the warrior monks guarding the royal forts of refuge in the mountains near Seoul, — they wear a distinctive garb, and enjoy the special confidence of the King and Court.

종교에서 한국인은 무교인 것으로 보이며 유일하게 유교적 철학 또는 유물론이 비슷한 수준에 있다. 포로가 된 네덜란드인 하멜도 200년 전에 동일한 관찰을 했었다. 불교는 오랫동안 성직자를 최고로 모욕적으로 대하는 사람들에게서 모든 것을 잃었다. 어떤 승려도 수도에 들어오는 것을 허락받지 못했다. 한국 승려의 계급은 매우 고유한 위치를 점하고 있었다. 나는 서울 부근의 산에 대피한 왕족을 보호하는 전투적인 승려를 말하는 것으로, 이들은 특정 권한을 가지고 왕과 왕실로부터 신뢰를 받고 있었다.

While undistinguished by any strong religious sentiment, many superstitions exist among the people, chiefly however among the Corean women. But these superstitions can nearly all be traced to Buddhist sources.

강한 종교적 정서가 일반적이지만, 사람들 사이에는 많은 미신도 존재했으며 주로 한국 여성들에게서 찾을 수 있었다. 하지만 이런 미신은 거의 불교에서 근원을 찾을 수 있다.

The worship of the spirits of the mountains still survives as a relic of bygone pre-historic ages, the origin and history of which native scholars are themselves unable to explain. The European traveller in Corea, as he crosses some mountain ridge, will frequently observe a pile of small stones at the foot of a low stunted fir tree. Each native wayfarer as he passes adds his quota to the heap, or will suspend a piece of cloth torn from his dress, a picture or scrap of writing, in propitiation of the spirits of the hills and for good luck during his wanderings. Various explanations have been offered, all more or less unsatisfactory,－we only know the custom as a relic of primitive mountain worship.

산의 영을 숭배하는 것은 여전히 선사시대 유물로 자리잡고 있고 토착의 학자들은 그 출처나 기원을 설명하지 못한다. 한국에서 유럽 여행자들은 산등성이를 넘으면서 전나무 아래에 쌓아놓은 돌무지를 보곤 한다. 토착민 여행자들이 이곳을 지나면서 자신의 놓을 쌓아두거나, 여행 중 행운을 기원하거나 산의 영을 달래면서 그림이나 글귀, 옷의 일부를 걸어두기도 한다. 다양한 설명이 있지만 대부분은 충분하지 않으며 우리는 이 관습을 과거 산 숭배에 대한 유물로만 알고 있다.

In conclusion, I beg to add my tribute to the kindly courteous treatment that I have received from all classes during a nine years' residence in the country. I acknowledge to a strong liking and sympathy for the peoples, and my best wishes will ever go with them for their future welfare and prosperity.

SHANGHAI

29th, Nov. 1893.

결론적으로 나는 한국에서 체류하는 9년 동안 다양한 사람들에게서 받은 호의에 감사를 전하고 싶다. 나는 이 분들을 매우 좋아하고 공감을 가지고 있으며 앞으로도 번성하고 안녕하기를 기원한다.

1893년 11월 29일

상해

서양인의 한국고전학 선집 1

— 한국어의 발견과 한국의 구술문화 —

제2부

파리의 번역가 홍종우,
그가 남긴 족적들

┃ 해제 ┃

　홍종우(洪鍾宇, 1850~1913)는 1894년 3월 27일 중국 상해에서 김옥균(金玉均, 1851~1894)을 암살한 인물로 잘 알려져 있다. 1850년 11월 17일 경기도 안산에서 홍재원의 외아들로 태어났다. 그는 남양 홍씨 남양군파 32세손으로 정치적으로는 노론에 속했다. 그렇지만 18세기 후반 ~ 19세기 초반 몰락한 가문의 자손이었으며, 어린 시절을 고금도에서 가난한 삶을 보냈다. 그러던 중 한불수호조약 체결에 있어 프랑스 측과 인연을 맺게 되어, 1888년 2년여의 시간을 일본에서 체류한 후 1890년 12월 프랑스에 도착하여 1893년까지 프랑스 파리에 머물 수 있었다. 기메박물관에서 2년 동안 연구보조자로 근무했으며, 프랑스의 동양학자와 교류할 수 있었다. 무엇보다 이 시기 그는 <춘향전>과 <심청전>에 관한 불역본 출판에 관여함으로써 자신의 족적을 새겨 놓았다.

　홍종우가 참여한 두 고소설 번역본은 원본에 대한 충실한 직역이라는 관점으로 '정/오역을 지적하는 차원'으로는 포착할 수 없는 지점을 지니고 있다. 불역본 2종에 수록된 서문은 홍종우가 고소설을 통해 구현하고자 한 것이 비단 작품 그 자체일 뿐 아니라, 한국의 사회생활과 풍속, 역사였다는 사실을 여실히 보여준다. 또한 서구인 독자와 시장을 전제로 한 출판물이었던 사정을 염두에 둘 필요가 있다. 왜냐하면 이 작품들은 서구인들이 원본과 번역본 사이의 관계를 질문하는 고소설번역 자체에 대한 비평, 서구인의 번역비평을 생산하게 한 큰 계기를 제공했기 때문이다. 또한 그의 한국고전학 논저는 애스턴, 모리스 쿠랑 등의 학자들과 동시기 교통되는 학술네트워크 안에 놓여 있었다. 나아가 그 네트워크 안에는 홍종우 <심청전 불역본>이 영역본으로 재탄생되는 과정이 놓여 있음도 주목할 필요가 있다.

참고문헌

구자균, 「Korea Fact and Fancy의 書評」, 『亞細亞硏究』 6(2), 1963.

오윤선, 『한국 고소설 영역본으로의 초대』, 집문당, 2008.

이상현, 「서구의 한국번역, 19세기 말 알렌(H. N. Allen)의 한국 고소설 번역— '민족지'로서의 고소설, 그 속에 재현된 한국의 문화」, 부산대 점필재연구소 고전번역학센터 편, 『한국 고전번역학의 구성과 모색』, 점필재, 2013.

이상현, 『한국고전번역가의 초상, 게일의 고전학 담론과 고소설 번역의 지평』, 소명출판, 2013.

임정지, 「고전서사 초기 영역본(英譯本)에 나타난 조선의 이미지」, 『돈암어문학』 25, 2012.

장정아, 「재외 한국문학의 번역장과 『향기로운 봄(Printemps parfumé)』 : 홍종우 로니 그리고 19세기 말 프랑스 문단」, 『번역과 횡단. 한국 번역문학의 형성과 주체』, 현암사, 2017.

장정아, 「외국문학텍스트로서 고소설 번역본 연구(Ⅰ)-불역본 『춘향전』 Printemps parfumé에 나타나는 완벽한 '춘향'의 형상과 그 의미-」, 『열상고전연구』 48, 2015.

장정아·이상현·이은령, 「외국문학텍스트로서 고소설 번역본 연구(Ⅱ) : 홍종우의 불역본 『심청전』 Le Bois sec refleuri와 볼테르 그리고 19세기 말 프랑스문단의 문화생태」, 『한국프랑스학논집』 95, 2016.

장정아, 「'민족지'로서의 고소설 번역본과 시선의 문제 - 홍종우의 불

역본『심청전 *Le Bois sec refleuri*』을 중심으로 」,『불어불문
학연구』 109, 2017.

조희웅, 「韓國說話學史起稿―西歐語 資料(第Ⅰ·Ⅱ期)를 중심으로」,『동
방학지』53, 1986.

전상욱, 「<춘향전> 초기 번역본의 변모양상과 의미 - 내부와 외부의
시각 차이」,『고소설연구』37, 2014.

전상욱, 「프랑스판 춘향전 Printemps Parfumé의 개작양상과 후대적
변모」,『열상고전연구』32, 2010.

조재곤,『그래서 나는 김옥균을 쏘았다』, 푸른역사, 2005.

Boulesteix, F., 이향·김정연 역,『착한 미개인 동양의 현자』, 청년사,
2001.

제1장

〈춘향전〉을 통해, 한국민족의 풍속과 생활을 소개하다

- 보엑스 형제, 〈춘향전 불역본(『향기로운 봄』)〉서문(1892)

J. H. Rosny, "Préface," *Printemps Parfumé: roman coréen*, 1892.

로니(J. H. Rosny)

┃ 해제 ┃

기메박물관에서 근무하던 홍종우의 도움으로 2편의 한국고소설이 불어로 번역될 수 있었다. 홍종우는 일본어가 가능했고, 통역을 통해 프랑스인과 의사소통을 할 수 있었다. 이러한 과정을 거쳐 최초로 번역된 작품이 1892년 출판된 <춘향전 불역본>(『향기로운 봄』)이었다. 번역자는 서문에서 홍종우가 번역에 참여했지만, 번역자는 어디까지나 자신이란 사실을 명기했다. 즉, 불어번역은 보엑스(Boex) 형제 가운데 형(Joseph Henri Honoré Boex(1856~1940))이 담당했다. 그들은 프랑스에서 활동한 벨기에 태생의 소설가로 J. H. Rosny란 같은 필명으로 1909년경까지 다양한 주제로 소설을 출간했다. <춘향전 불역본>에 대한 평가는 알렌 영역본에 비해 좋지 않았다. 쿠랑은 '원본에 대한 충실한 번역'이라는 관점에서 홍종우, 로니의 <춘향전 불역본>의 특징을 "번역"이라기보다는 "번안" 즉, "모방"이라고 여겼다. 더불어 <춘향전 불역본>의 서문 역시 잘못된 것이라고 평가했다. 서문의 요지를 정리해보면, 다음과 같다.

① 『춘향전』은 허구가 아닌 사실로 전승되며, 이도령의 후손들은 서울에 존재하고 있다.

② 『춘향전』은 '반정부의 비판'을 포함하고 있기에 작자가 미상이며, 이는 한국 소설의 전반적인 특징이다. 한국소설의 작가들은 대체로 庶出이다. 그들은 산중에 은둔하며 사회적 신분에 반대하는 신랄한 작품을 쓴다.

③ 『춘향전』은 "농부와 어린 학생들의 노래", "이도령이 운봉의 관리에게 건네는 시구"를 보면 사회비판서이다.

④ "고을관리의 아들과 가난한 평민 딸의 결혼 자체"가 관습에 대항하는 것이다.

⑤ 『춘향전』의 두 주인공은 "부모들 사이에서 결정되는" "서로 알지 못하는 사람늘을 결혼시키는 관습"에서 벗어나 있다. 이들이 보여주는 사랑의 결실은 유럽의 어떤 예와도 견줄 수 없는 선의와 고결함을 지닌다.

⑥ 이 소설은 못된 관리일지라도 아무도 죽지 않는다는 특징을 보여준다.

⑦ 소설 속 정황에서 한국풍속의 특징들을 엿볼 수 있으며, 자연을 소재로 한 묘사는 천진한 매력을 주며, 이도령의 시문은 사회고

발적인 모습을 보여준다.

원본에 관한 변개란 관점에서 볼 때, 알렌의 영역본 역시 동일한 번역수준이었음에도 쿠랑은 <춘향전 불역본>을 비판했다. 그 이유는 <춘향전 불역본>에는 알렌의 영역본과는 다른 큰 차이점이 존재했기 때문이다. 그것은 "(1) 춘향의 신분이 평민의 딸 (2) 女裝화소 (3) 방자의 역할 증대 (4) 노파의 존재"라는 변개양상이다. 이는 로니의 해석 즉, <춘향전>의 사랑이 '관리의 아들과 가난한 평민의 결혼'이라는 신분차이를 극복하고, '부모의 명과 매파의 중매'라는 관습에 벗어난 사랑(④, ⑤)이란 해석을 이끈 가장 큰 원인이다. 알렌은 <춘향전 불역본>과 달리 춘향의 신분을 어디까지나 기생으로 번역했다. 더불어 알렌은 기생이 사대부와 결연하는 경우가 로니가 제시한 그러한 특별한 의미가 아니며, 한국사회에서 보편적으로 있을 법한 사실임을 알고 있었다. 즉, 알렌의 변개 속에는 상대적으로 그가 체험한 한국사회에 대한 이해가 반영되어 있었던 것이다.

┃참고문헌

구자균, 「Korea Fact and Fancy의 書評」, 『亞細亞研究』 6(2), 1963.
김윤식, 「춘향전의 프랑스어 번역」, 『한국학보』40, 1985.
오윤선, 『한국 고소설 영역본으로의 초대』, 집문당, 2008.
이상현, 『문혀진 한국문학사의 사각-외국인의 언어·문헌학과 조선후기-식민지 언어문화의 생태』, 박문사, 2017.
이상현, 『한국고전번역가의 초상, 게일의 고전학 담론과 고소설 번역의 지평』, 소명출판, 2013.

임정지,「고전서사 초기 영역본(英譯本)에 나타난 조선의 이미지」,『돈 암어문학』25, 2012.

장정아,「재외 한국문학의 번역장과『향기로운 봄(Printemps parfumé)』: 홍종우 로니 그리고 19세기 말 프랑스 문단」,『번역과 횡단. 한국 번역문학의 형성과 주체』, 현암사, 2017.

장정아,「외국문학텍스트로서 고소설 번역본 연구(Ⅰ)-불역본『춘향 전』Printemps parfumé에 나타나는 완벽한 '춘향'의 형상과 그 의미-」,『열상고전연구』48, 2015.

장정아·이상현·이은령,「외국문학텍스트로서 고소설 번역본 연구(II) : 홍종우의 불역본『심청전』Le Bois sec refleuri와 볼테르 그리 고 19세기 말 프랑스문단의 문화생태」,『한국프랑스학논집』 95, 2016.

장정아,「'민족지'로서의 고소설 번역본과 시선의 문제 - 홍종우의 불 역본『심청전 Le Bois sec refleuri』을 중심으로 」,『불어불문 학연구』109, 2017.

조희웅,「韓國說話學史起稿―西歐語 資料(第Ⅰ·Ⅱ期)를 중심으로」,『동 방학지』53, 1986.

전상욱,「<춘향전> 초기 번역본의 변모양상과 의미 - 내부와 외부의 시각 차이」,『고소설연구』37, 2014.

전상욱,「프랑스판 춘향전 Printemps Parfumé의 개작양상과 후대적 변모」,『열상고전연구』32, 2010.

Boulesteix, F.,이항·김정연 역,『착한 미개인 동양의 현자』, 청년사, 2001.

조재곤,『그래서 나는 김옥균을 쏘았다』, 푸른역사, 2005.

Tchoun-Hyang est le premier roman coréen qui soit traduit en français, et même, nous croyons pouvoir l'affirmer, le premier qui soit traduit dans une langue d'Europe.

『춘향』은 프랑스어로 번역된 최초의 꼬레 소설이자,[1] 우리가 단정할 수 있다고 믿는 바로는 유럽의 언어로 번역된 최초의 꼬레 소설이기도 하다.

La presqu'ile de Corée tient à la Chine et à la Sibérie et s'approche du Japon. Les Chinois, les Japonais en ont à diverses reprises tenté la conquête. La Corée est restée indépendante. C'est un royaume. Le roi gouverne avec la noblesse. Les fonctions publiques sont conférées aux jeunes nobles, après un examen portant sur la linguistique, la philosophie, la littérature et l'histoire. L'arithmétique est aussi dédaignée qu'elle pouvait l'être par nos barons féodaux. La langue de l'enseignement est le chinois, c'est la langue officielle écrite; mais comme la langue chinoise écrite ne se parle pas, même en Chine, il existe à côté de la langue officielle écrite en Corée une langue alphabétique, syllabique, dont le génie ne diffère pas essentiellement

---

1 '한국(의)'을 나타내는 프랑스어 'Corée'·'coréen'을 '꼬레(의)'로 옮긴다. 『다시 꽃핀 마른 나무』의 역자가 그 서문에서 한국의 역사를 『동국통감』에 의거하여 기술한 것은 본인을 통해 호감의 대상으로서 처음 소개되길 바라는 자기 나라와 민족이 역사적으로 정체성을 보증받은 하나의 '역사적 공동체'임을 보여주고자 한 데 그 이유가 있다고 보기 때문이다. '통사'에서 중시되는 것은 '계승의식'인 것이다. 실제로 그 서문에서 'Corée'와 'coréen'은 한 시대에 국한된 국호가 아니라, 다섯 단계로 나눌 수 있는 '하나의' 역사를 가진 나라에 대한 통칭으로 사용되고 있음을 확인할 수 있다. 다만, 'Corée'가 고구려, 고려, 조선 등을 나타낼 때는, 관습적인 표현을 중시하여 '고구려[꼬레]', '고려[꼬레]', '조선[꼬레]'으로 병기한다. 혼란을 줄이기 위해, 한국의 반도는 가능한 한 '한반도'로 통일한다. 그리고 이를 『향기로운 봄』에도 그대로 적용하기로 한다.

du génie de nos langues occidentales. On conçoit que cette langue vivante donne plus d'originalité à un récit que la langue morte et conventionnelle des écoles. Nous nous félicitons donc de pouvoir présenter aux lecteurs une traduction faite sur un texte coréen, avec l'aide du seul lettré de ce pays qui soit jamais venu en France.

꼬레의 반도는 중국과 시베리아에 붙어 있고 일본과 가깝다. 중국인, 일본인은 여러 번 꼬레 정복을 시도했다. 꼬레는 독립되어 있다. 꼬레는 하나의 왕국이다. 왕이 귀족과 함께 통치한다. 공직은 언어학, 철학, 문학, 역사에 대한 시험을 치른 젊은 귀족들에게 부여된다. 계산법은 우리의 봉건 제후들에게 그랬을 수 있었던 만큼 경시된다. 교육용 언어는 한자이다. 한자가 공식 문어인 것이다. 그렇지만 그 중국의 문어는 중국에서조차 말로는 쓰이지 않으므로, 꼬레에는 그 공식 문어와 함께 알파벳 언어, 즉 음절 언어가 있다. 그 음절 언어의 특성은 우리 서양 언어의 특성과 본질적으로 다르지 않다. 그 활어(活語)가 학교의 사어(死語) 및 관습어보다 이야기에 독창성을 더 많이 부여한다고 본다. 그러므로 꼬레어로 된 텍스트를, 일찍이 프랑스로 건너온 단 한 명의 꼬레 지식인의 도움을 받아 옮겨 놓은 번역본 하나를 독자들에게 소개할 수 있어 기쁘다.[2]

Les aventures d'I-Toreng et de Tchoun-Hyang sont offertes

2 M. Hong-Tjyong-Ou, noble coréen, dont nous avons pu apprécier au cours de ce travail, l'intelligente bonté(꼬레의 귀족 홍종우를 말한다. 우리는 이 번역 작업 중에 그의 지적인 호의를 경험할 수 있었다)[원주].

comme authentiques: des descendants d'I-Toreng existent encore à Séoul, capitale de la péninsule. Ce récit, si populaire en Corée, est anonyme, et presque tous les romans coréens le sont, parce qu'ils renferment des critiques contre le gouvernement.

이도령과 춘향의 연애 이야기는 실화로 전해진다. 이도령의 후손이 한반도의 수도 서울에 아직 살고있는 것이다. 꼬레에서 아주 대중적인 이 이야기는 작자 미상이다. 꼬레 소설 거의 전부가 그러하다. 정부에 대한 비판을 담고 있기 때문이다.

Beaucoup de romanciers coréens sont des bâtards. La fidélité de la femme est exaltée à ce point que la veuve n'a pas droit à se remarier; les enfants qu'elle conçoit après la mort de son mari sont illégitimes. Quand la femme est noble, elle instruit ses bâtards, mais ne pouvant aspirer aux fonctions publiques, ils s'aigrissent, se retirent dans la montagne, y vivent de la vie des anachorètes, écrivent des œuvres plus ou moins bien inspirèes, mais toujours amères contre l'état social.

꼬레의 수많은 소설가는 서출(庶出)이다. 여자의 정조가 너무나 강조되어, 과부는 재혼할 권리가 없을 정도이고, 임신 중인 아이는 남편이 죽은 후 서출이 된다. 여자가 귀족일 때는 서출인 자신의 아이를 교육하지만, 그 아이는 공직을 꿈꿀 수 없고, 산 속에 은거하여 은둔자의 삶을 살면서, 제법 영감이 넘치나 늘 사회적 신분에 대해 신랄한 작품을 쓰는 것이다.

Autrefois boudhistes, les Coréens suivent aujourd'hui, pour la plupart, les prèceptes de Confucius. La famille est la base de l'Etat. L'enfant reste toute sa vie soumis à ses parents. Déjà marié, le fils s'incline encore avec respect, rend compte de ses actes. Il n'oserait s'asseoir devant son père qu'il n'en ait reçu l'ordre; il n'oserait fumer. D'ailleurs, il vit avec sa femme et ses enfants sous le toit paternel. Les liens de parenté sont retenus avec le plus grand soin. Le premier livre d'histoire du jeune Coréen, ce sont les annales de la famille, annales qui remontent à 3,000, 4,000 ans, et même davantage. Le traducteur de ce récit fait remonter son origine, avec la plus entière certitude, à l'établissement en Corée de Hong le Savant, lettré Chinois, envoyé auprès du roi de Corée par l'empereur de la Chine, il y a 3,500 ans.

예전에는 불자(佛子)였던 꼬레인들이 오늘날 대부분 공자의 가르침을 따른다. 가족은 국가의 기반이다. 아이는 평생 자기 부모에게 복종한다. 결혼을 해도, 아들은 여전히 존경심을 갖고 스스로를 숙이고 자기 행각을 보고한다. 아들은 자기 아버지가 명을 내리지 않으면 그 앞에 감히 앉을 수 없다. 담배피는 것도 당연히 안 된다. 더군다나 아들은 자기 아내와 아이들과 아버지 집에서 산다. 혈족 간 유대가 가장 큰 관심사이다. 신(新)꼬레인에 대한 최초의 역사서는 그 가문의 연대기, 3000, 4000년, 심지어 그 이상까지도 거슬러 올라가는 연대기이다. 그 이야기의 저자는 완전히 확신에 차서 그 가문의 기원을 3500년 전, 중국 황제가 꼬레의 왕에게 파견한 학식 있는 중국인 현자 홍 씨가 꼬레에 안착한 때로 본다.

La règle est de ne jamais laisser sans secours un parent pauvre, même très éloigné. On se doit, dans l'ordre coréen, à ses parents, à son maître, à ses amis et à ses consanguins. L'amitié est sacrée; elle dure autant que la vie, ou du moins faut-il des motifs graves pour la rompre.

아무리 멀리 떨어져 있어도 가난한 친척을 도움을 받지 않는 상태로 결코 내버려두지 않는 것이 관례이다. 꼬레의 질서 안에서는 자신의 부모, 스승, 친구, 부계 혈족에게 헌신할 의무가 있다. 우정은 신성하다. 우정은 생명만큼 지속되거나, 적어도 우정을 끊으려면 심각한 이유가 있어야 한다.

A vrai dire, les Coréens sont des Chinois très purs. N'ayant pas subi, grâce à leurs montagnes, la dernière invasion des Mandchous, ils ne portent pas le chapeau abat-jour et la longue queue imposés par les Tartares en signe de vassalité; ils portent la vieille coiffure de Confucius, d'un grand caractère; ils ont les cheveux mi-longs, relevés sur la tête et noués d'un fil de soie.

사실을 말하자면, 꼬레인은 아주 순수한 중국인이다.[3] 만주인의

---

3 C'est-à-dire qu'ils ont conservé les vieilles mœurs chinoises. Toutefois, même au point de vue de la race, les Coréens sont des Chinois du nord, un type assez compliqué, haut de taille, vigoureux et vaillant(즉 꼬레인은 중국의 오래된 풍습을 간직하고 있은 것이다. 그렇지만 종족이라는 관점에서 볼 때도, 꼬레인은 북중국인이다.

최후 침공을 산맥 덕택에 겪지 않아서, 꼬레인은 타타르인이 예속의 표시로 강요한 차양 있는 모자와 길게 땋은 머리를 하지 않는다. 꼬레인은 성인이 된 표지로 공자의 오래된 머리 모양을 하는 것이다. 반쯤 기른 머리카락을 머리 위로 틀어올려 명주실로 묶는 형태이다.

Tchoun-Hyang est à plusieurs égards une œuvre d'opposition; non seulement les chants des cultivateurs et des écoliers, la poésie remise par I-Toreng au mandarin de Oun-Pong protestent contre l'arbitraire gouvernemental, mais le mariage même d'un fils de mandarin avec une pauvre fille du peuple est un acte de haut courage en lutte contre les coutumes.

여러 가지 관점에서 『춘향』은 저항 작품이다. 농부와 어린 학생들의 노래, 이도령이 운봉의 고을관리에게 건네는 시구가 정부의 전횡에 대한 저항일 뿐만 아니라, 고을관리의 아들과 가난한 평민 딸의 결혼 자체가 관습과 투쟁하는 드높은 용기에서 나온 행위인 것이다.

Toute l'idylle respire la bonté; l'héroïne est parfaite. Elle aime de l'amour le plus dévoué, mais elle trouve la force de maintenir I-Toreng dans le devoir.

이 목가(牧歌) 전체가 정당함을 분명하게 드러낸다. 여주인공이

아주 까다롭고 키가 크며 원기왕성하고 용감하다)[원주].

완벽한 것이다. 그녀는 가장 헌신적인 사랑을 받길 원하지만 의무감
으로 이도령을 저지하고자 힘을 낸다.

« En songeant tout le temps à notre amour, vous n'étudierez pas, -
dit-elle, - vous ne serez pas assez instruit, vous rendrez le peuple
malheureux, vos parents seront attristés et, de plus, vos visites trop
fréquentes auprès de moi affaibliront votre corps.»

그녀가 말한다. "늘 우리 사랑을 생각한다면, 그대가 공부를 하지
않을 것이고, 충분히 배우지 못할 것이며, 백성을 불행하게 만들 것
이고, 그대의 부모님이 슬퍼할 것입니다, 게다가 지나치게 자주 제
곁으로 온다면 그대의 몸이 쇠약해질 것입니다."

Les premières années du mariage coréen s'écoulent très souvent
dans la chasteté. Le jeune mari conquiert sa femme en même temps
que ses grades, et son amour sert ses études. Car, le mari étant encore
étudiant, les voluptés fondraient son énergie. La femme l'écarte par
de tendres paroles: « Crois-tu que je n'en souffre pas autant que toi;
mais il faut que tu deviennes un homme. »

꼬레의 결혼 초기 몇 해는 아주 흔히 금욕적으로 지나간다. 어린
남편은 등용과 동시에 자기 아내를 얻는 것이다. 즉 그의 사랑하는
이가 그의 학업을 돕는다. 신랑이 아직 학생이면 쾌락이 그의 기력
을 감소시키기 때문이다. 아내는 부드러운 말로 남편과 거리를 둔

다. "제가 그대만큼 괴로워하지 않는다고 생각하시나요?" 아니면 "그대는 성인이 되어야 합니다."

Une femme, qui agirait autrement, serait blâmée et le mari, qui se fâcherait, encourrait la terrible colère paternelle. D'ailleurs, le mariage est une affaire sérieuse qui se règle entre les parents.

아내가 이와 다르게 처신하면 비난 받을 것이고, 남편이 이에 화를 내면 아버지의 엄청난 분노를 초래할 것이다. 게다가 결혼은 부모들 사이에서 결정되는 엄숙한 일이다.

L'Histoire de Tchoun-Hyang rompt la coutume d'unir des gens qui ne se connaissent pas. Ici, la jeune fille se donne à celui qu'elle aime, et I-Toreng n'hésite pas à s'engager avec Tchoun-Hyang, à l'insu de ses parents.

춘향의 이야기는 서로 알지 못하는 사람들을 결혼시키는 관습을 깨뜨린다. 이 작품에서 젊은 처녀 춘향은 자신이 사랑하는 이에게 봄을 맡기고, 이도령은 주저 않고 자기 부모 모르게 춘향과 정혼한다.

Il est à noter que nul ne périt dans cette histoire, pas même le méchant mandarin; l'auteur n'a pas voulu de sang sur les figures suaves de ses héros: I-Toreng et Tchoun-Hyang gardent jusqu'au bout leur exquise bonté, leur noblesse, si haute que nous ne pouvons rien leur opposer de plus grand dans notre orgueilleuse Europe. Cette même jeune fille, qui a rejeté tout vain scrupule de pudeur pour se donner à son amant, sera d'une inébranlable fidélité; aucune action vile, aucune parole envenimée par le soupçon ne lui viendra dans l'infortune. Dés qu'I-Toreng est parti, elle se vêt pauvrement, elle met dans un coffre ses parures, ces mêmes parures qu'elle fera vendre plus tard pour secourir son ami. Après une longue absence, I-Toreng se montre à la lucarne de la prison et elle le regarde:

이 이야기에서 악독한 고을관리까지 그 누구도 죽지 않는다는 것은 주목할 만하다. 저자는 자기 주인공들의 준수한 얼굴에 피가 흐르는 것을 원하지 않은 것이다. 이도령과 춘향은 자긍심 높은 우리 유럽에서도 더 대단한 것을 찾아 견줄 수 없을 정도로 높디 높은 지고의 선의, 고귀함을 끝까지 간직한다. 성적 수치심과 관련된 무의미한 거리낌을 모두 내던지고 자기 연인에게 몸을 맡긴 이 젊은 처녀 자체가 하나의 흔들리지 않는 정절이 될 것이다. 어떤 야비한 행위도, 독설에 의한 어떤 누명도 그녀를 불행에 빠뜨리지는 않을 것이다. 이도령이 떠나자마자 그녀는 초라한 옷차림을 하고, 자기 장신구를 함에 넣는다. 바로 그 장신구가 나중에 자기 애인을 구하려고 팔게 할 그것이다. 오랫동안 떠나있다가 이도령이 감옥 천창에 나타나자, 춘향이 그를 바라본다.

«Oh! - s'écrie-t-elle, éclatant en sanglots, - il y a si longtemps! si longtemps! »

"아 너무도 오랜만이어요! 너무도!" 오열하며 그녀가 소리친다.

Et elle passe fiévreusement sa main par la lucarne, elle y passe aussi la tête qu'elle livre aux baisers de l'amant. Et l'amant n'est plus qu'un vagabond sordide!

이어서 그녀가 열에 들떠 천창으로 자기 손을 내밀고, 같은 곳으로 얼굴 또한 내밀고서 연인과 입을 맞춘다. 그런데 그 애인은 비천한 떠돌이일 뿐이다!

Pour sobres, les traits de mœurs sont bien saisis: le domestique avide et artificieux, la vieille entremetteuse plaintive, l'aveugle nécromancien qui refuse énergiquement de la main droite tandis que sa gauche s'avance pour accepter.... Les quelques descriptions renseignent avec clarté: c'est le tremblement des ombres sur le sol, les oiseaux qui ne peuvent dormir dans le bruit des bambous entrechoqués, les poissons qui sommeillent à l'ombre des branches... La lune tient la place d'honneur en poésie: Tchoun-Hyang apparaît « comme la lune entre deux nuages », et Tchoun-Hyang, regardant I-Toreng, pense que sa « figure est belle comme la lune se levant à l'Orient des montagnes». La fleur n'est pas moins importante: la bouche de la jeune fille est « comme la fleur du nénuphar entre-close sur les eaux », la neige parfumée des fleurs du pêcher vole « comme des papillons au cœur froid ». Tout cela possède un grand charme de candeur, mais l'accent monte, lorsque I-Toreng déclare que « les pleurs des beaux cierges de fête sont les larmes de tout un peuple affligé», que «les chants des courtisanes ne s'élèvent pas plus haut que les gémissements et les cris de reproche de tout un peuple qu'on pressure odieusement».

간결하게, 등장인물의 특성이 잘 포착된다. 탐욕스럽고 간사한 하인, 불평하는 중재인 노파, 있는 힘을 다해 오른손으로는 거절하면서 왼손은 돈을 받기 위해 내미는 눈먼 무당… 몇 가지 묘사가 명확하게 정보를 제공한다. 땅 위 그림자들의 떨림, 서로 부딪치는 대나무 소리에 잠 못 드는 새들, 나뭇가지 그림자에 깃들어 졸고 있는 물고기들… 달은 경의의 영역을 시로 만든다. 춘향은 "두 구름 사이의 달처럼" 나타나고, 그녀는 이도령을 바라보면서 그의 "얼굴이 아름답기가 동쪽 산에서 떠오르는 달과 같다"고 생각한다. 꽃이 덜 중요한 것은 아니다. 춘향의 입술이 "반쯤 닫힌 물 위 수련"화 같고, 복사꽃 향내 나는 눈이 "차가운 가슴의 나비들처럼" 흩날리는 것이다. 이 모든 것은 천진함이라는 크나 큰 매력을 지니고 있다. 그런데 어조는 다음에서 고양된다. 즉 이도령이 "연회를 밝히는 이 아름다운 촛불의 눈물은 고통에 빠진 모든 백성의 눈물"이라고 선언할 때, "우리가 추악하게 착취하는 모든 백성의 비난의 신음과 울음 소리보다는 기생들의 노래소리 더 높이 오르지는 않네"라고 할 때이다.

Nous avons la conviction que cette courte idylle renseignera mieux sur la Corée, sur l'esprit et le sentiment mongols que de plus longues histoires. Elle nous apprendra ce que nous avons besoin d'apprendre toujours: la beauté et la bonté des races rivales; elle nous inspirera une sympathie tout humaine pour ces frères au teint bronzé, pour ces lentes civilisations jaunes qui peuvent nous apprendre des secrets de durée et de conservation, et peut-être aidera-t-elle que notre rencontre avec eux ne soit point destructive, comme le fut notre rencontre avec le rouge; peut-être aidera-t-elle à quelque bel accord pacifique où nous féconderons leur trop prudente analyse, où ils féconderont notre trop prompte synthèse.

    우리는 이 짧은 목가가 꼬레에 대해, 몽골의 정신과 정서에 대해, 더 긴 역사서들보다 더 잘 가르쳐주리라 확신한다. 이 목가는 우리가 경쟁관계의 인종들의 아름다움과 선의에 대해 늘 배울 필요가 있다는 것을 우리에게 가르쳐줄 것이다. 이 목가는 그들 구릿빛 형제에 대한, 우리에게 지속과 보존의 비밀을 가르쳐줄 수 있는 그들 황색의 느린 문명에 대한 전적으로 인간적인 공감을 우리에게 불러일으킬 것이다. 그리하여 이 목가는 좌익(左翼)과 우리의 만남이 그러했던 것처럼 파괴적일 것이 조금도 없는 그들과 우리의 만남을 아마도 도울 것이다. 이 목가는 어떤 아름답고 평화로운 조화를 도울 것이다. 그 조화를 통해 그들은 우리에 대한 신중한 분석을, 우리는 그들에 대한 신속한 통합을 지나칠 정도로 풍성하게 할 수 있을 것이다.

J.-H. ROSNY.

J.-H. 로니

제2장

〈심청전〉을 통해,
한국민족의 역사를 소개하다

- 〈심청전 불역본(『다시 꽃핀 마른 나무 : 꼬레 소설』)〉 서문(1895)

Hong Tjong Ou, *Le Bois Sec Refleuri : roman coréen,* Paris: E. Leroux, 1895.

┃ 해제 ┃

LE BOIS SEC REFLEURI(1895)는 홍종우(洪鍾宇, 1850~1913) 본인이 번역한 『심청전』불역본이다. 사실 이 번역본은 원본에 충실한 직역이라는 관점에서 본다면, 모리스 쿠랑이 잘 비평했듯이 『심청전』을 번역한 작품이라기보다는 이를 기반으로 한 번안 혹은 재창작이다. 하지만 그 근간에는 홍종우가 접했던 한국 고소설과 한국문화가 놓여 있다. 그의 『심청전』불역본에는 고소설 이외에도, 주목할만한 논저들이 들어있다. 그리고 그의 저서 출판에 대한 기메박물관 및 이야생트 루아종(Hyacinthe Loyson)의 헌사가 있는 것이다. 헌사를 남긴 인물은 프랑스의 유명한 설교자이자 신학자였던 이야생트 루아종(Hyacinthe Loyson, 1827~1912)으로 보인다. 두 사람이 교환한 헌사 속에는 기독교와 유교적 天神 관념 사이 소통의 지점이 보인다. 또한 서문을 대신하는 홍

143

종우의 주목할만한 가치가 있는 논저가 있다. 그것은 한국의 역사를 『동국통감』에 기반하여 서술한 내용이다. 이는 홍종우가 서구인에게 제시하고 싶은 한국에 대한 역사적 소개이기도 한 것이었다. 물론 애스턴은 그가 최초로 한국의 역사를 소개했다는 점을 부정했다. 그리피스와 존 로스가 쓴 한국사 서술이 있었기 때문이다. 하지만 홍종우의 논저는, 애스턴의 평가와는 달리 큰 의미를 지니고 있었다. 두 서구인과 달리 한국측 사료(『동국통감』)에 의거하여 쓴 역사서술이었기 때문이다.

참고문헌

김윤식, 「다시 꽃이 핀 마른 나무에 대하여」, 『한국학보』7(2), 1981.

이상현, 『묻혀진 한국문학사의 사각-외국인의 언어·문헌학과 조선후기-식민지 언어문화의 생태』, 박문사, 2017.

이상현, 『한국고전번역가의 초상, 게일의 고전학 담론과 고소설 번역의 지평』, 소명출판, 2013.

장정아, 「재외 한국문학의 번역장과 『향기로운 봄(*Printemps parfumé*)』: 홍종우 로니 그리고 19세기 말 프랑스 문단」, 『번역과 횡단. 한국 번역문학의 형성과 주체』, 현암사, 2017.

장정아, 「외국문학텍스트로서 고소설 번역본 연구(Ⅰ)-불역본 『춘향전』 *Printemps parfumé*에 나타나는 완벽한 '춘향'의 형상과 그 의미-」, 『열상고전연구』48, 2015.

장정아·이상현·이은령, 「외국문학텍스트로서 고소설 번역본 연구(Ⅱ) : 홍종우의 불역본 『심청전』 *Le Bois sec refleuri*와 볼테르 그리고 19세기 말 프랑스문단의 문화생태」, 『한국프랑스학논집』95, 2016.

장정아, 「'민족지'로서의 고소설 번역본과 시선의 문제 – 홍종우의 불역본 『심청전 *Le Bois sec refleuri*』을 중심으로」, 『불어불문학연구』109, 2017.

조재곤, 『그래서 나는 김옥균을 쏘았다』, 푸른역사, 2005.

Boulesteix, F., 이향·김정연 역, 『착한 미개인 동양의 현자』, 청년사, 2001.

[1] 기메박물관의 발간사

기메박물관 편집진

ROMAN CORÉEN
꼬레 소설

En raison de l'intérèt qu'il présente comme spécimen de la littérature, encore si peu connue de la Corée, l'Administration du Musée Guimet a pensé pouvoir exceptionnellement publier dans sa Bibliothèque de Vulgarisation le roman intitulé <Le bois sec refleuri>, qui passe pour l'une des compositions littéraires les plus anciennes et les plus estimées de ce pays. L'auteur de cette traduction, M. Hong-Tjyong-Ou, qui fut attaché pendant deux ans au Musée Guimet, s'est appliqué à en rendre scrupuleusement, presque mot à mot, le style et la naïveté, et les éditeurs n'ont eu garde de corriger son œuvre afin de lui laisser toute sa saveur exotique et primitive.

문학의 표본으로서 이 작품이 보여주는 흥미를 이유로, 게다가 꼬레라는 나라에 대해 알려진 것이 거의 없다는 점에서, 기메 박물관의 경영부는 꼬레에서 가장 오래되고 가장 높이 평가받는 문학작품 가운데 하나로 여겨지는 『다시 꽃핀 마른 나무』라는 제목의 소설을 박물관의 대중문화 총서로 특별히 출판해도 된다고 판단했다. 이 번역본의 저자 홍종우 씨는 기메 박물관에서 이 년 동안 매달려, 작품

145

의 거의 단어 하나 하나, 문체, 자연스러움을 세심하게 번역하는 데 몰두하였고, 편집자들은 그의 작품을 고치지 않고 그 이국적이고 원시적인 맛을 전부 살리도록 하였다.

[2] 이야생트 루아종의 헌사와 홍종우의 답사

DÉDICACE
   헌사

MON CHER AMI HYACINTHE LOYSON
   친애하는 친구 이야생트 루아종에게

홍종우

Bien des fois dans la maison que votre amitié sait rendre si hospitalière, nous avons discuté tous les deux les insondables problèmes de nos origines et de nos destinées. Les milieux si différents dans lesquels nous sommes nés et avons vécu ont modelé nos esprits et leur ont imprimé un cachet bien différent aussi. Peut-être, si l'on pouvait juger les choses de plus haut que la terre, seriez-vous trouvé trop Catholique et moi trop Païen. Vous, ne voyant rien de plus élevé, ni même d'égal au Christianisme; moi, ne comprenant rien à vos dogmes étranges, tandis que je trouve en Confucius plus de sagesse qu'en toutes vos lois et que Lao-Tseu planant dans une sagesse presque surhumaine fait monter ma pensée plus haut que les choses entrevues et les choses révées, pour la plonger dans l'Infini.

그대가 우정으로 정말 환대해 준 집에서 여러 번 우리 둘은 우리의 근원과 운명이라는 불가사의한 문제를 토론하였지요. 우리가 태어나고 살아온 아주 다른 환경이 우리의 정신을 형성하였고, 또한 우리 정신에 아주 다른 특징을 새겼습니다. 우리가 이 지상보다 더 높은 곳에서 상황을 판단할 수 있다면, 아마도 그대는 너무 카톨릭적으로, 나는 너무 이교적으로 여겨질 것입니다. 어떠한 것도 카톨릭보다 더 고귀하다고 보지 않는 그대는 기독교에 대해서도 마찬가지이고, 반면 그대들의 낯선 교리를 전혀 이해하지 못하는 나는 그대들의 모든 규범에서보다는 공자에게서 더 큰 지혜를 발견하고, 거의 초인적인 지혜 속에서 활공하는 노자가 막연하게 예감하고 꿈꿔본 것들보다 더 높이 내 사유를 고양시켜 무한에 잠기게 하는 것입니다.

Mais qu'importe! Je crois qu'un seul Dieu nous a donné la vie. Ce n'est pas un être étrange habitant loin, bien loin dans la profondeur des espaces éthérés un palais fantastique bâti par-delà les étoiles. C'est l'Ame de nos âmes, la Vie de nos vies, notre vrai Père, Celui en qui et par qui nous sommes tous. Tous nous sommes frères, car tous nous sommes issue de Lui; mais combien nous nous sentons plus unis et plus frères, nous qui croyons tous deux en lui, bien que notre foi s'exprime de façons différentes.

그렇지만 그게 뭐 중요하겠습니까! 나는 단 하나의 신이 우리에게 생명을 주었다고 생각합니다. 그 신은 먼 곳, 별들 저 너머 에테르의 영역 그 심연 속에 세워진 환상의 궁궐만큼 아주 먼 곳에 거주하는 낯선 존재가 아닙니다. 그 신은 우리 영혼의 영혼, 우리 생명의 생명이고, 그 속에서 그를 통해서 우리 모두가 존재하는 우리의 진정한 아버지입니다. 우리 모두는 형제입니다. 우리 모두가 그에게서 비롯되었기 때문이지요. 비록 우리의 신념이 다른 방식으로 표현된다 하더라도, 둘 모두 그 신을 믿고 있는 우리는 우리가 얼마나 더 결속되어있고 더 형제와 같다고 느끼는지요.

J'ai fait un long voyage, passant comme en un rêve au milieu de toutes choses. Depuis que j'ai quitté ma patrie, j'ai marché à travers la brume grise toujours cherchant ce que mon esprit pressentait, sans le trouver jamais; quand soudain, comme l'éclair brillant qui déchire les sombres nuées d'orage, la lecture de votre testament m'éveilla; car votre pensée me montra comme en un miroir ma propre idée poursuivie depuis si longtemps. Puissiez-vous transmettre à votre fils l'enthousiasme qui vous anime! Qu'il s'inspire de votre pensée et poursuive l'œuvre que vous avez si vaillamment entreprise!

나는 오랫동안 여행을 하면서 마치 꿈속에서인 듯 모든 것들에 둘러싸여 세월을 보내었습니다. 나의 조국을 떠난 이후로, 나는 내 정신이 예감하고 있던 것을 찾으면서 늘 잿빛인 안개를 가르며 걸었지만 그것을 전혀 발견하지 못했습니다. 그러다 갑자기, 폭풍을 머금은 어둠을 찢으며 번쩍이는 섬광처럼 그대들의 성경 독서가 나를 깨웠습니다. 마치 오래 전부터 추구해온 내 자신의 관념이 거울 속에 비추이듯이 그대들의 생각이 내게 나타났기 때문입니다. 부디 그대들을 살아 움직이게 하는 그 영감을 그대들의 후손에게 물려주실 수 있기를! 그대들의 자손이 그대들의 생각과 그대들이 그토록 용감하게 시도하고 추구했던 작품에서 영감을 얻기를!

Hélas! encore quelques jours et nous serons séparés car je m'en vais loin, bien loin par-delà les mers; mais de retour dans mon pays je garderai toujours fidèlement le souvenir de votre amitié.

아아! 며칠이 더 지나면 우리는 헤어질 겁니다. 내가 멀리, 바다 너머 아주 멀리 가버리기 때문이지요. 그렇지만 내 나라에 돌아가서도 그대 우정에 대한 추억을 언제나 충실히 간직할 겁니다.

Quand vous verrez dans le ciel passer de blancs nuages venant d'Orient, songez à l'ami fidèle qui songe à vous, là-bas sur la rive lointaine et qui parle de vous à tour les nuages et à tous les oiseaux allant vers l'Occident afin que quelques-uns d'entre eux, dociles à sa voix, viennent raviver en votre cœur le souvenir de son amitié.

동양에서 온 흰 구름이 하늘에서 지나가는 걸 보면, 저기 멀고 먼 강가에서 그대를 생각하는 충직한 친구가 서양으로 가는 구름과 새들 모두에게 그대 이야기를 한다는 걸 생각하세요. 그들 중 자기 목

소리에 길들여진 몇몇이 와서 그대의 가슴 속에 자기 우정의 추억을
되살리도록 하기 위해서 말이지요.

HONG-TJYONG-OU

홍 종 우

Neuilly près Paris, le 15 juillet 1893.

1893년 7월 15일, 파리 근교 뇌이이

CHER ET RESPECTABLE LETTRÉ
친애하고 존경하는 친우에게.

HYACINTHE LOYSON

이야생트 루아종

J'appepte avec reconnaissance la dédicace que vous voulez bien
me faire de votre prochain ouvrage. Je n'en connais encore que le
titre, mais il est bien choisi. En Occident comme en Orient, l'humanité
est ce <Bois sec qui refleurira!>

그대의 다음 작품을 위해 헌사를 써달라는 그대의 부탁을 기꺼이
받아들이겠습니다. 아직 작품 제목밖에 모르지만, 잘 정하셨습니다.
동양에서와 같이 서양에서도 인류애가 바로 그 '다시 꽃필 마른 나
무'이지요!

Je suis Chrétien et veux demeurer tel. Je crois que la Parole et la Raison suprême. Tao, comme l'appelle votre philosophe Lao-Tseu, s'est manifestée sur cette terre en Jésus-Christ; mais je crois aussi que les Chrétiens ont été le plus souvent bien indignes de leur Maître.

나는 기독교인이며, 그렇게 살고자 합니다. 나는 신의 말씀과 지고의 정신을 믿습니다. 그대들의 철학자 노자가 그렇게 부르는 도(道)가 이 땅에서는 예수 그리스도 안에서 구현되었습니다. 그렇지만 기독교인들은 흔히 그들 주님답지 않았다고도 생각합니다.

J'ajoute que dans le triste état où ils ont réduit la religion chrétienne les chrétiens sont capables de faire autant de mal que de bien, sinon plus encore, à ceux qu'ils appellent les païens et dont ils ne se doutent pas qu'ils auraient eux-mêmes beaucoup à apprendre.

기독교인들이 종교 기독교를 깎아내린 이 슬픈 상황에서, 기독교인들이 이교도라 부르는 이들에게 선행만큼이나 혹은 그 이상으로 악행을 저지를 수 있다는 것을 덧붙입니다. 그들 자신이 그 이교도로부터 배울 것이 많으리라고는 짐작도 하지 않고 말입니다.

Venez vous asseoir encore une fois à notre table de famille, mon cher ami païen, après quoi nous vous laisserons retourner dans votre chère Corée, en priant Dieu de vous conserver longtemps votre vieux père, votre femme et vos enfants, et en vous disant: Au revoir ici-bas ou ailleurs!

　　다시 한번 우리 집에 와주시길, 나의 친애하는 이교도 친구여, 그런 연후에 그대가 그대의 연로하신 아버지, 그대의 부인, 그대의 아이들과 오랫동안 함께하도록 신께 기도하며, 또한 이곳 아니면 다른 곳에서 다시 만나자고 그대에게 말하며, 그대를 그대의 사랑스런 꼬레로 돌려보내 주겠소.

HYACINTHE LOYSON.

이야생트 루아종.

[3] 홍종우의 서문

PRÉFACE
　서문

홍종우

<Quoique située entre deux mers fréquentées, et aperçue chaque année par des miliers de navigateurs, la Corée est un des pays les moins explorés>. Rien de plus vrai que ces lignes d'Elisée Reclus. Il n'est pas, jusqu'à l'appellation de Corée. qui ne soit inexacte - aujourd'hui du moins - appliquée à notre pays. Ce nom de Corée, fut,

selon toute probabilité, introduit en Europe par Marco-Polo. A l'époque où le célèbre voyageur était à la cour de koubilaï Khan, le vocable <Corée>, désignait encore une partie de la presqu'île, que les Européens dénomment toujours de même. Au XIVe siècle, à la suite d'évènements qu'il serait trop long de relater ici, la Corée prit le nom de Tcio-shen <Sérénité du matin>, qui est le seul employé aujourd'hui par les habitants du pays.

> "왕래가 잦은 두 바다 사이에 위치해 있고 매년 수많은 항해자에 의해 발견되지만, 꼬레는 가장 탐험이 되지 않은 나라 가운데 하나이다." 엘리제 르클뤼의 이 표현만큼 더 진실인 것은 없다. 꼬레라고 부르기까지 우리나라에 부여된 명칭이 없었고, 꼬레라는 그 명칭은 -적어도 오늘날에는- 정확하지 않다. 꼬레라는 그 이름은, 모든 가능성을 다 헤아려 보면, 마르코 폴로에 의해 유럽에 도입되었다. 저명한 그 여행가가 쿠빌라이 칸의 궁정에 있었을 때, '꼬레'라는 말은 아직 한반도의 일부를 가리켰고, 유럽인들이 그 단어를 계속 똑같이 사용하고 있는 것이다. 여기서 지나치게 길게 상세히 기술될 사건들에 이어, 14세기에 와서 꼬레는 '아침의 고요' 조선(Tcio-shen)이라는 이름을 갖게 되었다. 조선은 오늘날 그 나라 거주자들이 사용하는 유일한 명칭이다.

Je ne m'étonne pas outre mesure, du peu de progrès qu'on a fait en Europe, en ce qui concerne la connaissance de ma patrie. Jusqu'au XVIIe siècle, la Corée était représentée sur les cartes comme une île.

Cette ignorance est due à bien des causes, dont la principale est, je l'avoue humblement, le peu d'empressement que nous avons témoigné, jusqu'à ces derniers temps, d'entrer en contact avec la civilisation occidentale. <Il est de tradition constante>, dit encore Elisée Reclus, <chez les Coréens, de tenir l'étranger dans l'ignorance complète de leur pays>. Aujourd'hui nous commençons à nous départir de ce système, à l'exemple de nos voisins de l'Est. les Japonais. Il est vrai que nous n'allons pas si vite que ces derniers, car je suis, jusqu'ici, le premier Coréen qui soit venu en Europe.

내 조국에 대한 지식과 관련하여 유럽에서 이루어진 진전이 거의 없다는 것에 나는 많이 놀라지 않는다. 17세기까지 꼬레는 지도에 섬으로 표시되었다. 이러한 무지에는 많은 원인이 있다. 그 가운데 가장 중요한 것은, 정말 겸허하게 고백하자면 서구 문명과 접촉하는 데 최근까지 열의가 없었던 우리의 모습이다. "외국인이 자기 나라에 대해 완전히 모르게 하는 것이 꼬레인들의 변하지 않는 전통이다"라고 다시 엘리제 르클뤼가 말했다. 오늘날 우리는 우리의 동쪽 이웃 일본인의 보기를 따라 이 체제를 버리기 시작할 것이다. 사실 우리가 일본인들만큼 그렇게 빨리 나아가지는 않을 것이다. 지금껏 유럽에 온 최초의 꼬레인이 나이기 때문이다.

Le Tcio-shen présente un grand intérêt, non seulement au point de vue géographique, mais encore au point de vue politique. Sous le premier rapport, il est de tradition de comparer notre pays à l'Italie. Il y a en effet plusieurs points de ressemblance entre les deux contrées. Politiquement parlant, je rapprocherais plus volontiers la situation de la Corée, de celle de la péninsule des Balkhans. Elle est entourée de puissants voisins, dont deux, la Chine et le Japon, se sont à plusieurs reprises disputé la domination de notre pays, et dont le troisième, la Russie, pourra bien un jour, entrer en ligne à son tour. Un royaume qui excite tant de convoitises mérite d'être connu, et c'est pour cela que je me suis décidé à publier la présente étude.

조선은 지리적 관점에서뿐만 아니라 정치적 측면에서도 커다란 흥미를 제공한다. 처음으로 얘기할 것은, 우리나라를 이태리와 비교하는 것이 관례라는 것이다. 실제로 두 나라 사이에는 유사점이 여럿 있다. 정치적으로 말하자면, 나는 아주 기꺼이 꼬레의 상황을 발칸반도의 상황에 비교할 것이다. 꼬레는 주위 강대국들로 둘러싸여 있고, 그들 중 두 나라, 즉 중국과 일본은 여러 차례 우리나라를 지배하기 위해 겨루었고, 세 번째 러시아는 언젠가 자기 차례가 되면 능숙하게 그 다툼에 들어가게 될 것이다. 이 정도로 갈망의 대상이 되는 왕국은 마땅히 알려져야 한다. 이것이 내가 지금의 이 연구서를 출판하기로 결심한 이유이다.

Il y a quelques mois, j'étais le collaborateur d'un écrivain français, M. Rosny, pour la traduction du roman coréen intitulé *Printemps parfumé*. Après la publication de ce livre, qui eut un assez grand succès, quelques lettrés français me demandèrent, s'il n'y avait pas parmi les monuments de notre vieille littérature, quelque roman digne d'être traduit. Pour répondre à leur vœux, je donne aujourd'hui un de nos plus anciens romans, intitulé *le Bois sec refleuri*.

몇 달 전, 나는 프랑스 작가 로니 씨의 조력자였고, 『향기로운 봄』 이라는 제목의 꼬레 소설 번역을 위함이었다. 제법 크게 성공한 그 책의 출판 이후로, 프랑스의 몇몇 식자(識者)들이 우리 고전 문학의 기념비적 작품 가운데 번역할 만한 소설이 없는지 내게 물어왔다. 그들 염원에 대한 답으로서, 오늘 나는 우리의 가장 오래된 소설 가 운데 하나 『다시 꽃핀 마른 나무』를 선보인다.

Nous ne connaissons ni l'auteur de cet ouvrage, ni l'époque où il a été composé. D'après les lettrés, ce roman était connu, sous la forme de pièce de théâtre, avant l'avènement (1392) de la dynastie actuelle au trône. Mais au moment de la formation du Tciô-shen, il y eut une querelle entre bouddhistes et philosophes.

우리는 이 작품의 저자도, 작품 창작 시기도 모른다. 학자들에 따 르면, 이 소설은 현왕조가 왕좌에 오르기(1392) 이전에는 연극작품 형태로 알려졌다. 그런데 조선 건국 시, 불교도와 유학자 간 분쟁이 있었다.

Ce fut à ces derniers que l'avantage resta. Par esprit de réaction, les philosophes supprimèrent presque tous les monuments du théâtre coréen, en général imprégné d'idées bouddhiques. Il se pourrait que ce roman eut échappé à cette espèce de destruction littéraire.

우위를 점한 것은 유학자였다. 반동의 의도로, 유학자들은 불교 사상이 보통 스며있던 꼬레의 연극 작품 가운데 기념비적인 것 거의 모두를 없애버렸다. 이 소설은 그 같은 문학적 파괴를 모면했다고 할 수 있을 것이다.

Dans la préface qu'il a placée en tête de *Printemps parfumé* M.Rosny donne quelques indications sur les mœurs contemporaines de la Corée, presque sans parler de l'histoire de la péninsule. C'est pour compléter ces notes et pour satisfaire un certain nombre de chercheurs, que je vais résumer à grands traits l'histoire de notre pays.

『향기로운 봄』의 서두에 배치된 서문에서 로니 씨는 꼬레의 현대 풍습에 대해 몇 가지 정보를 제공하지만, 한반도의 역사에 대해서는 거의 말하지 않는다. 그 기록을 보완하여 상당수의 연구자들을 만족 시키고자, 나는 우리나라 역사를 간추려 요약하려 한다.

Cette histoire se divise en un certain nombre de périodes très nettement délimitées, et coïncidant généralement avec un changement de dynastie.

La première de ces périodes est toute légendaire. On la fait commencer avec l'année 2358 avant J.-C. Voici ce que dit la tradition à ce sujet: <Six ans après l'avènement de l'empereur de Chine, Yao, un saint vint s'établir sur le sommet de la montagne de Taihakou. Il ne tarda pas à être entouré d'un grand nombre d'indigènes, qui le vénérèrent comme leur souverain, et l'appelèrent Tankoun. Ce saint monarque vécut 1668ans et disparut pour monter au ciel.>

우리나라 역사는 매우 정확하게 경계지워지고, 일반적으로 왕조의 변화에 일치하는 몇몇 시기로 구분된다. 그 시기들 가운데 첫 번째는 완전히 전설적이다. 그 시작은 기원전 2358년으로 올라간다. 그 시작과 관련하여 전통적으로 전해지는 이야기는 다음과 같다. "중국의 요(Yao) 황제가 즉위한 지 육년 후, 한 성인이 태백(太白, Taihakou)산 정상에 와서 자리를 잡았다. 머지않아 그를 중심으로 수많은 원주민이 모여들어, 그를 단군(檀君, Tankoun)이라 부르며 자기들의 왕으로 숭배했다. 그 성스러운 군주는 1668세까지 살았고, 죽어서 승천하였다."[1]

Quelle part de vérité y a-t-il dans cette légende? On peut lire dans le Chou-King, un des livres sacrés, le passage suivant: <l'empereur Yao, ordonna à Ghi-Tciou, l'un des grands dignitaires de la cour, de se fixer sur une montagne située à l'Est de la capitale. C'était là que le soleil semblait se lever, et Ghi-Tciou, devait au nom de son maître, saluer respectueusement l'astre à son aurore.> Le même livre nous

---

1 『東國通鑑』外記 1, 「檀君朝鮮」; 이하 원문과 번역문을 인용할 시에는 『(국역) 동국통감』, 세종대왕기념사업회, 1996~1998에 의거하여 제시하도록 한다.

rapporte, que trois autres dignitaires furent envoyés aux trois autres points cardinaux. La montagne où s'établit Ghi-Tciou, pourrait très bien être le Taihakou où la légende fait vivre Tankoun. La situation est la même, et la date des deux évènements, semble identique. On peut donc conclure avec assez de vraisemblance que Tankoun et Ghi-Tciou ne font qu'un seul et même personnage. La longueur extraordinaire de la vie de Tanjoun est un fait assez commun dans les légendes de l'Extrême-Orient. Notre rapprochement, n'est qu'une hypothèse, disons-le en toute sincérité, car il n'existe ni texte ni monument qui viennent le confirmer.

이 전설에서 어떤 부분이 진실일까? 우리는 성스러운 책들 중 하나인 『주왕』(周王, Chou-King)에서 다음 구절을 읽을 수 있다. "요 황제가 궁정의 고관대작 중 한 명인 기추(Ghi-Tciou)에게 명령을 내려, 수도의 동쪽에 위치한 어떤 산에 정착하라 했다. 그곳은 태양이 떠오르는 것처럼 보이는 곳이었고, 그래서 기추는 자기 왕의 이름으로 그 땅의 새벽에 태양을 향해 경건하게 경의를 표해야 했다." 같은 책에서 말하길, 다른 세 명의 고관이 서로 다른 세 방위로 보내졌다. 기추가 정착한 산은 전설 속에서 단군(Tankoun)이 살았던 태백산(Taihakou)임에 틀림없을 것이다. 상황이 같고, 두 사건의 날짜도 동일한 것으로 보인다. 따라서 우리는 충분한 개연성을 갖고, 단군과 기추가 하나이며 같은 인물이라고 결론 내릴 수 있다. 단군의 기이하게 긴 수명은 극동의 전설에서는 아주 상투적인 일이다. 아주 솔직히 말하자면 우리의 접근은 하나의 가정에 지나지 않는다. 그것을 확인할 만한 어떠한 원본도 기념비적인 작품도 없기 때문이다.

Avec la seconde période, s'ouvre l'ère vraiment historique de la
Corée. C'est à cette époque que la péninsule commence à former un
royaune spécial. Le dernier roi de la dynastie chinoise de Chang, se
vit déposséder par un prince révolté du nom de Wou-Wang et mourut
bientôt après. Il avait mené une vie de débauches, malgré les conseils
de con oncle Ghi-si. Ce dernier ne voulait pas servir sous le nouveau
maître de la Chine, qui de son côté ne tenait pas à conserver près de
lui un homme dont la réputation eut porté ombrage à l'omnipotence
royale. Pour se débarrasser de Ghi-si, Wou-Wang lui donna tout le
territoire qui devait former plus tard la Corée. (1122 av. J.-C.). Ghi-
si, suivi d'un certain nombre de savants, alla se fixer dans le pays qui
lui était attribué. Il en fut le véritable souverain, tout en ne portant que
le titre de vicomte. La civilisation chinoise fut introduite dans la
péninsule, qui, sous l'administration bienfaisante de Ghi-si, devint
bientôt très prospère. "Plus de voleurs" dit un historien chinois.
"Telle était la sécurité qui régnait dans le pays, qu'on ne fermait plus
les portes des maisons, la nuit. La protection de Ghi-si, s'étendait sur
toute la contrée." Ghi-si est donc le vrai fondateur du royaume de
Corée.

　　두 번째 시기와 함께 꼬레의 진정한 역사 시대가 열린다. 바로 이
시기에 한반도가 특유의 왕국을 건립하기 시작한다. 중국 주(紂,

Chang) 왕조의 마지막 왕은 무왕(武王, Wou-Wang)이라는 이름의 군주의 반란으로 왕위를 잃었고, 얼마 후 죽었다. 그는 삼촌인 기자(箕子, Ghi-si)의 충고에도 불구하고 방탕한 삶을 살았었다. 기자는 중국의 그 새로운 왕을 섬기고 싶어하지 않았고, 무왕은 왕의 절대권력에 불신을 초래한 만큼의 명성을 지닌 이를 자기 곁에 두고 싶어하지 않았다. 기자를 쫓아버리려고 무왕은 훨씬 뒷날 꼬레를 형성할(기원전 1122년)[2] 영토 전체를 기자에게 주었다. 기자는 그를 따르는 상당수의 현자들과 함께 자신에게 부여된 그 나라에 가서 정착했다. 그는 자작의 작위를 가지고 있을 뿐이었지만, 그 나라의 진정한 군주가 되었다. 중국 문명이 한반도에 유입되었고, 기자의 선정 아래에서 곧바로 아주 번창하였다. "더는 도둑이 없었다" 어느 중국 역사가가 말했다. "그 나라에 퍼져있는 안전이, 밤에 더 이상은 집 문을 잠그지 않을 정도였다. 기자의 보호가 나라 전체로 확산되었다."[3] 이렇듯 기자가 꼬레 왕국의 진정한 시조(始祖)이다.[4]

Parmi les huit savants que Ghi-si avait amenés avec lui, en figurait un du nom de Hong. C'est le véritable ancêtre de la famille à laquelle j'appartiens. Les sept autres savants ont également aujourd'hui encore des descendants. Ces huit familles vivent dans la plus étroite

---

2 『東國通鑑』外記 2, 「箕子朝鮮」.

3 "백성들이 마침내 서로 도둑질하지 않아서 문을 닫아 놓는 일이 없었다."(其民 不相盜無門)

4 조선 초기 지식인들에게 단군과 함께 기자는 매우 중요하게 주목을 받았다. 단군은 우리 민족의 기원으로, 기자는 우리 문명의 기원으로 여겨졌던 것이다. 그리하여 조선 초기 지식인들은 조선을 동국문명(東國文明)의 국가로 자부할 수 있었다.

intinité, comme si elles étaient liées par la parenté la plus rapprochée.

기자가 자신과 함께 데려왔던 여덟 명의 현자 가운데 한명의 이름
이 홍(洪, Hong)이었다. 그가 바로 내가 속해있는 혈통의 진정한 선조
이다. 다른 일곱 명의 현자에게도 오늘날 여전히 후손이 있다. 이들
여덟 혈통은 마치 가장 가까운 혈연관계로 연결된 것처럼 가장 친밀
한 관계 속에서 살았다.

La dynastie fondée par Ghi-si eut une durée de dix siècles. A vrai
dire, sa domination ne s'étendait que sur la moitié septentrionale de
la Corée. La partie méridionale, connue sous le nom de Shim, était
encore sauvage et presque ignorée. Le quarante et unième descendant
de Ghi-si, Ghi-Joun, se proclama roi de la presqu'île tout entière.
Mais un prince chinois déclarant la guerre à Ghi-Joun, le chassa du
territoire de ses pères. Ghi-Joun dut se réfugier précisément dans la
partie de la Corée dont il s'était peu auparavant attribué la souveraineté.
Sa position n'était pas désavantageuse, car le nombre de ses nouveaux
sujets s'accroissait chaque jour par l'émigration chinoise. Celle-ci
était due à ce fait, qu'à cette époque l'empereur de Chine Tsin-Chi-
Hoang-Ti, avait décrété une corvée générale pour la construction de
la grande muraille.

기자가 세운 왕조는 10세기 동안 지속되었다. 사실대로 말하면,
그의 지배는 꼬레의 북쪽 절반까지만 미쳤다. 진(辰, Shim)이라는 이

름으로 알려진 남쪽 부분은 여전히 원시 상태였고 거의 알려진 것이
없었다. 기자의 41대 후손 기준(箕準, Ghi-Joun)은 거의 한반도 전체
의 왕으로 스스로를 칭했다. 그런데 중국의 군주가 기준에게 전쟁을
선포하고, 그를 그의 선조들의 땅에서 쫓아냈다. 기준은 예전에 그
통치권을 부여받지 못했던 꼬레의 일부지역으로 정확히 말해 피신
해야 했다. 그의 입장이 불리하지는 않았다. 중국에서 이주해온 이
들이 날마다 그의 수많은 새 백성이 되었기 때문이다. 그 이주는 당
시의 중국 황제 진시황(秦始皇, Tsin-Chi-Hoang-Ti)이 만리장성을 세
우기 위해 전 백성의 부역을 공포했던 사건에서 비롯되었다.[5]

Quant au vainqueur de Ghi-Joun, le prince Yei-man, il s'était
proclamé souverain de la Corée septentrional. Son fils lui succèda sur
le trône, mais son petit fils You-Kio ne régna pas longtemps. Il fut
attaqué par le quatrième empereur de la dynastie Chinoise de Han et
dépouillé par lui. Cet empereur, homme d'une bravoure extraordinaire,
lutta également contre les Huns qu'il refoula à l'Ouest. Son empire
s'étendit jusqu'à la mer Caspienne. L'ancien royaume de Ghi-si, ne
forma plus qu'une province du Céleste Empire(109 av. J.-C.) et son
nom même disparut pour quelque temps.

기준을 정복한 이는 위만(衛滿, Yei-Man) 군주로, 그는 꼬레 북쪽
의 통치자로 스스로를 칭해왔었다. 그의 아들이 그의 왕위를 계승했

---

5 『東國通鑑』 外記2, 「箕子朝鮮」.

지만, 그의 손자 우거(右渠, You-Kio)는 오래 군림하지 못했다. 그는 중국의 한(Han) 왕조 네 번째 황제[6]에게 공격을 받았고, 그에 의해 찬탈되었다. 비상하게 용감한 사람이었던 그 황제는 훈족과도 싸워 서쪽으로 격퇴시켰다. 그의 제국이 카스피 해까지 펼쳐졌다. 기자의 고대 왕국이 천상의 제국[중국]의 한 지방에 지나지 않게 되었고(기원전 109년), 머지 않아 그 이름마저 사라졌다.[7]

Soixante douze ans après un étranger du nom de Co-Shou-mô, étant venu dans la partie septentrionale de la Corée, s'en empara et s'en proclama roi.

72년 후, 고주몽(高朱蒙, Co-Shou-mô)이라는 이름의 이방인이 꼬레의 북쪽 지역에 와서 그곳을 점령하고 자신을 왕이라 선포했다.[8]

C'est avec Co-Shou-mô, fondateur d'une dynastie qui régna pendant huit siècles, que nous arrivons à la troisième période de l'histoire de la Corée. D'où venait ce conquérant? Du royaume de Pou-Yo que l'on doit vraisemblablement placer en Sibérie. Voici en effet ce qu'on lit à ce sujet dans un vieux géographe: <Le royaume de Pou-Yo, se trouvait à mille ri (un ri vaut à peu près 400 mètres) au

---

6 漢武帝를 가리킨다.
7 『東國通鑑』外記3,「衛滿朝鮮」.
8 『東國通鑑』,「三國記 甲子年」(B. C. 57)

nord du Tcio-Shen. C'était un pays barbare. La naissance de Co-Shou-mô est entourée de légendes. En voici quelques traits.

8세기 동안 점령한 왕조의 건립자 고주몽과 함께, 우리는 꼬레 역사의 세 번째 시기에 이른다. 이 정복자는 어디서 왔을까? 시베리아에 세워졌음이 분명한 부여(夫餘, Pou-Uo) 왕국에서 왔다. 사실 원로 지리학자[9]의 글에 이 점에 대한 부분이 있다. "부여 왕국은 조선에서 북쪽으로 천 리(1리는 약 400미터이다) 떨어져 있었다." 부여는 야만 국가였다. 고주몽의 탄생은 전설에 싸여있다.[10] 그 윤곽을 살펴보자.

Le roi de Pou-Yo rencontra un jour une jeune vierge, fille du <Dieu de la rivière>. Il l'emmena dans son palais, d'où il ne la laissa plus sortir. Or, au retour d'un long voyage, le roi trouva la jeune fille sur le point d'être mère. Il voulut la tuer, mais lui demanda d'abord quelques explications. Voici ce que raconta la jeune fille. <Le soleil dardait sur moi des rayons brûlants, dans ma chambre. J'ai voulu m'y soustraire et me suis retirée en marchant à reculons. Mais la lumière me suivait toujours. C'est depuis cette époque que je me sens enceinte>. Cette réponse mystérieuse sauva la jeune fille. Le roi lui laissa la vie. Bientôt elle mit au monde un garçon. A cause de son habileté à tirer de l'arc, celui-ci reçut le nom de Shou-mô, qui signifie

---

9 주몽신화를 싣고 있는 『삼국사기』의 저자 김부식을 가리키는 듯하다.
10 『東國通鑑』, 「三國記 甲申年」(B. C. 37)

<tireur adroit>.

부여의 왕이 어느 날 젊은 처녀, '강의 신'의 딸을 만났다. 그는 그녀를 자기 궁으로 데려가, 그녀가 그곳에서 떠나지 못하게 하였다. 그런데 먼 여행에서 돌아온 왕은 그 처녀가 어머니가 되려는 것을 발견했다. 그는 그녀를 죽이고 싶었지만, 먼저 설명을 하라고 했다. 다음이 그 처녀가 한 이야기이다. "태양이 이글거리는 광선을 뿜으며 방 안에 있는 저의 위로 쏟아졌습니다. 저는 거기서 벗어나고자 뒷걸음치며 몸을 피했지요. 그런데 그 태양빛이 계속 저를 따라왔습니다. 그 일이 있고나서 저는 태기를 느꼈습니다." 신비로운 이 대답이 그 처녀를 구했다. 왕이 그녀의 목숨을 살려준 것이다. 곧 그녀가 사내아이를 낳았다. 활 쏘는 솜씨 때문에, 그 아들은 주몽(Shou-mô)이라는 이름을 얻었다. '솜씨 좋은 궁수'라는 뜻이다.

L'adresse de Shou-mô s'accroissant d'année en année, lui valut de nombreux envieux qui résolurent de l'assassiner. Il s'enfuit dans la direction du midi. Arrivé dans une région appelée Kouré, il s'y établit et prit le titre de roi. Son nom de famille étant <Cô>, il appela d'abord son royaume Cô-Kouré. Par abréviation on se contenta bientôt de dire Corée. C'est là la vraie origine de l'appellation sous laquelle aujourd'hui encore notre pays est connu en Europe.

주몽의 솜씨가 해가 갈수록 늘자, 그를 질투해 암살하고자 결심한 이들이 많아졌다. 그는 남쪽 방향으로 도망갔다. 그는 구레(Kouré)[11]

라고 불리는 지역에 도착하여 정착해서는 왕의 지위를 얻었다. 그의
성이 '고'(Cô)여서, 그는 먼저 자기 왕국을 고-구려(Cô-Kouré)라고
칭했다. 이는 곧 줄여서 꼬레라고 불렸다. 이것이 오늘날 여전히 유
럽에 알려져 있는 우리나라에 대한 명칭의 실제 기원이다.

Avant de s'enfuir du royaume de Pou-Yo, Shou-mô avait contracté
une union dont après son départ, il naquit un fils, auquel on donna le
nom de Roui-ri. Quand cet enfant fut arrivé à l'adolescence et qu'il
eut appris la haute situation de son père, il alla rejoindre ce dernier en
compagnie de sa mère. La polygamie existait-elle à cette époque en
Corée, ou Shou-mô ne tarda-t-il pas à perdre son épouse après qu'elle
l'eut rejoint? Nous ne sommes point fixés sur ce point. L'histoire
nous apprend seulement que Shou-mô se remaria avec la fille du roi
de Pou-Yo. De ce second mariage, deux fils naquirent. L'aîné reçut
le nom de Foutsou-Ricou, en souvenir d'une tribu du même nom
soumise par Shou-mô. Le second fut nommé Ousho. Le royaume
devait revenir à Roui-ri, le premier fils de Shou-mô. Les deux autres
jeunes princes, craignant que Roui-ri ne les maltraitât un jour,
s'enfuirent; Foutsou-Rieou, chercha un asile dans la partie méridionale
de la Corée, qui se subdivisait alors en trois petits Etats formant une
sorte de confédération. Pour comprendre cette partie de l'histoire
coréenne, nous sommes obligés de revenir sur nos par, et de dire un

---

11 『삼국사기』에 의하면, 주몽이 대소의 모해를 피해 내려와 정착한 곳은 비류수
(沸流水)가였다.

mot du plus grand de ces trois petits Etats, celui connu sous le nom de Kam et dont nous avons déjà parlé à propos de Ghi-Joun.

부여 왕국에서 도망치기 전에 주몽은 자신이 떠난 후 아들이 태어나면 그 이름을 유리(琉璃, Roui-ri)로 하는 데 합의했다. 그 아이가 청소년이 되어 자기 아버지의 높은 신분을 알고서 어머니와 함께 아버지를 다시 만나러 갔다. 그 당시 꼬레에 일부다처제가 존재하였을까? 아니면 주몽이 자기 부인과 다시 만난 후 얼마 되지 않아 그녀를 잃은 것일까? 이 점에 대해 정확하게 알려진 것이 하나도 없다. 역사는 우리에게 주몽이 부여 왕의 딸과 다시 결혼했다는 것만을 알려 준다.[12] 그 두 번째 결혼에서 두 아들이 태어났다. 맏이는 비류(沸流, Foutsou-Rieou)라는 이름을 얻었다. 주몽에게 정복당했던 같은 이름의 부족을 기념한 것이었다. 둘째는 온조(溫祖, Ousho)라고 불렸다. 왕국은 주몽의 첫째 아들 유리에게 돌아가야 했다. 다른 두 젊은 왕자는 언젠가 유리가 자신들을 가혹하게 대할까 두려워하여 도망갔다. 비류는 꼬레의 남부에서 은신처를 찾았다. 그 당시 그곳은 세 개로 나뉜 소국이 일종의 연맹을 형성하고 있었다.[13] 꼬레의 역사에서 이 부분을 이해하기 위해 우리는 우리의 발걸음을 되놀려, 이 세 소국 가운데 가장 큰 나라, 즉 우리가 이미 기준(箕準, Ghi-Joun)과 관련하여 말한 바 있는 한(韓, Kam)이라는 이름으로 알려진 나라에 대해 한 마디 해야 한다.

---

12 『東國通鑑』, 「三國記 壬寅年」(B.C. 19)
13 『東國通鑑』, 「三國記 癸卯年」(B.C. 18)

L'Etat de Kam, correspondait à cette partie de la Corée que nous avons désignée plus haut sous le nom de Shim. Lorsque Ghi-Joun arriva dans ce pays, il habita d'abord une petite île située au midi, puis se proclama roi du pays tout entier. Ba-kam, Ben-kam et Shin-kam tels étaient les noms des trois régions formant le Shim. La plus importante était le Ba-kam qui ne comprenait pas moins de cinquante trois tribus. Ghi-joun fut le premier roi de ce pays. Ses fils lui succédèrent pendant deux siècles sur le trône, Lorsque Foutsou-Rieou et son frère arrivèrent dana la contrée, le roi les accueillit avec bienveillance. Il donna même à Foutsou-Rieou un vaste domaine.

한(韓, Kam)이라는 국가는 우리가 앞에서 진(辰)이라는 이름으로 가리켰던 꼬레의 남쪽 지역에 해당하였다. 기준이 그 나라에 도착했을 때, 그는 우선 중부에 있는 작은 섬에 살았고, 곧이어 스스로를 그 나라 전체의 왕으로 칭했다. 그 진(辰)나라를 형성하고 있던 세 지역의 이름이 마한(馬韓, Ba-kam), 변한(弁韓, Ben-kam), 진한(辰韓, Shim-kam)이었다. 가장 유력한 곳은 마한으로, 53개 부족 이상을 거느리고 있었다. 기준은 그 나라 최초의 왕이었다.[14] 그의 아들들이 2세기 동안 그의 왕위를 계승하였다. 비류와 그의 동생이 그곳에 도착했을 때, 왕은 그들을 호의적으로 맞았다. 왕은 비류에게 방대한 영토를 주기까지 했다.[15]

---

14 『東國通鑑』外記5, 「三韓」.
15 『東國通鑑』, 「三國記 癸卯年」(B.C. 18)

Ce prince n'en jouit pas longtemps, car il mourut très-jeune et à sa mort, les habitants du pays soumis à son autorité, donnèrent à leur district le nom de Koutara. Quant au frère de Foutsou-Rieou, Ousho, il vécut quelque temps dans l'obscurité. Devenu populaire, il en profita pour attaquer le souverain de Ba-kam, le surprit, et se rendit maître du pays tout entier. Ainsi s'éteignit la dynastie de Ghi-Joun. Ousho, donna au territoire qu'il avait soumis, le nom de Koutara, sous lequel il a toujours été désigné depuis cette époque.

그 제후는 권력을 오래 누리지 못했다. 아주 젊은 나이에 죽었기 때문이다. 그가 죽자, 그의 권력에 복속되어있던 나라의 거주자들이 그들 지역에 구다라(Koutara)라는 이름을 붙였다.[16] 비류의 동생 온조는 한동안 잊혀진 채 살았지만, 지명도가 높아지자 그 인기를 이용해 마한의 왕을 공격하였고, 마한의 왕을 속여서 그 나라 전체의 주인이 되었다. 이렇게 기준의 왕조가 끝났다.[17] 온조는 그가 복속시킨 영토에 구다라라는 이름을 붙였고, 그 때부터 줄곧 그 지역은 그렇게 지칭되었다.

Les deux autres petits Etats de la Corée méridionale, le Ben-kam et

---

[16] 기준이 위만에게 쫓겨내려와 마한 땅에 세운 나라이름은 금마국(金馬國)이다.

[17] 『東國通鑑』 外記5, 「三韓」 ; "조선왕 기준(箕準)이 위만(衛滿)의 난을 피하여 바다를 건너 남쪽으로 가서 개국(開國)하여 마한(馬韓)이라 불렀었는데, 백제(百濟) 온조(溫祚)가 즉위함에 이르러 드디어 그를 병합하였다(朝鮮王箕準避衛滿之亂浮海而開國號馬韓至 百濟溫祚立遂并之)"라는 權近의 史評 부분에 그 내용이 있다.

le Shin-kam comprenaient chacun douze tribus. On ne connaît pas exactement l'époque de leur fondation en tant qu'Etats distincts. Ils existaient déjà sous cette forme quand Ghi-Joun vint s'établir dans le pays. On a vu plus haut, qu'à ce moment même, les Chinois émigraient en foule pour échapper à la corvée de la construction de la Grande Muraille. Les sujets de Céleste-Empire me tardèrent pas à se mêler et à se fondre avec les indigènes. Le Ben-kam et le Shin-kam, tout en jouissant d'une certaine indépendance, étaient cependant rattachés par de nombreux liens au Ba-kam. Les trois petits Etats, formaient comme nous l'avons déjà dit, une sorte de confédération.

꼬레의 남부에 있던 다른 두 소국, 즉 변한과 진한은 각각 열 두 부족을 거느렸다. 우리는 그들 국가가 서로 분리된 형태로 건립된 시기를 정확히 알지 못한다. 기준이 그 나라에 정착하러 갔을 때, 세 나라는 이미 그 형태로 존재하고 있었다. 그와 같은 시기에 중국인들이 만리장성 축조 부역을 피해 무리 지어 이주해 온 것을 우리는 앞에서 보았다. 그 천상의 제국[중국] 백성은 토착민과 금방 섞이고 융화되었다. 변한과 진한은 상당한 자치를 온전히 구가하였지만 수많은 관계에서 마한에 병합되어 있었다. 이들 세 소국은 우리가 이미 언급한 바와 같이 일종의 연맹을 형성하고 있었다.

Parmi les douze tribus du Shin-kam, la plus importante était celle de Shinra. Celle-ci produisit un héros fameux du nom de Kokou-kyo-Shei, qui après avoir été reconnu comme maître par toute sa tribu, reçut le nom de Shei-Kyo-Khan. Le mot Khan signifie en coréen, comme en Tartare, chef des chefs. C'est peut-être le plus ancien de ces Khans farouches, dont les uns attaquèrent le Céleste-Empire, tandis que les autres ravageaient l'Asie occidentale. Devenu maître du Shin-kam tout entier, Shei-Kyo-Khan, s'empara ensuite du Ben-kam. A partir de cette époque, les noms de Shin-kam et de Ben-kam disparaissent de l'histoire de la Corée. On ne connut plus que ceux de Shinra, de Corée et de Koutara.

진한의 12 부족 가운데 가장 유력한 데가 신라족이었다. 이 부족은 박혁거세(朴赫居世, Kokou-Kyo-Shei)라는 이름의 유명한 영웅을 배출했다. 그는 자기 부족 전체의 지배자로 인정받은 후, 거서간(居西干, Shei-Kyo-Khan)이라는 이름을 얻었다. '간'이라는 단어는 타타르어와 마찬가지로 꼬레어로 우두머리들 중의 우두머리를 뜻한다. 박혁거세를 가리키는 거서간이 천상의 제국[중국]을 공격하거나 서아시아를 약탈한 호전적인 '간'들 중에서 가장 오래된 '간'일 것이다. 진한 전체의 지배자가 된 거서간은 곧이어 변한을 점령했다. 이 때부터 진한과 변한의 이름이 꼬레의 역사에서 사라졌다. 신라 (Shinra), 고구려(Corée 꼬레), 백제(Koutara 구다라)라는 이름으로만 알려지게 되었다.

Sous le règne du neuvième successeur de Shei-Kyo-Khan, la partie occidentale du Japon se révolta à l'instigation des habitants du Shinra. L'empereur du Japon alla combattre les rebelles, accompagné de l'impératrice. Le souverain étant mort dans son camp, son épouse n'en continua pas moins la campagne. Elle voulait châtier les habitants du Shinra, toujours prêts à encourager les Japonais à la rébellion. Dans ce but, elle fit équiper une très grande flotte, dont elle prit elle-même le commandement. Elle débarqua sur la côte du Shinra et ne tarda pas à rencontrer le roi du pays. Celui-ci frappé de la beauté resplendissante de l'impératrice, crut voir devant ses yeux une déesse, et se jeta à ses pieds. Les rois de Corée et du Koutara vinrent également présenter leurs respectueux hommages à la belle impératrice. Celle-ci repartit après avoir signé un traité (200 après J.-C.).

거서간의 아홉 번째 후계자가 통치하던 일본의 서부지역이 신라인들의 사주를 받아 반란을 일으켰다. 일본 황제는 황후를 동반하고 반란군과 싸우러 갔다. 황제는 자신의 진지에서 죽었고, 황후는 종군을 계속하지 않을 수 없었다. 그녀는 신라인들을 징벌하고자 했다. 일본인들이 반란을 일으키도록 선동할 준비를 신라인들은 늘 갖추고 있었기 때문이다. 이러한 목적으로 그녀는 자신이 진두지휘할 아주 큰 함대의 장비를 갖추게 했다. 그녀는 신라 연안에 상륙했고, 지체 없이 신라의 왕과 맞닥뜨렸다. 신라의 왕은 황후의 눈부신 아름다움에 현혹되어 자기 눈 앞에서 여신을 보았다고 믿고, 그녀의 발에 몸을 던졌다. 고구려[꼬레]와 백제[구다라]의 왕들도 와서 그 아름다운 황후에게 정중하게 경의를 표했다. 황후는 협정을 체결한 후 다시 떠났다(200년)[18]

C'est de cette époque que datent les relations entre la presqu'île coréenne et le Japon. Ce dernier pays, qui ne connaissait encore presque rien de la civilisation chinoise y fut initié par l'entremise des Coréens. Sciences, arts, industrie, religion même, les Japonais empruntèrent tout à leurs voisins. Aussi un écrivain français a-t-il dit avec raison: <la Chine et la Corée ont fait au Japon, ce que nous ont fait les Grecs et les Romains.> Rien n'est plus exact, et c'est au IIIe siècle de l'ère chrétienne que les Japonais se firent nos élèves.

그때부터 한반도와 일본의 교류가 시작되었다. 그때까지 중국문명에 대해 거의 아무 것도 몰랐던 일본은 꼬레인들의 중개로 중국문명을 처음 접하게 되었다. 학문, 예술, 산업, 종교까지를 일본인들은 전적으로 주변국들로부터 들여왔다. 그러므로 한 프랑스 작가가 다음과 같이 말한 것은 옳다. " 중국과 꼬레가 일본을 만든 것은 그리스인들과 로마인들이 우리를 만든 것과 같다."[19] 어떤 것도 더 정확하지 않으며, 그렇게 해서 일본인들이 우리의 문하생이 된 것은 서기 3세기이다.

Du VIe au VIIe siècle après J.-C., l'histoire de la presqu'île coréenne

---

18 『일본서기』에 의하면, 일본 제14대 仲哀天皇의 皇后인 神功皇后가 三韓을 정벌하였다고 전해진다. 이는 현재 일본이 주장하고 있는 任那日本府說의 주요한 근거로 내세워지고 있다.

19 그가 이 구절을 인용한 구체적 문헌이 무엇인지는 알 수 없다. 하지만 일본에 대한 이러한 당시 프랑스인의 인식은 모리스 쿠랑이 쓴 『한국서지』(*Bibliographie coréenne*, 1894)의 서설을 볼 때, 상당히 통념적이었던 것으로 보인다.

ne présente aucun fait saillant. Au milieu du VIIe siècle, le royaume de Koutara attaqua celui de Shinra. Ce dernier eut en outre à lutter contre l'Etat de Corée avec lequel il n'avait jamais entretenu de bons rapports. Pour combattre avantageusement ses ennemis, le Koutara fit appel à la Chine. La Corée et le shinra demandèrent des secours au Japon. La victoire resta aux alliés du Céleste-Empire. Le résultat de la guerre, fut l'annexion de la plus grande partie de la Corée et du Shinra à la Chine. Le nom même de Corée disparut momentanément. Le Shinra s'augmenta de son côté, de quelques districts des deux royaumes écrasés. (662-668).

6세기에서 7세기까지 꼬레 반도의 역사에는 눈에 띄는 사건이 전혀 없다. 7세기 중엽에 백제[구다라] 왕국이 신라 왕국을 침략했다. 게다가 신라 왕국은 단 한번도 좋은 관계가 아니었던 고구려[꼬레] 국과 맞서 있었다. 유리한 고지에서 적군을 물리치기 위해, 백제[구다라]는 중국에 도움을 청했다. 고구려[꼬레]와 신라는 일본에 원조를 요청했다. 승리는 천상의 제국[중국] 쪽 동맹국의 것이었다. 그 전쟁의 결과로 고구려[꼬레]와 신라의 대부분이 중국에 병합되었다. 고구려[꼬레]라는 이름조차 일시적으로 사라졌다. 붕괴된 두 왕국에서 신라의 관할지역이 늘어났다(662~668년)

A dater de cette époque, la moitié septentrionale de notre presqu'île fut une dépendance de la Chine. Seul le royaume de Shinra continua à constituer un Etat autonome. Au commencement du Xe siècle, il fut en proie à des trouble fréquents. De tous côtés éclataient des révoltes, et on vit plusieurs chefs de rebelles prendre le titre de roi. L'un d'entre eux, nommé O-Ken, acquit assez d'influence, pour fonder un nouveau royaume de Corée, et se rendre maître de tout le territoire dont le territoire dont le Shinra s'était emparé grâce à l'alliance chinoise (935 après J.-C.).

그때부터 우리 반도의 북쪽 절반이 중국에 복속되었다. 신라 왕국만이 계속해서 자치 국가를 구성했다. 10세기 초에 신라는 빈번하게 소요에 시달렸다. 사방에서 반란이 일어나, 반란군의 여러 수장이 왕의 지위를 차지하는 일들이 생겼다. 그들 중의 하나인 왕건(王建, O-Ken)이 상당한 영향력을 획득하여, 고려[꼬레]라는 새로운 왕국을 세우고, 영토 전체의 우두머리가 되었다(935년). 그 영토에는 중국의 동맹 덕택에 점령당했던 신라의 영토도 있었다.

La dynastie d'Oh, fondée par O-Ken, avec qui commence la quatrième période de notre histoire, régna paisiblement pendant trois siècles. Elle ne possédait à vrai dire que la moitié méridionale de la péninsule. Au commencement du XIIIe siècle, l'autorité de l'empire chinois fut ébranlé par Ghengis-Khan. Ce héros fameux que certains historiens japonais considèrent comme originaire de leur pays, fit d'immenses conquêtes. Il ne dirigea pas ses attaques du côté de la Corée, mais son successeur rendit à la dynastie d'Oh, les territoires que la Chine s'était annexés au VIIe siècle. C'est depuis cette époque

que les descendants d'O-Ken. régnèrent sur la péninsule presque tout entière.

왕건이 창설한 왕(王, Oh) 왕조와 함께 우리 역사의 네 번째 시기가 시작하고, 3세기 동안 평화롭게 유지되었다. 사실을 말하자면, 왕 왕 조는 한반도의 남쪽 절반만을 차지하고 있었다. 13세기가 시작되면 서 중국 제국의 권력이 칭기즈 칸(Ghingis-Khan)으로부터 위협받았 다. 어떤 일본 역사가들은 자기 나라 태생이라고 여기는 그 유명한 영웅은 수많은 곳을 정복했다. 그는 고려[꼬레] 쪽은 공격하지 않 았고, 그의 후계자는 7세기에 중국이 병합했던 영토들을 왕 왕조 에 돌려주었다. 그때부터 왕건의 후손들이 한반도의 거의 전체를 다 스렸다.

Koubilaï-Khan, petit-fils de Genghis-Kan, voulut faire reconnaître son autorité par le Japon lui-même. Il envoya dans ce but plusieurs messagers coréens à la cour de l'empereur japonais. Celui-ci ne fit aucune réponse. Koubilaï-Khan en vint aux menaces. Les porteurs de ses lettres comminatoires furent mis à mort par ordre du gouvernement japonais. Mais quand Koubilaï-Khan, devenu maître de la Chine en totalité, eut fondé la dynastie des Youen, la face des choses changea. Le conquérant, faisant appel aux Coréens, équipa une flotte nombreuse qui fit voile vers le Japon. Il s'empara d'une dizaine d'îles, puis s'approcha des côtes méridionales de l'empire japonais. Un long mur, haut de 10 mètres, avait été élevé par les Japonais, qui pouvaient

ainsi facilement accabler de traits les assillants. Ceux-ci, pour ne pas
être surpris, avaient relié entre eux tous leurs navires, à l'aide de
chaînes en fer. Ils attendaient un moment propice pour commencer
l'attaque, quand une tempête terrible, comme il s'en élève souvent à
l'époque de la mousson, vint les arrêter dans leurs desseins. Attachés
les uns aux autres, les navires s'entrechoquant avec fracas, furent
tous brisés. Ce fut un désastre sans pareil. Nous en trouvons un écho,
exagéré peut-être dans les historiens chinois: <Pendant plusieurs
jours>, dit l'un d'eux, <les vagues rejetèrent des cadavres dans les
golfes qui s'en trouvèrent obstrués. Sur cent mille soldats mongols,
trois seulement survécurent. 7000 Coréens sur 10000 périrent.> Il y a
certainement de l'exagération dans ce récit; les historiens chinois
donnent généralement un cours trop libre à leur imagination poétique.
Néanmoins, ce fut pour Koubilaï-Khan une défaite extraordinaire, à
laquelle seule le Japon dut son salut (1281 après J.-C.).

　　칭기즈 칸의 손자 쿠빌라이 칸(Koubilaï-Khan)은 자신의 권위를
일본 스스로가 인정하게 하고자 했다. 이러한 목적으로 여러 차례
그는 고려[꼬레] 사신들을 일본 황실에 보냈다. 일본 황제는 어떤 답
변도 하지 않았다. 쿠빌라이 칸은 일본 황제에 대해 위협하기에 이
르렀다. 그의 협박장을 전달한 이들은 일본 정부의 명령에 따라 죽
임을 당했다. 그런데 쿠빌라이 칸이 중국 전체의 지배자가 되어 원
(Youen) 왕조를 수립하자 국면이 바뀌었다. 정복자 쿠빌라이 칸은
고려인[꼬레인]에게 원조를 청하여, 일본으로 출범하기 위한 수많

은 함대의 장비를 갖추었다.[20] 그는 대략 열 개의 섬을 점령했고, 이 어서 일본 제국의 남쪽 지역으로 접근했다. 일본인들은 10미터 높이 의 긴 벽을 쌓았고, 그렇게 해서 침략자들의 화살을 쉽게 막을 수 있 었다. 침략자들은 당황하지 않고, 철 사슬로 그들의 배 전부를 연결 했다. 그들은 공격을 시작하기에 유리한 순간을 기다리고 있었으나, 계절풍이 불 때 흔히 발생하던 대로 위협적인 폭풍이 일어나, 그들 의 의도는 실현되지 못했다. 서로 묶여있던 배들이 거칠게 부딪혀 모두 부서졌다. 그것은 비교할 바 없는 재앙이었다. 우리는 중국 역 사가들 가운데서 그 재앙에 대한 아마도 과장되었을 반응 하나를 만 난다. "며칠 동안 파도가 시체들을 만으로 실어 날랐고, 만은 시체로 인해 입구가 막혔다. 십만 명의 몽고 병사 중에 세 명만 살아남았다. 만 명의 고려인[꼬레인] 가운데 7천 명이 목숨을 잃었다." 역사가들 가운데 한명이 말했다. "이 이야기에는 분명히 과장이 있다." 중국 역사가들은 보통 그들의 시적 상상력에 지나치게 자유로운 흐름을 부여하는 것이다.[21] 그러나 그것은 일본만이 쿠빌라이 칸에게 안겨 준, 단 하나의 예외적인 패배였다(1281년).[22]

La dynastie fondée par Koubilaï-Khan, ne se maintint pas

---

20 『동국통감』, 「고려 원종 丙寅年」(1266) 겨울 12월 기사를 보면, 원은 흑적(黑的)·은홍(殷弘) 등을 사신으로 보내어 일본과 통교함에 있어 고려가 책임을 다할 것을 요구하는 조서를 받았고, 이후 일본에 원의 사신이 가려고 했지만, 풍랑 등의 이유로 일본에 갈 수 없었다. 이후 6차례에 걸쳐 일본에 조공과 원에 예속을 요구하는 원의 사신이 파견되며, 이는 일본에 거부당했고, 이에 쿠빌라이 칸이 다량의 함대를 준비한 내용이 「고려 원종 戊辰年」(1268) 기사에 있다.
21 홍종우가 인용한 이러한 중국 기록의 출전은 미상이다.
22 『동국통감』, 「고려 충렬왕 辛巳年」(1281).

longtemps sur le trône de Chine. Un siècle ne s'était pas écoulé, qu'elle devait céder la place à la dynastie des Ming. En Corée, le pouvoir des descendants d'O-Ken, allait également s'affaiblissant de jour en jour. Le dernier représentant de cette famille abandonna de lui-même le trône et alla vivre obscurément dans une province. Un général, Li-Shei-Kei prit le titre de roi. C'est lui qui fonda la dynastie qui est encore au pouvoir aujourd'hui (1392 après J.-C.).

쿠빌라이 칸이 수립한 원 왕조는 중국의 왕좌에서 오랫동안 스스로를 지탱하지 못했다. 한 세기가 다 흐르기 전에, 원 왕조는 명(明, Ming)왕조에 왕좌를 내주어야 했다. 고려[꼬레]에서도 역시 왕건의 후손의 권력이 점점 약해져갔다. 그 왕가의 마지막 왕은 스스로 왕좌를 포기했고, 지방으로 가서 은둔한 채 살았다. 이성계(李成桂, Li-Shei-Kei) 장군이 왕위를 차지했다. 오늘날까지 권력을 유지하고 있는 왕조를 수립한 이가 바로 그이다(1392년).

Ici commence la cinquième période de notre histoire. Le roi Li, maître de la péninsule tout entière, changea le nom de Corée en celui de Tciô-Shen(1398). Il signa un traité avec la Chine, et les relations les plus amicales existèrent entre les deux pays. Ce fait parait étrange de prime abord et demande une explication.

여기서 우리 역사의 다섯 번째 시기가 시작한다. 한반도 전체의 지배자, 이(Li) 왕이 고려[꼬레]라는 명칭을 조선(朝鮮, Tciô-Shen)이라는 명칭으로 바꾸었다(1398년). 그는 중국과 협정을 체결했고, 그리하여 가장 우호적인 관계들이 두 나라 사이에 존속했다. 이러한 형국은 처음에는 이상하게 보인다. 그래서 설명이 필요하다.

Avant de monter sur le trône, Li-Shei-Kei, avait vécu retiré dans un monastère bâti sur les flancs des monts Tcio-Hakou. Cette chaîne montueuse sert de limite, au Nord, à la Corée du côté de la Chine. Dans ce même monastère se trouvait un jeune homme, du nom de Tchou-Youan-Tchang, qui devint plus tard le fondateur de la dynastie des Ming en Chine. Quoique voisins, les deux hommes appelés à de si brillantes destinées, n'échangèrent pas un mot pendant leur dix années de séjour au monastère. Mais, par une sorte d'intuition, ils s'étaient rendus compte de leurs capacités réciproques. Ce fut Tchou-Youan-Tchang qui quitta le premier le monastère. Au moment de son départ, il dit à son compagnon: <Vous régnerez un jour sur le pays qui s'étend au sud de ces montagnes; moi-même j'aurai en partage l'empire du Milieu>. Il s;éloigna sur ces mots. Sa prophétie se réalisa et les deux souverains qui avaient vécu si longtemps côte à côte comme s'ils eussent été muets, conservèrent sur le trône l'amitié tacite qui les avait unis auparavant.

왕좌에 오르기 전 이성계(Li-Shei-Kei)는 장백(長白, Tcio-Hakou)산 비탈에 지어진 한 사찰에서 은둔해 살고 있었다. 그 산맥은 북쪽에서 중국과 꼬레의 경계가 된다. 같은 사찰에, 훗날 중국 명(Ming) 왕

181

조의 창시자가 되는 주원장(朱元璋, Tchou-Youan-Tchang)이라는 이름의 젊은 사내가 있었다. 가까이 있었음에도 불구하고, 아주 빛나는 운명의 부름을 받게 되는 이들 두 남자는 그들이 사찰에 머문 10년 동안 한마디도 나누지 않았다. 하지만 일종의 직관에 의해 그들은 자신들의 상호 역량을 깨닫고 있었다. 사찰을 먼저 떠난 것은 주원장이었다. 떠나는 순간 그는 자기 동료에게 말했다. "그대는 언젠가 이 산맥의 남쪽에 펼쳐질 나라를 통치할 것입니다. 나는 중화제국을 내 몫으로 가질 것입니다." 그는 이 말을 남기고 떠났다. 그의 예언은 실현되었고, 아주 오랫동안 곁에서 마치 말 못하는 이들인 양 살았던 이들 두 군주는 왕좌에 있으면서 예전에 그들을 맺어주었었던 그 무언의 우정을 간직했다.

Il n'est pas moins intéressant de savoir en quels termes les gouvernements de la Chine et du Tcio-Shen vivaient avec le Japon. Dans ce pays, on avait vu s'établir le militarisme féodal, sous l'autorité du Mikado(1086). Le véritable chef du gouvernement était le Shiogoun, qui en sa qualité de général suprême, détenait le pouvoir exécutif. Bientôt la fonction de Shiogoun devint quasi héréditaire. A l'époque de l'histoire coréenne où nous sommes arrivés, c'était Oshikaga qui gouvernait. Le pouvoir de ce personnage n'était qu'un pâle reflet du prestige exercé par ses prédécesseurs. Des révoltes avaient éclaté sur tous les points de l'empire. Les petites provinces étaient la proie des grandes. Partout, régnait l'anarchie.

중국과 조선 정부가 어떤 관계 속에서 일본과 공존했는지 살펴보는 것은 흥미롭다. 일본에서는 천황(天皇, Mikado)의 권한 아래에 봉건적 군국주의 군사정권[막부정권]이 수립되었다(1086). 그 정권의 실제 우두머리는 쇼군(Shiogoun)으로, 그의 지위는 총사령관으로서 행정권을 장악하고 있었다. 곧바로 쇼군의 지위는 거의 세습되었다. 우리가 당도한 꼬레 역사의 시기에 일본의 통치자는 아시카가(Oshikaga)였다. 이 인물의 힘은 선임자들이 행사한 위엄의 희미한 그림자에 불과했다. 반란이 일본 제국 전역에서 발발했다. 작은 지방은 큰 지방의 먹이가 되었다. 도처에 무정부 상태가 점령했다.

Ce fut alors qu'un homme d'une très grande valeur, Hidéyoshi, qui avait commencé par être valet d'un prince, renversa le shiogoun et prit sa place. Il rétablit l'ordre dans le pays, et bientôt personne n'osa plus contester son autorité. Très ambitieux, il avait de bonne heure rêvé d'asservir la Chine au Japon. La perte d'un enfant qu'il adorait avait rempli son cœur de tristesse. Pour échapper à son chagrin, il résolut de tenter une grande expédition contre le Céleste-Empire. Il ordonna à tous les princes féodaux de lever des troupes, et se trouva ainsi à la tête d'une armée de 50,000 hommes. Plusieurs milliers de navires furent équipés pour le transport de ces troupes.

바로 그때, 아주 중요한 의미를 지닌 인물 히데요시(秀吉, Hidéyoshi)가 제후의 종복으로 시작해서 쇼군을 쓰러뜨리고 그 자리를 차지하였다. 그는 나라의 질서를 다시 세웠고, 곧 아무도 감히 그의 권위에 이의를 제기하지 못했다. 아주 야망이 컸던 그는 일찍부터 중국을 일본에 굴복시키는 꿈을 키워왔다. 그는 애지중지하던 자식을 잃고 슬픔에 가득 차 있었다. 그 슬픔에서 벗어나기 위해 그는 천상의 제국[중국]에 대한 대원정을 시도하기로 결심했다. 그는 봉건 제후들 전체에게 군대를 소집하라고 명했고, 그렇게 하여 5만 대군의 우두머리가 되었다. 그 군대를 이송하기 위한 몇 천 척의 배가 출범을 위해 모든 장비를 갖추었다.

La flotte fit voile pour la Corée. L'armée débarqua sans obstacles. Ne se fiant pas à leurs propres forces pour repousser l'invasion, les Coréens firent appel à la Chine. L'empereur envoya une nombreuse armée sous les ordres du général Li-Jio-Shiô. Elle fut défaite, et son chef rentra en Chine, où il demanda, sous prétexte de maladie à être relevé de son commandement. Le souverain chinois dépêcha sur le lieu des hostilités le plus éloquent de ses sujets, Shin-i-Kei, avec mission, de conclure la paix avec le Japon. Shin-i-Kei, s'acquitta à merveille de sa tâche. Il s'entendit avec le général japonais en qui le shiogoun avait la plus absolue confiance. Un traité en quatre articles fut proposé. D'après le dernier de ces articles Hidéyoshi devait être <couronné>. Informé de ce fait, le shiogoun donna son acquiescement au traité projeté, et la paix fut conclue. Des ambassadeurs chinois et coréens, vinrent apporter au shiogoun un cachet d'or, le costume rouge complet et une lettre d'investiture. S'étant revêtu de ces insignes, Hidéyoshi ordonna qu'on lui lut la lettre de l'empereur chinois.

함대는 조선[꼬레]으로 향했다. 일본 군대는 아무 장애 없이 상륙했다. 일본군의 침략을 물리치는 데 자국의 군대를 신뢰할 수 없었던 조선인들[꼬레인들]이 중국에 원조를 청했다. 중국황제가 조승훈(Li-Jio-Shio) 장군이 지휘하는 대규모 군대를 파견했다. 그 군대는 대패했고, 그 지휘관은 중국으로 돌아가, 병을 핑계 삼아 자신의 해임을 청했다. 중국황제는 그의 신하들 중 가장 말솜씨가 능란한 심유경(Shin-i-Kei)을 전장으로 급파했다. 그의 임무는 일본과 평화조약을 체결하는 것이었다. 심유경은 자신의 임무를 훌륭히 수행했다. 그는 쇼군의 절대적 신뢰를 얻고 있던 일본 장군과 합의를 이루었다. 네 개 조항의 조약이 제시되었다. 마지막 조항에 따르면 히데요시가 '황제의 관'을 쓰게 될 것이었다. 이에 대해 정보를 입수한 쇼군이 제시된 조약을 승인하여, 평화조약이 체결되었다. 중국과 조선의[꼬레의] 사신들이 쇼군에게 금 도장, 붉은색 옷, 서임장을 가지고 왔다. 이러한 상징물들을 갖추고, 히데요시가 중국 황제의 서신을 자신에게 읽어올리라 명했다.

Or cette lettre disait simplement: < Je te nomme roi du Japon >. A ces mots, Hidéyoshi entra dans une colère furieuse. Lacérant les habits qu'il avait endossés, ainsi que la lettre impériale, il s'écria: < Je croyais qu'on m'avait promis de me reconnaître empereur de Chine. C'est pour cela que j'ai arrêté mes troupes en plein succès. Si je voulais prendre le titre de souverain du Japon, je n'aurais besoin du secours de personne >. Immédiatement, le shiogoun ordonna une nouvelle expédition contre le Chine. Le théâtre de la guerre fut la

Corée. La lutte se prolongea pendant plusieurs années. Hidéyoshi étant tombé malade, ordonna à ses troupes de revenir au Japon. Peu de temps après il mourut. A vrai dire, il n'avait pas porté le titre de shiogoun, mais celui de kouan-bakou, ou grand conseiller impérial. Après le monarque, il avait été le personnage le plus important de l'empire, et avait joui d'une autorité presque absolue.

그런데 그 서신은 간단하게 적혀 있었다. "짐은 그대를 일본 왕으로 임명하노라." 이 말에 히데요시가 크게 분노했다. 그는 자신이 걸치고 있던 옷들을 황제의 서신과 함께 찢으며 소리쳤다. "나는 중국의 황제가 나를 승인한다는 약속을 받아왔다고 믿고 있었다. 내가 승승장구하던 내 군대를 멈추게 한 것도 그 때문이다. 만약 내가 원하는 게 일본의 군주 지위를 얻는 것이라면, 나는 누구의 도움도 필요 없을 것이다." 즉시 쇼군은 다시 중국 원정을 명했다. 전장은 조선[꼬레]이었다. 전투는 몇 해 동안 이어졌다. 히데요시는 병에 걸려, 자기 군대에게 일본으로 돌아올 것을 명했다. 얼마 지나지 않아 그는 죽었다. 사실을 말하자면, 그에게 주어진 것은 쇼군이 아닌 황제의 대고문관 관백[關白, kouan-bakou]의 지위였다. 군주 다음으로 그가 제국에서 가장 막강한 인물이었고, 거의 절대적인 권력을 행사하였다.

Six ans après la mort d'Hidéyoshi, l'empereur nomma shiogoun Tokougava. C'était un homme très-habile, complétement dépourvu de cet esprit d'aventure qui avait caractérisé Hidéyoshi. Tokougava voulait avant tout pacifier le Japon. Il demanda à la Corée de signer avec le gouvernement japonais un traité de paix, ce qui fut accepté. Le Tcioshen en profita pour demander à la Chine de retirer les garnisons qu'elle avait établies dans la péninsule pour la défendre contre les Japonais. C'est en 1604 que fut conclu ce traité entre la Corée et le Japon.

히데요시가 죽은 지 6년 후, 황제는 도쿠가와(德川, Tokougava)를 쇼군으로 임명했다. 그는 아주 약삭빠른 인물로, 히데요시와 같은 모험 정신이 전혀 없었다. 도쿠가와는 무엇보다 일본의 평화 회복을 원했다. 그는 조선[꼬레]이 일본 정부와의 평화조약에 조인할 것을 요구했고, 그것은 수용되었다. 조선은 이 상황을 이용하여 중국에게 주둔군 철수를 요구했다. 중국은 일본인으로부터 한반도를 지키기 위해 그곳에 수비군을 배치해두었던 것이다. 조선[꼬레]과 일본 간 위 조약이 체결된 것은 1604년이다.

Depuis cette époque la péninsule coréenne a vécu avec calme et sans bruit. En Chine on a vu une nouvelle dynastie arriver au pouvoir après une longue guerre civile (1664), tandis que le Japon a secoué le joug de la féodalité en renversant le shiogoun (1868). Les deux empires qui nous avoisinent à l'Est et à l'Ouest, sont entrés en contact avec l'Europe. La Chine a ouvert ses ports au commerce européen en 1842; le Japon a suivi son exemple en 1859. Nous mêmes, fûmes l'objet des sollicitations des gouvernements étrangers.

Mais tant que nous fûmes sous la dépendance chinoise, il nous a été imposible de conclure des traités.

　　이때부터 한반도는 고요와 평화를 누렸다. 중국에서는 오랜 내란 이후 새로운 왕조가 권력을 잡았고(1661년), 반면 일본은 쇼군을 전복시킴으로써 봉건제의 속박에서 벗어났다(1868년). 우리와 동서로 인접해 있는 이들 두 제국이 유럽과 접촉하기 시작했다. 중국은 유럽과의 통상을 위해 1842년 문호를 개방했고, 일본은 1859년에 중국의 본을 따랐다. 우리도 외국정부가 문호개방을 요구하는 대상이 되었다. 그렇지만 중국에 종속되어있는 이상, 우리가 조약을 체결하는 것은 불가능했다.

La cour de Pékin ayant autorisé la Corée à traiter, puis finalement reconnu son indépendance, le gouvernement signa d'abord une convention avec le Japon (1876). Puis, ce fut le tour des Etats-Unis, (1886), de l'Allemagne, de la France, de l'Angleterre, de la Russie, etc. Tous ces pays ont envoyé à Séoul des ministres plénipotentiaires ou des chargés d'affaires. Mais le gouvernement préoccupé des réformes intérieures, n'a pu jusqu'ici déléguer aucun ambassadeur en Europe. Ce sera chose faite dans quelque temps.

　　북경 조정이 조선[꼬레]에게 교섭할 것을 허용하고, 마침내 그 자치를 인정하여, 꼬레 정부는 우선 일본과의 협정에 조인했다(1876년). 이어서 미국(1886년), 독일, 프랑스, 영국, 러시아 등의 순서로 협정이 체결되었다. 이들 나라는 모두 서울에 전권공사 또는 대리공사를 파견했다. 그러나 내정개혁에 몰두하고 있던 꼬레 정부는 그때까지 유럽에 단 한 명의 대사도 파견하지 못했다. 그것은 얼마 후에 이루어질 일이었다.

J'ai essayé de résumer à grands traits l'histoire de mon pays, histoire qui est totalement inconnue à l'étranger. J'espère que ces quelques pages exciteront la curiosité d'un certain nombre de lecteurs et que la Corée deviendra à son tour l'objet des études des savants européens.

외국에 전혀 알려지지 않은 우리나라의 역사를 대강 요약해 보았다. 몇 페이지 분량의 이글이 상당수 독자들의 호기심을 불러일으켜, 꼬레가 이번에는 유럽 학자들의 연구 대상이 되기를 바란다.

Il y a juste cinq cents ans que la dynastie actuelle occupe le trône en Corée. Nous souhaitons une existence éternelle à la famille de nos souverains, car nos rois ont toujours été les bienfaiteurs du pays. Je n'ignore pas que j'écris pour des Français, habitués à vivre en république. Mais je suis sûr qu'ils ne nous en voudront pas de notre attachement à la forme de gouvernement instituée par nos pères. C'est affaire de tempérament.

현 왕조가 꼬레에서 권좌를 차지하고 있는 것은 꼭 500년이 된다.

189

우리는 우리의 왕가가 영원히 존속하기를 기원한다. 우리의 왕들은 언제나 나라의 은인이기 때문이다. 나는 공화국에서 사는 게 습관이 된 프랑스인을 상대로 이 글을 쓰고 있다는 것을 모르는 바가 아니다. 그렇지만 나는 그들이 우리 선조가 세운 정부 형태에 우리가 애착하는 것을 탓하지 않으리란 걸 확신한다. 그것은 기질의 문제인 것이다.

Il y a longtemps qu'on a démontré l'influence du climat sur les mœurs des peuples. Nul ne songe à reprocher aux Indiens, de ne pas s'habiller de même que les Esquimaux. Ainsi en est-il des constitutions des différents pays. Tout en conservant notre forme de gouvernement, nous désirons profiter à notre tour de la civilisation européenne. Tous ceux qui nous aideront dans cette œuvre, sont assurés d'avance de notre estime et de notre affection.

기후가 국민의 관습에 끼치는 영향은 오래 전에 증명되었다. 그 누구도 인디언이 에스키모인처럼 옷을 입지 않는다고 비난할 생각은 하지 않는다. 이와 같이 나라마다 다른 정체를 가지고 있다. 우리는 우리의 정부 형태를 유지하면서, 이번에는 우리가 유럽 문명을 이용하고자 한다. 이 일에 있어서 우리를 도울 이들 전부에게 우리는 존경과 애정을 바칠 것을 미리 약속한다.

Quand Voltaire, ce grand railleur, voulait parler de quelque chose de lointain et de ténébreux, il ne manquait pas de mettre en avant la

Corée. C'est qu'à l'époque où vivait le célèbre écrivain, notre pays était en effet bien loin de la France. Il n'eut pas fallu moins de dix-huit mois à un navire à voiles pour se rendre d'un port français jusqu'en Corée. Aujourd'hui il n'en est plus de même. D'ailleurs, quand il existe une sympathie réciproque entre deux hommes ou deux pays, ils ne sont jamais trop éloignés l'un de l'autre. J'espère que la lecture de ce roman, attirera vers nous les regards de mes lecteurs. Cet ordre d'idées me rappelle les vers que le poëte chinois fait écrire à son héros, obligé de vivre loin de celle qu'il aime:

저 위대한 풍자가 볼테르는 뭔가 막연하고 이해하기 어려운 것에 대해 말하고자 할 때 잊지 않고 꼬레를 내세웠다.[23] 그 유명 작가가 살고 있던 시대에 우리나라는 사실상 프랑스에서 너무도 먼 곳에 있었다. 프랑스 항구에서 꼬레까지 가는 데 범선으로 18개월보다 적게 걸리지는 않았던 것이다. 오늘날은 더 이상 그때와 같지 않다. 게다가 두 사람 사이에 혹은 두 나라 사이에 상호간의 호감이 있을 때는, 그들은 결코 서로 다가갈 수 없을 만큼 멀리 떨어져있는 것이 아니게 된다. 나는 나의 독자가 이 소설을 읽고 우리 쪽으로 시선을 돌리리라 기대한다. 이런 생각을 하는 중에, 중국의 시인이 사랑하는 여인을 멀

---

23 18세기 프랑스 계몽주의의 대표적 인물 볼테르(1694~1778)가 꼬레를 언급한 작품 가운데, 위 표현에 부합하는 것은 『중국의 고아』(L'Orphelin de la Chine, 1755)로 보인다. 선교사들의 자료를 접하면서 볼테르는 중국의 오랜 역사를 알게 되었고, 칭기즈 칸의 시대를 배경으로 한 역사 희곡작품을 남긴 것이다. 『중국의 고아』는 순수문학작품으로는 드물게 꼬레를 여러 차례 언급한 보기 드문 작품으로서 그 가치를 지니고 있다.

리 떠나 살아야 했던 자기 주인공을 통해 읊은 시구가 떠오른다.

"Qui donc dit que le fleuve Jaune est large?
Une feuille de roseau permettrait de le traverser.
Qui donc dit que la province de Soug est loin?
Je n'ai qu'à me dresser sur mes talons pour la voir."

누가 대체 황하를 넓다 하는가?
갈대 잎 하나로도 건널 수 있는 것을.
누가 대체 숙[송나라] 지방이 멀다하는가?
발돋움만 하여도 나는 볼 수 있는데.[24]

Les distances n'existent pas pour les amoureux. Je souhaiterais qu'il en fut de même entre les pays. Quand les Français auront appris à aimer la Corée, notre pays ne leur paraîtra plus situé aux confins du monde. Pour ma part, je m'estimerais le plus heureux des hommes, si j'avais pu contribuer en quelque mesure au rapprochement de deux pays qui ne pourraient que gagner à se connaître réciproquement.

사랑하는 사람들에게는 거리라는 것이 존재하지 않는다. 나라들

---

24 『詩經』衛風 「하광(河廣)」. "'누가 황하가 넓다고 하나 / 갈대배 하나로도 건널
수 있는 것을 / 어느 누가 송나라를 멀다고 하나 / 발돋움만 하면 바라볼 수 있는
것을 / 누가 황하가 넓다고 하나 / 조그만 배 하나도 띄우지 못하거늘 / 어느 누가
송나라를 멀다고 하나 / 아침 전에 가 닿을 수 있는 것을"(誰謂河廣 一葦杭之 誰
謂宋遠 跂予望之 誰謂河廣 曾不容刀 誰謂宋遠 曾不崇朝).

사이도 마찬가지이기를 바라는 바이다. 프랑스인이 꼬레를 좋아하고자 노력할 때, 우리나라가 더 이상 그들에게 세계 끝에 있는 나라로 여겨지지는 않을 것이다. 양국이 서로 잘 알 수 있게 되어 가까워지는 데 내가 어느 정도 이바지 할 수 있었다면, 나로서는 나 자신이 사람들 중에 가장 행복한 이라는 생각이 들 것이다.

Le 15 Janvier 1893.
HONG TJYONG-OU.
1893년 1월 15일
홍종우

제3장

〈심청전 불역본〉의 그 반향들

| 해제 |

애스턴(W. G. Aston, 1841~1911)은 영국의 외교관으로 당시
일본·한국 지역에 대한 전문적인 학자였다. 일본에는 1864년
일본주재 공사관의 통역사로 부임한 후 서기관 등을 역임하
고, 1889년 본국으로 귀국했다. 한국에는 1884년 한국주재 대
영공사였으며, 최초의 유럽의 외교관으로 1885년까지 근무했
다. 그는 일본의 언어·문학 등을 연구한 인물로, 최초로 영어
로 된 일본문학사를 출판했다. 이 과정 속에서 한국어를 함께
연구했는데, 그는 한국어 계통론과 관련하여 한일 양 언어의
'동계설(同系說)'을 제기한 인물이었다(1879). 한국을 떠난 이후
에도 동경에서 한국어를 연구하여 이후 임진왜란과 관련된 한
국의 역사, 한국의 출판, 한국의 고소설에 관련 논저들을 발표
했다.

비록 한국이 아닌 재외의 공간에서 그들의 한국학이 등장했
지만, 이는 분명히 교류되는 지식으로 평가할 수 있다. 이 점을
잘 보여주는 것이 우리가 번역한 홍종우『심청전』불역본에 관
한 애스턴의 서평이다. 외국어로 번역된 한국고소설들은 이들
의 학술네트워크 속에서 유통되고 있었다. 모리스 쿠랑 역시『한

국서지』보유편(1901년)에서 『심청전』을 언급하며 홍종우의 불역본을 원본에 충실하지 못한 '번안작품'으로 평가한 바 있다. 또한 이 작품에 대한 애스턴의 서평이 있음을 밝혔다. 모리스 쿠랑 역시 홍종우의 불어번역본을 보았으며, 이 애스턴의 서평도 참조했던 것이다.

더불어 근대초기 고소설 번역본은 번역이라는 문화현상과 근대초기 고소설 재편의 역사를 말해주는 귀중한 이본임과 동시에 더불어 고소설이 외국인 독자를 향해 새롭게 재해석되고 재창조된 외국문학이란 점을 주목할 필요가 있다. 쿠랑이 번역이 아니라 '모방'이라고 말했던 홍종우의 불역본에 대한 저평가와는 다른 관점이 필요하다. 홍종우의 <심청전 불역본>은 테일러에 의해 영역된바 있기 때문이다. 즉, 테일러의 번역본은 고소설 번역본이 또 다른 번역적 연쇄를 일으킨 특수한 사례이다. 이들은 상대적으로 한국고소설의 이본이 아닌 외국문학작품이란 것에 초점을 맞춰주어야 한다. 하지만 여기서도 원본 고소설이 지닌 중요성이 소멸되는 것은 아니다. 소멸된 듯 보이는 원본 고소설은 여전히 번역저본이 아닌 참조저본으로 기능하기 때문이다. 오히려 우리는 원본 고소설의 흔적을 찾아가며 외국문학에 창작적이며 문화변용의 흔적과 원천을 발견해야 한다.

▌참고문헌 ─────
구자균, 「Korea Fact and Fancy의 書評」, 『亞細亞硏究』 6(2), 1963.
오윤선, 『한국 고소설 영역본으로의 초대』, 집문당, 2008.

이상현, 『묻혀진 한국문학사의 사각-외국인의 언어·문헌학과 조선후
　　기-식민지 언어문화의 생태』, 박문사, 2017.

이상현, 『한국고전번역가의 초상, 게일의 고전학 담론과 고소설 번역
　　의 지평』, 소명출판, 2013.

조희웅, 「韓國說話學史起稿—西歐語 資料(第Ⅰ·Ⅱ期)를 중심으로」, 『동
　　방학지』53, 1986.

전상욱, 「<춘향전> 초기 번역본의 변모양상과 의미 - 내부와 외부의
　　시각 차이」, 『고소설연구』37, 2014.

전상욱, 「프랑스판 춘향전 Printemps Parfumé의 개작양상과 후대적
　　변모」, 『열상고전연구』 32, 2010.

조재곤, 『그래서 나는 김옥균을 쏘았다』, 푸른역사, 2005.

Boulesteix, F.,이향·김정연 역, 『착한 미개인 동양의 현자』, 청년사,
　　2001.

[1] 애스턴의 서평

W. G. Aston, "Le Bois Sec Refleuri. Roman Coréen; traduit sur le
texte originql pqr Hong Tjong ou," *T'oung pao* VI, 1895.

애스턴(W. G. Aston)

The Musée Guimet, whose services in the cause of Eastern
learning are well known, has recently published a translation into
French of a Corean story under the above title, executed by a Corean
who spent some time in Paris. This 'cher et respectable lettré', to
whom a letter addressed by M. Hyacinthe Loyson, accepting the

dedication of this work, is printed with the préface, has since achieved an unenviable notoriety by the murder of his compatriot Kim Ok-kiun at Shanghai. There were no doubt attenuating circumstances. The deed was done from political, not personal, motives and his victim was an unscrupulous conspirator on whose head was the blood of many men. But it was a treacherous assassination nevertheless. And there are other references to what I have always looked upon as a European institution. Kissing is not wholly unknown in the Far East; but I would say, subject to correction, that it is not considered quite a décent subject to talk about, and is almost completely ignored in literature. I feel sure that these references to kissing are not to be found in M. Hong's original. Other examples might be quoted from his pages where we seem to breathe an atmosphere far removed from Corea. This rather spoils the couleur locale, but the general outlines of the story are doubtless faithfully retained, and many of the incidents are genuinely and unmistakably Corean.

기메 박물관은 동양 학문에 기여하는 것으로 잘 알려져 있는데, 최근 위의 제목[1]으로 한국 이야기책의 불어 번역본을 출판했다. 이 책을 번역한 사람은 파리에서 한 동안 체류했던 한 한국인이다. 이 야생뜨 루아종(Hyacinthe Loyson)은 이 번역서의 헌사를 수락하며

---

1 『다시 꽃핀 마른 나무』

'친애하고 존경하는 친우에게'로 시작하는 편지를 보냈고, 이 편지는 번역서의 서문과 함께 실렸다. 그러나 편지의 수신인은 그 이후 상하이에서 동포인 김옥균을 살해하여 불명예스러운 이름을 얻었다. 분명히 그의 오명을 희석해줄 만한 정황이 있었다. 그의 행위는 사적인 동기가 아닌 정치적 동기 때문이었고, 피해자 김옥균은 수많은 백성들의 피를 흘리게 한 파렴치한 음모자였기 때문이다. 그럼에도 이것은 일종의 반역의[2] 암살이었다. 그리고 이 번역서에는 내가 항상 유럽의 관습으로 여겨왔던 것들이 언급되어 있다. 극동에서도 키스하기는 전혀 미지의 것은 아니다. 그럼에도, 수정의 여지는 있겠지만, 키스는 극동에서 그다지 고상한 대화 주제로 여겨지지 않고 문학에서 거의 다루어지지 않는다는 점을 말하고 싶다. 확신컨대 홍종우의 한국어 원문에서는 이러한 키스에 대한 언급이 없을 것이다. 그의 번역서에서 한국과 동떨어진 분위기를 자아내는 다른 예들을 들 수 있다. 이것은 다소 한국적 색채를 망친다. 그러나 원본의 전반적인 이야기의 틀은 의심할 여지 없이 충실하게 유지되고 있고, 여러 사건들은 틀림없이 진정으로 한국적이다.

However, it is with M. Hong as a writer that we are concerned and not as a criminal. Not having access to the original of the work translated, it is impossible to test satisfactorily its accuracy. As a gênéral rule, Easterns are not very good interpreters of their own literatures for Western readers. But M. Hong may be an exception.

---

2 여기서 저자가 굳이 "반역의(treacherous)"라는 단어를 쓴 이유는 '번역은 반역이다(traduttore, traditore)'는 오래된 격언을 상기했기 때문임을 짐작할 수 있다.

Still there are some things in his translation which are apt to excite suspicion. A breeze is described as 'légère comme un baiser'. In another place the phrase 'couvrit sa main de baisers' occurs.

그러나 우리의 관심은 범죄자 홍종우가 아니라 작가로서의 홍종우에 있다. 번역저본에 접근할 수 없기 때문에 번역의 정확성을 만족스럽게 평가하는 것은 불가능하다. 일반적으로 동양인들은 서양독자들에게 자신들의 문학을 그다지 잘 해석해 주지 못하지만 홍종우는 예외일 수 있다. 그렇지만 여전히 그런 의심을 야기할 수 있는 몇몇 표현을 그의 번역에서 발견할 수 있다. 미풍(breeze)은 '키스처럼 가볍고'('légère comme un baiser')로 묘사된다. 다른 곳에는 '그의 손은 키스로 뒤덮였다'('couvrit sa main de baisers')라는 문구가 있다.

The sketch of Corean History which is prefixed to this romance is open to more serious criticism. It is a very poor performance. M. Hong really presumes too much on the ignorance of his readers when he says that Corean History is 'totalement inconnue à l'étranger'. This only shows his own ignorance of the works of Ross and Griffis, not to speak of other sources of information. Even the few pages devoted to the subject in the 'Histoire de l'Église de Corée' are better than M. Hong's Essay. Judging from the spelling and other indications, it would appear to have been compiled, in part at least, from Japanese sources, and is in several particulars grossly inaccurate. It is not true that Genghis Khan did not molest Corea, and it is, to say the least, misleading to assert that China acknowledged the independence of Corea. The Treaty with the United States was signéd in 1882, and not in 1886. Germany, France, England and Russia have not sent Ministers Plenipotentiary or Chargés d'affaires to Séoul, but only Consuls General. M. Hong might have verified these points with very little trouble and his carelessness in such matters inclines us to suspect equal inaccuracy in places where we have no means of testing his statements.

이 로맨스의 앞에 붙은 '한국사' 개요는 보다 진지한 비평을 필요로 한다. 한마디로 '한국사' 개요는 매우 보잘것없는 성과물이다. 홍종우가 '한국사'는 '외국에 전혀 알려져 있지 않다'(totalement inconnue à l'étranger)라고 언급했을 때 사실상 그는 독자의 무지를 너무 지나치게 가정한다. 그의 이 말은 다른 사람은 말할 것도 없고 로스(Ross)와 그리피스(Griffis)의 저서들조차 모르고 있었다는 것을 나타낸다.[3] 심지어 이 주제를 다룬 『한국천주교회사』의 몇 페이지조차 홍종우의 개요보다 낫다.[4] 철자와 다른 암시들로부터 판단해볼 때, 이 한국사 개요는 일본책을 발췌하여 편찬한 것으로 보인다. 몇몇 특정 부분은 지독하게 부정확하다. 칭기즈 칸이 한국을 괴롭히

---

3 John Ross, *History of Corea: ancient and modern,* London, Houlston: Elliot Stock, 1891; W. E. Griffis, *Corea: the hermit nation,* New York: Charles Scribner's Sons London: W. H. Allen, 1882.

4 C. Dalltet, "précédée d'une introduction sur l'histoire, les institutions, la langue, les moeurs et coutumes coréennes : avec carte et planches," *Histoire de l'Eglise de Corée,* 1874

지 않았다는 것은 사실이 아니다. 중국이 한국의 독립을 인정했다고 주장하는 것은 아무리 좋게 말해도 오해의 소지가 있다. '조미수호통상[朝美修好通商]'은 1882년이 아닌 1886년에 조인되었다. 독일, 프랑스, 영국, 러시아는 서울에 전권공사를 보낸 것이 아니라 단지 총영사를 보냈다. 별 어려움 없이 홍종우는 이러한 점들의 사실 여부를 파악할 수 있었다. 그의 이러한 부주의로 인해 우리는 그의 진술을 검증할 방법이 없는 개요서의 다른 부분에서도 이와 동일한 부정확한 서술이 있을지도 모른다는 의심을 하게 된다.

[2] 테일러의 서문
C. M. Taylor, "Foreword," *Winning Buddha's Smile,* 1918.

FOREWORD

Many of the best portions of Chinese literature are readily obtainable in an English dress. From time to time bits of Japanese literature pass before English-reading eyes. But Korean literature remains, as it has remained for years back, virtually a thing unknown and unappreciated.

"Winning Buddha's Smile" is one of the oldest existing specimens of Korean literature. Both the author and date of its original composition are unknown, but it is reasonably certain that it was well known in a dramatic form about the close of the fourteenth century.

At one time when religious dissension was rife on the peninsula, many of the monuments of a rich and abundant literature, especially those tinged with Buddhistic doctrines and thought, were consigned to the bonfire. In some manner, our legend escaped this wholesale literary destruction, and it is here presented to English readers with the hope that it will meet with an indulgent reception by the ever-widening circle of those who take an interest in the things of other peoples and other lands.

The translator is indebted to a French version of the original text, made by the Korean scholar, Hong- Jong-Ou, which was published under the auspices of the Musee Guimet. He has attempted to preserve the simple, child-like form of the narrative and has made few alterations in it, and these only when clearness and the English idiom required them.

C. M. T.

서 문

영어의 옷을 입은 우수한 여러 중국 문학 작품들을 쉽게 구할 수 있다. 간간이 소수의 일본 문학 작품도 영어권 독자의 눈앞을 스쳐 간다. 그러나 한국 문학은 과거와 마찬가지로 지금도 여전히 거의 알려지지 않은 채 그 진가를 인정받지 못하고 있다.

「위대한 부처의 미소」[5]는 현존하는 가장 오래된 한국 문학 표본 중의 하나다. 원 작품의 저자와 작품 연도는 모두 알려져 있지 않지만 원작이 14세기 말경 드라마 형식으로 널리 알려져 있었다는 것은

---

5 테일러가 번역 저본으로 삼은 홍종우의 번역본 제목은 『다시 꽃 핀 마른 나무』 이었다.

분명하다.

한반도가 종교 분쟁으로 격렬했던 한 시기에 기념비적인 다수의 우수하고 풍부한 문학, 그 중 특히 불교 사상과 교리를 담은 문학이 소각되었다. 어떤 면에서 이 이야기는 이 대대적인 문학 파괴를 피하여 여기 영어 독자들에게 제시된다.[6] 다른 민족과 나라의 풍물에 관심이 있는 사람들의 수가 점점 늘어나고 있는데 이들이 이 이야기를 관대하게 수용하기를 희망한다.

번역자는 한국의 학자인 홍종우가 불어로 번역하고 기메 박물관 후원으로 출판된, 원 텍스트의 불어판에 감사드린다. 번역자는 불어판의 단순하고 어린아이 같은 서사 형태를 그대로 유지하고자 애썼고 영어 관용어와 명확함이 필요한 부분을 제외하곤 거의 변경하지 않았다.

찰즈. M. 테일러.

---

6 테일러는 『심청전』이 불교적인 내용을 담고 있다는 이유로 해서 유교를 숭상하고 불교를 억압했던 조선시대 이전의 작품으로 판단하고 있다.

서양인의 한국고전학 선집 1
― 한국어의 발견과 한국의 구술문화 ―

개신교 선교사의 한국고전학과
내지인의 관점

| 해제 |

제3부에 엮어 놓은 한국고전학논저는 개신교선교사 게일, 헐버트가 *The Korean Repository*에 게재한 글들이다. 1891~1906년은 선교사들의 선교영역이 서울이란 지역적 한계를 벗어나 지방으로 넓혀졌으며, 한국의 정치적 대격변 속에서도 교회가 전국 각지로 확장하며 크게 발전한 시기이다. 이와 더불어 대대적인 문서출판사업이 진행되었다. 선교사들의 기독교 문학이 번역, 출판되고 언더우드와 게일의 한국어학서들이 출간되었다. 이러한 문화사업의 한 측면으로 한국의 역사, 문학, 사회풍속, 종교, 어학에 관한 연구를 시작되었고, 이것이 반영된 영문 정기간행물이 감리교선교사들에 의해 발행되는데, 그것이 *The Korean Repository*(1892~1899)였다. 1897~1906년 사이 각지로 부흥하는 학교교육을 위해 교과서들이 간행되었다. 이러한 개신교 선교사들의 한국고전학 논저의 특징은 크게 두 가지이다.

첫째, 전체 논저의 분량을 볼 때, 가장 많은 주제를 점하는 항목은 민속(속담, 설화)이었다. 이 시기 대표적인 고소설 영역본이라고 할 수 있는 알렌의 저술이 설화집이란 제명으로 간행된 것은 이 시기 전반적인 연구의 특성이 반영된 것이다. 설화, 속담, 고소설의 언어는 한국인과의 의사소통을 위해 학습 혹은 습득해야 될 언어와는 변별되는 것이었다. 또한 온전히 보존해야 될 문학어로 인식되지도 않았다. 오히려 언어 그리고 작품 속에 반영된 한국인의 사상, 생활과 풍속이 초점이었다.

둘째, 개신교선교사들의 한국고전학 논저 역시 문명론의 관점을 완연히 배제할 수는 없지만, 그 속에는 개신교 선교사들 스스로 내세웠던 자신의 입장이 놓여 있었다. 그것은 한국에 대한 오랜 체험을 바탕으로 상대적으로 한국을 깊이 이해했던 개신교 선교사들이 자신들과 서구인들을 변별시킨 바로 '내지인의 관점'이다. 즉, '증기선 위 관광객, 여행객'이라는 입장에서 관찰되는 피상적인 한국의 모습들, 오해에 찬 시각에서 묘사되는 한국과는 다른 모습, 그들이 제시한 것은 '진정한 한국의 모습'이라는 논리였다.

이는 단순히 구호가 아니라 그들의 문학론이나 번역을 통해서 구현될 수 있었다. 그것이 가능했던 이유는 무엇보다 한국어로 한국인에게 복음을 전해야 했던 그들이 놓여있던 독특한 입장과 처지로 말미암은 것이었다.

참고문헌

강혜정, 「20世紀 前半期 古時調 英譯의 展開樣相」, 고려대학교 박사학위 논문, 2013.

김성철, 「19세기 후반~20세기 초반 서양인들의 한국 문학 인식 과정에서 드러나는 서구 중심적 시각과 번역 태도」, 『우리문학연구』 39, 2013.

김승우, 『19세기 서구인들이 인식한 한국의 시와 노래』, 소명출판, 2014.

류대영, 『한국 근현대사와 기독교』, 푸른역사, 2009.

이상현, 『묻혀진 한국문학사의 사각-외국인의 언어·문헌학과 조선후기-식민지 언어문화의 생태』, 박문사, 2017.

이상현, 윤설희, 『주변부 고전의 번역과 횡단 1, 외국인의 한국시가 담론 연구』, 역락, 2007.

제1장

동양의 예술론을 통해
한국문학을 말하다

- 장로교선교사 게일, 「문학에 관한 편언(片言)」(1895)

J. S. Gale, "A Few Words On Literature," *The Korean Repository* II, 1895.

게일(J. S. Gale)

▌해제 ▌

　게일(J. S. Gale, 1863~1937)은 1888년 캐나다 토론토대학을 졸업한 후 YMCA 선교사로 내한한 인물이다. 1891년 2월 자신의 소속을 토론토대학 YMCA 선교부에서 북장로교 선교부로 옮기게 된다. 이후 원산에서 선교활동을 펼치게 되는데, 이 시기 그는 또한 다수의 한국학적 성과물을 제출했다. 『천로역정』의 번역, 한국어 문법서 및 『한영자전』의 출판 등 이외에도 *The Korean Repository* 에 『남훈태평가』 소재 시조작품과 『동국통감』 소재 한국고대사 서술을 번역하여 소개한 바 있다. 1888년 한국을 입국한 후 그는 한문고전 읽기를 수반한 지속적인 한국어 학습을 통해, 1891년

즈음 한국어 회화가 능숙해졌으며 한문으로 된 성서를 읽을 만큼
의 문식력을 길렀다. 이를 기반으로 그는 원산에서 문서선교사업
을 추진할 수 있게 된 것이다. 「문학에 관한 편언」은 '서양: 동양 =
이성:비이성 = 논리:비논리'라는 서구중심적이며 문명론적인 이
분법이 어느 정도 투영되어 있는 글이다. 또한 게일의 한국문학 인
식이 한문고전의 미학을 발견했으나 그 속에서 한국적 고유성을 이
야기하는 곳까지는 이르지 못했다. 하지만 그 속에는 원산 선교시
절 한국인을 대상으로 한 문서선교사업의 경험이 잘 반영되어있다.

　게일은 서구적 근대문학관념만으로는 한국의 문학을 이해하
며 접근할 수 없다는 점을 분명히 알고 있었다. 그의 글은 '서구
문학'과 '한국문학' 혹은 '영어텍스트'와 '한국어 텍스트'라는 대
비점으로 구성되어 있지 않았다. 양자 사이에는 언어 혹은 '지정
학'적인 구분 이외에도 '근대(서양)'과 '전근대(동양)'이라는 시
대·역사적 구분이 전제되어 있었다. 게일은 여기서 시대·역사적
구분을 소거했다. 즉, 그가 한국문학을 설명하기 위해 선정한 대
비점은 "'고대 갈리아 시대에 존재했던 원시종합적인 '문학예
술'"이란 문학의 공통된 과거이자 기원이었다. 이로 말미암아 그
가 논하고자 하는 문학개념은 언어텍스트로 분과화되지 않는 일
종의 '미분화된 문학'으로, '회화·음악·수학'적인 것을 포괄할
수 있게 된다. 게일은 이들 각각의 영역에 "서술(묘사)적인 문학,
시문학, 논쟁·논문·자명한 공리에 의거한 율법"을 대응시킨다.

　요컨대, 게일은 이 글에서 한국문학을 서구적 근대문학개념
에 기반하여 이야기하거나 언어텍스트로 한정하지 않고 회화,
음악, 수학이라는 세 가지 측면에서 서양과 어떠한 차이점을 지

니고 있는지를 설명하고자 했던 것이다. 당시로서는 지극히 낯선 대상인 한국문학에 접근하는 그들의 고민과 그 대응방식이 담겨져 있다. 무엇보다도 주목해야 할 점은 동서양의 차이 속에서 한국(인)을 이해하고 그 소통의 지점을 모색하고자 하는 그의 시도이다. 물론 서구의 회화, 음악, 수학이라는 기준에서 본다면, 한국(인)은 그들과 온전한 대화를 나눌 수 없는 다른 존재였다. 하지만 게일의 초점은 한국인에게 맞춰져 있었다. 그는 어디까지나 "한국인의 원리에 토대를 둔, 단순하고 정직한 문학"으로 "한국인의 마음에 이르기"를 제안했기 때문이다. 이는 개신교선교사가 지닌 '내지인의 관점'을 잘 보여주는 사례이다.

| 참고문헌

김승우, 『19세기 서구인들이 인식한 한국의 시와 노래』, 소명출판, 2014.

이상현, 『묻혀진 한국문학사의 사각-외국인의 언어·문헌학과 조선후기-식민지 언어문화의 생태』, 박문사, 2017.

이상현, 『한국고전번역가의 초상, 게일의 고전학 담론과 고소설 번역의 지평』, 소명출판, 2013.

이상현, 윤설희, 『주변부 고전의 번역과 횡단 1, 외국인의 한국시가 담론 연구』, 역락, 2007.

Literature like ancient Gaul may be divided into three parts; pictorial, musical, mathematical.

Descriptive literature is picture painting. True poetry, whether it be in prose or verse, is music. Argument, disquisition and law hang on the axiom that two and two make four and these we may style mathematical. Pictures, music, mathematics.

Now compare our pictures, music, and mathematics with that of the Korean and it seems to me it will give an idea of how widely our style of literature differs from theirs.

고대 갈리아(Gaul)처럼 문학은 세 부분 즉 회화적인 것, 음악적인 것, 수학적인 것으로 나눌 수 있다.

묘사 문학은 그림 그리기이다. 진정한 시는, 산문이든 운문이든, 음악이다. 논증, 논고, 법률은 2+2=4라는 공리를 기본으로 하고 우리는 이런 양식을 수학적이라 부른다. 회화, 음악, 수학.

이제 우리의 회화, 음악, 수학을 한국의 것과 비교해보면, 한국의 문학 양식이 우리와 얼마나 많이 다른지 알 수 있을 것이다.

1. In pictures, we fill out in detail, everything must be put in. We think details give clearness. The Korean looks at it mystified and says if he only had a microscope to see what it is. With his pictures so in his descriptive literature he prefers suggestion and outline to a full statement. It is also for this same reason that he uses the interrogative for a strong affirmative. It suggests the affirmative and to suggest in his mind is stronger than to state fully. The Chinese classics are all done in outline only, being hints and suggestions of the subject to be taught, not the subject itself. Those of you who have looked into the Book of Changes the greatest of Chinese classics, will be struck with

this tact. I read you a translation of the first three lines of the first hexagram.

　　1. 우리는 그림을 그릴 때 세세하게 채운다. 모든 것이 들어가야 한다. 우리는 상세하게 하면 명확해 질 것이라 생각한다. 한국인은 그 그림을 보고 어리둥절해 하며 현미경만 있어도 있는 그대로 볼 수 있지 않냐고 말한다. 한국인의 그림 인식이 이러하므로 그는 묘사 문학에서 완전한 진술보다 암시와 윤곽을 선호한다. 같은 이유로 그는 강한 긍정에는 의문문을 사용한다. 의문문은 긍정을 암시하고 마음으로 암시하는 것은 완전한 진술보다 더 강력하다. 중국 고전들도 단지 윤곽으로만 이루어져 있다. 배워야 할 것은 주제 자체가 아니라 그 주제를 둘러싼 시사와 암시이다. 중국의 위대한 고전서인『주역』(Book of Changes)을 본 사람은 암시적 방식에 놀랄 것이다. 주역의 첫 괘[䷀]의 첫 3행을 번역한 것을 읽어보겠다.

"In the first line undivided is the dragon lying hid; it is not the time for active doing. In the second line undivided the dragon appears in the field. It will be advantageous to meet the great man. In the third line undivided the superior man is active and vigilant all the day and in the evening still careful and apprehensive. Dangerous but there will be no mistake."[1]

　　"첫 번째 양효[분리되지 않는 첫 행]의 풀이: 숨어있는 용[潛龍]은

---

1 주역의 해당 부분의 원문은 다음과 같다.
　초九 潛龍 勿用. 見龍在田 利見大人. 君子終日乾乾 夕惕若 厲 无咎.

아직 적극적으로 움직일 때가 아니다. 두 번째 양효의 풀이: 들판에 나타난 용[見龍]은 대인을 만나면 이롭다. 세 번째 양효의 풀이: 군자는 하루 종일 최선을 다해서 일하고 저녁이 되어서도 다가올 일을 염려하고 대비하므로, 일이 어려워도 실수는 없을 것이다."

Giles calls it a fanciful system of philosophy; most foreigners say the book is madness. Confucius says "Through the study of the Book of Changes one may keep free from faults or sins." Evidently it meant something to Confucius that it does not to the foreigner. It is made up of far off hints and suggestions in which the oriental sees meaning and which style of literature he specially loves.

자일즈(Giles)[2]는 주역을 환상적인 철학 체계라 부르지만, 대부분의 외국인들은 주역이 광기라고 말한다. 공자는 "주역을 연구하면, 오류나 잘못을 피해갈 수 있다"고 말한다. 명백히 공자에게 주역은 중요한 의미를 띠지만, 외국인에게는 그러하지 않다. 주역은 너무 거리가 먼 단초와 암시로 구성되어 있다. 그러나 동양인들은 그 속에서 의미를 찾고, 이러한 문학 양식을 특히나 사랑한다.

We are given to realistic painting. Our pictures must say exactly what we mean, nothing more, nothing less. The Korean is not so, the presence of a flower or sea-gull will suggest numberless thoughts

---

2 Herbert Allen Giles (1845 - 1935). 영국의 외교관이자 중국학 연구자. <논어> <도덕경> <장자> 등을 번역하였다.

many li distant from the object itself. I happened on a song which translated into English doggered runs thus;-

우리에게 사실주의적 그림이 있다. 우리의 그림은 덜도 말고 더도 아닌 우리가 의도한 바를 정확히 말해야 한다. 한국인은 그렇지 않다. 꽃 한 송이 혹은 갈매기의 존재는 대상 자체로부터 몇 리나 떨어진 무수한 생각을 암시한다. 나는 우연히 한 노래를 발견하여 영어로 번역하였는데 다음과 같다.

(Absent husband inquiring of a fellow-townsman newly arrived)
Have you seen my native land?
Come tell me all you know;
Did just before the old home door
The plum tree blossoms show?
(Stranger answers at once)
They were in bloom though pale 'tis true,
And sad, from waiting long for you.

(고향을 떠난 지 오래된 남편이 그곳에 처음 온 동향인에게 묻는다)
내 고향 땅에 가본 적이 있는가?
와서 아는 것을 모두 말해주게.
옛집 문 앞의 매화나무에
꽃이 피었던가?
(새로 온 이가 바로 대답한다.)

매화가 피었으나 참으로 창백하고
당신을 오래 기다리느라 슬픔에 젖어 있었소.[3]

"What does he mean by plum blossoms? I do not see how they could grow sad waiting for anyone." "You poor drivelling creature." was the reply. "he does not mean plum blossoms at all; he means, "did he see his wife as he passed by? "She was pale and sad from waiting" was the answer. The form and beauty would have all been lost to have asked for his wife straight out.[4]

"그에게 매화의 의미는 무엇인가? 내[서양인]는 매화가 누군가를 기다리며 슬퍼할 수 있다는 것을 이해할 수 없다네" 그러면 [동양인은] 대답한다. "이 불쌍하고 아둔한 자여. 그는 매화가 피었는지를 묻는 것이 아니고, '지나는 길에 그의 아내를 보았는가?'라고 묻고, 그 말에 '아내는 창백했고 기다림으로 슬퍼했다'라고 답한 것이네." 그가 아내에 대해 직접 물었다면 노래의 형식과 미는 모두 사라져 버렸을 것이다.

The oriental mind whether possessed by literati or coolie is cast in the same mould. They all think alike in figures, symbols, pictures. For this reason I believe that allegory and suggestive literature must have a special place with them.

---

3 번역저본은 아래와 같은 시조작품이다. "군자고향늬 ㅎ니 알니로다 고향사를 / 오든 날 긔창쳔에 한 미화 픠엿드냐 안 픠엿드냐 / 미화가 픠기는 픠엿드라마는 임즈 그려"
4 직접 인용 부분의 소문자와 인용 부호 생략 등은 원문을 따른 것이다.

문인이든 일꾼이든 같은 틀로 주조된 동양 정신을 가지고 있다. 그들은 모두 비유와 상징 그리고 그림으로 비슷하게 생각한다. 이런 이유로 나는 알레고리와 암시 문학이 분명 그들에게 특별한 의미를 가진다고 믿는다.

II. Music:-Our style of music is meaningless as yet to the native. As far as sound and expression goes he thinks "Gwine Back to Dixie" a better hymn on the whole than "Rock of Ages." But there is a music that we have, namely the eternal melodies that run through the story of salvation. Truth set to music as the old hymn says. "'Tis music to the sinners ears and life and health and peace." The music of the spheres that touches the hearts of all mankind.

2. 음악: 우리의 음악 양식은 아직까지 한국인에게 무의미하다. 소리와 표현에 관한 한 한국인은 <만세반석(Rock of Ages)>보다 <내 고향 딕시로 돌아가리라(Gwine Back to Dixie)>를 전반적으로 더 좋은 찬송가로 생각한다[5]. 그러나 우리에겐 구원의 이야기 속에 흐르는 영원한 멜로디라는 음악이 있다. 오래된 찬송가에서 말하듯 음악에는 진리가 놓여져 있다. "(예수의 이름은) 죄인의 귀에 음악이요 생명이요 건강이요 평화로다."[6] 그것은 모든 인류의 마음을 움직이는

---

5 게일은 두 편의 노래제목을 제시하는 데 "Rock of Ages"는 <만세반석>이란 찬송가를 지칭하는 것으로 보이며, "Gwine Back to Dixie"는 *Minstrel Songs, Old and New*(1883)에 수록되어 전하는 찰스 화이트(Charles A. White)의 곡(1874)을 지칭하는 것으로 보인다.
6 게일은 찰스 웨슬리가 지은 <O for a Thousand Tongues to Sing>의 3절 중 "Jesus!

천상의 음악이다.

Koreans claim, and I believe them, that true music has been rarely heard these last few centuries. Ages of outward form and ceremony have shut and sealed and petrified every heart so that there is no longer a call for p'oongyoo. When men are all born deaf mutes piano makers must turn their hand to something else. To put it in other words, Koreans must have a literature that will touch the heart and awake it to life. They have cudgeled and whetted their intellects over Chinese until now the literati are head without heart, all blade and no handle. They are not fools to whom we can ladle out knowledge that we have acquired in universities at home. In brain-culture they are I believe superior to us for an educated man in Korea has had his mind trained in one thing well while educated man at home have been partially trained in many things. His argumentative two-edged intellect can outstrip the foreigner at every turn, but an honest foreigner in heart is vastly his superior.

한국인들은 자신들이 지난 몇 세기 동안 진정한 음악을 듣지 못했다고 주장하고 나도 그렇다고 생각한다. 드러난 형식과 예식에 얽매여 있는 시대에는 모든 이가 마음을 닫고 봉인하고 굳어버려서 더 이상 풍유를 요청하지 않는다. 만약 모든 사람들이 귀머거리와 벙어리

---

the Name that charms our fears / that bids our sorrows cease; / 'tis music in the sinner's ears, / 'tis life and health and peace." 즉, 후렴구를 제시했다.

로 태어난다면 피아노 제작자는 피아노가 아닌 다른 것을 만들 수밖에 없다. 다시 말하면, 한국인들에게는 그들의 가슴을 건드리고 생명력을 깨어나게 할 문학이 필요하다. 지성을 중국어로 갈고 닦은 지금의 한국 문인들은 가슴 없는 머리, 손잡이 없는 칼날이 되었다. 한국인들이 바보라서 우리가 서양의 대학에서 획득한 지식을 전수해 주어야한다는 말이 아니다. 두뇌 문화에서 나는 한국의 선비들이 우리보다 한 수 위라고 생각한다. 서양의 지식인들이 여러 가지를 조금씩 배우는 반면에, 한국의 선비는 정신을 한 가지에 집중해서 훈련한다. 한국인의 논증적인 양날의 지력은 모든 면에서 외국인을 능가할 수 있지만, 가슴이 정직한 외국인은 한국인보다 훨씬 뛰어나다.

What we need in literature are not intellectual abstractions but something to touch the heart. Can we not write in a way that will be music to them and cause them in return to break out into singing like Paul when he wrote! "O the depth of the riches both of the wisdom and power of God; how unsearchable are His judgements and His ways past finding out!"

우리가 문학에서 필요한 것은 지적 추상화가 아니라 가슴을 울리는 어떤 것이다. "오, 하나님의 지혜와 힘의 부유함이여! 그분의 심판을 어찌 헤아리며 그분의 지나간 길을 어찌 찾아내리오?"라고 적었던 사도 바울처럼 우리의 글이 그들에게 음악이 되어 다시 그 글이 그들을 노래하게 만드는 그런 글을 적을 수는 없을까?

Confucius said "For improving manners and customs there is nothing like music" also "Hear the music of a state and you can guess its laws and government." Can we not prove this true to them in a way Confucius never dreamed of so that their manners and customs will be Christianized and that they may have in their hearts a knowledge of the laws and government of the kingdom of Heaven.

공자는 말하였다. "예절과 관습을 개선하기 위해서 음악만한 것이 없다." 또한 "한 나라의 음악을 들으면 그 나라의 법과 통치를 알 수 있다." 우리는 공자가 생각지도 못했던 방식으로 이 말이 참임을 그들에게 증명해 보일 수는 없을까? 그렇게 해서 한국인들의 예절과 관습이 기독교화되고 그들의 마음속에 천국의 법과 통치에 대한 앎을 가질 수 있도록 말이다.

III. Mathematics:-Deduction, logic, proving that such and such is true; literature that would attempt to argue truth into the native I should be inclined to mark as utterly worthless. Koreans can prove anything by argument. Chinese characters have the habit of conveniently providing two meaning, the very opposite of each other. If you are hard pressed in one meaning, you simply take the other and so reduce matters to zero or a condition suitable to continue on. So Koreans regard all argument as really meaningless, not to be taken seriously at all.

3. 수학: 연역, 논리는 이러저러한 것이 참이라고 증명하는 것이

다. 한국인에게 진리를 논증하는 문학은 완전히 쓸데없는 일이라고 나는 생각하는 편이다. 한국인들은 논증으로 어떤 것이라도 증명할 수 있다. 한자는 서로 상반된 두 가지 의미를 간편하게 제공하는 경우가 많다. 만약 당신이 하나의 의미에서 어려움에 봉착하면, 다른 의미를 선택해서 그 문제를 원점으로 환원하거나 논쟁을 계속하기에 적합한 조건을 만들면 된다. 그래서 한국인들은 모든 논증은 사실상 무의미한 것으로, 심각하게 고려할 것이 못된다고 생각한다.

This would seem to be because their mathematics are hopelessly confused. We are in the habit of saying that a mathematical truth holds good anywhere, whether in the earth, or in the waters under the earth, but Korean is an exception to nearly all truth. Here two and two sometimes make four and sometimes again two and two makes five. Sixty one years Korean translates into sixty years English. Sasip may mean anything from twenty to a hundred. Yuru anything from three to thirty thousand.

이것은 한국인들의 수학이 절망적일 정도로 혼란스럽기 때문인 듯하다. 우리는 수학적 진리는 땅에서든, 물 밑에서든, 어디서든 유효하다고 습관적으로 말한다. 그러나 한국인은 거의 모든 진리의 예외이다. 여기서 2 더하기 2는 4가 되기도 하고 5가 되기도 한다. 한국어 61살은 영어로 60살로 번역된다. 사십은 20에서 100까지의 어떤 것도 될 수 있다. 유루(Yuru)는 3에서 30,000 가운데의 어떤 수라도 의미할 수 있다.

They, like the Chinese, have a universal talent for inaccuracy and they think everyone else as inaccurate as themselves. A measure of rice in Wonsan is over three measures in Seoul; one Yang of cash in the country equals five Yang in the capital. Those who travel know how the mapoos speak of the isoo as long or short. You maintain however that; if a li is a li there is no long or short about it but you learn in time, especially when the isoo are long.

중국인과 마찬가지로 한국인은 부정확함에 보편적 재능이 있고 모든 사람들이 그들처럼 부정확할 것이라고 생각한다. 원산의 쌀 1 되는 서울의 쌀 3되가 넘는다. 시골의 현금 1냥은 수도의 5냥이다. 여행해 본 사람이라면 마부들(mapoos)이 이수[里數]를 긴 거리에도 짧은 거리에도 사용하는 것을 안다. 서양인들은 1리는 1리일 뿐, 더 길거나 더 짧을 수 없다고 주장하지만, 시간이 지날수록 특히 먼 거리일 때 측정 단위가 유동적이라는 것을 깨닫게 된다.

"How much a mat?" I asked a dealer "Five hundred cash" is the answer. "Very well give me twenty," "Never" says he "won't sell so many for less than six hundred apiece." Such a state of things is only conceivable of a country where mathematics have gone to everlasting destruction.

"돗자리 하나가 얼마입니까?" 하고 내가 상인에게 물었을 때, "5 백 냥이오"라고 대답한다. "좋소. 20장 주시오." "안되오." 상인이 말한다. "한 장에 6백 냥 이하로는 팔 수 없소." 이러한 상황이 일어 날 수 있는 곳은 수학이 영원히 파괴된 나라에서나 가능한 일이다.

So in relationships. "Well my lad" I say, "who is the little old man along with you?" "He is my big father." "Why he is not very big; he is not much taller than you" and the lad looks at me in amazement and wonders what I am driving at. I try him again. "If he is your big father have you a little father?" "Five." This beats Wordsworth's, "We are Seven." "How do you make out five?" you ask "why I've one big father and then my real father and three little fathers." You find at last that he is talking about his paternal uncles all fathers every one of them on the same principle that we would say that three and five make sixteen, or eight, or twenty four, or three hundred and seventy six. So about brothers; my sixteenth cousin may be my hyungnim or my ao. (Older brother or younger one.)

인간관계에서도 마찬가지이다. "이보게 젊은이, 함께 가던 그 작은 노인은 누구인가?" 라고 나는 묻는다. "저의 큰 아버지입니다."[7] "그다지 크지 않더군. 젊은이보다 그렇게 키가 크지 않던데." 젊은 이는 놀라 나를 쳐다보면 내가 무슨 말을 하는지 생각한다. 나는 그에게 다시 말했다. "그가 [키가] 큰 아버지라면, [키가] 작은 아버지

---

7 큰아버지는 영어로 uncle이여야 한다. 한국어 큰 아버지를 'big father' 로 옮길 때 이는 나이가 많은 아버지의 형제라는 표현이 아니라 키가 큰 아버지라는 의미 이다. 게일은 나이가 많다는 것을 크다고 표현하는 한국 관습에 따른 한국인과 서양인의 오해를 풍자하고 있다.

도 있는가?"[8] "다섯이요." 이 말은 워즈워스의 시 「우리는 일곱」
("We are Seven")을 생각나게 한다. "어떻게 아버지가 다섯 명이지?"
라고 물으면 "큰 아버지 한명, 진짜 아버지, 그리고 작은 아버지 세
명입니다"라고 대답한다. 당신은 마침내 한국인이 그의 아버지 쪽
형제들, 즉 삼촌들을 모두 아버지라고 부른다는 것을 알게 된다. 이
는 서양식으로 생각하면 3 더하기 5는 8도 되고 16도 되며, 혹은 24
나 376도 된다고 말하는 것과 같은 터무니없는 원칙이다. 한국의 형
제 호칭도 마찬가지다. 나의 16살 사촌이 나의 형님이 될 수도 있고
아우가 될 수도 있다.

Also a man's name is like a bamboo wilderness, all the same thing
and yet all different. Boy name, hat name, style name, special name
and the good or bad name a man leaves after he is dead and gone. To
me this all betokens a state of mathematical, logical, intellectual
chaos, that we must keep clear of in our literature. For that reason I
have my doubts about the catechism style. It partakes so much of the
nature of two and two make four. It is more for the head than the
heart. Argumentation is its style to say the least and that is not the
literature it seems to me for Koreans.

사람의 이름도 야생 대나무처럼 혼란스럽다. 같은 사람을 지칭하
지만 다른 이름으로 불린다. 아명, 관명, 자, 호, 그리고 사람이 죽고

---

8 이 말은 아버지가 도대체 몇 명인가라는 뜻이다.

간 뒤 남기는 좋은 이름, 혹은 나쁜 이름이 있다. 나에게 이 모든 것은
우리의 문학에서 제거해야 하는 수학적, 논리적, 지적 혼란 상태의
조짐처럼 보인다. 그 이유 때문에 나는 교리 문답 방식에 대해 회의
적이다. 교리문답은 2 더하기 2는 4의 특성을 많이 가지고 있어 가슴
보다는 머리를 위한 것이다. 논증하는 방식은 최소한으로 말하는 것
이라 교리문답은 한국인을 위한 문학 방식이 아닌 듯하다.

I have tried more than[9] once to write something that would be
suitable for my people, but have failed and so can point to no success
as a proof of what I say, yet I believe that what we need is a simple,
honest literature, constructed on native principles, that will touch the
heart. As far as possible keep out the mathematical. Sing to the heart
with the pictorical.

　　나는 한국인에게 맞을 만한 글을 써보려고 몇 번 시도했지만 실패
했기 때문에 내 말을 증명해 줄 성공적인 사례는 아직 없다. 그럼에
도 나는 우리에게 필요한 것은 토착 원리에 토대를 둔 단순하고 정직
한 문학만이 한국인의 마음을 울릴 수 있다고 믿는다. 가능한 한 수
학적인 것을 멀리하라. 회화적인 것으로 가슴을 울려라.

---

9 then(원문): than

제2장

한국시가의 번역불가능성을 통해, 한국시가를 말하다

- 감리교선교사 헐버트, 「한국의 시가」(1896)

H. B. Hulbert, "Korean Poetry," *The Korean Repository* III, 1896.

헐버트(H. B. Hulbert)

▌해제▌

헐버트(H. B. Hulbert, 1863~1949)는 1863년 미국에서 태어나 다트마운트대학과 유니온신학대학교를 졸업했다. 1886년 내한하여 한국 육영공원의 교사로 1891년까지 근무했다. 육영공원 교사직 사임이후 잠시 귀국했다가, 1893년 미감리교회 선교사로 다시 내한했다. 다수의 한국학 저술 이외에도 당시 개신교선교사의 대표적인 영미정기간행물이라고 할 수 있는 *The Korean Repository*의 인쇄와 운영, *The Korea Review*의 창간에 깊이 관여했다. 1895년 춘생문 사건에도 깊이 개입했으며, 초대 YMCA 회장을 역임했다. 헤이그밀사의 활동을 후원했다. 1907년까지 한국에 머물렀다.

225

헐버트의 「한국의 시가」는 한국시조를 번역하며 논했던 인물들, 쿠랑 및 오카쿠라 요시사부로 등의 한국시가론이 보지 못한 한국 시가문학의 상(象)을 포착한 것이었다. 그는 두 사람보다 한국인의 입장에서 본 한국시가의 모습이 무엇인지를 그려보려고 했기 때문이다. 무엇보다도 그는 한국시가에 대한 '축자역'만으로는 전달할 수 없는 시어에 담긴 한국인이 지니고 있는 감성과 의미를 '번역'하고자 했다. 그의 이러한 시도는 쿠랑·오카쿠라와는 완연히 변별되는 모습이었다. 이는 한국의 국문시가어 속에서 그 비중을 차지하는 한자어의 문제를 통해 중국문화의 종속성을 논하는 관점보다, 시가를 향유하는 한국인에 더욱 접근한 시각이었다. 즉, 헐버트는 한국 시가작품과 교감의 지점을 모색하고자 하는 지향점을 지니고 있었던 것이다.

┃참고문헌 ─────

강혜정, 「20世紀 前半期 古時調 英譯의 展開樣相」, 고려대학교 박사학위
       논문, 2013.
김승우, 『19세기 서구인들이 인식한 한국의 시와 노래』, 소명출판,
       2014.
이상현, 『묻혀진 한국문학사의 사각-외국인의 언어·문헌학과 조선후
       기-식민지 언어문화의 생태』, 박문사, 2017.
이상현, 윤설희, 『주변부 고전의 번역과 횡단 1, 외국인의 한국시가 담
       론 연구』, 역락, 2007.
C. N. Weems, "Editor's Profile of Hulbert," *Hulbert's History of the
       Korea* 1, London: Routledge & Kegan Paul, 1962.

There is nothing more interesting than a good dialect story, but literature contains nothing more really deceptive. The reason is that the raciness of it, due to oddities of idiom and pronunciation, is utterly unfelt by the people of whom it is the ordinary mode of speech. The negro dialect is often irresistibly funny or irresistibly pathetic, not to the negro himself but to those who are impressed with his peculiarities of accent, idiom or use of illustration.

방언으로 된 훌륭한 이야기보다 더 흥미로운 것도 없지만 이보다 더 기만적인 문학도 없다. 왜냐하면 관용어와 발음의 별스러움에 기인하는 방언의 독특한 풍미는 그 방언의 일상적 사용자에겐 전혀 느껴지지 않기 때문이다. 흑인 방언은 종종 참을 수 없을 정도로 우습고 혹은 애처롭지만, 그렇게 느끼는 건 흑인 자신이 아니라 흑인의 특이한 억양이나 관용어 혹은 예시 사용에 큰 인상을 받은 사람들이다.

When a foreigner sees a Korean for the first time he feels like laughing because of the apparent absurdity of certain parts of his costume. Pidgin English affects new-comers in the same way, but neither the Korean with his funny hat, nor the Chinaman with his outlandish talk can see anything amusing in it nor anything to laugh about. Rudyard Kipling's Terence Mulvaney is quite irresistible, but you laugh when he would be sad and you feel for your handkerchief when he, perhaps, is miles from tears.

외국인이 한국인을 처음 봤을 때 한국 의상의 특정 부분에서 분명히 드러나는 불합리한 면 때문에 웃고 싶어진다. 마찬가지로 피진 영어(Pidgin English)도 처음 온 사람들에게는 우스꽝스럽게 느껴진다. 그러나 우스꽝스러운 모자를 쓴 한국인도, 희한하게 말하는 중국인도 자신들의 모자와 말에서 어떤 점이 재미있고 웃기는지 전혀 알지 못한다. 러디어드 키플링(Rudyard Kipling)[1]의 테런스 물바니(Terence Mulvaney)[2]는 무척 매력적이지만, 그가 슬플 때 당신은 웃고 아마도 그가 울고 싶은 마음이 전혀 없을 때 당신은 눈물을 닦을 손수건을 만지작거릴 것이다.

Now it is in some such way as this that we are juggled when it comes to the poetry of other peoples, especially of people so radically different from the Anglo Saxon race as are these eastern Asiatics. If we are after a real knowledge of these people rather than an hour's amusement it will be better worth our while to inquire how this or that odd turn of expression affects the native who uses it than how it affects the foreigner. When a Korean says to you, "Is not the great man's stomach empty?" you understand him to say, "Are you not hungry, sir?" It means nothing more than that to him and if it means more to you it is simply because you are not accustomed to the

---

1 러디어드 키플링(Rudyard Kipling): 1865-1936. 영국의 소설가이자 시인이다. 인도의 봄베이에서 태어난 영국인으로 아동 동화 『정글북』으로 널리 알려져 있다. 1907년 영국 작가로서는 처음으로 노벨문학상을 수상했다.
2 테런스 물바니(Terence Mulvaney): 키플링의 여러 단편 소설에 등장하는 아일랜드 출신 병사로 아일랜드 악센트가 매우 강하며 아주 수다스럽다.

peculiarities of his speech.

이와 같은 사정 때문에, 다른 민족의 시, 특히 앵글로 색슨족과 근본적으로 다른 동아시아족의 시를 만나게 되었을 때, 우리는 그 의미를 이해하기가 매우 힘들다. 한 시간의 오락거리가 아닌 이 사람들을 진정으로 알고 싶다면, 이런 저런 특이한 표현의 변화가 외국인에게 어떻게 작용하는가 보다는 그것을 사용하는 토착민에게 어떻게 작용하는가를 묻는 게 훨씬 더 가치 있는 일일 것이다. 한국인이 당신에게, "대인의 위는 비지 않았는가?"라고 물을 때, 당신은 "선생님, 배고프지 않으세요?"라고 이해하면 된다. 만약 이 의미 이상이 있다고 생각한다면, 그건 당신이 한국인의 특이한 말하기 방식에 익숙하지 않기 때문이다.

This is my reason for rejecting all literal translation of Korean songs or poetry. It would mean something different to most readers of *The Repository* than it does to the Korean. The thing wanted is to convey the same idea or to awaken the same sensation in the reader as is conveyed to or is awakened in the native by their poetry.

내가 한국의 노래와 시를 문자 그대로 번역하길 거부하는 것은 이러한 이유 때문이다. 문자 그대로 번역하면 한국인이 느끼는 의미와 대부분의 『한국휘보』(The Repository)의 독자들이 느끼는 의미가 다를 것이다. 원하는 바는 한국시가 한국인에게 전해지고 일깨워진 것과 같은 사상과 감각을 영어권 독자에게 그대로 전하고 일깨우는 것이다.

The first difficulty lies in the fact that much of Korean poetry is so condensed. Diction seems to have little or nothing to do with their poetry. A half dozen Chinese Characters, if properly collocated, may convey to him more thought than an eight-line stanza does to us. As you pass through a picture gallery, each picture is a completed unit in itself conveying a whole congeries of ideas and sending the mind, it may be, through a whole range of memories. Supposing that instead of the picture which is intended to portray the idea of devotion there should simply be the word devotion written on a placard and hung against the wall or perhaps a few words illustrative of devotion. That would illustrate in a certain way the difference between Korean and English poetry. It is for this reason that there is no such thing in the whole East as oratory. There is no art of speech; it is entirely utilitarian. Allow me to illustrate this pregnancy of meaning in single characters as used by Koreans. Take the two characters 落花. The first of these is called *nak* meaning to fall, and the second is *wha* meaning a flower. In other words *fallen flower*. The allusion is historical and when these characters meet the eye of an educated Korean they convey to this mind something of the meaning of the following lines.

첫 번째 어려움은 대부분의 한국시가 매우 압축적이라는 사실에 기인한다. 한국시에서 말(diction)과 시는 거의 아무런 관련이 없는 듯하다. 6개의 한자로 적절히 구성된 한국시는 서양의 8행으로 된 연(stanza)보다 더 많은 사상을 한국인에게 전달할 수 있다. 당신이

화랑을 지나갈 때, 개개 그림은 전체 사상을 전달하고 모든 기억을 정신으로 소환하도록 하는 그 자체로 완전한 단위이다. 한국에서 헌신이라는 관념을 드러낼 의도로 그려진 그림이 아니라, 단순히 헌신이라는 글자나 헌신을 예시하는 몇 글자가 적힌 족자가 벽에 걸려 있다고 가정해보자. 이것이 한국시와 영시의 차이를 잘 보여준다. 이런 이유로 동양에서는 웅변술과 유사한 것이 전혀 없다. 한국에는 웅변술이 없다. 말하기의 기술은 전적으로 실용적인 것이다. 한국인은 단일 문자에 수많은 의미를 잉태시킨다. 사례를 통해 이를 설명해 보겠다. 두 글자로 이어진 落花를 예를 들어 보자. 落은 '낙'이라 읽히고 '떨어지다'라는 의미이고, 花는 '화'로 읽히며 꽃을 의미한다. 그러므로 落花는 '떨어진 꽃'이라는 뜻이다. '낙화'에는 역사적 인유가 있다. 한국의 지식인들은 落花라는 글자를 보면서 마음속으로 다음 시에 담긴 의미를 떠올린다.

In Pak Jé's[3] halls is heard a sound of woe,
The craven King, with prescience of his fate,
Has fled, by all his warrior knights encinct.
Nor wizard's art, not reeking sacrifice,
Nor martial host can stem the tidal wave
Of Silla's vengeance. Flight, the coward's boon,
Is his; but by his flight his queen is worse
Than widowed; left a prey to war's caprice,

---

3 One of the ancient kingdom of southerns Korea.(한국의 남쪽에 위치한 한 고대 왕국)[원주].

The invader's insult and the conqueror's jest.

Silent she sits among her trembling maids

Whose loud lament and cham'rous grief bespeak

Their anguish less than hers. But lo, she smiles.

And, beckoning with her hands, she leads them forth

Beyond the city's wall, as when, in days of peace,

She held high holiday in nature's haunts.

But now behind them sounds the horrid din

Of ruthless war, and on they speed to where

A beetling precipice frowns ever at

Itself within the mirror of a pool.

By spirits haunted. Now the steep is scaled.

With flashing eye and heaving breast she turns

And kindles thus heroic flame where erst

Were ashes of despair. "The insulting foe

Has boasted loud that he will cull the flowers

Of Pak Jé. Let him learn his boast is vain,

For never shall they say that Pak Jé's queen

Was less than queenly. Lo! the spirits wait

In yon dark pool. Though deep the abyss and harsh

Death's summons, we shall fall into their arms

As on a bed of down and pillow there

Our heads in conscious innocence." This said,

She calls them to the brink. Hand clasped in hand,

In sisterhood of grief an instant thus they stand,

Then forth into the void they leap, brave hearts!

Dike drifting petals of the plum soft blown

By April's perfumed breath, so fell the flowers

Of Pak Jé, but, in falling, rose aloft

To honor's pinnacle.

백제성에 들리는 원망의 소리,

운명을 미리 안 비겁한 왕

호위 무사들과 함께 도망갔다.

마법사의 술법도, 살아있는 희생양도,

군대도, 파도 같은 신라의 보복을

막을 수 없다. 도주, 비겁자의 길이

그의 것이지만, 그 도주로, 미망인보다 못한

처지가 된 왕비는 전쟁의 변덕, 침입자의 모욕,

정복자의 희롱의 미끼로 던져진다.

떨고 있는 시녀들 사이 말없이 앉은 왕비

통곡하고 소란스러운 시녀들의 슬픔은

왕비의 더 큰 고뇌를 나타낸다. 그러나 보아라. 웃는구나.

왕비는 손짓으로 시녀들을 불러 도성을 넘어

밖으로 데리고 간다. 태평성대 대제일에

왕비가 자연을 즐겨 찾았던 그때처럼.

그러나 지금 그들 뒤에서 무자비한 전쟁의

끔찍한 소리가 들린다. 그들이 내달아 이른 곳은

돌출된 절벽이 언제나 찡그린 얼굴로
제 모습을 비쳐보던 연못.
정령이 출몰하는 곳. 이제 그 절벽을 기어오른다.
눈을 번쩍이고 가쁜 숨을 몰아쉬며 돌아선 그녀
한 때 절망의 재 있던 곳에
영웅적 불꽃의 불을 붙인다. "무례한 원수는
백제의 꽃들을 꺾을 것이라고 큰 소리로 뽐냈지만
그 자랑이 헛된 것임을 알게 될 것이고,
사람들은 백제의 왕비가 왕비답지 못했다고
말하지는 못할 것이다. 보라! 정령들이
저 어두운 물에서 기다린다. 심연은 깊고 죽음의 재촉이
가혹하다해도, 우리는 안락한 침대와 베개가 있는 듯
그들의 품으로 떨어질 것이다.
순결한 우리의 머리를 뉘일 것이다"라고 말한 후
왕비는 시녀들을 절벽가로 부른다. 손에 손을 꼭 잡고,
슬픔의 자매가 되어, 잠시 서 있다,
허공으로 몸을 내 던지는 용감한 여인들이여!
사월의 향기로운 바람에 흩날리는 매화 꽃잎이 물 위에
날리어 쌓이듯이 백제의 꽃들은
떨어지지만, 그렇게 떨어지지만,
그 영예로운 이름은 하늘 위로 높이 솟아오른다.

The Korean delights in introducing poetical allusions into his folk-tales. It is only a line here and a line there, for his poetry is long cantos, but he sings like the bird when he cannot help singing.

한국인은 민담 속에 시적 암시를 넣기를 좋아한다. 한국의 시는 긴 칸토(canto)[4]로 되어 있기 때문에, 여기 한 행 저기 한 행 정도로만 암시하지만, 한국인은 노래를 해야 할 때는 새처럼 노래한다.

One of the best of this style is found in the story of Cho Ung who, after nailing to the palace gate his defiance of the usurper of his master's throne, fled to a monastery in the south and after studying the science of war for several years came forth to destroy that usurper. The first day he became possessed in a marvelous manner of a sword and steed and at night, still wearing the priest's garments, enjoyed the hospitality of a country gentleman.

<조웅전>은 이런 양식을 가장 잘 보여준다. 조웅은 섬기던 왕의 자리를 찬탈한 반역자를 거부한다는 취지의 글을 궁궐 문에 못으로 박은 후에 남쪽의 수도원으로 도망쳤다. 그곳에서 몇 년 동안 병법 을 공부한 후에 찬탈자를 무찌르기 위해 세상 밖으로 나왔다. 첫째 날 그는 신기한 마상 검술을 갖추게 되지만, 밤에는 여전히 승복(僧 服)을 입고 향반의 환대를 즐겼다.

---

4 칸토(canto): 칸토는 이탈리아어에서 온 단어로 그 어원은 "노래"이다. 칸토는 장시 특히 서사시를 나눌 때 사용된다. 한 서사시를 여러 부분으로 나눌 때 canto 1 아래에 한 편의 장시가 있고, canto 2 아래에 canto 1과 연결되는 또 다른 장시가 이어진다. 칸토로 시를 분리한 유명한 시에는 단테의 신곡(100 칸토), 에즈라 파 운드의 '칸토스'(120 칸토) 등이 있다.

As he stood at the window of his chamber looking out upon the moonlit scene he heard the sound of a zither which must have been touched by fairy fingers for though no words were sung the music interpreted itself.

조응이 방의 창가에 서서 달빛 어린 풍경을 바라보다가 선녀가 타는 것이 틀림없을 법한 가야금 소리를 들었다. 노래 가사가 들린 것은 아니지만 음악이 절로 다음을 노래한다.

> Sad heart, sad heart, thou waitest long,
> For love's deep fountain thirsting.
> Must winter linger in my soul
> Tho' April's buds are bursting?
>
> The forest deep, at love's behest,
> Its heart of oak hath riven,
> This lodge to rear, where I might greet
> My hero, fortune-driven.
>
> But heartless fortune, mocking me,
> My knight far hence hath banished,
> And in his place this cowl-drawn monk
> From whom love's hope hath vanished.

This throbbing zither I have ta'en

To speed my heart's fond message

And call from heaven the won-ang bird*[5];

Love's sign and joy's sure presage.

But fate, mid-heaven, hath caged the bird

That, only, love's note utters;

And in its stead a *ga-chi*[6] foul

Into my bosom flutters.

슬프고도 슬픈 이여, 그대는 오래도록

깊은 사랑의 샘물을 목마르게 기다리는구나.

사월의 꽃망울이 터져도

내 마음속의 겨울은 떠나지 않는구나.

깊은 숲속, 사랑의 요청으로,

참나무의 심장을 찢어

이 오두막을 세운 것은, 운명이 이끄는 대로,

나의 영웅을 맞기 위함이로다.

그러나 무자비한 운명은 나를 조롱하며,

---

5 A bird which chooses its mate for life and is thus a type of marital love and fidelity(평생 한 짝만 선택하는 새로 부부애와 정조를 상징한다)[원주].

6 The common magpie(일반적인 까치)[원주].

237

나의 기사님을 먼 곳으로 추방하였다.
대신 고깔 쓴 중이 오니
사랑의 희망은 사라졌구나.

이 떨리는 가야금을 가져옴은
내 사랑의 뜻을 빨리 전하기 위함이고,
사랑의 표시이자 기쁨의 분명한 전조인
하늘의 원앙새를 부르기 위함이라.

그러나 운명은, 사랑의 노래를 부를 뿐인
원앙을 중천에다 가두어 버렸구나.
이제 원앙 대신 까치가
내 가슴 속에서 퍼덕인다.

Piqued at this equivocal praise, Cho Ung draws out his flute, his constant companion, and answers his unseen critic in notes that mean.

이 모호한 칭찬에 불쾌해진 조웅은 늘 몸에 지니고 다니는 퉁소를 꺼내어 보이지 않는 비평가에게 다음의 의미를 담은 곡조로 화답했다.

Ten years among the halls of learning I have shunned
The shrine of love, life's synonym; and dreamt, vain youth,

That having conquered nature's secrets I could wrest
From life its crowning jewel, love. 'T was not to be.
To-night I hear a voice from some far sphere that bids
The lamp of love to burn, forsooth, but pours no oil
Into its challice. Woe is mine; full well I know
There is no bridge that spans the gulf from earth to heaven,
E'en though I deem her queen, in yon fair moon enthroned,
Into this lute to make earth silence hold that she
May hear, or shrill so loud to pierce the firmament
And force the ear of night?

> 학문의 전당에서의 십년동안 삶의 다른 이름인
> 사랑의 사당을 멀리했으나 젊은 기운에 헛되이
> 자연의 비밀을 정복하여 인생의 왕관인 사랑을
> 손에 넣겠노라고 꿈꾸었지만 사랑은 어디도 없었다.
> 이 밤 저 먼 하늘에서 들려오는 소리를 들으니
> 사랑의 등불을 켜라는 소리이지만 심술궂게도
> 등불을 태울 기름을 나에게 주지 않는구나.
> 슬픔은 나의 것이고 하늘과 땅을 이어줄
> 다리가 없음을 너무도 잘 알고 있다.
> 내 비록 그녀를 아름다운 달의 여왕으로 여겨
> 이 퉁소로 땅을 침묵하게 만든다 한들
> 이 소리가 그녀에게 들릴까? 아니면 새된 소리가
> 창공을 뚫고 밤의 귀를 괴롭힐까?

However that way be, he soon solved the difficulty by jump over the mud wall which separated them, and obtaining her promises to become his wife, which promise she fulfilled after he had led an army against the usurper and had driven him from the throne.

시는 시이고, 그는 그들을 갈라놓은 토담을 뛰어 넘어 그녀에게 가서 아내가 되겠다는 약속받아냄으로써 어려움을 곧 해결했다. 조웅이 군대를 이끌고 찬탈자를 왕좌에서 몰아 낸 후에 그녀는 아내가 되겠다는 지난날의 약속을 지켰다.

Korean poetry is all of a lyric nature. There is nothing that can be compared with the epic. We do not ask the lark to sing a whole symphony, nor do we ask the Asiatic to give us long historical or narrative accounts in verse. Their language does not lend itself to that form of expression. It is all nature music pure and simple. It is all passion, sensibility, emotion. It deals with personal, domestic, even trivial matters often-times, and in this respect it may be called narrow, their horizen circumscribed. This explains in part why they lavish such a world of passion on such trivial matters. It is because in their small world these things are relatively great. The swaying of a petal, the drone of a passing bee means more to him than to one whose life is broader.

한국시는 모두 서정적인 특징을 가진다. 우리의 서사시에 상응하는 시는 없다. 우리는 종달새에게 교향곡 전체를 부르도록 요청하지 않듯이 아시아인들에게 운문으로 긴 역사적 혹은 서사적 이야기를 해 줄 것을 요청하지 않는다. 그들의 언어는 서사시를 표현하기에 적합하지 않다. 순수하고 소박한 자연 음악뿐이다. 열정, 감수성, 감정만이 있다. 때때로 사적이고 가정적이며 심지어 사소한 문제를 다룬다. 이런 점에서 시가 협소하고 시야가 제한되어 있다고 볼 수 있다. 이것은 왜 그들이 그토록 사소한 문제에 그토록 많은 열정을 쏟는지를 일부분 설명해준다. 그들의 작은 세계에서 이런 것들이 상대적으로 큰일이기 때문이다. 꽃잎의 흔들림, 벌이 지나가며 웅웅거리는 소리는 더 넓은 삶을 사는 사람에게는 별 의미가 없겠지만 한국인에게는 큰 의미가 있다.

Here we have the fisherman's evening song as he returns from work.

여기 어부가 일을 마치고 귀가하며 부르는 저녁 노래가 있다.

As darts the sun his setting rays
Athwart the shimmering mere,
My fishing-line reluctantly
I furl and shoreward steer.

해가 석양빛을 화살처럼
일렁이는 호수 위로 비스듬히 쏜다.

241

나는 낚싯줄을 마지못해 접고
노를 저어 해안가로 간다.

Far out along the foam-tipped waves
The shower-fairies trip,
Where sea-gulls, folding weary wing,
Alternate rise and dip.

저 멀리 포말이 이는 파도를 따라
소나기 쏟아지듯 요정들이 다닌다.
바다 갈매기는 지친 날개를 접고
포말 위를 날고 젖기를 반복한다.

A willow with through silver gills,
My trophies[7] I display.
To yonder wine-shop first I'll hie,
Then homeward wend my way.

은빛 계곡에 늘어진 버드나무를
트로피 삼아 펼친다.
저기 주점에 먼저 들른 뒤
집으로 가면 될 것이다.

---

7 tophies: 원문

In the following again we find a familiar strain. A Korean setting of our "Oh, for a lodge in some vast wilderness."

다음 시에서 우리는 다시 한 번 친숙한 선율을 볼 수 있다. 한국을 배경으로 한 우리의 「넓고 넓은 황야의 오두막집」("Oh, for a lodge in some vast wilderness")인 셈이다.

> Weary of the ceaseless clamor,
> Of the false smile and the glamor
> Of the place they call the world;
> Like the sailor home returning,
> For the wave no longer yearning,
> I my sail of life have furled.

> 끝없는 소동에 지쳐
> 거짓된 미소와 매력에 지쳐
> 세상이라 불리는 곳에 지쳐
> 바다를 더 이상 그리워하지 않게 된
> 집으로 돌아오는 선원처럼,
> 나는 인생의 돛을 거둔다.

> Deep within this mountain fastness,
> Minified by nature's vastness,
> hermit-wise, a lodge I'll build.

Clouds shall form the frescoed ceiling.[8]
Heaven's blue depths but half revealing,
Sun-beam raftered, star-light filled.

깊고 깊은 산 속에
자연의 방대함으로 더 작아지는 산 요새에
은둔자처럼 오두막을 지을 것이다.
구름을 프레스코화 천장으로 삼고,
하늘의 남빛만 반쯤 드러내고,
햇빛으로 서까래 삼아 달빛을 채우리라.

In a lakelet deep I'll fetter
Yon fair moon — Oh who would[9] better
Nature's self incarcerate?
Though, for ransom, worlds be offered,
I would scorn the riches proffered;
Keep her still, and laugh at fate.

작은 호수 깊은 곳에 족쇄를 채워 가두리라,
저기 아름다운 달을. 나보다 누가
자연의 자아를 더 잘 유폐할 수 있으랴?
달의 몸값으로 세상을 준다고 해도

---

8 cieling(원문): ceiling
9 ould(원문): would

나는 비싼 몸값을 조롱하며,
계속 달을 붙잡고, 운명을 비웃을 것이다.

And when Autumn's hand shall scatter
Leaves upon my floor, what matter,
Since I have the wind for broom?
Cleaning house I will not reckon
Only to the storm-spirits beckon;
With their floods they'll cleanse each room.

가을의 손이 나의 마루 위에
나뭇잎 뿌려도 무슨 대수인가.
바람이 비가 되어 쓸어 줄 텐데.
집안 청소 따위는 생각하지 않고
폭풍의 신을 손짓해 부르기만 하면
홍수로 방이 모두 깨끗해 질 테니.

We can not charge the Korean with lack of imagination but rather, at times, with the exuberance of it.

한국인은 상상력이 부족한 것이 아니라, 오히려 상상력이 과도한 것이 때로 문제인 듯하다.

H. B. Hulbert.

H. B. 헐버트

제3장

한국의 속담을 통해, 동양인의 지혜와 한국인의 민속을 말하다

- 감리교선교사 헐버트, 「한국의 속담」(1897)

H. B. Hulbert, "Korean Proverb," *The Korean Repository* Ⅳ, 1897.

헐버트(H. B. Hulbert)

┃ 해제 ┃

*The Korean Repository*와 *The Korea Review*는 감리교선교
사들이 창간한 영미정기간행물이지만, 그 필진은 개신교선교
사 전반이었으며 한국의 정치, 경제, 문학, 풍속, 문화, 언어, 문
학과 관련된 다수의 논저들이 수록되어 있는 한국학 잡지라고
할 수 있다. 이 영미정기간행물에는 개신교선교사들이 수집·채
록한 한국어 속담 264개가 수록되어 있다. 이는 과거 통사적 구
문이나 개별 어휘목록의 차원에서 한국어를 연구한 외교관들
과 달리, 개신교 선교사가 보다 심층적인 한국어 학습을 위해
한국의 관습화된 언어표현을 연구한 사례인 셈이다. 우리는 그
중에서 헐버트가 채집하여 *The Korean Repository*에 수록한

74개의 속담을 제시했다.

헐버트의 채록 속담을 대표 사례로 선정하여 번역한 이유는, 이러한 속담 연구 역시 한국의 국문시가 및 소설, 설화 등을 연구한 그의 연구 속에 함께 포괄되기 때문이다. 이 점을 잘 반영하듯, 후일 그가 출판한 *The Passing of Korea*(1906)에는 민담과 속담이 동일한 주제영역으로 포괄된다. 즉, 헐버트는 양자 속에는 역사의 정사로는 살필 수 없는 인류학적인 내용들이 있으며, 역사상의 큰 사건으로 조망할 수 없는 가정, 가족과 같은 일상생활이 담겨져 있다고 판단했다. 즉, 국가, 정부, 왕조란 단위 보다 작은 사회의 역사(미시사, 생활사)이며, 과거가 아닌 한국인이 현재 살아가는 삶과 생활의 모습을 생생하게 재현하는 역할을 담당했고, 이것이야말로 서구인 초기 '설화=고소설' 번역의 가장 큰 목적이었던 것이다. 이를 반영하듯, 헐버트는 이 글에서 동양인의 지혜를 발견하며 보다 한국인에 대한 심층적 이해를 위해 한국의 속담을 살핌을 명시하고 있다.

┃ 참고문헌 ──────

김승우, 『19세기 서구인들이 인식한 한국의 시와 노래』, 소명출판, 2014.

유경민, 「개신교 선교사가 정리한 한국어 속담과 수수께끼 연구」, 『민족연구』 59. 2014.

Much of the wisdom of the Eastern people is wrapped up in their proverbs and pithy sayings. Much of ethical and economic truth is thus conserved. It is only in the amplification of the Confucian code that the Korean becomes prolix and tiresome. In other lines of ethical thought he is as sententious as he is diffuse in that. It is refreshing to find amidst the dead flatness of Confucian commentary some truths sharply defined and clearly drawn, neatly and incisively expressed.

동양인의 지혜는 대부분 속담과 간결한 격언으로 드러난다. 대부분의 윤리적, 경제적 진리는 속담과 격언에 보존된다. 한국인이 장황하고 지루해질 때는 유교 규범을 부연하여 설명할 때만 그러하다. 유교 이외의 다른 윤리 사상을 표현하는 구절들에서 한국인은 표현이 풍부한 간략한 경구를 많이 사용한다. 활기 없고 지루한 유교 주석 가운데서 예리한 정의, 분명한 유추, 깔끔하고 신랄한 표현으로 전달되는 진리를 발견하는 것은 신선하다.

In the following attempt to tabulate some of the more striking of the Korean proverbs it will be noticed that in nearly every case the higher truth is illustrated by reference to the common things of life; that there is no generalization and that the result aimed at is eminently practical.

눈에 띠는 한국 속담을 대상으로 속담 목록을 만들 때, 다음의 특징을 발견할 수 있다. 대부분의 고차원적인 진리는 삶의 평범한 것들을 예로 들어 설명되고, 전혀 일반화를 하지 않으며, 속담이 의도하는 결과는 굉장히 실용적이다.

It will be noticed that some of these proverbs are of such a nature that they do not appeal to the delicacy or taste of our more refined sensibilities, but they cannot be omitted without seriously impairing the integrity of the list and in so far rendering it unfit for scientific uses. The first one that attracts our attention because of its regrettable applicability is,

어떤 속담은 보다 세련된 감수성을 가진 우리의 취향이나 섬세함과 맞지 않는 부분도 있다. 그렇다고 이 부분을 생략해서 속담 목록을 작성하면, 목록의 온전성이 심하게 훼손될 터이고 학문적으로 사용하기에도 부적합하게 될 것이다. 처음 우리의 시선을 끄는 것은 유감스러운 상황에 적용되는 속담들이다.

1. 급히먹는밥이목이민다.
"He ate so fast that he chocked."
To us this means nothing more than is on the surface, but the Korean means by it that the man to whom it is applied tried to get rich so fast that he over-reached himself and defeated his purpose. It is specially applied to provincial magistrates who are so anxious to "make hay while the sun shines" that they pass the point of endurance and find themselves ousted from their position by a popular demonstration, which, on account of the laxity in the administration of justice which prevails in Korea as in China, is the last court of appeal.

"너무 급히 먹어 목이 멘다."

이 속담은 표면적인 의미 그대로지만, 한국인들은 이 속담을 너무 성급히 부를 얻으려고 지나친 행동을 하다가 결국 그 목적을 망치는 사람에게 사용한다. 이 속담은 특히 지방관리들에게 사용된다. 그들은 조급하게 "해가 비출 때 건초 말리기"를 하다가 백성들의 인내의 한계선을 건드리고 결국 그들의 시위로 자리에서 쫓겨난다. 중국과 마찬가지로 한국에서도 일반 백성들의 시위가 해이한 법집행에 대해 판결을 내리는 최종 항소 법원이다.

2. 죠화모락.

"A flower that is in bloom in the morning withers by noon."

This is a terse way of expressing the truth that a too precocious child is apt to perform in after years less than his precocity promises. It is commonly applied to children who show unnatural aptness in the memorizing of Chines characters, which occupation is of course the very one to overstrain the mind of the child.

"아침에 피는 꽃은 정오에 시든다."

이 속담은 너무 조숙한 아이는 훗날 기대치보다 더 적은 성과를 내는 경향이 있다는 진리를 간결하게 표현한다. 이 속담은 한자 암기에 천재성을 보여주지만 당연히 이 일로 인해 극도의 긴장감을 느끼게 되는 아이에게 흔히 적용된다.

3. 화살은주어도말은 못줍ᄂ니라.

"You can recover an arrow that you have shot but not a word that you have spoken."

This proverb explains itself. It is particularly applicable to the Koreans, for archery is perhaps the commonest out door sport of the upper middle class.

　"쏜 화살은 다시 찾을 수 있지만 내뱉은 말은 되찾을 수 없다."

　이 속담은 말 그대로이다. 한국에서 궁술은 중상류층의 가장 일반적인 야외 스포츠이기 때문에 이 속담은 특히 한국인들에게 적용된다.

4. 울타리허술ᄒ면도적을마져

"If you don't keep your fence mended the robbers will get in" means that a single fault spoils a man's reputation.

"Their virtues else, be they as pure as grace,

As infinite as man may undergo,

Shall in the general censure take corruption

From that particular fault."[1]

　"울타리를 고치지 않고 그대로 두면 강도가 들어온다"라는 말은

---

1 셰익스피어의 『햄릿』 1막 4장에 햄릿이 호레이쇼에게 하는 대사이다.

Their virtues else (be they as pure as grace,

As infinite as man may undergo)

Shall in the general censure take corruption

From that particular fault.

하나의 잘못을 간과하면 그 사람의 평판을 망친다는 뜻이다.

"다른 미덕들이 은총처럼 순수하고,

인간이 감당할 수 없을 만큼 무한하다 해도,

그 한 가지 결함으로 말미암아

세간에선 그를 썩었다고 할 것이야."

5. 파경난합

"A broken mirror is useless."

This is the Korean's subtle way of expressing the idea that a tainted mind can perceive nothing truly, but is bound to distort and misrepresent.

"깨진 거울은 쓸모없다."

이 속담은 더러워진 마음은 어떤 것을 진실로 감지할 수 없고, 반드시 왜곡하고 거짓을 전한다는 생각을 나타낸 한국의 미묘한 표현 방식을 보여준다.

6. 정장면이립

"A man who stands behind a wall can see nothing else."

In the Korean sense this is the precise counterpart of our word "book-worm." It represents a man who has spent his life in the mere acquisition of Chinese characters to the neglect of everything else. He has piled a wall of words up before him beyond which he cannot see.

"벽 뒤에 서 있는 사람은 다른 아무 것도 보지 못한다."

이 한국 속담의 의미와 정확하게 대응하는 영어 상대어는 '책벌레'이다. 다른 모든 것을 방기하고 오로지 한자 습득에만 평생을 바친 사람을 일컫는 속담이다. 그는 그 앞에 책 벽을 쌓아올렸지만 그 너머는 아무 것도 보지 못한다.

7. 유모셕이털파

"It is easy to hurt yourself on a stone that has sharp corners" means to the Korean that a violent tempered man is an uncomfortable companion. A truth that is unfortunately not confined to the peninsula.

"모서리가 뾰쪽한 돌에 다치기 쉽다"라는 이 한국 속담은 폭력적이고 성질 급한 사람은 불편한 친구라는 것을 의미한다. 불행히도 이 진리는 한반도에만 한정되는 것은 아니다.

8. 구밀복금

"Honey on the lips but a sword in the mind."

The man who flatters to the face will slander behind the back. This is a general synonym for hypocrisy, and a very expressive one too.

"입술에는 꿀, 마음에는 칼."

면전에서 아부하는 사람이 등 뒤에서 중상을 한다. 위선의 의미와 매우 유사한 표현으로 매우 인상적인 속담이다.

9. 위산구린에공유일궤라.

"In making a mountain you must carry every load of sand to the very last."

This proverb expresses the Korean idea of the value of finishing touches. Nothing is thoroughly praiseworthy that is not thoroughly done. This proverb is directed against the too common Korean habit —of *laissez faire*.

"산을 만들 때 최후의 순간까지 남은 모든 모래를 운반해야 한다." 이 속담은 마지막 손길이 중요함을 강조하는 한국식 표현이다. 완벽한 마무리만이 완벽한 칭찬의 대상이 될 수 있다. 이 속담은 한국인에게 너무도 흔한 '될 대로 되라는 식'의 습관을 경계한 것이다.

10. 기름길에도적맞는다

"If you try to save time by going access lots you will fall in with robbers."

This is one of the most characteristic of all the Korean proverbs. It contains the keynote of the conservatism of the once "Forbidden Land." The long way around presents some difficulties but nothing compared with those of leaving the beaten track and "cutting across." It is not a proper inference from this proverb that highway robbery is very common in Korea. On the contrary, it is comparatively rare. It sometimes happens, however, that when the crops are very bad, people in certain districts, driven by hunger to desperation, adopt this lawless mode of obtaining a living. The professional highway man is practically unknown in this country.

"시간을 아끼려고 지름길로 가면 강도를 만난다."

이것은 한국의 모든 속담 중에서도 가장 특징적인 속담이다. 이 속담은 한 때 "금단의 땅"이었던 이 나라의 보수주의의 핵심을 담고 있다. 먼 길을 돌아가면 어려움이 따르지만, 사람들이 다니는 길에서 벗어나 "지름길로 갈 때" 마주치는 어려움에 비하면 아무 것도 아니다. 이 속담으로 한국은 노상강도가 매우 흔한 나라라고 유추하는 것은 적절치 않다. 오히려 한국은 상대적으로 노상강도가 없는 편이다. 그러나 흉년이 심한 해이면 어떤 지역의 사람들은 굶주림으로 자포자기가 되어 위법한 생계 방식을 택하기도 한다. 이 나라에서는 사실상 전문적인 노상강도는 없다.

11. 산에사는것우물보다나앗소

"It is better to live on a mountain than in the well."

These words give expression to the deep seated love of travel and observation which is a national trait of Koreans. To those who are not acquainted with the customs of the Korean people this must sound strange, for a Korean rarely leaves the boundaries of his native land excepting on very urgent business, but within those boundaries there is a vast deal of travel. Every well-to-do Korean is at some period of his life a traveller, and it would probably be within truth to say that there is no other country of similar size where the people, as a whole, are more thoroughly acquainted with the geographical details of their own country. This is the more remarkable since the paucity of good roads renders travel exceptionally difficult. On the other hand, of course, the slowness of the pace renders possible a more thorough knowledge of details.

"우물에 사는 것 보다는 산에 사는 것이 더 낫다."

이 말은 한국인의 민족적 성향인 여행과 관찰에 대한 뿌리 깊은 사랑을 나타낸다. 한국인은 아주 위급한 상황이 아니면 한국 땅을 벗어나는 경우가 드물기 때문에 한국인의 관습을 잘 모르는 사람들은 이 속담을 이상하게 생각할 것이다. 그러나 한국인들은 한국 땅 내에서는 상당히 많은 여행을 한다. 유복한 모든 한국인들은 인생의 어떤 시기에 여행객이 된다. 한국과 비슷한 크기의 나라 중에서 한국인만큼 전체적으로 고국의 세부적 지리를 철저하게 잘 알고 있는 민족은 없을 것이다. 잘 닦인 길이 없어 여행이 매우 힘든 점을 고려할 때 그들의 여행사랑은 특히 주목할 만하다. 다른 한 편으로는, 그들이 천천히 여행을 하기 때문에 세부적인 것을 훨씬 더 철저하게 아는 것이 당연하다.

12. 불안이된굴둑에연기나느냐
"There is no smoke without some fire."

Koreans mean by this that even the best of deeds do not escape the misrepresentation of the slanderer and the gossip. The statement made in this proverb is not literally true, but to the Korean who uses only wood and grass for fuel it is true so far as his observation goes.

The utter abhorrence, with which Koreans profess to look upon hypocrisy, is forcibly, tho coarsely, expressed by the words "Dog's dung wrapped in silk."

"불을 피우지 않으면 연기가 나지 않는다."

한국인들에게 이 속담의 의미는 아무리 훌륭한 행위라 해도 중상과 험담으로 인한 왜곡을 피할 수 없다는 뜻이다. 이 속담의 진술은 글자 그대로는 진실이 아니지만, 땔감으로 나무와 풀만을 사용하는 한국인들의 관찰이라는 점에서는 진실이다.

위선을 철저히 혐오하는 한국인은 위선을 "비단에 쌓인 개똥"이라는 거칠지만 강한 말로 표현한다.

13. 주로선힝

"If there is a channel, the ship can go."

This proverb is used to illustrate the fact that if you do a man a kindness, you will make a way to his hearts. It was probably the sinuousness of Korean river channels that suggested this thought or perhaps the difficulties of coastwise navigation which is rendered precarious by the immense number of islands, the high tides and the consequently swifting[2] channels.

---

2 원문에서 글자 파악이 어려움.

"뱃길이 있으면 배는 갈 수 있다."

이 속담은 어떤 사람에게 친절을 베풀면 그 사람의 마음에 닿을 길을 낼 수 있다는 사실을 예증하기 위해 사용한다. 아마 한국의 강 수로가 구불구불하기 때문에, 아니면 섬이 많고 파도가 높아 결과적으로 물살이 빠른 탓에 해안가 운행이 위태하고 어렵기 때문에 이런 속담이 나왔을 것이다.

14. 불이규구면불능정방원이라

"If the carpenter stretches the cord tight it will make a straight line."

This refers to the inked marking cord which the carpenter stretches across his timber and snaps in order to make a straight line, and the proverb means that if you rebuke an untruthful man it will make him honest. If this is true, it is to be regretted that so little rebuking has been done. It would be a cheap way indeed to make men honest. If, as is said, "Exceptions prove the rules" it must be confessed that this rule is thoroughly proved.

"목수가 줄자를 단단히 잡아당겨야 직선을 그을 수 있다."

이 속담은 목수가 직선을 긋기 위해 목재 위에 잡아 당겼다가 놓는, 금이 표시된 줄자를 언급한다. 거짓말하는 사람을 꾸짖으면 정직하게 만들 수 있다는 뜻이다. 이것이 사실이라면, 꾸짖지 않는 것은 후회해야 할 일이다. 사실상 사람들을 정직하게 만드는 가장 손쉬운 방법일 것이다. 흔히 말하듯 "예외가 규칙을 증명한다"고 한다면, 이 규칙은 철저히 증명되었음을 밝혀야겠다.

15. 논드렁이천자라도바늘구명잇스면쓸듸가업다

"Tho a dyke be a thousand yards thick a pin hole is enough to cause its destruction."

This is another of the many ways of impressing the same truth that is contained in the proverb "If you don't keep your fence mended the dogs will get in," ie. the damaging effect of a single fault. This proverb gathers point from the fact that in Korea, as in all these rice growing countries, irrigation is of prime importance and the dykes and ditches require the most sedulous care.

"아무리 단단한 논두렁도 바늘구멍에 무너질 수 있다."

이 속담과 동일한 진리를 말하는 여러 속담 중 하나는 "울타리를 고치지 않은 채로 두면 개가 들어온다"이다. 두 속담 모두 단 하나의 허물이 초래할 수 있는 파괴적 결과를 경계한다. 이 속담은 농사를 짓는 다른 모든 나라와 마찬가지로 한국에서도 관개가 최고로 중요하므로 논두렁과 도랑을 가장 정성들여 살펴야 한다는 사실에서 핵심을 끌어낸다.

16. 샹당하부정

"If the source of the stream is muddy the whole course will be muddy."

This expression is common enough in western countries as well, but Koreans apply it in an entirely different manner. They mean by it that if the master of the house is bad it gives the tone to the household and they will all be bad. We would say not necessarily so, but the same patriarchal government, where disobedience to parents is almost unknown and where the father holds in his hands the power of life and death over his children, makes this proverb vastly more true than we can conceive possible, judging by western standards. If the patriarch of family does wrong it is not for the younger member of the family to find fault, but they must uphold him in it and shield him as much as possible from all evil consequences. This is to a certain extent an excuse for the relentless manner in which the family of a criminal is hunted down and included in his punishment. It is taken for granted that they condone his crime. Every crime is considered a family affair. This acts as a strong deterrent influence. No doubt many a man, who would otherwise go wrong, is held back by the knowledge that his family would suffer with him were he detected. This proverb, therefore, underlies the whole primitive system of the kingdom.

"강물의 수원지가 흐리면 강 전체가 흐리다."

이런 표현은 서양의 나라들에서도 흔하다. 그러나 한국인들은 이 표현을 완전히 다른 식으로 사용한다. 한국에서 이 속담은 집의 가장이 악하면 가족에게도 그 성격이 미치고 그리하여 가족 모두가 악하게 됨을 의미한다. 반드시 그런 것은 아닐 것이다. 그러나 부모에

게 불복종하는 일이 드물고 가장이 자녀의 생사여탈권을 쥐는 가부
장적 통치에서는, 서양의 기준에서 판단할 때 우리가 가능하다고 보
는 것보다 이 속담은 훨씬 더 많은 진실을 말한다. 가장이 잘못을 하
면 그 밑의 가족들은 가장의 허물을 찾는 것이 아니라 오히려 옹호하
고, 그 일로 생길 수 있는 나쁜 결과로부터 가장을 보호해야 한다. 이
것이 구실이 되어 범죄자 가족을 색출해서 연대 처벌하는 무자비한
처벌 방식이 허용된다. 가족이 범죄를 눈감아 주는 것이 당연시되고
모든 범죄는 가족의 문제로 여겨진다. 이것은 강력한 범죄 방지책이
되기도 한다. 잘못을 저지를 수도 있었던 많은 사람들이 발각될 경
우 당하게 될 가족의 고통을 알기에 그 행동에 제약을 받는 것은 확
실하다. 그래서 이 속담의 기저에는 이 나라의 전반적인 원시 체계
가 깔려 있다.

17. 향이긔하에필유ᄉ어라

"If you use attractive bait, the fish will bite tho it kills them."

To the Korean this means that if you pay a servant well he will
work himself to death for you. The point of this proverb is lost upon
us, for with us servants usually receive fixed waged, but in Korea
almost every gentleman has one or more slaves who of course
receive no fixed wages but only presents; from time to time, as the
master sees fit. If he consider himself ill used he will do as little work
as possible and escape punishments, but if his master is generous he
will do his best to deserve his favor.

"매력적인 미끼를 사용하면, 물고기는 죽음을 무릅쓰고 미끼를 물을 것이다."

한국인에게 이 속담은 하인에게 충분히 대가를 지불하면 그는 당신을 위해 목숨을 바쳐 일한다는 뜻이다. 우리의 하인들은 대개 고정 임금을 받기 때문에 우리로서는 이 속담의 요지를 파악하기 힘들다. 그러나 한국에서 거의 모든 양반은 한 명 또는 그 이상의 노비를 두고 있다. 물론 그들은 고정된 임금이 아니라 주인이 적당하다고 생각할 때 간혹 주는 선물만을 받는다. 노비는 자신이 부당한 대우를 받는다고 생각하면 가능한 한 처벌을 면할 정도로만 조금 일할 것이지만, 주인이 후한 대접을 하면 그의 호의에 답하기 위해 최선을 다할 것이다.

18. 돗딕가부러지면비가쓸딕업다

"If the mast is broken the ship drifts."

Here the world or human society is represented as a ship and honor as its main-mast, and it follows that with the decadence of honor the fabric of society will be disintegrated and become corrupt.

"돛대가 부러지면 배는 표류한다."

여기서 세계 또는 인간 사회는 배로, 명예는 큰 돛대로 표현된다. 명예가 퇴락하면 그 다음은 사회 조직이 와해되고 부패한다.

19. 파긔샹죵

"Don't mourn over a broken vase" is the exact counterpart of our common saying. "Don't cry over spilt milk." It is an exhortation not to grieve over that which is without remedy.

"깨진 꽃병을 보고 울지 마라"는 영어의 흔한 속담인 "엎질러 진 우유에 슬퍼하지 마라"와 같은 의미의 속담이다. 이미 손 쓸 수 없는 것에 슬퍼하지 말라는 경계이다.

20. 소경단청구경

"A blind man admiring the contrast between blue and red."

The Koreans use this phrase in ridicule of anyone who pretends to know all about something of which he is profoundly ignorant. It is aimed at pretended wisdom.

"단청의 대비에 감탄하는 소경"

한국인들은 이 속담을 전혀 모르는 어떤 것에 대해 다 아는 척하는 사람을 조롱하기 위해 사용한다. 이 속담은 지혜로운 척하는 사람을 겨냥한다.

21. 자라보고놀랜놈이소도양보고놀랜다

"The man who has once been frightened by a tortoise will start whenever he sees a kettle cover."

This is nearly equivalent to our saying "a scalded cat shuns the fire." Korean kettles are ordinarily rather large and each is fitted with a round iron cover which when lying on the ground bears a not remote resemblance to the back of a tortoise.

"한 번 자라를 보고 놀란 사람은 솥뚜껑을 볼 때 마다 경기한다." 이 속담은 우리의 속담인 "뜨거운 물에 덴 고양이는 불을 보고 피한다"와 의미가 거의 등가이다. 한국의 솥은 보통 큰 편이고 그 솥에 맞는 둥근 철로 만든 솥뚜껑을 바닥에 놓으면 자라 등과 그렇게 달라 보이지 않는다.

22. 모로가도셔울만가지

"All roads lead to Seoul" is the exact counterpart of our "All roads lead to Rome," meaning that in whatever way a thing is done the result is bound to be the same.

"모든 길은 서울로 통한다"는 우리의 "모든 길은 로마로 통한다"에 정확히 대응되는 속담이다. 일이 어떤 식으로 이루어지든, 그 결과는 동일하다는 뜻이다.

23. 하늘이문어져도소소날궁기잇다

"Tho the Heavens fall there will be found some means of escape." This is the Korean way of saying that even the greatest difficulties are always gotten over in some way or other. We never experience the worst possible.

"하늘이 무너져도 피할 방법이 있다." 이 속담은 가장 힘든 일 조차도 이런 저런 방법으로 극복할 수 있다고 하는 한국식 표현방식이다. 극복하지 못할 최악의 상황은 없다.

24. 식벽달보랴으로어수룸부터나안저

"Will you sit from evening until morning to see the old moon rise?"

This is a neat way of finding fault with one who allows the anticipation of some future pleasure to stand in the way of his present activity. It is the correlative of the biblical statement-"Sufficient onto the day is the evil thereof."

"그믐달 보자고 저녁부터 아침까지 나 앉으랴!"

미래의 어떤 즐거움에 대한 기대로 현재의 활동을 제대로 하지 못하는 사람을 꾸짖는 깔끔한 속담이다. 이 속담은 성경 말씀인 "한 날 괴로움은 그 날로 족할지니"[3]와 서로 관련된다.

25. 산밋사룸이산에놀나새달보는셰음이라

"If you are in the valley and want to see the new moon in the west you must climb the hill."

In other words-Don't wait for work to come to you. Go to it. In accomplishing anything good effort is necessary.

---

3 Matthew 6:34 King James Version (KJV): Take therefore no thought for the morrow: for the morrow shall take thought for the things of itself. Sufficient unto the day is the evil thereof(그러므로 내일 일을 위하여 염려하지 말라 내일 일은 내일 염려할 것이요 한 날 괴로움은 그 날에 족하리라.)

"골짜기 사람이 서쪽 하늘의 초승달을 보고 싶으면 산에 올라가
야 한다."

다시 말하면 일을 기다리지 말고 먼저 시작하라는 말이다. 어떤
것을 이루고자 할 때 상당한 노력이 필요하다.

26. 고목이봉춘

"The dead tree blossoms."

We can hardly imagine a more highly poetical way of saying that
success was achieved only failure was expected.

"죽은 나무에 꽃이 피다."

모두 다 실패할 것이라고 생각했던 곳에서 이루어 낸 성공을 이보
다 더 시적으로 표현하기란 어렵다.

27. 먼대쏫치오갓가온공핑이라

The opposite idea and an equally poetical one is "What looked like
blossoms in the distance turned out to be only the white mold of
decay."

It is almost solely in their proverbs that the poetic side of the
Korean character comes out.

위의 생각과 반대지만 똑같이 시적인 속담이 "먼 곳의 꽃이 알고
보니 썩은 흰 곰팡이었다"이다. 한국인의 시적 자질은 속담을 통해
서만 발현되는 경우가 많다.

28. 셔울보름이나시골열닷시나

"*Porum* in Seoul is the same as *yaltassa* in the country."

The word *porum* means half-month or mid-month, while the word *yaltassa* means fifteenth of the month. The former is used exclusively in Seoul while in the provinces the latter prevails. The proverb means the same as our expression, "A rose would smell as sweet by whatever name you called it." It emphasize the insignificance of names as compared with the objects they signify.

"서울의 '보름'은 시골의 '열닷새'와 같다."

'보름'이라는 말은 한 달의 반 혹은 중순을 의미하는 반면에, 열닷새라는 말은 그 달의 열다섯 번째 날을 의미한다. '보름'은 서울에서만 사용되고 지방에서는 열닷새가 더 많이 사용된다. 영어 속담인 "장미는 무슨 이름으로 불리든 그 향은 달콤하다"와 동일한 뜻이다. 이속담은 의미하는 대상에 비해 그 이름은 중요하지 않음을 강조한다.

29. 아히낫키젼에포딕이쟉만ᄒ다

"Don't make the baby's outfit before the wedding."

This is the somewhat ultra manner in which the Koreans express the idea contained in our "There's many a slip 'twixt the cup and the lip," or that still more expressive one in which people are warned not to enumerate their chickens previous to their incubation.

"결혼도 하기 전에 아기 옷을 장만한다."

이 속담은 우리의 "컵과 입술 사이에 많은 실수가 있다"와 혹은 우리의 훨씬 더 인상적인 표현 즉 '알이 부화하기 전에 병아리를 세지 마라' 속에 담긴 생각을 한국인들이 다소 과격하게 표현한 것이다.

30. 소경제닭잡아먹는다

"The blind man stole his own hen and ate it."

In other words "He stole a march on himself." This proverb calls attention to the great number of blind people in Korea. The number is much less than in Japan but far greater than in western countries. It is due of course to the great prevalence of scrofulous diseases.

"소경이 자기 암탉을 훔쳐 먹는다."

다른 말로 하면 "자기 꾀에 자기가 넘어가다"이다. 이 속담으로 한국에 장님의 수가 매우 많다는 사실에 주목하게 된다. 그 수는 일본보다는 훨씬 적지만 서구 국가들보다는 훨씬 더 많다. 그 이유는 당연히 한국에서 연주창[4]이 크게 만연하기 때문이다.

31. 물은건너보아야안다

"If you want to know how deep the river is wade in and see."

This proverb expresses the profound truth that if you want to find out what a man's disposition is all you have to do is to stay with him and you will soon find out.

---

4 연주창: 림프샘의 결핵성 부종인 갑상샘종이 헐어서 터진 부스럼.

"강이 얼마나 깊은지 알고 싶으며 물에 직접 들어가서 확인하라."

이 속담은 만약 어떤 사람의 기질을 알고 싶을 때 당신이 해야 할 일은 그와 함께 있는 것이고 그러면 곧 모든 것을 알게 된다는 심오한 진리의 표현이다.

32. 우이송경

If the Koreans want to say that a man will not listen to good advice or heed a timely warning, they say "He receives instruction into a cow's ear."

The keenest and neatest proverb that can be found in the whole list is the one which couches in the Korean words.

한국인들은 좋은 충고나 시기적절한 경고에 주의를 기울이지 않는 사람을 두고, "소의 귀로 배운다"라고 말한다.

전체 목록에서 가장 예리하고 깔끔한 속담은 한국어 어휘로 표현된 속담이다.

33. 녹비에갈월ᄌᆞ

"Nol Bi Kal Wol Cha."

This means by interpretation "The character *wol* written on deer's skin."

This Chinese character which the Korean call *wol* is 曰. Now this character written on a deer's skin illustrates a vacillating man who never makes up his mind, and whom anyone can easily influence.

Deer's skin when properly tanned is nearly like heavy chamois leather, very pliable and capable of being stretched in any direction. If a piece of deer's skin on which the character 日 is written be stretched vertically the character still become 日, which is quite different in meaning from 日. Then if it be stretched laterally it will assume its original shape. We venture to say that it would be difficult to find a more fitting simile for weak vacillating man, the character 日 is so thoroughly helpless and so thoroughly under the control of anyone who takes the piece of deer's skin in hand

　　"녹비갈왈자."

　　이 속담을 풀이하면 "사슴 가죽에 쓰인 '왈'wol 자"라는 의미이다. 한국인이 '왈'이라고 하는 한자는 日이다. 사슴 가죽에 쓰인 이 글자는 마음을 정하지 못하고 다른 사람의 영향을 쉽게 받는 우유부단한 사람을 나타낸다. 제대로 무두질된 사슴 가죽은 묵직한 새미 가죽과 같아 매우 유연하며 어느 방향으로 잡아 당겨도 늘어진다. 日 자가 쓰인 사슴 가죽의 한 부분을 수직으로 쭉 잡아당기면 그 글자는 日자가 되고 日과 日는 그 의미가 매우 다르다. 그런 후 옆으로 잡아 당기면 원래의 日자 모습을 띠게 된다. 감히 말하건대 약하고 우유부단한 사람을 나타내는데 이 보다 더 적합한 비유를 찾기 어려울 것이다. 글자 日은 속수무책으로 사슴 가죽을 쥔 사람의 통제를 철저히 받을 수밖에 없다.

34. 셩복후에약공론

"The apothecary filled out the prescription after the friends of the patient had assumed mourning."

This is another way of making the statement that the best of things is useless if it comes too late. This reference to the medical profession is what we might expect in Korea, for in days gone by Korea was famous for its achievements in that science.

"환자의 친구가 상복을 입은 후에야 약제사가 처방전을 낸다."

이것은 제아무리 좋은 것도 너무 늦으면 쓸모없다는 진술과 같은 표현이다. 이 속담에서 의료계를 언급한 것은 과거 한국이 이 분야에서 이룬 업적의 명성이 높기 때문이라는 것을 충분히 예상할 수 있다.

35. 말일코마구곳치다

Of the same tenor is the proverb "Mend the stable after the horse is lost," which has its exact counterpart among our own English proverbs.

같은 취지의 영어 속담으로 "말 잃고 외양간 고친다"가 있는데, 양국의 속담이 정확히 일치한다.

36. 누어츰빗앗트면졔게로써러져

Another inelegant metaphor which is as expressive as inelegant runs thus, "If a man spit straight up the spittle will fail back on himself," which corresponds somewhat to our expression "caught in his own trap" but has a broader meaning. It implies that the reflex influence of every mean and selfish deed is worse than its direct influence.

격은 떨어지지만 표현은 인상적인 다른 유사한 비유는 다음과 같다. "얼굴 위로 침을 뱉으면 그 침이 도로 자기 얼굴에게 떨어진다." 이 속담은 "자기 함정에 빠진다"라는 영어 표현과 어느 정도 일치하지만 그 의미는 더 넓다. 모든 비열하고 이기적인 행위의 반사적 영향은 직접적인 영향보다 더 심각하다는 것을 암시한다.

37. 누어덕먹기는눈에팟고물이나들지

"If you try to eat bread when lying down you get flour in your eyes."

There are several points about this proverbs that require explanation. In the first place there is no bread, properly speaking, in use among Koreans. They make a heavy dough of rice flour and boil it a little or broil it enough to brown the outside. It is sold in rolls about a foot long and an inch in diameter and each roll is heavily dusted with flour so that if a person were to try to eat it while lying down the truth of this proverb would become evident. It means that the man who is bent on finding everything in life pleasant and agreeable will be disappointed. Lying down is the easiest posture and eating bread is an agreeable occupation but the man who tries to enjoy both at the same time finds that it does not work. It has something of the meaning of our saying "Let well enough alone." It is commonly used of men who are trying to "take it easy" when they work or who are always looking for work which is both light and remunerative.

"누워서 빵을 먹으면 눈에 밀가루가 들어간다."

이 속담은 몇 가지 설명을 필요로 한다. 먼저 정확히 말하자면 한국인들은 빵을 먹지 않는다. 한국인들은 쌀가루로 두꺼운 반죽을 만들어 그것을 약간 삶거나 바깥 부분이 갈색이 되도록 충분히 굽는다. 그것을 약 길이 1피트, 직경 1인치 정도의 롤로 파는데, 각 롤에는 가루가 두껍게 발려 있어서 만일 어떤 사람이 누워서 먹으려고 하면 이 속담의 진리가 확연하게 드러날 것이다. 인생에서 즐겁고 편안한 것만 찾는 사람은 결국 실망한다는 의미이다.

눕는 것은 가장 쉬운 자세이고 빵을 먹는 것은 즐거운 일이지만 두 가지를 동시에 즐기고자 하는 사람은 원하는 대로 되지 않는다는 것을 알게 된다. 우리의 "현 상태에 만족하라"라는 격언과 어느 정도 의미가 같다. 이 속담은 일을 '쉬엄쉬엄하려고' 하거나 매번 쉬우면서도 보수가 좋은 일만 구하는 사람에게 흔히 사용된다.

38. 빈계신명

Of women who act in too masculine a manner and who arrogate to themselves some of the prerogatives of the other sex or who try to rule their husbands it is said "The hen crows."

여자가 지나치게 남자처럼 행동하고 남성의 몇몇 특권을 사적으

273

로 남용하거나 남편을 지배하고자 할 때 그런 여성을 두고 "암탉이 운다"라고 한다.

39. 염통밋헤쉬스ᄂᆞᆫ주로모로고손톱밋헤가시ᄂᆞᆫ안다

"Worms may eat away the heart without its being known but the prick of a finger calls for immediate attention."

This saying means the same and is fully as expressive as the old Arabian proverb, "Strain at a gnat and swallow a camel," but it also has referred to making clean "the outside of the platter." Superficial evils must be overcome even tho the heart is rotten.

"벌레가 심장 갉아먹는 것은 모르지만 손가락이 따끔거리면 바로 안다."

이 속담은 옛날 아라비안 속담인 "각다귀 잡겠다고 낙타를 삼키다[5]"와 그 의미가 같다. 두 속담의 표현 모두 매우 인상적이다. 그러나 한국의 속담은 또한 [요리에는 신경 쓰지 않고] 접시의 바깥부분만을 깨끗이 하는 것의 문제를 언급하고 있다. 심장이 썩어가고 있는 데도 겉으로 보이는 나쁜 부분만 해결하려고 든다는 것이다.

40. 글거부시럼되다

"Cut off a wart and it becomes a tumor."

In trying to get out of one difficulty one is likely to get into a

---

5 작은 일에 구애되어 큰일을 소홀히 하다.

greater one still. We have the exact counterpart of this in the expression "Jump from the frying-pan into the fire." The Koreans evidently subscribe to the doctrine that it is "better to bear the ills we have than fly to others that we know not of.[6]"

"사마귀를 자르면 종양이 된다."

하나의 어려움에서 벗어나고자 하는 과정에서 훨씬 더 힘든 다른 상황에 빠지게 된다. 이와 똑 같은 의미의 영어 속담으로는 "튀김 팬에서 불속으로 뛰어 들기"가 있다. 한국인들은 "알 수 없는 불행 속으로 뛰어들기보다는 현재의 불행을 참는 것이 더 낫다"라는 원칙을 따르는 것이 분명하다.

41. 군궤도 디리롤 쎄고먹어라

"Altho the crab is boiled pull off his legs and eat them first."

The Korean means by this that altho the crab is in all probability already dead yet by pulling off his legs you will absolutely insure his not escaping you. In other words it makes "assurance doubly sure."

"게가 익어도 먼저 다리를 떼고 먹어라."

한국인들에게 이 속담은 비록 게가 모든 가능성을 볼 때 이미 죽

---

6 셰익스피어의 『햄릿』 3막 1장의 햄릿의 대사이다.
"And makes us rather bear those ills we have
Than fly to others that we know not of?"
알지 못하는 저 불행들로 뛰어들기보다는
차라리 지금의 저 불행들을 참고 견디게 만드는구나.

었겠지만 그래도 다리를 떼어냄으로써 확실하게 게가 도망가지 못 하게 할 수 있다는 뜻이다. 다시 말하면 "거듭 확인하여 확실히" 하 는 것이다.

42. 산이크지아니면골도크지못히

"You can't have a large valley without first having a large mountain."

This is a rather neat way of saying that you cannot expect great things of a man of small caliber. No man will amount to much unless, as we commonly say, "it is in him."

> "큰 산이 먼저 있은 후에야 큰 골짜기가 있다."
>
> 이 속담은 그릇이 작은 사람에게서 큰일을 기대할 수 없다는 것을 매우 깔끔하게 표현한다.
>
> 흔히 말하듯이 "그에게 그런 자질이 있지" 않으면 그 사람은 큰일 을 해내지 못한다.

43. 고슴도치라도제주식이함함ᄒ단다

"Even the hedgehog claims that its young are smooth and graceful."

Can anything illustrate better the almost universal tendency in men to magnify the value of one's own things? To say the least of it there are few men who take-pains to show that their yachts or racers make poorer time than other people's, or that their parents are less successful or that their general importance in the community is less. On the other hand every man has to look out for himself for it is as true in Korea as everywhere else in the world that in the long run the public seldom respects a man much more than he respects himself.

"고슴도치도 제 새끼는 부드럽고 예쁘다고 주장한다." 이 속담보다 더 인간의 보편적 성향 즉 자기가 가진 것의 가치를 확대하고자 하는 경향을 더 잘 나타낸 것이 있을까? 간단하게 말하면 자신의 요트 또는 경주용차가 다른 사람들보다 더 느린 것, 혹 부모가 남들보다 성공하지 못한 것, 혹 지역 사회에서 다른 사람보다 영향력이 떨어지는 것을 굳이 말하는 사람은 드물다. 한편 만인은 스스로를 챙겨야 한다. 세계의 다른 모든 곳과 마찬가지로 한국에서도 자기 자신보다 더 자신을 존중해 줄 타인은 없기 때문이다.

44. 할계에언용무도리오
"Kill a bullock for a feast when a fowl would suffice."
This emphasizes the folly of making too much of a small thing. The result is not commensurate with means.

"닭이면 족할 잔치에 소를 잡다."
이 속담은 작은 것을 지나치게 중시할 때의 어리석음을 강조한다. 결과와 수단이 상응하지 않는다.

45. 싀우싸홈에고릭가죽다
"Two leviathans fight and even the whale is crushed between them." shows almost the irony of fate; one man crushes between two

others who are quarrelling.

An innocent man is injured by a quarrel between two other men, tho he himself is not a party of it.

> "두 리바이어턴[바다 괴물]의 싸움에 심지어 고래도 끼어 죽는 다"는, 싸움 중인 두 사람 사이에서 한 사람이 끼어 죽기 때문에 운명 의 아이러니를 보여준다. 무고한 사람이 싸움의 당사자가 아님에도 다른 두 사람의 싸움으로 다친다.

46. 동작에셔욕먹고셔빙고에셔눈흘겨

"The man who is insulted in 'Tongjagi waits till he gets to Sopinggo before he scowls back."

This proverbs reminds us of Uncle Remus and how careful bre'r rabbit was to put a good space between himself and bre'r fox before indulging in any "back talk." In Korea no river has the same name throughout its whole course but it has a different name in every district thro which is passes. These two places called Tongjagi and Sopinggo are contiguous districts along the Han river. The application is obvious.

> "동자기에서 욕 먹은 사람이 기다렸다 서빙고에 가서 눈을 흘긴다."
> 이 속담은 엉클 리머스(Uncle Remus)의 토끼군이 여우군에게 말 대꾸를 하기 전에 여우군과 충분한 거리를 두기 위해 얼마나 조심했 는지를 생각나게 한다. 한국에서는 어떤 강도 그 전체 강이 같은 이

름을 가지지 않고 강이 지나가는 각 지역마다 다른 이름을 가진다. 동자기와 서빙고로 불리는 곳은 한강이 흐르는 인접한 두 지역이다. 적용된 의미는 명백하다.

47. 호박시까셔흔입에늣타

The folly of the young man who squanders in one short month the earnings of year is epitomized in the humble but pithy saying "He shelled all his own seeds and then ate them at one mouthful."

한 달이라는 짧은 기간에 일 년치 벌이를 탕진하는 젊은이의 어리석음은 소박하지만 간결한 이 말로 요약된다. "가진 호박씨를 모두 까서 한 입에 털어 먹다."

48. 소금먹은놈이물켜다

"The man who eats the salt must drink the water" means that each person himself must suffer the result of the foolish things he does. It emphasizes what we call nature's retribution.

"소금 먹은 사람은 물을 마셔야 한다"라는 속담은 사람은 모두 자신이 한 어리석은 짓 때문에 고통을 받는다는 것을 의미한다. 이 속담은 소위 말하는 자연의 보복을 강조한다.

50. 작샤도방

"That is like building a house beside the road."

This proverb is quite lost on us except we look at it through Korean eyes. It means that when a man begins to build a house beside the road in the country every one that comes along stops and makes comments about the general plan of the house or the materials or the manner in which the work is being done, and offers suggestions as to changes which he thinks ought to be made, and the builder listens to the suggestions and keeps changing so often that he makes little or no progress in the work. This expression is one which Koreans make use of when people persist in giving unasked and undesired advice.

"길옆에 집을 짓는 것과 같다."

이 속담은 한국인의 눈으로 보지 않으면 우리에겐 큰 의미가 없다. 어떤 사람이 시골에서 길 옆에 집을 짓기 시작했을 때 지나가는 사람들이 모두 멈추어서 집의 전체 도안과 자재와 일 진행 방법 등에 대해 한마디씩 하고 변경해야 할 부분을 제안한다. 집 짓는 사람은 이 제안을 귀담아 듣고 계속해서 번번이 바꾸다보면 결국 일을 조금밖에 진척시키지 못하거나 아니면 전혀 진척시키지 못한다. 한국인들은 청하지도 원하지도 않은 충고를 고집스럽게 하는 사람을 두고 이 속담을 사용한다.

51. 호박꽃슬함박꽃시란다

"He makes believe that his gourd flower is a hyacinth."

The application of this proverb is evident. The Koreans plant gourds at every available point. It is not uncommon to see the vines completely covering a thatched roof, with immense white gourds hanging here and there. They are not used as food but are cut in two and the two halves are dried and used as dippers and ladles.

"박꽃이 히아신스인 척한다."

이 속담의 적용은 분명하다. 한국인은 가능한 모든 곳에 박씨를 심는다. 박넝쿨이 초가지붕을 완전히 덮고 커다란 하얀 박이 여기 저기 달려 있는 것을 쉽게 볼 수 있다. 박은 식용으로 사용하지 않고 두 개로 잘라 두 반쪽을 말렸다가 바가지와 국자로 사용한다.

52. 동냥은 못 주나마 쪽박조차 기트린다

"He not only did not give to the beggar but even broke his begging bowl."

This is applied to one who, asked to do a favor, responds by doing an injury. The bowl referred to is the ones which Buddhist priests carry to receive the offerings solicited[7] from door to door.

That the Koreans are no mean students of human nature is evinced by the following proverb.

"그는 거지에게 동냥을 주기는커녕 동냥 그릇을 부수었다."

이 속담은 호의를 베풀어 달라는 요청에 상처를 주는 것으로 대응하는 사람에게 적용된다. 속담 속의 그릇은 중들이 집집마다 돌아다

---

7 solicted(원문): solicited.

니며 애걸해서 받는 공양을 담는 것이다.

한국인들이 인간 본성을 잘 이해하고 있다는 것은 다음 속담으로 알 수 있다.

53. 중퇴식이동냥아니준다

"Never beg from a man who has once been a priest and has gone back to the world?"

The Buddhist monasteries are the only alms houses of Korea and all priests are beggars and so the proverbs means, "Do not beg from a man who has once been a beggar himself." It might be difficult to show just why a man who was once a beggar would not give to a beggar. It is a rather fine metaphysical problem. If it is true, it may be because a man whose self-respect was too small to prevent him from becoming a public beggar would not probably be generous enough to give to a beggar. It often happens that those people are the most intolerant of the misfortunes and mistakes of others, who have at some time been the victims of those same misfortunes and mistakes.

"한 때 중이었다, 환속한 사람에게는 절대 구걸하지 마라."

불교의 절은 한국에서 유일한 구빈원으로 모든 중들은 동냥을 한다. 이 속담은 "한때 거지였던 사람에게는 구걸을 하지 마라"는 뜻이다. 과거 거지였던 사람이 왜 거지에게 동냥을 주지 않는지 알기 어렵지만 이것은 매우 정교한 형이상학적인 문제이다. 이 말이 사실이라면, 공개적으로 거지가 될 정도로 자존심이 없는 사람이라면 거지에게 동냥을 줄 정도의 관대함도 없을 것이다. 간혹 이런 사람들은 타인의 불운과 실수를 제일 못 참는데 그것은 과거 자신들도 똑같은 불운과 실수의 희생자였기 때문이다.

54. 기발에편쟈

"What is the use of shoeing a dog."

A dog carries no burdens and so the expense of shoeing him would be quite thrown away. It is the equivalent of our "casting pearls before swine." This saying of ours would easily take root in Korea[8] judging from the abundance of both the objects which it mentions.

"개에게 신발을 신겨 주는 격"

개는 짐을 나르지 않기 때문에 개에게 신발을 신기는 것은 큰 돈 낭비이다. 영어의 "돼지 앞에 진주 던지기"와 같은 의미이다. 영어 속담에 언급된 두 대상이 한국에 많은 것으로 판단할 때 이 영어 속담은 한국에 뿌리를 쉽게 내릴 것이다.

55. 덩져와

"He is a toad in a well."

This is a more expressive than complimentary way of describing a dull man or an uneducated one. The shallowness and rough, irregular stoning of Korean wells makes this proverb much less far-fetched

---

8 원문의 글자 파악이 매우 어려우나 Korea로 유추된다.

than must seem at first sight to those who are accustomed only to the deep wells of the homeland. Korean wells are little more than springs roughly walled up and the surface of the water is often not more than three feet below with well curb.

> "우물 속 두꺼비."
>
> 이 속담은 칭찬하는 말이라기보다는 아둔한 사람 혹은 무식한 사람을 묘사한 인상적인 표현이다. 한국의 우물은 얕고 돌을 대강 불규칙하게 쌓아놓은 것에 불과하기 때문에, 고국의 깊은 우물에만 익숙한 이들에게는 첫눈에 보기보다 이 속담을 파악하기 힘들 것이다. 한국의 우물은 대강 벽을 쌓은 샘에 불과하고 물의 표면은 종종 우물 연석에서 아래로 3피트도 채 되지 않는다.

56. 살진사룸 부러워ᄒᆞ엿셔복고창된셰음이다

"He went and caught the dropsy out of envy for the fat man."

It does not tell why any one would ever envy a fat man for his obesity, but if we set aside this paradox for a time we will see that the proverb describes very pointedly those foolish people who sacrifice everything else for style, or those who having once set[9] their heart upon a thing are bound to get it at whatever cost.

> "그는 뚱뚱한 사람이 부러워 가서 수종에 걸렸다."

---

9 원문의 글자 해독이 매우 어려우나 once set으로 유추된다.

이 속담으로는 그 사람이 왜 뚱뚱한 사람의 비만을 부러워하는지 그 이유를 알 수 없다. 그러나 이 역설을 잠시 괄호로 하면 이 속담은 스타일을 위해 다른 모든 것을 희생하는 어리석은 사람 혹은 어떤 물건에 마음을 빼앗기면 어떤 대가를 치르더라도 반드시 손에 넣고 마는 사람을 매우 예리하게 묘사한 것이다.

57. 작점금척

"To find fault with the last inn."

It is customary in Korea for travellers to administer a mild rebuke to careless and inattentive inn-keepers by innuendo. Calling the negligent host, they began to tell him what miserable accomodations and service they found at the inn where they spent the previous night. Now a western inn-keeper would probably flatter himself that such remarks were called out by the contrast between the other inn and his own, but not so the Korean publican. He knows intuitively that his guest is striking him over the other inn-keeper's shoulder. This suggests the meaning of this saying. It means the same as our expression "To strike one person over another's shoulder."

"마지막 여관 헐뜯기."

한국에서 여행자들은 빗대는 말로 부주의하고 무신경한 여관 주인을 온화하게 꾸짖는 것이 일반적이다. 그들은 태만한 주인을 불러서 지난밤에 묵었던 다른 여관의 숙박시설과 서비스가 엉망이었다고 말하기 시작한다. 서양의 여관 주인은 여행자가 이런 말을 하는 것은 그의 여관과 다른 여관을 대조하기 위한 것이라고 생각하며 스스로를 자랑스러워할 것이다. 그러나 한국의 여관 주인은 그렇지 않다. 그는 직관적으로 손님이 다른 여관 주인의 어깨 너머로 자신을 때리고 있다는 것을 안다. 이것이 이 속담의 의미를 보여준다. 영어 속담의 "어떤 사람을 다른 사람의 어께 너머로 때리기[다른 사람의 책임감에 빗대어서 그 사람의 무책임함을 욕하기]"와 같은 의미이다.

Many Korean proverbs are drawn straight from nature, but few of them can claim the beauty and simplicity of the following.

한국 속담은 직접 자연에서 끌어낸 것이 많지만 다음 속담들만큼 그 아름다움과 소박함이 빼어난 것도 드물다.

58. 솔님이벗셕ᄒ때가랑닙흔홀말업다

"The aspen blamed the pine for rustling too loudly in the wind."

It is truly refreshing to find occasionally among the barren literature of the East such a real poetic gem as this. It loses nothing by being so short, as the violet loses none of its perfume when it closes at night. It brings before the mind a complete picture. An ancient and venerable pine spreads abroad its giant branches, a synonym of dignity and power, while the wind moving gently over it makes a soothing murmurs like the sound of distant surf. Near by grows a saucy little aspen the very type of fickleness and shallowness and effervescence, for a breeze that would hardly call a murmur from the pine makes its leaves flutter and turn as if each one was instinct with life and was bound to make as much disturbance as possible over a mere nothing. And the insignificant little aspen looks up and says "See here, old fellow, you are making too much noise up there." But we cannot stop to follow out the metaphor. It corresponds of course to the biblical figure of trying to cast the mote out of a brother's eye when there is beam in one's own.

"사시나무가 소나무 보고 바람에 너무 심하게 바스락댄다고 비난한다."

황량한 동양 문학에서 이렇게 시적인 보석을 발견하는 것은 매우 신선한 일이다. 밤에 제비꽃잎이 닫혀도 그 향기를 전혀 잃지 않듯이 이 속담은 매우 짧지만 그 의미는 풍부하다. 마음속에 완전한 그림이 떠오른다. 거룩한 오래된 소나무가 위엄과 힘의 동의어인 거대한 가지를 활짝 뻗고 있다. 소나무 위를 살랑살랑 지나가는 바람은 먼 곳의 파도소리처럼 달래듯 속삭인다. 소나무 옆에는 변덕스러움과 얕음과 잦은 흥분을 상징하는 샐쭉한 작은 사시나무가 자란다. 미풍은 소나무를 전혀 흔들지 못하지만 사시나무는 마치 각각의 잎이 삶의 본능인 것처럼 아무 것도 아닌 일에도 최대한 소란을 떨어야 한다는 듯이 잎을 펄럭이고 뒤집는다. 그리고 별 볼일 없는 작은 사시나무는 위를 쳐다보고 말한다. "이봐요, 노형, 거 참 너무 시끄럽군." 그러나 이 비유를 완전히 파악하기 위해 여기서 멈출 수 없다. 당연히 사시나무는 형제의 눈에 난 티는 보면서 자기 눈의 대들보는 보지 못하는 성경 속의 인물과 같다.

287

59. 호뮈로막을것가릭로못막뉸다

"You can mend with a trowel a little break in a dyke which you could not mend later with a shovel."

The meaning of this is abundantly plain to all those who are acquainted with eastern peoples and their method of cultivating rice. The dike is the farmer's first care. This corresponds to our "A stitch in time saves nine."

"모종삽으로 고칠 수 있는 논두렁의 작은 틈을 나중에는 삽으로도 고칠 수 없다."

이 속담의 의미는 동양 사람들과 논농사를 잘 아는 모든 사람들에게는 다분히 명확하다. 논두렁은 농부가 가장 신경 써야 할 부분이다. 이 속담은 영어의 "제때 뜬 한 땀이 아홉 땀을 아낀다"에 상응된다.

60. 거셕이홍안

"If you lift a heavy stone you must expect to get red in the face."

This emphasizes the fact that nothing great or useful can be done without strong effort and that if one desires to accomplish great things he must not be afraid to square himself to the work and get his hands soiled and get red in the face if need be. It must be confessed that this saying stands as a continual rebuke to a large number of the upper or privileged class in Korea.

"무거운 돌을 들어 올리면 얼굴이 붉어지는 것을 예상해야 한다."

이 속담은 많은 노력을 들이지 않으면 위대한 일 혹은 유용한 일을 결코 할 수 없다는 사실을 강조한다. 큰일을 이루고자 한다면 그 일에 온몸을 바쳐야 하고 필요하면 손이 더러워지고 얼굴이 붉어지는 것을 두려워해서는 안 된다. 이 속담은 한국의 대다수의 상류층 혹은 특권층을 질책할 때 꾸준히 사용된 속담임을 고백해야겠다.

61. 무호동중리작호라

"In those districts where there are no tigers the wildcats play at being tigers."

This means that where there are no powerful men the small officials strut about and make themselves very important.

"호랑이가 없는 곳에서 살쾡이가 호랑이 노릇을 한다."

이 속담은 권력자가 없는 곳에서 하급 관리들이 활보하며 매우 중요한 사람인 척하는 것을 의미한다.

62. 거렁이제자루쌌다

"The mendicant priests broke each others begging bowls."

Koreans use this way of saying that a house divided against itself cannot stand. The begging priests carry bowls, in which to receive offerings of rice or of other articles.

A saying which, however flat it may seem to our ears, is particularly pleasing to the Korean runs thus:

"동냥중들이 서로의 동냥 그릇을 깬다."

한국인들은 같은 가족끼리 반목하는 집안은 잘 될 수 없다는 것을 나타낼 때 이 속담을 쓴다. 동냥중은 그릇을 가지고 다니면서 쌀 시주를 받거나 혹은 다른 물건을 시주받는다.

그러나 우리의 귀에는 아무리 밋밋하게 들릴지라도 한국인들에게는 특별한 즐거움을 주는 속담은 다음과 같다.

63. 며ㄴ리발뒤굽치닭의알갓다

"As he dislike his daughter-in-law he said she had a heel like an egg."

This does not imply that there is any great obloquy connected with an egg-shaped heel but it means that the man in question was bound to find fault because he was prejudiced and, being unable to pick any flaw in the woman he was driven to the statement that at any rate she had a heel like an egg which was just ambiguous enough to give vent to his spleen without making him overstep the bounds of truth. This saying is used to characterize those who are chronic, grumblers and who, if they can find no cause for fault-finding will invent one.

"며느리가 미우면 발뒤꿈치가 계란 같다고 한다."

이 속담은 계란 모양의 발뒤꿈치와 관련된 어떤 심한 나쁜 평이 있다는 의미가 아니라, 단지 문제의 그 사람은 편견을 가지고 있어 반드시 상대방의 허물을 찾아낸다는 뜻이다. 며느리의 허물을 찾을 수 없게 되자 어쨌든 며느리의 발뒤꿈치가 계란과 같다는 말을 하고 만다. 이 말은 진리의 경계를 넘지 않으면서 분통을 터뜨리기에 충분히 모호한 말이다. 이 속담은 허구한 날 불평하는 사람과 불평거리기 없으면 만들어서라도 하는 사람들의 특징을 나타내기 위해 사용된다.

64. 사랑흔개가발뒤굼치씨민다고

"The pet dog bit his master's heel."

It is needless to say that this is a synonym for gratitude, rewarding evil for good.

"귀여워하던 개가 주인의 발꿈치를 문다."

당연히 이 속담은 은혜를 선이 아닌 악으로 갚는 것과 유사한 표현이다.

65. 죽써먹은자리다

There is a great deal of meaning in the simple proverb "If you take a single spoonful of soup from the bowl it leaves no impression."

The amount remaining in the bowl is not apparently diminished. It corresponds closely with our saying "Rome was not built in a day." And it is an exhortation not to let the relative insignificance of a single day's or a single month's work lessen the earnestness of endeavor, for the aggregate result will not be insignificant.

"죽 한 숟가락 떠먹어도 표시나지 않는다"라는 이 단순한 속담 속에는 많은 의미가 담겨 있다. 그릇에 남아 있는 양은 눈에 띌 정도로 줄어들지 않는다. 영어 속담인 "로마는 하루아침에 세워지지 않는다"와 밀접한 관련이 있다. 단 하루 혹은 단 한 달의 작업이 상대적으로 하찮아 보여도 그 집적된 결과는 하찮지 않기 때문에 진심어린 노력을 계속 하라는 권고이다.

66. 됴죡지혈이다

"Like blood in a bird's foot."

This expression is a synonym of scarcity. When a Korean wants to emphasize the lack of any thing, especially of money, he makes use of these words which, it must be confessed, form a very sententious simile.

"새 발의 피"

이 표현은 부족함과 동의어이다. 한국인은 어떤 것 특히 돈의 부족을 강조할 때 매우 간결한 직유로 표현된 이 속담을 쓴다는 것을 밝혀야겠다.

67. 강철이가되는봄도흔가디각을도한가지다

"Where the meteor falls autumn is as fruitless as spring."

The Korean believe, with all other eastern peoples, that meteors are signs of evil and that where a meteoric stone falls the earth is blasted and all vegetation is consumed. They apply this metaphor to men who are always unfortunate and who always come to grief whatever be the project that they have on foot. Like the meteor he always brings misfortune and calamity with him. His coming is to be dreaded and shunned.

"별똥 떨어진 곳의 가을은 봄 마냥 열매가 없다."

동양의 다른 민족들과 마찬가지로 한국인은 별똥을 흉조로 여긴다. 별똥이 떨어지면 땅이 폭발하고 초목이 모두 불탄다고 생각하다. 한국인은 이 비유를 항상 운이 없고, 시작하는 일마다 항상 실패하는 사람에게 사용한다. 별똥처럼 그 사람은 불운과 재앙을 항상 동반하기 때문에 사람들은 그가 오는 것을 두려워하고 피한다.

68. 적반하장

"The thief instead of being beaten did the beating."

This refers to petty thieving only,[10] for robbery is a capital crime in Korea. This saying implies a reverse of the proper order of things and corresponds to our phrase "turned the tables" whose origin is much more obscure than that of the Korean.

"맞아야 할 도둑이 오히려 때린다."

강도짓은 한국에서 중범죄이기 때문에 이 속담은 좀도둑질만을 가리킨다. 이 속담은 일의 적절한 순서가 뒤바뀌는 것을 암시한다.

---

10 only for(원문): only, for; 문맥 상 쉼표가 필요하여 첨가한다.

한국 속담보다 그 기원이 훨씬 더 모호한 영어 표현인 "판세를 뒤엎다"와 상응한다.

69. 국슈믄돌줄도모ᄅᆞᆫ녀편늬가피안반나무린다

"The cook blames the table because he cannot pile the food high."

This saying is as full as meaning to a Korean as it is of obscurity to one unacquainted with Korean customs. In preparing a feast Korean cooks take great pains to pile each dish as heaping full as can possibly be done with safety. It is a mark of generous hospitality on the part of the host. If, then, the cook fails to pile the dainties high he simply proves himself unworthy of his place. If the articles of food seem to mock the cook's endeavors he is likely to say that it is because the table is uneven or that one of its legs is shorter than the others: anything to take the blame off his own shoulders. We mean approximately the same thing when we say "The workman finds fault with his tools."

"음식을 높이 쌓아올리지 못한 요리사가 식탁을 나무란다."

이 속담은 한국 관습에 익숙하지 않는 사람들에게는 그 의미가 명확하게 와 닿지 않겠지만 한국인에게는 정반대이다. 한국의 요리사는 잔치를 준비하면서 모든 접시에 음식을 가능한 한 높이 안전하게 쌓기 위해 무진 애를 쓴다. 이것은 주인의 후한 대접을 나타내는 표시이기 때문이다. 요리사가 음식을 높이 쌓아올리지 못하면 그는 요리사로서의 자격이 없다. 음식이 요리사의 노력을 조롱하는 것 같으면 그는 자기를 향한 비난을 피하기 위해서 식탁이 고르지 못하거나 한 식탁의 다리가 다른 다리보다 더 짧다고 말한다. 우리 속담의 "목수가 연장 나무란다"라는 표현과 거의 동일하다.

70. 거지잔채

"Even beggars sometimes feast their friends."

There is nothing to say about this excepting that it conveys the same meaning, but in rather more elegant phraseology, as our "Every dog has his day."

"거지도 가끔 친구를 대접한다."

이 속담에 대해 딱히 더 말할 것이 없다. 단 이 속담은 우리의 "개도 잘 나갈 때가 있다"라는 표현보다 더 우아하지만 그 의미는 동일하다는 것만 말하겠다.

71. 고기는 적더라도바다숯다은뒤룰본다

"Even the smallest fish makes a commotion in the farthest limits of the ocean."

It would seem from this that even the commonest of Koreans has some idea of the indestructibility of force. We say "How great a matter a little fire kindleth." Or, "Cast a stone in the water and the ripples will break upon the most distant shores."

"아무리 작은 물고기라고 해도 가장 먼 바다 끝을 요동치게 한다."

이 속담으로 보건대 가장 평범한 한국인이라도 누구도 짓밟을 수
없는 힘을 가지고 있다는 생각을 하고 있는 것 같다. 영어 표현으로
는 "작은 불씨 하나가 어떻게 큰 화재로 이어지는가?[11]" 혹은 "물속
에 돌을 던지면, 가장 멀리 떨어진 물가에도 잔물결이 인다"가 있다.

72. 곤알지고셩밋헤못가겟다

"He wouldn't walk under the city wall even with a load of rotten
eggs."

Now the city wall is a massive structure that centuries seem to have
but little effect upon and therefore the probability of its falling on one
who walks under it is infinitesimal. Again the value of a load of
rotten eggs is even less than the probability of the wall's falling. This
proverb therefore is a caricature of an extremely careful man, so
careful that he would not even carry a load of rotten eggs along
beside the city wall for fear of them being broken. This proverb
shows how large a part exaggeration plays in humor.

"그는 썩은 달걀을 가지고서도 도성 아래를 지나가지 않으려고
한다."

오늘날 도성은 수세기가 흘렀어도 거대한 구조물이라 그 아래를
지나가는 사람에게 무너질 확률은 극미하다. 또한 썩은 달걀 꾸러미
의 가치는 벽이 무너질 가능성보다 훨씬 더 적다. 이 속담은 썩은 달

---

11 How great a matter a little fire kindleth.(야고보서 3장 5절)

같이 깨어질까봐 성벽 옆을 지나려고 하지 않을 정도로 너무 조심스러운, 극도로 조심스러운 사람을 희화화한 것이다. 이 속담은 과장이 유머에서 얼마나 큰 역할을 잘 보여준다.

73. 곱비가길면듸듸겟다

"If you tether your horse with too long a rope he is bound to become entangled in it."

This is a warning as to the ultimate result of too great license. Give a man *carte blanche*, so far as morality goes, and the end can be seen from the beginning. All of which goes to show that the Koreans do not lack in *knowledge* however far they come short in *practice*.

"너무 긴 줄로 말을 묶으면 그 줄에 말이 걸리게 되어 있다."

이 속담은 지나친 방종이 낳을 수 있는 궁극적인 결과를 경계한다. 어떤 사람에게 도덕이 허락하는 한 '자유재량권'을 주어보라. 그러면 시작부터 그 끝을 알 수 있다. 이 속담은 한국인들은 '실천력'은 매우 떨어지지만 '지식'이 부족한 것은 아니라는 것을 보여준다.

74. 안밧긔도비흔다

"He plastered the wall inside and outside."

A man so ignorant that he is like a wall plastered inside and out so that there is no peephole whatever.

"그는 벽 안팎 모두 회반죽을 발랐다."

틈 구멍이 전혀 없이 안팎 모두 회반죽으로 칠한 벽처럼 지나치게 무지한 사람을 의미한다.

75. 원님이아젼의소매애드럿다

"The magistrate has retired into his major domo's sleeves."

Korean sleeves are immense and are used largely as pockets. The saying means that the major domo has such an amount of influence over his master that he has him "completely under his thumb" and is master of the situation. Of course the application of this has become general and is applied not only to magistrate.

"지방관이 도집사의 소매 속으로 물러난다."

한국의 소매는 아주 넓고 주로 주머니로 사용된다. 이 속담은 도집사가 주인보다 영향력이 더 커져서 주인을 "완전히 엄지손가락 아래에 두는[주인을 완전히 쥐고 흔드는]" 사태를 의미한다. 물론 이 속담은 지방관뿐만 아니라 모두에게 적용된다.

H. B. Hulbert.

H. B. 헐버트

개신교 선교사의 한국고전학과
한국의 고유문화

| 해제 |

제4부에 엮어놓은 논저들은 왕립아시아학회 한국지부 학술지와 헐버트가 창간한 영미정기간행물(*The Korea Review*) 등에 수록된 한국민담, 소설, 시가 관련 논저이다. 1897~1906년은 교회사적으로 보면, 한국의 정치적 대격변 속에서 교회가 전국 각지로 확장하며 크게 발전한 시기이다. 그들의 문서선교사업과 관련하여서도 각지로 부흥하는 학교교육을 위하여 각종 교과서류가 간행되었다. 또한 헐버트가 주관하는 영미정기간행물 *The Korea Review*가 창간되었으며, 왕립아시아학회 한국지부라는 학술단체가 1900년 창립되었다. 이와 관련하여 한국이 영어권 언론에 주목을 받으며 다수의 관련서적들이 출판된 계기가 일본의 한국에 대한 1905년 보호국화와 1910년 식민화였던 사정을 주목할 필요가 있다. 즉, 청일전쟁과 러일전쟁 이후 일본제국주의란 낯선 존재의 부상은 한국을 주목하게 한 큰 원동력이었던 것이다.

특히, 1905년의 정치적 사건은 서구인 한국관의 분화를 만드는 중요한 계기였다. 여기서 헐버트와 *The Korea Review*가 보여준 한국의 일본 보호국화에 대한 반대라는 입장은 당시로서는 매우 보기 드문 사례였다. 일본 보호국화를 찬성하는 케넌의 글을 비판한 인물이 바로 헐버트였다. 이렇듯 한국의 독립을 주장하고자 한 그의 논리는 정치적인 영역에 국한되는 것이 아니었다. 그 대상은 문화적인 층위에 있어서도 한국이 중국/일본과 분리된 독립적인 민족이란 사실을 증빙하고자 했기 때문이다.

중국/일본과 분리된 한국의 고유성을 말하고자 한 헐버트가 이 시기 다수의 한국문학론을 제출했다. 특히 한국의 고유성으로 표상되는 민간전승과 국문시가와 고소설에 관한 논저들은 1905년 이후 일본의 한국에 대한 보호국화에 대하여 맹렬한 반대란 정치적 입장을 보여주었던 그의 실천과 맞물리는 것이었다. *The Korea Review*에는 표면적으로 보면 중국적인 것으로 보이는 모습이지만 그 속에는 한국적 고유성이 있음을 논증하는 다양한 한국 문화론을 보여준다. 또한 1910년대 이후 게일을 비롯한 선교사들이 보여주는 한국적 고유성을 탐구도 함께 엮었다.

▋참고문헌

김승우, 『19세기 서구인들이 인식한 한국의 시와 노래』, 소명출판, 2014.
류대영, 『초기 미국선교사 1885~1910』, 한국기독교역사연구소, 2001.
류대영, 『한국 근현대사와 기독교』, 푸른역사, 2009.
이민희, 「20세기 초 외국인 기록물을 통해 본 고소설 이해 및 향유의 실제」, 『인문논총』 68, 2012.
이상현, 『한국 고전번역가의 초상』, 소명출판, 2013.

제1장

한국의 구술문화를 통해,
한국의 종교문화와 민속을 말하다
- 감리교선교사 헐버트, 「한국의 민담」(1902)

H. B. Hulbert, "Korean Folk-Tales," *Transactions of the Korea Branch Royal Asiatic Society* 1902.

헐버트(H. B. Hulbert)

▌해제 ▌

「한국의 민담」(1902)은 헐버트가 왕립아시아학회 한국지부 학술지에 게재한 한국설화에 대한 연구논문이다. 헐버트의 한국학은 한국의 고유성을 유가지식인의 한문전통이 아니라 한국의 구비문학 및 민간전승에서 찾고자 한 지향점을 보여준다. 예컨대, 당시 한국의 고대사에 관해 한반도 북방의 역사를 주목한 측면, 근대적 역사의 관점에서는 객관화할 수 없는 사료들, 단군을 비롯한 고대의 건국신화 및 구비전승의 세계를 역사 이전의 역사적 사료로 인식하는 측면 등은 당시 개신교 선교사를 비롯한 외국인들에게서는 쉽게 발견할 수 없는 모습이다. 비록 한국인의 한글문화와 민간전승의 세계를 주목한 외국인이 없었던 것은 아니지만, 헐버트처럼 한국의 역사 및 고유성을 논하기 위해 활용한 사례는 매우 드문 편이라고 말할 수 있다. 이렇듯 한국의 한글문화, 민간전승의 세계를 통해 중국/일본과 분리된 한국의 고유성을 규명하고자 한 그의 지향점이 예각화된 모습은 왕립아시아학회 한국지부 학술지 1호에서 보여준 게일과의 지면논쟁에서 발견할 수 있다.

「한국의 민담」에서 헐버트는 민속을 正史나 역사서가 다루지 않는 민족의 생생한 삶을 말해주는 중요한 연구대상으로 인식했으며, 한국민담을 유교, 불교, 샤머니즘, 전설, 신화, 일반 잡담한 이야기 등 6가지 유형화된 항목에 의거하여 설명하였다. 이러한 유형화 항목 및 서술은 한국설화에 관한 연구일뿐만 아니라, 한국 종교문화에 대한 연구가 구현된 것이기도 하다. 예컨대, 현세 사람들의 행위에 깊은 관심을 지닌 정치도덕인 유교, 한국인의 상상력과 정신세계에 깊은 영향을 준 불교문화, 샤머니즘의 여러 현상 가운데 정령신앙 등의 언급을 통해 그의 한국종교문화에 관한 깊은 관심과 인식을 엿볼 수 있다. 또한 세계종교라고 할 수 있는 유교, 불교라는 사상 자체보다 설화를 통해 구현된 양상, 한국적 정체성을 표상하는 샤머니즘에 대한 주목을 발견할 수 있다. 즉, 한국의 구비문화를 통해 한국의 민속과 고유문화를 찾고자 한 헐버트의 지향점이 배면에 깔려 있는 논문인 것이다.

┃ 참고문헌 ─────────

김승우, 『19세기 서구인들이 인식한 한국의 시와 노래』, 소명출판,
　　　 2014.

류대영, 『초기 미국선교사 1885~1910』, 한국기독교역사연구소,
　　　 2001.

류대영, 『한국 근현대사와 기독교』, 푸른역사, 2009.

이민희, 「20세기 초 외국인 기록물을 통해 본 고소설 이해 및 향유의
　　　 실제」, 『인문논총』 68, 2012.

이상현, 『한국 고전번역가의 초상』, 소명출판, 2013.

C. N. Weems, "Editor's Profile of Hulbert," *Hulbert's History of the
　　　 Korea* 1, London: Routledge & Kegan Paul, 1962.

Before beginning the discussion of Korean folk-lore it will be well to define the term or at least to indicate the limits within which the discussion will be confined; for folk-lore is a very ambiguous term, including, at one extreme, not only the folk-tales of a people but the folk-songs, superstitions, charms, proverbs, conundrums, incantations and many other odds and ends of domestic tradition which find no classification under other headings. Folk-lore is the back attic to which are relegated all those interesting old pieces of ethnological furniture which do not bear the hall-mark of history and are withal too ambiguous in their origin and too heterogeneous in their character to take their place down stairs in the prim order of the modern scientific drawing-room. But if we wish to feel as well as to know what the life of a people has been, we must not sit down in the drawing-room under an electric light and read their annals, but we must mount to the attic and rummage among their folk-lore and, as it were, handle the garments of by-gone days and untie the faded ribbon that confines the love-letters of long ago. Written history stalks across the centuries in seven-league boots, leaping from one great crisis to another and giving only a birds-eye view of what lies between; but folk-lore takes you by the hand and leads you down into the valley, shows you the home, the family, the every-day life, and brings you close to the heart of the people. It has been well said that the test of a man's knowledge of a foreign language is his ability to understand the jokes in that language. So I would say that the test of a man's knowledge of any people's life is his acquaintance with their folk-lore.

한국의 민속을 논하기에 앞서 먼저 민속의 용어를 정의하든지 아니면 최소한 이 글에서 한정되는 민속의 범위를 말하는 것이 좋을 듯하다. 민속은 매우 애매모호한 용어로 한쪽 끝에는 한 민족의 민담뿐만 아니라 민요, 미신, 주문, 속담, 수수께끼, 주술을 포함하고, 또한 민속이 아닌 다른 범주로 분류하기 어려운, 가정에서 전해지는 자질구레한 여러 가지 일들을 모두 포함하기 때문이다. 민속은 흥미롭고 오래된 민속지학적 가구의 조각들을 모두 모아둔 숨겨진 다락방과 같다. 이 조각들은 역사로 인정받지도 못하고, 기원이 너무 모호하고 그 성격이 너무 다양하여 현대 과학의 깔끔한 검증을 거친 응접실에 주요한 자리를 차지하지 못하여 다락방에 방치된 것이다. 그러나 만약 한 민족의 삶을 알고 싶을 뿐만 아니라 제대로 느끼고 싶다면, 응접실의 전등 아래에 앉아 연대기를 읽을 것이 아니라 다락방에 올라가서 그들의 민속을 뒤져야 한다. 말하자면, 지나간 시절의 의복을 만져보고 오래 전의 연애편지를 묶은 퇴색한 리본을 풀어보아야 한다. 기록된 역사는 한 번에 21마일을 가는 세븐 리그 부츠 (seven-league boots)[1]를 신고 수세기를 성큼 걷는 것이라 하나의 큰 사건에서 다른 사건으로 건너뛰고 그 사이에 있는 것들은 단지 조감 [鳥瞰]만 하는데 반해, 민속은 당신의 손을 잡고, 골짜기 아래로 인도하고, 집과 가족, 일상생활을 보여줌으로써 그 민족의 심장부 가까이로 데려간다. 어떤 사람의 외국어 지식의 정도는 외국어 농담을 이해하는 능력으로 판단할 수 있다는 말은 일리가 있다. 나는 어떤 사람의 한 민족의 삶에 대한 지식의 정도는 그 민족의 민속을 어느 정도 아는 지에 따라 판단할 수 있다고 말하고 싶다.

The back-attic of Korean folk-fore is filled with a very miscellaneous collection, for the same family has occupied the house for forty centuries and there never has been an auction. Of this mass of material I can, in the space allotted me, give only the merest outline, a rapid inventory, and that not of the whole subject but of only a single part—namely the folk-tales of Korea.

　한국 민속이라는 다락방은 매우 잡다한 수집품으로 가득하다. 왜

---

1 세븐 리그 부츠(seven-league boots): 옛날이야기인 엄지동자(Hop-o'-my-Thumb)
　에 나오는 한 걸음에 7리그(약 21마일)를 걸을 수 있다는 장화

냐하면 한 가족이 지금까지 4,000년 동안 같은 집에서 살면서 한 번도 집을 경매에 내 놓은 적이 없기 때문이다. 이 산더미 같은 수집품에서 내가 할 수 있는 것은, 나에게 할당된 공간에서, 모든 주제가 아닌 단일 주제, 즉 한국의 민담만을 간단하게 개관하고 빠르게 목록을 정리를 하는 정도이다.

For convenience we may group them under six heads. Confucian, Buddhistic, shamanistic, legendary, mythical and general or miscellaneous tales.

우리는 편의상 한국의 민담을 6개의 주제 즉 유교, 불교, 샤머니즘, 전설, 신화, 기타 일반 이야기로 나눌 수 있다.

Williams defines Confucianism as "The political morality taught by Confucius and his disciples and which forms the basis of Chinese jurisprudence. It can hardly be called a religion as it does not inculcate the worship of any god." In other words it stops short at ethical boundaries and does not concern itself with spiritual relations. The point at issue between Confucianism and Buddhism is that the latter affirms that the present life is conditioned by a past one and determines the condition in a future one, while Confucianism confines itself to the deciding of questions of conduct beginning with-birth and ending with death. It is to be expected therefore that, like Judaism in the days of its decadence, every probable phase and aspect of human life will be discussed and a rule of conduct laid down. This is done largely by allegory, and we find in Korea, as in China, a mass of stories illustrating the line of conduct to be followed under a great variety of circumstances. These stories omit all mention of the more recondite tenets of Confucianism and deal exclusively with the application of a few self-evident ethical principles of conduct. They all cluster about and are slavish imitations of a printed volume of stories called the O-ryun Hang-sil which means "The Five Principles of Conduct." This has been borrowed mainly from China and the tales it contains are as conventional and as insipid as any other form of Chinese inspiration. As this is a written volume which has a definite place in literature it may not perhaps be strictly classified as folk-lore but the great number of tales based on it, giving simple variations of the same thread-bare themes, have become woven into the fabric of Korean folk-lore and have produced a distinct impression, but rather of an academic than a genuinely moral character. Following the lead of this book, Korean folk-lore has piled example upon example showing how a child, a youth or an adult should act under certain given circumstances. These "five principles" may be called the five beatitudes of Confucianism and while their author would probably prefer to word them differently the following is the way they work out in actual Korean life.

(1) Blessed is the child who honors his parents for he in turn shall be honored by his children.

(2) Blessed is the man who honors his king for he will stand a chance to be a recipient of the king's favor.

(3) Blessed are the man and wife who treat each other properly for they shall be secure against domestic scandal.

(4) Blessed is the man who treats his friend well for that is the only way to get treated well oneself.

(5) Blessed is the man who honors his elders, for years are a guarantee of wisdom.

Then there are minor ones which are in some sense corollaries of these five, as for instance:

Blessed is the very, very chaste woman for she shall have a red gate built in her front yard with her virtues described thereon to show that the average of womanhood is a shade less virtuous than she.

*** Blessed is the country gentleman who persistently declines to become prime-minister even through pressed to do so, for he shall never be cartooned by the opposition — and, incidentally, shall have no taxes to pay!

Blessed is the young married woman who suffers patiently the infliction of a mother-in-law, for she in turn shall have the felicity of pinching her daughter-in-law black and blue without remonstrance.

** Blessed is the man who treats his servant well, for instead of being[2] squeezed a hundred cash on a string of eggs he will only be squeezed seventy-five.

윌리엄즈[3]는 유교를 "공자와 그 제자들이 가르친 정치적 도덕률로 중국 법률 제도의 근간을 이루며, 신에 대한 숭배를 주입하기 않기 때문에 종교로 부를 수 없다"고 정의한다. 달리 말해, 유교는 윤리적인 경계선를 넘기 전에 멈추고 영적인 문제에 관여하지 않는다. 유교와 불교의 차이점은, 불교가 과거의 삶이 현재의 삶을 결정하고 다시 현재의 삶이 미래의 삶을 결정한다고 확신하는 반면, 유교는 출생으로 시작해서 죽음으로 끝나는 행위의 문제를 결정하는 것에 국한된다. 그러므로 우리는 유교가 쇠퇴기의 유대교처럼 인간 삶의 모든 단계와 양상을 논의하고 행동 규범을 제시할 것을 예상할 수 있다. 유교의 행동 규범은 주로 우화로 제시된다. 중국과 마찬가지로 한국에서는 매우 다양한 상황에서 따라야 할 행동 지침을 예시하는 수많은 이야기가 있다. 이 이야기들은 유교의 난해한 교리 부분은 모두 생략하고 몇 가지 자명한 행동 윤리 규범을 적용한 것만 중점적으로 다룬다. 이 이야기들은 모두가 오륜행실도[五倫行實圖, O-ryun Hang-sil]이라는 다섯 가지 행동 규범을 담은 책에 나오는 이야기들을 맹목적으로 모방하는 데 그친다. 오륜행실도는 주로 중국에서 차용한 것이고, 그 속에 담긴 이야기는 중국에서 영감을 받은 다른 형태의 문물과 마찬가지로 인습적이고 지루하다. 오륜행실도는 문학

---

2 beeing(원문): being
3 윌리엄즈: Samuel W. Williams(1812-1884). 미국의 선교사 겸 중국학자이다.

에서 명확한 자리를 차지하는 책이기에 엄격히 분류하면 민속 범주에 속하지 않을 수도 있다. 그러나 오륜행실도에 기초를 둔 대다수의 이야기들은, 케케묵은 똑같은 주제들을 단순히 변형한 것에 불과하지만, 그것이 한국 민속의 짜임새 속으로 깊숙이 엮여 들어가 뚜렷한 흔적을 남겼다. 그러나 이 흔적은 진정으로 도덕적인 성격을 띤다기보다 이론적인 특성을 띤다. 한국 민속은 오륜행실도를 모범으로 삼아 아이나 청년 혹은 성인이 특정 상황에서 어떻게 행동해야 하는지를 보여주는 예들을 쌓고 또 쌓았다. 이 "오륜"은 유교의 오복[4]으로 불린다. 오륜행실도의 저자는 다른 식으로 표현하고 싶을지도 모르지만, 오륜이 한국의 실제 생활에서 작동하는 방식은 다음과 같다.

(1) 부모를 섬기는 자식은 그 자식들에게 섬김을 받을 것이니 복이 있을지라(父子有親).

(2) 왕을 섬기는 신하는 왕의 총애를 받을 기회를 가질 것이니 복이 있을지라(君臣有義).

(3) 서로에게 예를 다하는 부부는 가정불화가 없을 것이니 복이 있을지라(夫婦有別).

(4) 친구를 우대하는 자는 그것이 자신이 대접받는 유일한 길이니 복이 있을지라(朋友有信).

(5) 어른을 섬기는 자는 지혜의 보증서인 시간을 얻을 것이니 복

---

4 유교의 오복: 대체로 수(壽: 장수하는 것), 부(富: 부유한 것), 강령(康寧: 우환이 없이 편안한 것), 유호덕(攸好德: 덕을 좋아하고 즐겨 행하는 것), 고종명(考終命: 천명을 다하는 것)을 가리키는데, 문맥상 본문에서는 '오륜'을 유교의 오복으로 간주하고 있다.

311

이 있을지라(長幼有序).

그리고 어떤 의미에서 오륜의 당연한 귀결인 소규범들이 있는데, 그 예를 보자.

- 정숙하고 수절한 여인은 복을 받을 것이다. 열녀를 위해 집 앞에 홍문 즉 열녀문을 세우고 열녀의 미덕을 기록하여, 보통 여자들의 미덕은 열녀에 비하면 그 빛이 바랜다는 것을 보여줄 것이다.
- 영의정으로 지명을 받고서도, 끝까지 그 자리를 고사하는 지방에 사는 양반은 복을 받을 것이다. 그는 반대파의 조롱을 받지 않을 것이고, 대수로운 것은 아니지만, 세금을 내지 않아도 될 것이다.
- 시어머니의 구박을 인내심을 가지고 잘 참는 젊은 며느리는 복을 받을 것이다. 왜냐하면 그 며느리가 시어머니가 되면, 자신의 며느리를 시퍼렇게 멍이 들도록 꼬집어도 비난받지 않을 것이기 때문이다.
- 하인을 잘 대접하는 주인은 복을 받을 것이다. 하인이 주인의 계란 한 줄에서 100푼 대신 75푼만을 착복할 것이기 때문이다.

Korean lore abounds in stories of good little boys and girls who never steal bird's nests, nor play "for keeps," nor tear their clothes, nor strike back, nor tie tin pans to dogs' tails. They form what we may call the "Sunday-school Literature" of the Koreans and they are treated with the same contempt by the healthy Korean boy or girl as goody-goody talk is treated by normal children the world over.

한국의 민담은 절대 새둥지를 훔치지 않고, "절대로" 장난치지 않고, 옷을 찢지 않고, 말대꾸 하지 않고, 개꼬리에 깡통을 매달지 않는 착한 소년 소녀의 이야기로 가득하다. 이 이야기들은 소위 말하는 한국의 "주일 학교 문학"이다. 너무 교과서적인 이야기가 전 세계 정상적인 어린이에게 경멸을 받듯이 이런 식의 이야기들도 건강한 한국 소년 또는 소녀에게 경멸을 받는다.

While these stories are many in number they are built on a surprisingly small number of models. After one gets a little used to the formulae, the first few lines of a story reveals to him the whole plot including commencement, complications, climax, catastrophe and conclusion. For instance there is the stock story of the boy whose parents treat him in a most brutal manner but who never makes a word of complaint. Anticipating that they will end by throwing him into the well he goes down one dark night by the aid of a rope and digs a side passage in the earth just above the surface of the water; and so when he is pitched in headlong the next day, he emerges from the water and crawls into this retreat unknown to his doting parents who fondly imagine they have made all arrangements for his future. About the middle of the afternoon he crawls out and faces his astonished parents with a sanctimonious look on his face which from one paint of view attests his filial piety, but from another says "You dear old humbugs, you can't get rid of me so easily as that." Be it noted, however, that the pathos of this story lies in its exaggerated

313

description of how Korean children are sometimes treated.

이러한 이야기는 그 수는 많지만 그러나 이야기의 토대가 되는 모델은 몇 개 되지 않는다. 공식에 어느 정도 익숙해지고 나면 어떤 이야기의 첫 번째 몇 줄만 읽어봐도 발단과 전개, 절정, 파국, 결론에 이르는 전체 플롯을 알 수 있다. 예를 들면 부모에게 매우 잔혹하게 학대를 당하지만 결코 불평 한마디 하지 않는 소년을 다룬 상투적인 이야기가 있다. 결국 부모가 자신을 우물에 던질 것을 예상한 소년은 어두운 밤 밧줄을 타고 우물 안으로 내려가서 수면 바로 위의 땅에 작은 통로를 판다. 그리하여 그 다음날 머리를 거꾸로 한 채 우물에 빠졌을 때 물에서 나와, 노망난 그의 부모들은 모르는 통로로 기어들어간다. 그들은 그의 미래를 위한 일을 모두 했다고 생각하며 좋아한다. 오후 3시경 그는 그곳에서 나와 대경실색하는 부모를 신실한 척하는 얼굴로 마주한다. 어떻게 보면 그의 표정은 자식된 도리를 증명하지만 다르게 보면 "이 늙은 사기꾼들, 난 그렇게 쉽게 죽지 않아"라고 말한다. 이 이야기의 비애는 때로 한국 아동들이 당하는 학대를 과장해서 묘사한 것에 있음을 주목해야 한다.

We also have the case of the beautiful widow, the Korean Lucrece, who when the king importuned her to enter his harem seized a knife and cut off her own nose, thus ruining her beauty. Who can doubt that she knew that by this bold stroke she could retire on a fat pension and become the envy of all future widows?

한국의 루크레시아(Lucrece)[5]인 아름다운 미망인에 대한 이야기도 있다. 왕이 후궁이 될 것을 강요하자, 그녀는 자신의 코를 칼로 베어 그 미모를 파괴해 버린다. 그녀가 이 과감한 한 방으로 두둑한 연금을 받고 물러나 훗날 모든 미망인들의 선망이 된다는 사실을 미리 알았다고 누가 의심할 수 있으랴?

Then there was the boy whose father lay dying of hunger. The youth whetted a knife, went into his father's presence, cut a generous piece of flesh off his own thigh and offered it to his parent. The story takes no account of the fact that the old reprobate actually turned cannibal instead of dying like a decent gentleman. The Koreans seem quite unable to see this moving episode in more than one light and they hold up their hands in wondering admiration; while all the time the story is exquisitely ironical.

굶주림으로 죽어가는 아버지를 둔 소년이 있었다. 그 소년은 칼을 갈아 아버지 앞에 가서 자신의 허벅지 살 한 조각을 푹 베어 주었다. 이 이야기는 그 타락한 늙은 놈이 양반의 품위를 지키며 죽는 것이 아니라, 사실상 식인종으로 변했다는 사실을 전혀 신경쓰지 않는다. 한국인들은 이 감동적인 예화의 이면을 보지 못하는 듯하다. 그들은 이 이야기가 정교하게 반어적임에도 불구하고 두 손을 들어 소년의 효심에 찬사를 보낸다.

---

5 루크레시아(Lucrece): 그리스 여인으로, 콜리니아누스(Lucius Collanus)의 아내지만 섹스투스(Tarquinius Sextus)에게 강간당한 다음 자결한다.

There are numerous stories of the Lear type where the favorite children all deserted their parent, while the one who had been the drudge turned out pure gold. There is quite a volume of Cinderella stories in which proud daughters come to grief in the brambles and have their faces scratched beyond repair while the neglected one is helped by the elves and goblins and in the sequel takes her rightful place. But these stories are often marred by the callous way in which the successful one looks upon the suffering or perhaps the death of her humbled rivals.

애지중지한 자식들은 모두 부모를 버리고 허드렛일을 하던 자식이 보배로 밝혀지는 리어왕 류의 이야기는 무수히 많다. 오만한 딸들은 가시덤불에서 눈물을 흘리고 돌이킬 수 없을 정도로 얼굴에 상처를 입는 반면, 내쳐진 딸은 요정과 도깨비의 도움을 받아 정당한 자리를 차지하는 신데렐라 이야기를 다룬 책들이 꽤 있다. 그러나 이런 이야기들은 때로 성공한 딸이 이제 비천해진 자매들의 고통 혹은 죽음을 냉담하게 바라보기 때문에 그 가치가 퇴색된다.

A common theme is that of the girl who refuses to marry any other man than the one, perhaps a beggar, whom her father had jokingly suggested as a future husband while she was still a child. The prevailing idea in this kind of story is that the image once formed in a maiden's mind of her future husband is, in truth, already her husband, and she must be faithful to him. Such stories are a gauge of actual domestic life in Korea just *inversely* to the degree of their exaggeration.

흔한 주제는, 아직 어릴 때 아버지가 장래의 남편이라고 농담 삼아 말한 거지가 아니면 어느 누구와도 결혼하지 않겠다고 고집을 피우는 소녀 이야기이다. 이런 류의 이야기를 지배하는 관념은 처녀의 마음속에 장래 남편으로 자리 잡은 그 이미지가 이미 그녀의 남편이나 다름없고 그녀는 그런 그에게 충실해야 한다는 것이다. 이런 이야기들은 과장의 정도와는 '정반대'로 한국의 실제 가정생활의 단면을 보여준다.

Of course a favorite model is that of the boy who spends his whole patrimony on his father's obsequies and becomes a beggar, but after a remarkable series of adventures turns up prime minister of the country. And yet in actual Korean life it has never been noted that contempt of money is a leading qualification for official position.

물론 선호하는 모델은, 소년이 전 재산을 아버지의 장례식에 다 쓰고 거지가 되었지만 일련의 놀라운 모험 후에 영의정이 되어 나타난다는 이야기이다. 그러나 한국의 실생활에서는 돈에 대한 경멸이 공직의 주요 자격요건이라고 결코 말하지 않는다.

There is also the type of the evil-minded woman who did nothing but weep upon her husband's grave, but, when asked why she was inconsolable, replied that her only object was to moisten the grave with her tears so that grass would grow the sooner, for only then could she marry again!

또한 사악한 여인네 유형도 있다. 아무 것도 하지 않고 오로지 죽은 남편의 무덤에서 울기만 하는 여자에게 왜 그리 슬피 우느냐고 물어보았더니, 눈물로 무덤을 적셔 풀이 더 빨리 자라게 하기 위해서라고, 그래야만 재가할 수 있다고 대답한다!

Korea is rich in tales of how a man's honor or a woman's virtue was called in question, and just as the fatal moment came the blow was averted by some miraculous vindication; as when a hair-pin, tossed in the air, fell and pierced the solid rock, or when an artery was severed and the blood ran white as milk, or when the cart which was to carry the loyal but traduced official to his execution could not be moved by seven yoke of oxen until the superscription ''Traitor'' was changed to "Patriot."

한국에는 남편의 명예 혹은 아내의 미덕이 의심을 받다가 최후 순간에 기적처럼 어떤 증거물이 나타나 불운을 피하게 된다는 식의 이야기들이 많다. 비녀를 공중으로 던졌더니 땅에 떨어지면서 단단한 바위를 뚫었다거나, 동맥을 잘랐더니 우유처럼 흰 피가 흘러 나왔다거나, 모함을 받은 충신을 형장으로 끌고 가는 수레가 7마리의 황소에도 꿈쩍하지 않더니 '역적'이라는 표지가 '충신'으로 바뀌자 그때

서야 움직였다는 식의 이야기들이다.

These are only a few of the standard models on which the
Confucian stories are built, but from these we can judge with fair
accuracy the whole. In examining them we find in the first place that
they are all highly exaggerated cases, the inference apparently being
that the greater includes the less and that if boys and girls, youths and
maidens, men and women acted with virtue and discretion under
these extreme circumstances how much more should the reader do so
under less trying conditions. But the result is that, as Confucianism
proposes no adequate motive for such altruistic conduct and provides
no adequate penalty for delinquency, the stories are held in a kind of
contemptuous tolerance without the least attempt to profit by them or
apply them to actual conduct. This tendency is well illustrated in
another phase of Korean life. When asked why his people do not
attempt to emulate the example of the West in industrial achievements
the Korean points to the distant past and cites the case of Yi Sun-sin,
who made the first iron-clad man-of-war mentioned in history, and
says "See, we beat you at your own game," and he actually believes
it, though the Korea of to-day does not possess even a fourth-class
gunboat! Even so they point to these fantastic tales to illustrate the
moral tone of Korean society when, in truth, these principles are
practically as obsolete as the once famous Tortoise Boat. As proof of
this I have merely to adduce what we all know of the readiness with

319

which the Korean takes unfair advantage of his neighbor, the general lack of truthfulness, the absence of genuine patriotism, the chaotic state of public and private morals, the impudence of the average Korean child and the exquisite cruelty with which maimed animals are treated.

이런 류들은 유교적 이야기들의 토대가 되는 몇 개의 표준 모델에 불과하지만, 이를 통해 우리들은 상당히 정확하게 전체를 판단할 수 있다. 조사를 해보면, 우선 그 이야기들이 모두 매우 과장된 예라는 것을 알 수 있다. 더 큰 것은 더 적은 것을 포함한다는 것과, 이러한 극단적인 상황들에서 소년 소녀, 총각 처녀, 남편 아내가 덕망 있고 분별력 있게 행동했다면, 그보다 덜 힘겨운 상황에 있는 독자들은 훨씬 더 많은 것을 해야 한다는 것을 명백히 추론할 수 있다. 그러나 결과는 그렇지 않다. 유교는 그와 같은 이타적인 행위에 적절한 동기를 제시하지 않고, 비행에 대해서도 적절한 응징을 하지 않기 때문에 한국인들은 이런 이야기들에서 유익함을 얻거나 실제 행동에 적용하고자 하는 최소한의 노력을 기울이지 않고 일종의 거만한 관용의 태도로 이 이야기들을 붙잡고 있다. 이러한 경향은 한국인의 삶의 다른 측면에서도 잘 나타난다. 한국인들에게 왜 서구의 산업화가 이룬 업적의 예를 따라가려고 하지 않느냐고 질문하면, 그들은 먼 과거를 가리키며 역사상 최초로 철갑선을 만든 이순신의 사례를 거론하며 "자, 우리 것이 더 뛰어나지"라고 말하고 실제로 그렇게 믿는다. 오늘날의 한국은 4급짜리 포함[砲艦]도 갖추고 있지 않는데 말이다! 한국인들에게 이러한 규범들이 사실상 한때 유명했던 거북

선만큼이나 케케묵은 것임에도 불구하고 그들은 한국 사회의 도덕
성을 예시하기 위해 이러한 환상적인 이야기를 들먹인다. 이에 대한
증거로 우리 모두가 한국인에 대해 아는 사실—이웃에 대한 거침없
는 악용, 전반적인 진실성 부족, 진정한 애국심의 부재, 공적·사적 도
덕의 무질서 상태, 한국 일반 아동들의 무례함, 불구가 된 동물에 대
한 잔혹한 학대—을 제시한다.

In the second place it should be noted that while the models given
in the O-ryun Hang-sil are mostly from the Chinese, yet a great many
of the tales which are based on these and which pass from mouth to
mouth are purely Korean in their setting. The Confucian imprint is
there, but translated into terms of Korean life and feeling.

주목해야 할 두 번째는 오륜행실도의 모델들은 주로 중국에서 왔
지만 이 모델에 토대를 두고 입에서 입으로 전해지는 상당수 이야기
들은 순수 한국을 배경으로 한다는 점이다. 유교의 각인은 남아 있
지만 한국적 삶과 감정의 말로 번역된다.

A third point of importance is one that we have already hinted at in
stating that the more recondite and esoteric ideas of Confucianism
are entirely waived aside and only the practical application is brought
to the fore. It is to this fact that we must attribute the virility of
Confucian ethics, as a code or standard, even though there be no
effort to live up to it. The ideas of filial affection, obedience to

authority, marital love, respect for age and confidence in friends are not merely Confucian, they are universal, and belong to every religion and to every civilization, and it is just because they are fundamental principles of all human society that they survive, at least as a recognized standard. They are axiomatic, and to deny them would be to disregard the plainest dictates of human reason. But let us return to our theme.

세 번째 중요한 점은 우리가 앞에서 이미 암시한 바 있듯이 한국에서 유교의 난해하고 심오한 이념들은 완전히 사라지고 전면에 부각된 것은 규범의 현실적 적용뿐이라는 것이다. 한국인들이 유교 윤리에 따라 살고자 노력하지 않는데도 불구하고, 우리가 한국에서 유교 윤리가 표준적 규범으로 강력하게 작동한다고 보는 것은 바로 이러한 사실 때문이다. 자식의 사랑, 권위에의 복종, 부부간의 사랑, 노인 공경, 친구간의 신뢰 등이 유교적이기도 하지만 또한 보편적인 이념으로 모든 종교와 모든 문명에 속한다. 이러한 유교 규범들이 최소한의 공인된 표준으로 계속 존재할 수 있었던 것은 그것들이 모든 인간 사회의 근본 원리이기 때문이다. 공리가 된 이 이념들을 거부하는 것은 인간 이성의 가장 자명한 상식을 무시하는 것과 같다.

These stories, as we have said, form the "Sunday-school" literature of the Koreans. They are taken much as Bible stories are in the west, namely by a select few on select occasions. Everybody knows about them and has a general knowledge of their contents just as every western child knows more or less about David and Goliath, Jonah and the whale, Daniel and the lions; but just as in the western nursery the Mother Goose Melodies, Cinderella, Jack the Giant-killer, Alice in Wonderland and the Brownies are more in evidence than religious stories, so in Korea the Dragon, Fox or Tiger story, the imp and elf and goblin story are told and listened to far oftener than stories illustrative of Confucian ethics.

앞서 말한 것처럼 오륜행실도와 관련된 이야기들은 서양의 주일 학교 문학의 한국판이다. 서양에서 성경이 특정 상황에서 특정한 이야기를 많이 인용하듯이 한국에서도 이 일화들은 그렇게 많이 인용된다. 서양의 모든 아이들이 많든 적든 다윗과 골리앗, 요나와 고래, 다니엘과 사자의 이야기를 알고 있듯이, 한국인 모두가 이 오륜행실도와 관련된 이야기와 그 내용에 대한 전반적인 지식이 있다. 그러나 서양의 아이들이 어미 거위, 신데렐라, 잭과 거인, 이상한 나라의 앨리스, 브라우니스 등의 자장가를 종교적인 이야기보다 더 좋아하듯이, 마찬가지로 한국의 아이들은 유교 윤리를 보여주는 이야기보다 용, 여우, 호랑이 이야기, 도깨비와 요정 이야기를 훨씬 자주 말하고 듣는다.

The second division of our theme deals with Buddhist tales in Korean folk-lore. Here we find a larger volume and a wider range. The reason for this is that as Buddhism is a mystical religion it gives a much wider play to the imagination; as it is a spectacular religion it gives opportunity for greater dramatic effect; as it carries the soul beyond the grave and postulates a definite system of rewards and punishments it affords a much broader stage for its characters to play their parts upon. The Confucian tales are shorter, for they are intended each to point a particular moral, and conciseness is desirable, but with the Buddhistic tales it is different. The plots are often long and intricate. The interrelation of human events in more carefully worked out and the interplay of human passions is given greater prominence, and so the story approaches much nearer to what we call genuine fiction than do the purely Confucian tales. In fact the latter are mere anecdotes, as a rule, and afford no stimulus to the imagination as the Buddhistic stories do.

우리 주제의 두 번째 항목은 한국 민속의 불교 이야기이다. 불교 이야기는 그 양이 더 방대하고 범위도 더 넓은데 그 이유는 다음과 같다. 불교는 신비적인 종교이기 때문에 상상력이 작동할 수 있는 공간이 훨씬 더 넓다는 점, 불교는 장엄[莊嚴]한 종교이기 때문에 더 큰 극적 효과를 낼 기회가 많다는 점, 사후에 영혼이 이동하고 확실한 보상과 처벌 체계를 가정하기 때문에 등장인물들이 제 역할을 할 수 있는 무대가 훨씬 더 넓다는 점이다. 유교적 이야기들은 특정 도덕의 핵심을 알리는 것이 목적이기 때문에 간결함을 지향하여 짧다. 그러나 불교적 이야기는 대체로 플롯이 길고 복잡하다. 인간사의 상호관계가 보다 치밀하게 작동하고, 인간의 감정 사이의 상호작용이 더 크게 부각되기 때문에 순전히 유교적인 이야기보다 소위 말하는 진정한 허구에 더욱 가깝다. 사실 유교적 이야기는 대체로 단순한 일화일 뿐, 불교적 이야기처럼 상상력을 자극할 여지를 주지 않는다.

Another reason why Buddhist stories are so common is that Buddhism was predominant in Korea for a period of over a thousand years and antedated the general spread of Confucianism by many centuries. Coming in long before literature, as such, had made any headway in the peninsula, Buddhism took a firm hold on all ranks of society, determined the models upon which the stories were built and gained an ascendency in the Korean imagination which has never been disputed. It is probable that to-day ten stories hinge upon Buddhism where one borrows its motive from Confucian principles. Buddhism entered Korea three or four centuries after Christ and it is not till near the middle of the Koryu dynasty, say 1100 A. D., that we hear of any rivalry between it and Confucianism. By that time Buddhism had moulded the Korean fancy to its own shape. It went deep enough to touch some spiritual chords in the Korean nature. Confucianism never penetrated a hair's breadth deeper than his reason; and so Buddhism, by the priority of its occupancy and by its deeper touch made an impression that Confucianism has not even begun to efface.

불교적 이야기가 대중화된 또 다른 이유는 불교는 1,000년 이상 한국을 지배했고 유교의 전반적인 확산이 있기 수 세기 전에 이미 한

325

국에 존재했기 때문이다. 문학다운 문학이 한반도에 들어오기 오래 전에 이미 불교는 사회의 모든 계층을 확실히 장악하고, 앞으로 나올 이야기의 모델을 결정하였으며, 지금까지 한 번도 이론[異論]이 제기된 적이 없는 한국적 '상상력'을 지배하였다. 오늘날 유교 규범에서 소재를 딴 이야기가 1개라면 불교는 10개일 확률이 높다. 불교는 서기 3, 4 세기경 한국에 들어왔고, 고려 왕조 중반인 1,100년 전까지는 불교와 유교 사이의 반목은 거의 없었던 것 같다. 이 시기 전에 불교는 이미 한국인의 상상력의 틀을 불교식으로 조형했다. 불교는 한국인의 어떤 영적인 심금을 울릴 정도로 한국인의 특성에 깊이 스며들었지만, 유교는 한국인의 이성만을 건드릴 뿐 그 이상은 조금도 파고들지 못했다. 그리하여 불교는 우위적 점유와 더 깊은 손길로 인해 한국인들에 깊은 각인을 남겼고 유교는 그것을 지우려는 시도조차 하지 못했다.

Another cause of the survival of Buddhist ideas, especially in Korean folk-lore, even after Confucianism became nominally the state religion, was that the latter gave such an inferior place to women. Buddhism made no great distinction between the sexes. The very nature of the cult forbids the making of such distinction, and Korean history is full of incidents showing that women were equal sharers in what were supposed to be the benefits of the religion. Confucianism, on the other hand, gave woman a subordinate place, afforded no outlet to her religious aspirations, in fact made child-bearing her only service. Confucianism is a literary cult, a scholastic religion, and women were debarred from its most sacred arcana. They retorted by clinging the more closely to Buddhism where alone they found food for their devotional instincts, albeit the superstition was as dark as Egyptian night. In this they were not opposed. Confucianism, the man's religion, seemed to fancy that by letting despised woman grovel in the darkness of Buddhism its own prestige would be enhanced. The fact remains that one of the most striking peculiarities of Korean society to-day is that while the men are all nominally Confucianists the women are nearly all Buddhists, or at least devotees of one or other of those forms of superstition into which Buddhism has merged itself in Korea. For instance, what would have become of the Buddhist monasteries had it not been for the Queens of the present dynasty? Even the last ten years give abundant evidence of the potent power of Buddhism in the female breast.

유교가 명색이 국교가 된 이후에도 불교 사상이 특히 한국의 민속에서 살아남을 수 있었던 또 다른 이유는 유교가 여성에게 매우 열등한 위치를 부여하기 때문이다. 불교는 남녀를 크게 구별하지 않는다. 불교의 본질은 그런 구분 짓기를 금한다. 한국사에는 여성도 불교의 혜택의 동등한 수혜자임을 보여주는 일화들이 많다. 반면 유교는 여성들에게 종속적인 위치를 부여하고 여성의 종교적 열망을 발산할 수 있는 출구를 전혀 허용하지 않으며 사실상 출산을 여성의 유일한 임무로 만들었다. 유교는 학문적인 제식, 스콜라적인 종교로 여성들에게 가장 성스러운 비문[祕文]에 대한 접근을 허용하지 않는다. 여성들은 불교에 더 매달림으로써 이에 반발하였다. 미신이 이집트의 밤만큼이나 사악한 것임에도 불구하고 여성들은 오로지 불교에서 그들의 종교적 본능을 채울 양식을 발견하였다. 남성의 종교인 유교는 천대받은 여성이 불교의 어둠 속에서 헤매도록 방치함으로써 자신의 특권을 강화할 수 있다는 환상을 가지는 듯했다. 오늘날 한국 사회의 가장 두드러진 특징은 남성들은 모두 명목상 유교도인 반면에 여성들은 거의 다 불교신자이거나 아니면 적어도 불교가 이런 저런 형태로 섞인 미신의 신봉자라는 사실이다. 예를 들면, 조선의 왕비들이 없었다면 불교 사원들은 어떻게 되었겠는가? 심지어지난 10년 동안 여성의 젖가슴에서 작동해온 불교의 강력한 힘을 보여주는 증거는 풍부하다.

But it is the mothers who mould the children's minds, and every boy and girl in Korea is saturated with Buddhistic or semi-Buddhistic ideas long before the Thousand Character Classic is taken in hand. The imagination and fancy have become enthralled and, while it is true that in time the boy is ridiculed into professing a contempt for Buddhism, the girl clings to it with a tenacity born of sixteen hundred years of inherited tendency. It is of course a modified Buddhism. The underlying fetichism which the Korean inherits from untold[6] antiquity has been so thoroughly mixed with his Buddhism that it is quite impossible to tell where the one leaves off and the other begins.

---

6 unt told(원문): untold

그러나 자녀의 정신적 틀을 조형하는 이는 바로 어머니들이다. 한국의 모든 소년 소녀들은 천자문을 손에 쥐기도 전에 불교 사상, 또는 유사 불교 사상에 흠뻑 젖게 된다. 그들의 상상력과 환상은 불교 사상에 사로잡히게 된다. 소년은 조만간 조롱을 받고 불교를 경멸한다고 공언하겠지만 소녀는 1600년 동안의 유전적 경향에 기인한 고집스러움으로 불교에 매달린다. 물론 이것은 변형된 불교이다. 한국인이 아주 먼 과거로부터 상속한 물신숭배의 기저는 너무도 철저하게 불교와 혼재되어 있어 어디가 물신숭배의 끝이고 어디가 불교의 시작인지 판단하기가 거의 불가능하다.

It must be borne in mind that we are speaking now of the common folk-tales and not the ordinary written literature of modem Korea. The formal writings of the past five centuries have been Confucian and the models have all been those of the Chinese sage but they are studied only by the select few who have mastered the ideograph. They are not for the mass of the people and mean even less to the common crowd than Shakespeare and Milton mean to the common people of England and America.

우리는 지금 대중적인 민담을 말하고 있는 것이지 근대 한국의 일반적인 저술 문학을 말하고 있는 것이 아님을 기억해야 한다. 지난 5세기 동안 공식적인 문헌은 유교문헌이었으며, 모두 중국 성현들을 모델로 하였다. 그러나 이 유교문헌을 접할 수 있는 사람들은 한자를 완전히 익힌 극소수의 선택된 사람들에 불과했다. 유교문헌들은

대다수의 일반 백성을 위한 것이 아니었고, 영국과 미국의 일반 대
중들이 셰익스피어와 밀턴을 접할 때보다도 그 의미하는 바가 많이
적었다.

There is one more important reason for the survival of the Buddhist
element in Korean folk-tales, and that is its strong localizing
tendency. The story plays about some special spot. It clings to its
own hallowed *locus* —just as[7] the story of William Tell, of King
Arthur or of Evangeline would lose half their value if made general
as to locality. It is because the Korean can lead you to a mountain side
and say "Here is where Mu-hak stood when he pronounced the fatal
words that foretold the Great Invasion," or show you the very tree,
now centuries old, that To-san planted — it is because of these definite
local elements that these tales are anchored firmly in the Korean
consciousness. Any Confucian story might have occurred anywhere,
in any age. Not so the Buddhist tale; it names the spot and tells the
day that saw the event take place and thus the interest is enhanced
four-fold. Old Diamond Mountain carries the burden of as many
tales of famous monks as it bears pines and the shoulders of old
Hal-la Mountain are shrouded in as heavy a cloak of Buddhist lore as
of driving mist from off the southern seas.

---

7 just as as(원문): just as

한국 민담에서 불교적 요소가 살아남은 한 가지 더 중요한 이유가 있다. 그것은 바로 불교의 강력한 현지화 경향이다. 불교적 이야기는 어떤 특별한 장소 부근에서 전개된다. 윌리엄 텔(William Tell), 아더 왕(King Arthur) 또는 에반젤린(Evangeline)의 이야기들이 지방색을 일반화하지 않음으로써 그 가치를 온전히 보존하듯이, 불교적 이야기는 성스러운 '장소'(locus)를 고수한다. 한국인은 당신을 산허리로 데리고 가서 "여기가 바로 무학(Mu-hak)대사가 임진왜란을 예언하는 운명적인 말을 선언했을 때 서 있었던 곳입니다" 라고 말하거나, 아니면 도선이 심은, 지금은 수백 년 된 바로 그 나무라고 하며 보여준다. 바로 이러한 명확한 지역적 요소가 있기 때문에 이러한 이야기들이 한국인의 의식에 확고히 자리를 잡을 수 있었다. 유교적 이야기는 장소와 시간에 상관없이 전개될 수 있다. 그러나 불교적 이야기는 그렇지 않다. 장소에 이름을 붙이고 그 사건이 발생한 날을 말함으로써 흥미가 이중 삼중으로 배가된다. 금강산에는 그 산의 소나무 숫자만큼이나 많은 명승[名僧]의 이야기가 있으며, 한라산의 어깨는 남해에서 밀려오는 안개만큼이나 무거운 불교 민담의 망토를 걸치고 있다.

If we are asked as to the style and make-up of the Buddhist story we can only say it is almost infinite in variety. What we may call the inner circle of Buddhistic philosophy seldom appears in these tales, but through them is constantly heard the cry for release from the bane of existence, and the scorn of merely earthly honors is[8] seen on every page. Well indeed might the women of Korea be willing, nay long, to sink into some nirvana and forget their wrongs. Buddhism is consistent in this, at least, that from its own standpoint it acknowledges the futility of mere existence and says to every man, "Now what are you here for?" There can be no manner of doubt that the pessimism of the Buddhistic cult appeals strongly to the great mass of the Korean people.

누가 우리에게 불교 이야기의 스타일과 구성에 대해 질문한다면 우리는 그 다양함이 거의 무한하다고 대답할 수밖에 없다. 불교 철학의 내부 핵심은 이야기에 거의 나타나지 않는다. 그러나 존재의 고뇌에서 벗어나라는 외침과 현세에만 속하는 영화를 조롱하는 것은 모든 이야기에서 일관되게 나타난다. 확실히 한국 여성들은 기꺼이, 아니 열렬히, 열반 상태에 들어가 그들이 받은 부당함을 망각하길 바랄 것이다. 아니 원할지도 모른다. 불교는 불교식 관점에서 일관성 있게 인간 존재의 공허함을 인정하고 모든 사람에게 "당신은 지금 왜 여기에 있는가요?" 라고 말한다. 불교 제식의 염세주의가 많은 한국 대중들에게 강한 호소력을 가진다는 것을 부정하기 어렵다.

The plots of the Buddhistic tales are too long to give in *extenso* but a few points can be indicated. In many of the stories the Buddhist monastery is the retreat to which the baffled hero retires and receives

---

8 in(원문): is

both his literary and military education and from which he sallies forth to overthrow the enemies of his country and claim his lawful place before the king.

불교식 이야기의 구조는 너무 장황하여 '상세하게' 설명하기 어렵지만 몇 가지 점을 지적할 수 있다. 여러 이야기에서 불교 사원은 곤란한 상황에 빠진 남자 주인공이 속세에서 물러나 글과 무술을 익히는 은둔지이다. 나중에 그는 절에서 빠져나와 나라의 적을 물리치고 왕 앞에서 자기의 적법한 자리를 요구한다.

Then again a monastery in the mountains may be the scene of an awful crime which the hero discloses and thus brings triumph to the right. There is no witch nor wizard nor fairy god-mother in Korea. It is always the silent monk who appears at the crucial instant and stays the hand of death with a potent but mysterious drug or warns the hero of danger or tells him how to circumvent his foes. Now and again, like Elijah of old, a monk dares to face the king and charge him with his faults or give enigmatic advice which delivers the land from some terrible fate. Often a wandering monk is shown a kindness by some boy and in after years by mysterious power raises him to affluence and power.

산속의 절은 끔직한 범죄의 현장이 될 수도 있다. 영웅은 이를 폭로하고 그로 인해 정의가 승리한다. 한국에는 마녀나 마법사도 없

333

고, 요정 대모도 없다. 대신 말없는 스님이 항상 결정적인 순간에 나타나 강력하지만 신비로운 약으로 죽음의 손길을 멈추게 하거나, 영웅에게 위험을 경고하거나, 적을 피하는 법을 가르쳐준다. 때로 스님은 옛날의 엘리야(Elijah)처럼 과감하게 왕과 대면하여 그의 잘못을 꾸짖거나 아니면 어떤 끔찍한 운명에서 나라를 구할 수 있는 수수께끼와 같은 충고를 한다. 때로 떠돌이 중은 어떤 소년에게 따뜻한 대접을 받고 몇 년 후에 신비한 능력을 발휘하여 그 소년을 부와 권력의 자리에 올라가게 만든다.

In these days one never connects the idea of scholarship with a Buddhist monastery but the folk-lore of the country abounds in stories in which the hero retires to a monastery and learns not only letters but the sciences of astrology and geomancy. And not only so but even military science seems to have been commonly taught in these retreats. In fact there are few of these tales in which the hero is not taught the science of war as well as the arts of peace. No other source of information tells us so much about the status of the Buddhist monastery in the middle ages as these same stories. While in Europe the monasteries were repositories of learning and culture, in Korea they went still further and taught the science of war as well.

오늘날의 사람들은 학문과 불교 사원을 연결하지 않지만, 한국의 민속에는 영웅이 절로 은둔한 뒤에 글뿐만 아니라 점성술과 풍수까지 배웠다는 이야기들이 많다. 그뿐만이 아니라 심지어 병술도 이

은둔지에서 흔히 배우는 듯하다. 사실 거의 모든 이런 이야기에서 영웅은 평화의 기술뿐만 아니라 병법을 배웠다고 전해진다. 이 이야기들이 중세 불교 사원의 지위에 대한 정보를 가장 많이 주는 자료라고 볼 수 있다. 유럽의 사원은 학문과 문화의 저장소인 반면에 한국의 절은 이보다 훨씬 더 나아가서 병법 또한 가르쳤다.

This, then, is the first and most important thing that Korean folk-lore has to tell us about Buddhism, namely its agency as a general educator. But in the second place these stories show the part that Buddhism has played in determining many of the phases of Korean life as seen to-day. Take for instance the penal code. The punishments inflicted on criminals are evidently copied from the representations of the Buddhist hell. Of course these, too, originated in the imagination and one may argue that the Buddhist hell was copied from the system of punishments in actual force in the country. Now we would expect to find, in any land, a gradual change in the forms of punishment during the centuries, but those in vogue to-day are such exact copies of the ancient Buddhist representations that we cannot but conclude that, even if the Buddhist hell was copied from actual custom, yet the crystalization of it into religious form has perpetuated the ancient and gruesome horrors and prevented the advent of humaner forms of punishment, commensurate with the general advance in civilization and enlightenment.

이처럼 한국 민속이 우리에게 시사하는 가장 중요한 점은 바로 전반적으로 불교가 담당하는 교육자로서의 역할이다. 그러나 두 번째로 중요한 점은, 오늘날에도 볼 수 있듯이 한국인이 삶의 여러 국면을 결정하는 데 불교가 역할을 했다는 것을 불교 이야기가 보여준다는 것이다. 형법전을 예로 들어보자. 범죄자에게 가하는 형벌은 분명히 불교에서 묘사한 지옥도의 복사판이다. 물론 이러한 형벌은 인간의 상상에서 나왔고 불교의 지옥은 그 나라에서 실제 행해지고 있는 형벌 제도를 모방한 것이라고 주장할 수도 있다. 오늘날 우리는 어떤 나라이든 수세기가 지나면 형벌 제도의 점진적 변화를 예상하게 된다. 그러나 오늘날 행해지는 형벌 제도는 고대 불교에서 그린 것의 정확한 복사판이다. 불교의 지옥이 실제 관습을 복사한 것이라고 할지라도 종교적 형태로의 고정화는 고대의 끔찍한 공포를 영속화하고 문명과 계몽의 전반적인 발전에 상응하는 보다 인도적인 형벌 형태의 발생을 방해했다는 결론을 내리지 않을 수 없다.

Another mark that Buddhism and Buddhistic stories have left upon the Korean is his repugnance to taking the life of an animal. To make blood flow is beneath the dignity of any decent man and though Buddhism has been politically under the ban for five centuries the butcher has, until very recently, counted with the *Chil-ban* or "seven kinds," which include mountebanks, harlots, slaves and sorcerers. Yet this repugnance to taking animal life does not prevent the most revolting cruelty to animals of all kinds. Were it possible within the limits of this paper, many other points might be cited showing how

Buddhistic lore has tended to perpetuate ideas which are not only outside the Confucian system but virtually antagonistic thereto.

불교와 불교적 이야기가 한국인에게 남긴 또 다른 흔적은 살생에 대한 혐오이다. 피를 보는 것은 점잖은 사람의 체면을 손상시키는 것이었다. 비록 불교가 5세기 동안 정치적으로 금지되었지만 도살자는 얼마 전까지만 해도 협잡꾼, 매춘부, 노비, 점쟁이 등이 속하는 '칠반'(Chil-ban, seven kinds)의 계층에 속하는 것으로 간주되었다. 그러나 살아있는 동물의 생명을 빼앗는 것을 혐오함에도 불구하고 모든 종류의 동물을 가장 잔혹하게 학대하는 것을 막지 못한다. 지면만 허락한다면 불교적인 설화가 유교 체계 밖에 있을 뿐만 아니라 사실상 유교와 적대적인 사상을 어떻게 영속화했는지를 예를 들어 보여 줄 수 있었을 것이다.

And this brings us to our next point, the antagonism between Buddhism and Confucianism. All during the Koryu dynasty, 918 − 1392 A. D., there was kept up a bitter fight between the adherents of the two cults. In those days no one was both a Confucianist and a Buddhist, as is the fashion today. There was a clear line of demarcation, and sanguinary struggles took place, in which Buddhism was uniformly successful. Yet there was always left the nucleus of an opposition, and in the end, when Buddhism had dragged the nation in the mire and made her contemptible, the Confucian idea came to the top and at one bold stroke effected, at least on the surface of things, one of the most sweeping changes that any people has ever seen, comparable with the French Revolution. Now this long and desultory struggle between the systems could not but leave indelible marks on the folk-lore of the people and a volume could be filled with tales illustrating in detail the success now of one side and now of the other. Once when the Confucian element prevailed and the Buddhist Pontifex was condemned to death he foretold that when his head fell his blood would run white like milk to vindicate his cause. It was even so, and his executors bowed to the logic of the miracle and reinstated the despised cult. Again a raven was the bearer of a missive to the King bidding him hasten to the queen's quarters and shoot an arrow through the zither case! He obeyed and found that his weapon had taken effect in the breast of the Buddhist High Priest, hidden behind it, who had taken advantage of the king's temporary absence to attack his honor. Then again there were wordy battles between celebrated exponents of the two systems in which the honors rested now with one side now the other. In one instance a test was made to see whether Confucian or Buddhistic principles were better able to control the passions. A celebrated Confucian scholar and a noted Monk were subjected to the seductions of a courtezan, with the result that Confucianism scored a notable victory.

자연스럽게 다음의 논의점인 불교와 유교의 반목으로 넘어간다. 고려 왕조(918-1392) 내내 불교와 유교의 신봉자들 사이에는 격렬한 싸움이 계속되었다. 그 당시는 오늘날의 유행과 달리 유교도이면서 동시에 불교도인 사람은 없었다. 유교와 불교 사이에는 명확한 분계선이 있었고, 유혈 투쟁이 발생했지만 그때마다 불교가 항상 승리했다. 그러나 항상 갈등의 씨앗은 남아 있었다. 불교가 국가를 도탄에 빠뜨리고 멸시받는 국가로 전락시키자 유교 사상이 부상하였다. 유교는 단 일격에 적어도 겉으로 보기에는 프랑스 대혁명에 견줄 만큼 철저하게 사회를 변화시켰다. 두 체제 간의 기나긴 산발적인 싸움은 한국인의 민속에 지울 수 없는 표식을 남길 수밖에 없었다. 어떤 책은 한 번은 이쪽의 성공을 한 번은 저쪽의 성공을 상세하게 예증하는 이야기들로 가득했다. 일단 유교적 요소가 우세하여 불교의 대신관이 처형을 당하게 되자, 대신관은 자신의 머리가 땅에 떨어질 때 목에서 흰 피가 흘러나와 자신의 주장이 옳았음을 입증할 것이라고 예언했다. 그의 예언이 적중하자 그를 처형하고자 했던 이들은 기적의 논리에 무릎을 꿇고 경멸했던 불교 제식을 복권시켰다. 한편 편지를 품고 갈까마귀는 왕에게 서둘러 왕비의 처소로 가서 가야금이 들어 있는 통을 활로 쏘도록 했다. 왕이 지시대로 한 후 그는 화살이 가야금 통 뒤에 숨어 있던 불교 최고지도자의 가슴에 박힌 것을 알게 되었다. 불교 최고지도자는 왕이 잠시 없는 틈을 타서 왕비를 공격하기 위해 숨어 있었던 것이다. 또한 불교와 유교의 명망 있는 지도자들 사이에 말다툼이 일어난 적이 있었는데 그들은 승리를 주거니 받거니 하였다. 한 번은 인간의 욕망을 더 잘 통제하는 것이 유교적 원리인지 불교적 원리인지 알아보는 시험을 했다. 저명한 유학자와 유명한 고승이 고급 창녀의 유혹을 받는 시합이었는데 결과는 유교의 대승이었다.

So far as our limited investigation goes it would seem that in these contests between Confucianism and Buddhism Korean folk-lore gives a large majority of victories to the latter. This would indicate that Buddhism made far greater use of folk-tales to impress itself upon the people than did Confucianism. The latter is the more conservative and reasonable of the two cults but Buddhism chose the better or at least the surer part by capturing the imagination and monopolizing the mystical element which is so prominent in oriental character.

우리의 제한된 연구에 의하면, 한국 민속은 유교와 불교의 이러한 경합에서 대부분 불교에 승리를 주었다. 이것은 불교가 유교보다 민 담을 훨씬 더 잘 이용하여 백성들에게 불교를 각인시켰다는 것을 의 미한다. 유교는 불교보다 더 보수적이고 합리적이다. 그러나 불교는 백성들의 상상력을 장악하고 동양의 두드러진 특징인 신비적 요소 를 독점화함으로써 더 나은 혹은 적어도 더 확실한 쪽을 차지했다.

But the time came when Confucianism usurped the place of power and Buddhism went to the wall; by which we do not mean that the latter was destroyed nor even that its hold upon the masses was really loosened; but Confucianism became the state religion, and the Buddhist priest became officially an outcast. From that time, five centuries ago, there has never been a blood feud between the two. Confucianism, having secured control of all temporal power, cared little what Buddhism did in the moral sphere. So we find that the two systems became blended in the Korean consciousness, in so far as the antipodes can blend. This also has left its mark upon Korean folk-lore. The longest and most thoroughly elaborated stories in Korea show Buddhism and Confucianism hand in hand. For instance a boy in the filial desire to save the life of his dying parent has a dream in which a venerable monk appears and tells him that in a certain monastery in India there is a medicine that will cure the patient. The Buddhist spirits waft him on his way, shield him from the dangers of the "Ether Sea" and bring him back to the bedside of his expiring parent just in time to save his life. We here see that the *motive* is Confucian, the *action* Buddhistic. The ethical element is supplied by Confucianism the dramatic element by Buddhism. Sometimes a story begins with Confucianism, drifts into Buddhism and thence into shamanism or even pure animism and then by devious courses comes back to its original Confucian type.

유교가 권력의 자리를 찬탈하고 불교가 궁지에 몰리게 되는 때가 왔다. 그렇다고 해서 불교가 파괴되거나 심지어 대중 장악력이 실제로 느슨해졌다는 의미는 아니다. 그렇지만 유교는 국교가 되었고 불교 사제는 공식적으로 추방되었다. 5세기 전부터 두 종교 사이의 혈투는 없었다. 유교는 모든 세속적 권력을 장악하자 불교가 도덕 영역에서 무슨 일을 하든 개의치 않았다. 그래서 두 종교는 한국인의 의식에서 혼재하였다. 이 또한 한국의 민속에 표식을 남겼다. 가장 길고 가장 공을 들인 설화들은 한국의 불교와 유교가 서로 손을 잡았음을 보여준다. 예를 들면, 자식으로서 죽어가는 부모의 생명을 살리고자 원했던 한 소년의 꿈에 명승이 나타나 인도의 어떤 사원에 가면 부모의 병을 낫게 해 줄 약이 있다고 말한다. 불교 정령들은 그를 두둥실 태우고 가고, "에테르해(Ether Sea)"의 위험에서 그를 보호해 주고, 숨이 넘어가기 직전의 부모의 침실에 제 시간에 맞게 도로 데리고 와 부모의 목숨을 살릴 수 있게 한다. 여기서 우리는 '동기'는 유교적이지만 '행동'은 불교적임을 알 수 있다. 유교는 윤리적 요소를, 불교는 극적인 요소를 담당한다. 때로 어떤 이야기는 유교로 시작하여 불교로, 샤머니즘으로 혹은 심지어 순수 애니미즘으로 표류하다, 다시 우회로를 거쳐 원래의 유교적인 유형으로 되돌아온다.

Such tales as these are extremely popular and the reason is not far to seek. The blending of the two ideas gives greater opportunity for the working out of a plot, the story is longer and more complete, while at the same time the dual religious sense of the Korean is better satisfied. If we leave this part of our theme at this point it is not because it is exhausted, but because a paper like this can hope to give at best only a hasty glance at a subject that requires a volume for its proper discussion.

이와 같은 이야기들이 매우 성행한 이유는 어렵지 않게 찾을 수 있다. 불교와 유교 사상의 혼합으로 플롯이 해결될 기회가 많아졌고, 스토리는 더 길어지고 보다 완벽해졌다. 동시에 한국인의 이중

종교 의식을 더 충족시킬 수 있었다. 이 정도에서 이 주제를 끝내는 것은 논의할 것이 소진되어서가 아니다. 이 주제를 제대로 논의하기 위해서는 책 한권이 필요하기 때문에 여기서는 대충 개관하는 것으로 만족해야 할 듯하다.

We will pass on, therefore, to the shamanistic stories in Korean folk-lore. Under this head I include all tales which hinge upon shamanism, fetichism, animism and the like. In other words, the stories which appeal to the basic religious element in the Korean. Before he was a Confucianist, before he was a Buddhists he was a nature worshipper. True enough the Buddhist monk could scare him with his pictures of a physical hell but it was nothing to the fear he had of the spirit that dwells in yonder ancient tree on the hill-side. The Confucianist could make the chills run up and down his back by a recital of the evil passions of the heart but it was nothing to the horror which seized him when in the middle of the night a weasel overturned a jar in the kitchen and he felt sure that a *tok-gabi* was at his wierd work among the *lares* and *penates*. The merchant would not be moved by a Confucian homily on the duty of fair-dealing with one's fellow-men but he would spend all day spelling out a luck day from the calendar on which to carry out a plan for "doing" an unwary customer. Countless are the stories based upon these themes. The spirits of the mountain, stream, tree, rock or cave play through Korean fiction like the fairy, goblin or genius through the pages of the Arabian Nights.

　　이제 한국 민속의 샤머니즘적인 이야기로 넘어가겠다. 나는 이 항목 아래에 샤머니즘, 물신숭배, 애니미즘, 이와 유사한 모든 이야기를 포함한다. 즉, 기본적인 한국인의 종교적 요소에 호소하는 이야기들을 다룬다. 한국인은 유교도나 불교도이기 이전에 자연 숭배자였다. 불교의 수도승이 생생한 지옥도를 보여주며 사람들에게 겁을 주는 것은 사실이지만, 이것은 산 위의 고목에 깃들여있는 혼령 이야기가 주는 공포에 비하면 아무 것도 아니다. 유교도는 가슴 속의 사악한 열정을 이야기하면서 등골이 오싹할 수도 있다. 그러나 이것은 한밤중 족제비가 부엌에서 그릇을 넘어뜨려 달그락거릴 때 '도깨비'가 지금 '가정의 수호신들'(lares and penates) 가운데서 이상한 짓을 벌이고 있다고 확신하는 순간에 사로잡히는 공포에 비하면 아무 것도 아니다. 상인은 동료와 정당한 거래를 해야 할 의무를 말하는 유교적 훈계에 감동받지 않을 것이다. 그는 방심한 고객을 '속이기' 위한 계획을 수행할 행운의 날짜를 달력에 표시하느라 하루 종일 시간을 보낼 것이다. 이런 류의 주제와 관련된 민담은 헤아릴 수도 없이 많다. 산이나, 냇물이나, 나무나, 바위나, 동굴에 살고 있는 정령들은 한국 소설에서 마치 요정이나 악마나 수호신이 『아라비안나이트』(*Arabian Nights*)의 여러 페이지에서 하듯이 활약한다.

　　This portion of our theme is of greater interest than almost any other, for while the Buddhistic and Confucian systems are importations and bring with them many ideas originally alien to the Korean mind we have here the product of the indigenous and basic elements of their character. And yet even here we find an admixture of Chinese and Korean, as we do in every branch of Korean life. After the lapse of so many centuries it is difficult to segregate the original Korean and the imported Chinese ingredients in these tales, but we may be sure that here, if anywhere, we shall come near to the genuine Korean. The number and variety of these stories are so great that we can give only the most meager description of them.

샤머니즘 이야기는 다른 어떤 주제보다 더 흥미롭다. 왜냐하면 불교 체계와 유교 체계는 외래적인 것이어서 원래 한국인의 정신과는 이질적인 여러 사상을 함께 유입했기 때문이다. 반면에 이 항목에서 우리는 한국인의 특성에 나타나는 토착적이고 기본적인 요소의 부산물을 다룬다. 그러나 한국인의 삶의 모든 부분과 마찬가지로, 이 부분에서조차도 우리는 한국적인 것과 중국적인 것의 혼재를 발견한다. 수세기가 경과한 후 이런 이야기들에서 한국에서 기원한 것과 중국에서 들어온 것을 분리하기가 어렵지만 만약 진정한 한국적인 것이 있다면 샤머니즘적 민담에서 더 가까이 접근할 수 있다고 확신한다. 이런 류의 이야기의 수는 매우 많고 다양하여 매우 거친 개관만 가능할 뿐이다.

First, then, come the stories which are based upon the idea that animals can acquire the power to transform them selves into men. These are among the tales that children like the best. There was the wild boar that drank of the water that had lain for twenty years in a human skull and thus acquired the magic power to assume the human shape, but with this fatal limitation, that if a dog looked into his face he would be compelled to assume, on the instant, his original form. There is the story, common to China and Korea, of the fox that assumed the shape of a woman, an oriental Circe, and worked destruction to an empire. Now and again a centennarian toad assumes human shape and acts as valet to the tiger who is masquerading as a gentleman. A serpent turns into a beautiful maiden and lures a man to the brink of destruction but being thwarted, changes its tactics and infests his body with a myriad of little snakes from which he is delivered by the sparrows who pluck holes in his skin and let the reptiles out. In the list of animals there is a clear line of demarcation between the good and the evil. The fox, tiger, the wild-boar, the serpent and the toad are always bad while the dragon, the rabbit, the frog and the deer are always good. The tortoise, the bear and the badger are sometimes good and sometimes bad. As the tiger is the most destructive animal in Korea we are not surprised to find a great number of stories telling how he turned into a girl and came crying to the door of a house in order to lure out one of its inmates, for his supper. This is the favorite story with which to frighten unruly or disobedient children.

먼저 동물이 인간으로 변신할 수 있는 능력을 얻게 된다는 생각에 토대를 둔 이야기가 나온다. 아이들이 가장 좋아하는 이야기들이다.

인간의 해골에 20년 동안 담겨 있던 물을 마신 산돼지는 인간 형상을 띨 수 있는 마법의 힘을 습득한다. 그러나 만약 개가 산돼지 얼굴을 보면 그 즉시 산돼지는 원래의 모습으로 돌아갈 수밖에 없는 치명적인 한계가 있다. 중국과 한국에서 널리 알려진 여우 이야기도 있다. 여자의 모습을 한 여우는 동양의 키르케(Circe)[9]로 제국을 망친다. 백년 된 두꺼비는 인간의 모습을 하고 신사로 변신한 호랑이의 시종 역할을 한다. 독사가 아름다운 처녀로 변신하여 남자를 유혹하여 파멸 직전으로 몰고 가다 실패하자, 전략을 바꾸어서 남자의 몸을 수많은 작은 뱀으로 들끓게 하지만 참새가 그 사람의 살에 구멍을 내어 파충류를 밖으로 나오게 하여 구해준다. 동물의 목록에서 선과 악의 분명한 경계선이 있다. 여우, 호랑이, 산돼지, 독사, 두꺼비는 항상 악하다. 반면에 용, 토끼, 개구리, 사슴은 항상 착한 것으로 나온다. 자라, 곰, 오소리는 선할 때도 있고 악할 때도 있다. 호랑이는 한국에서 가장 위협적인 동물이기 때문에 당연히 수많은 이야기에서 호랑이는 집에 있는 사람을 꾀어 저녁으로 먹기 위해 처녀로 변신하여 문 앞에 와 운다. 제멋대로인 말 안 듣는 아이들을 겁주고자 할 때 가장 선호하는 이야기이다.

Many are the wonders worked by the *tok-gabi*, a sort of imp that delights to make trouble in the household. There is no Korean who will profess to have seen one or to have been personally cognizant of their pranks but at the same time there are equally few who do not

---

9 키르케(Circe): 그리스로마신화에서 마술로 오디세우스의 부하들을 돼지로 둔갑시켰다는 마녀, 요부.

know of somebody else who saw one or was the victim of its malice.

집의 말썽꾸러기인 작은 악마, 즉 '도깨비'가 일으키는 놀라운 일에 관한 이야기들이 많다. 어떤 한국인도 직접 도깨비를 보았거나 도깨비의 장난을 보았다고 공언하지 않는다. 그럼에도 모든 사람들은 도깨비를 보았거나 도깨비의 악의의 희생자였던 누군가를 알고 있다.

The Koreans believe that these *tok-gabi* are the spirits of wicked men which have been refused entrance to the place of the blessed and have no option but to haunt their former places of abode, or they may be spirits of innocent people who died by violence or under other painful circumstances and cannot go to paradise because they burn with a desire to avenge themselves. Sometimes they take the shape of a man, sometimes that of a man with the lower part of his body gone, sometimes that of a flying man or a mad-man or a child. At other times it may be in the shape of fire or lightning or a crash like that of thunder or of breaking pottery. The reason why people believe them to be the spirits of men is because no one ever saw one in the shape of an animal.

한국인들은 사악한 사람의 영혼이 천당으로 들어가지 못해 이전에 살던 곳을 맴돌 수밖에 없을 때 또는 착한 사람의 영혼이 폭력으로 또는 고통스러운 상황에서 죽어 원한을 갚고 싶은 욕망에 불타 천당에 갈 수 없을 때 '도깨비'가 된다고 믿는다. 도깨비는 때로 사람의 형상을 하는데, 아랫도리가 잘린 사람, 날아다니는 사람, 미친 사람, 아이의 모습을 하기도 한다. 어떨 때는 불, 번개의 형상을 하고, 또는 천둥과 그릇이 깨지는 것과 같은 소리로 나타나기도 한다. 사람들이 도깨비를 사람의 영혼이라고 생각하는 이유는 어느 누구도 동물 형상의 도깨비를 본 적이 없기 때문이다.

Many stories are told of how these tormented spirits have leagued themselves with men, promising them that the unholy compact will bring riches and power. This corresponds closely with the witchcraf t[10] of the West. By the aid of these "familiar spirits" many a deed of darkness is said to have been committed. But the promises always fail and the man who sells himself to a *tok-gabi* gradually wastes away, his face becomes pinched and yellow and unless he breaks the compact and frees himself from the toils of his familiar, disaster is sure. Tales of this kind frequently tell the means that are employed to annul the compact and prevent the return of the evil spirit. The things he dreads the most are silver, the color red, and wood that has been struck by lightning. Many a man is believed to have broken the spell by hanging about his house long strips of cloth dipped in a red dye. This the spirit cannot pass, and after four days of waiting he departs, never to return. His dread of silver reminds us of the superstition

---

10 withcraft(원문): witchcraft

prevalent in the west that in order to shoot a ghost one must load his gun with a piece of silver money in addition to the regular charge. When a *tok-gabi* attacks a man it always seizes him by the top-knot, so a little silver pin is often stuck in the top of the top-knot as a preventative. If a tree is struck by lightning the boys hasten to secure splinters of the wood to carry in their pouches as charms against the fiends. Then again, these imps figure as guardians or hidden treasure. Once a scholar became impoverished through a too assiduous application to his books and the consequent neglect of the more practical business of life, and wandered away as a beggar. Coming to a village where there was a haunted house from which family after family had been driven by the tok gabis he declared his intention of taking possession. The first night he was rudely awakened by a load of filth being thrown upon him. The situation was anything but pleasing, yet he restrained his anger and quietly remarked that he understood how matters lay but was not to be frightened. Soon a ball of sulphurous fire entered the room and passed before his face, but he contemptuously waved it off and showed no sign of fear. Thereupon an aged man entered and said. "You are the man I have been waiting for. I was the trusted servant of the man who built this house and even after he died I guarded the chest of silver which he had hidden under that house-post yonder. I died with the secret on my mind and could not leave the place till the money was delivered into the hands of a good man. So in the form of a *tok-gabi* I have been compelled to

guard it till you came. Now I can go in peace, for my work is done."
So he vanished. The wondering scholar dug beneath the post and was
rewarded with fabulous wealth.

    한국 민담에는 인간과 결탁한 원혼의 이야기가 많다. 원혼은 어떤
사람에게 그와 불경스러운 계약을 맺으면 부와 권력을 주겠다고 약
속한다. 이것은 서양의 마법과 매우 유사하다. 이러한 "몸에 붙은 도
깨비(familiar spirits)"가 도와주어 자행된 사악한 행동들이 많다. 그
러나 약속은 항상 깨어지고 귀신에 자신을 판 사람은 조금씩 쇠약해
지고 얼굴은 수척해진다. 그 사람이 몸에 붙은 귀신과 맺은 계약을
깨어 노역에서 벗어나지 못한다면 분명 재앙이 생긴다. 이런 종류의
이야기는 그 계약을 무효화하고 사악한 영혼이 다시 붙는 것을 막을
때 사용할 수 있는 방법을 말해 준다. 도깨비가 가장 무서워하는 것
은 은(silver), 붉은 색, 벼락 맞은 나무이다. 붉은 염료에 적신 긴 천 조
각을 집 주위에 걸어 놓으면 주문을 깨뜨릴 수 있다고 한다. 도깨비
는 이 장벽을 통과할 수 없다. 도깨비는 4일을 기다린 후에 떠나고 다
시는 되돌아오지 않는다. 도깨비가 은을 두려워하는 모습은 유령을
쏘기 위해서 일반적인 장전에 더하여 은전 하나를 보태어 총에 장전
해야 한다고 말하는 널리 알려진 서양의 미신을 연상시킨다. '도깨
비'가 사람을 공격할 때 항상 머리 꼭대기를 잡기 때문에 예방책으
로 작은 은 핀을 머리 매듭 위에 찔러 둔다. 나무가 벼락에 맞으면 소
년은 서둘러 가서 나무 조각을 줍고 주머니에 들고 다니며 악령을 막
을 부적으로 사용한다. 도깨비는 수호자 혹은 숨은 보물의 모습으로
나타나기도 한다. 옛날에 한 학자가 너무 책에만 파묻혀 지내다보니

351

실생활을 게을리 하다 가난해져 거지가 되어 떠돌아다녔다. 한 번은 들어가는 사람들마다 모두 도깨비에게 쫓겨 나오는, 귀신들린 집이 있는 마을에 오게 되었다. 그는 그 집을 자신이 가지겠다고 선언했다. 첫째 날 밤 그는 투척된 오물 덩어리 때문에 잠에서 깨어났다. 상황은 결코 유쾌하지 않았다. 그러나 그는 분노를 억누르고 무슨 일이 있어도 놀라지 않겠다고 말한다. 곧 유황불로 된 공이 방에 들어와 얼굴 앞을 지나갔지만 그는 비웃듯이 잘 가라고 손을 흔들고 두려운 표시를 드러내지 않았다. 그러자 노인이 들어와서 말했다. "당신은 내가 기다리던 사람입니다. 나는 이 집을 지은 사람이 신뢰하던 하인이었습니다. 주인이 죽은 후에도 나는 집 기둥 아래 숨겨둔 은 상자를 지켰습니다. 나는 마음속에 비밀을 품고 죽었지만 그 돈이 훌륭한 사람의 손에 전해지기 전까지는 이곳을 떠날 수가 없었습니다. 그래서 '도깨비'가 되어 당신이 올 때까지 이곳을 지키고 있었습니다. 이제 안심하며 떠날 수 있게 되었습니다. 제 일은 끝났습니다." 그리곤 노인은 사라졌다. 이를 궁금하게 여긴 학자는 기둥 아래를 파보았고 보답으로 엄청난 부를 얻게 되었다.

This meddlesome sprite is a sort of Korean *Puck* and any casualty whose explanation is not patent is attributed to his malevolent influence. One of his favorite pastimes is to bewitch the rice-kettle and make the cover fall into the kettle. Now a Korean kettle cover is always a little larger than the mouth of the kettle and so this super-human feat is attributed to the *tok-gabi*. It is easy to see how this tale originated. At some time or other a kettle cover was made only a very little larger than the mouth of the kettle so that when the kettle expanded under the heat, the mouth became wide enough to admit the cover which was as yet cold. Then the cover became warm and refused to come out. So it is that the lack of a little knowledge of physical law has invested the *tok-gabi* with wide powers. In Korean stories the *tok-gabi* seldom plays the leading part, but he flits in and out and adds the spice of mystery to the plot.

이 참견하기 좋아하는 요정은 일종의 한국판 '퍽'(Puck)[11]이다. 설명하기 어려운 재난이 발생했을 때 도깨비가 심술을 부린 탓으로 돌린다. 도깨비가 가장 좋아하는 장난은 쌀독에 요술을 부려 쌀독 뚜껑이 독 안에 빠지게 하는 것이다. 한국의 독 뚜껑은 독의 입구보다 조금 더 크다. 인간의 힘을 넘어서는 이 일을 '도깨비'가 한 짓으로 여긴다. 이런 이야기가 나오게 된 원인을 쉽게 알 수 있다. 가끔 독 뚜껑이 독 입구보다 아주 조금 더 큰 경우가 있다. 이때 독이 열에 팽창을 하면 입구가 넓어지고 아직 차가운 뚜껑은 여유 있게 독 안으로 들어가게 된다. 뚜껑이 다시 데워지고 나면 밖으로 빼낼 수 없게 된다. 그래서 물리적 법칙에 대한 약간의 지식 부족 덕분에 '도깨비'는 엄청난 힘을 장착하게 된다. 한국의 이야기에서 '도깨비'는 주도적인 역할을 하는 경우가 거의 없지만 여기 번쩍 저기 번쩍 하며 이야기의 플롯에 신이함을 더한다.

---

11 퍽(Puck): 영국 민화에 나오는 장난꾸러기 작은 요정

Fetiches exercise a powerful influence over the common people. The bunch of straw over the door, the rag tied on a sacred tree, a stone thrown on the heap in the mountain pass, the cabalistic sentence which wards off disease, the dead rat with the name of one's enemy written on its belly and placed beneath the enemy's bed in order to destroy him, — these and scores of other fetiches play their part in Korean folk-lore, spurring on the imagination and giving piquancy to otherwise tiresome tales.

페티시[물건에 대한 집착]는 일반 한국인들에게 강력한 영향력을 행사한다. 문 위의 짚 한 단, 신성한 나무 위에 걸어놓은 헝겊, 산길의 돌무더기, 병을 쫓아내는 신비로운 주문, 적을 없애기 위해 쥐의 배에 적의 이름을 적은 다음 적의 침상 아래에 두는 것, 그 외 한국 민속에 나타나는 수십 가지의 페티시는 한국인의 상상력을 자극하고 자칫 지루할 뻔한 이야기에 양념 역할을 한다.

Prominent among the animal stories are those of the Uncle Remus type, where it is very commonly the rabbit who outwits his stronger enemies; as for instance where the wicked tortoise, who was seeking a rabbit's liver to cure the Sea King with, induced a rabbit to mount his back, promising to take him to an island where no hawk ever was seen; but when the rabbit was midway in the channel the tortoise told him his fate, whereupon the rabbit laughed and said that all rabbits had removable livers and that he had taken his out and washed it and laid it on a rock to dry, but that the tortoise was welcome to it if he would go back for it. So the rabbit got safely back to shore and had a good laugh at the expense of the amphibian. The fact that the plot is a little far-fetched does not harm it in the least in the Koreans' eyes.

눈에 띠는 동물 이야기는 엉클 리머스(Uncle Remus)[12] 유형이다. 주로 토끼가 나타나 자신보다 더 강한 적을 꾀로 물리친다. 예를 들면, 사악한 자라는 용왕의 병을 치유하기 위해 토끼 간을 찾고 있다가 매가 한 마리도 없는 섬으로 데려가 주겠다고 토끼를 꾀어 등에 태운다. 그러나 해변으로부터 멀리 떠나오자 자라는 토끼의 운명을 말해준다. 이에 토끼는 웃으며 모든 토끼는 간을 떼어낼 수 있는데, 자기의 간을 꺼내어 씻은 다음 바위 위에 말려 두었는데 다시 돌아간다면 기꺼이 자라에게 그 간을 주겠다고 말한다. 그리하여 토끼는 무사히 육지로 돌아오고 양서류 자라를 실컷 비웃었다.

Spirits are everywhere and are likely to turn up at any corner. Even door-hinges and chop-sticks may be the abode of spirits who have power to change a man's whole destiny. As a rule these spirits seem to be on the lookout for some one to insult them or trample on their rights, and then their revenge is sweet. And yet we have numerous stories in which good boys or girls have been aided by them. These tales deal with the lowly and common things of life and it is here that

---

12 엉클 리머스(Uncle Remus): 해리스(Joel Chandler Harris)의 이야기에 나오는 등장인물이자 화자로 아이들에게 동물 이야기를 들려준다.

Korean humor shows itself to best advantage. Such stories as this probably outnumber all others combined, but as they are generally only anecdotal in character their actual bulk might be less. But this can never be determined, for such stories as this are seldom put in print. Their influence is enormous, and it may be said with considerable confidence that they define the actual religion of far more Koreans than do the more sounding titles of Buddhism and Confucianism. One would think that the spirit worship of the Koreans must be something like that of the ancient Hellenes before the elaboration of their mythology into a definite pantheon. If the Koreans had been left to themselves, we must believe that they too would have developed some such pantheon, but the rival cults from the other side of the Yellow Sea came in and preoccupied the ground. And yet in spite of the long centuries that have passed since then, we find the Koreans to-day worshiping these same spirits of the grove, the rock, the mountain, with a fervor that neither Buddhism nor Confucianism can arouse.

정령들은 모든 곳에 있으며 어느 모퉁이에서라도 나타난다. 심지어 문의 돌쩌귀나 젓가락도 인간의 모든 운명을 변화시킬 만한 능력을 가지고 있는 정령이 사는 처소가 될 수 있다. 대체로 그들은 자신을 모욕하거나 권리를 짓밟는 자가 있는지 살피고 있다가 그런 경우 달콤한 복수를 한다. 그러나 착한 소년 소녀가 그들의 도움을 받는 이야기도 수없이 많다. 이런 이야기는 저속하고 흔한 인간사를 다룬다. 그러나 한국인의 유머가 최대로 발휘되는 것은 바로 이런 류의 이야기들로, 아마도 다른 모든 이야기를 합한 것보다 그 수는 더 많을 수 있지만 대체로 일화적인 특성을 가지기 때문에 실제 부피는 더 작을 수도 있다. 그렇지만 이런 이야기들은 거의 출판되지 않기 때문에 확실한 것은 아니다. 이 이야기들의 영향력은 엄청나기 때문에 상당히 자신 있게 이 이야기들이 그럴듯한 직함의 불교와 유교보다 훨씬 더 많은 한국인들의 현실 종교라고 말할 수 있다. 혹자는 한국인의 영혼 숭배가 그리스인들이 신화를 명확한 판테온[범신]으로 정교화하기 이전에 가졌던 고대 그리스 종교와 매우 유사하다고 생각할 것이다. 만약 한국인들이 외부의 영향을 받지 않았더라면, 그들 또한 그리스처럼 영혼 숭배를 판테온으로 발전시켰을 것이다. 그러나 황해의 다른 쪽에서 들어온 경쟁 관계의 제식들이 반도에 들어와 반도를 장악했다. 그 이후 오랜 시간이 지났음에도 불구하고 오늘날 한국인들은 불교도 유교도 일깨우지 못한 열정으로 고대와 동일한 숲, 바위, 산 정령들을 숭배한다.

A marked difference between Korean and western wonder-stories is that in Korea the genuine fairy does not exist. It is a grievous lack. A people without a Titania or an Ariel are surely to be pitied. The Korean *imagination* has never evolved those gossamer beings whose every act is benevolent and who are personifications of charity. At the same time a similar feature is found in Korean folk-lore under a different form, as is illustrated in the case of the two brothers one of whom was good but poor while the other was rich but bad. The good brother found a bird with a broken leg. He took it home and cared for it till it was well and then let it go. Soon the bird returned with a seed and laid it in its benefactor's hand. He planted it and it grew an enormous gourd which turned out to be full of gold. The bad brother thought to do the same, so he caught a bird and broke its leg and then kept it till the leg was well. Sure enough, the bird came back with the seed and a gourd grew from it, larger even than his brother's, but when it was opened it poured out a flood of filth which destroyed the wicked brother's house and all he had.

한국과 서구의 불가사의한 이야기의 뚜렷한 차이는 한국에서는 진정한 요정(fairy)이 존재하지 않는다는 것이다. 통탄할 결핍이다. 티타니아(Titania)[13]와 아리엘(Ariel)[14]같은 요정이 없는 민족은 확실히 안타까운 민족이다. 한국인들의 '상상력'은 모든 행동이 자애롭고 자비의 인격화인, 이 깃털처럼 가벼운 존재를 발전시키지 않았다. 하지만 요정이야기와 유사한 특징을 지닌 다른 이야기 형태가 있는데, 그것은 한 사람은 착하지만 가난하고, 다른 사람은 부자지만 못된 두 형제의 이야기에 잘 드러난다. 착한 동생은 부러진 다리의 새를 발견하고 집으로 데리고 가 다 나을 때까지 돌봐준 다음 놓아준다. 곧 그 새는 씨를 물고 되돌아와서 은인의 손에 놓는다. 그가 씨를 심었더니 씨는 거대한 박이 되었고 박에는 금이 가득 들어 있었

---

13 티타니아(Titania): 셰익스피어의 『한여름밤의 꿈』에 등장하는 오베론(Oberon)의 아내로 요정국의 여왕이다.
14 아리엘(Ariel): 중세 전설의 공기의 요정이며 셰익스피어의 『템페스트』에서 주인공 프로스페로를 위해 일하는 요정이다.

다. 못된 형도 똑 같이 할 것을 생각하고 새를 잡아 다리를 분지르고 새 다리 낳을 때까지 잡아둔다. 기대를 저버리지 않고 새가 씨를 가지고 돌아왔고 씨는 동생네보다 훨씬 더 큰 박으로 컸다. 그러나 박을 열어보니 사악한 형의 집과 그가 가진 모든 것을 파괴하는 오물 홍수가 쏟아져 나왔다.

But we must hasten on to our third heading — the legends of Korea. Under this term we include all supernatural or extra-natural incidents believed by the credulous to form a part of the history of the country. These stories are always short and pithy and are more truly indigenous than any others. This is only what we would expect, since they deal exclusively with Korean history. But apart from this fact there is something about them that separates them from the legends either of China or Japan. They are mostly of great antiquity, in many cases antedating any considerable Chinese influence, which may account in part for their distinct individuality.

불교 이야기는 부족하나마 이 정도로 마치고 세 번째 항목인 한국의 전설로 넘어가겠다. 우리는 한국 전설의 범주에 초자연적인 혹은 비자연적인 사건들을 망라한다. 쉽사리 믿는 한국인들은 이런 사건들이 한국 역사의 일부를 이루고 있다고 믿는다. 한국의 전설은 항상 짧고 간결하며 다른 것들보다 진정으로 토착적이다. 한국 전설은 불교나 유교적 이야기와 달리 다른 나라의 영향을 받지 않고 한국 고유의 역사만을 다루기 때문에 서양인인 우리가 유일하게 한국적인

것을 기대할 수 있는 장르이다. 그러나 한국 고유의 역사를 다룬다
는 사실을 별도로 하더라도, 한국 전설에는 중국과 일본과는 구분되
는 특별한 것이 있다. 한국 전설은 대부분 아주 오래되었고 많은 사
례가 중국이 한국에 지대한 영향을 미치기 훨씬 이전으로 거슬러 올
라간다. 그러므로 한국 전설은 한국만의 고유한 개성을 부분적으로
설명할 수 있을 것 같다.

And first, of course, we must speak of the legends which tell of the
origin of kingdoms and of their founders. We find upon examination
that the egg plays the most important part in the origin of ancient
heroes. To be sure Tan-gun, the most ancient of all, had an origin
quite unique. A bear by patient waiting in a cave was transformed
into a woman. She became the bride of Whan-ung the spirit son of
Whan-in, the Creator, and their son was Tan gun, contemporary of
Noah. But the founder of the great southern kingdom of Silla, 57
B.C. came forth from a gigantic egg found in the forest. The founder
of Ko-gu-ryu the northern kingdom came from an egg of semi-
supernatural origin. Suk T'al-ha one of the early heroes of Silla came
from an egg which floated in from northern Japan in a fast-closed
chest. The legend of the three sages of Quelpart is different. They
arose from a crevice in the rocks. The founder of the Koryu kingdom
had for mother a daughter of the Sea-King, the Korean Neptune. The
father of the founder of Koguryu was found beneath a stone and he
was golden in color and shaped like a frog, so they named him

Keum-wa or "Golden Frog". The wife of the first King of Silla came forth from the side of a hen, beside the "Dragon Spring." Cases are thus multiplied in which heroes have been credited with superhuman origin.

우리는 먼저 왕국과 시조의 기원을 다룬 전설을 다루어야 한다. 조사 결과, 알이 고대 영웅의 탄생에 가장 중요한 역할을 한다. 한국 에서 가장 오래된 전설인 단군은 확실히 아주 독특한 기원을 갖는다. 동굴에서 인내심을 가지고 기다린 곰은 여자로 변신한다. 그녀는 창조주인 환인(Whan-in)의 영적 아들인 환웅(Whan-ung)의 신부가 된다. 그들의 아들이 노아와 동시대인인 단군이다. 그러나 기원전 57년 남쪽의 신라 왕국을 세운 시조는 숲의 거대한 알에서 나왔다. 북쪽 왕국인 고구려의 시조는 반(半)초자연적인 기원을 가진 알에서 태어났다. 신라 초기의 한 영웅인 석탈해는 꽉 닫힌 상자에 실려 일본 북부에서 떠내려 온 알에서 나왔다. 제주도의 삼신(three sages)이 태어난 것은 이들의 경우와 다르다. 그들은 바위틈에서 나왔다. 고려 왕국의 시조는 한국판 넵튠(Neptune)[15]인 해왕의 딸이 낳은 자식이다. 고구려 시조의 아버지는 돌 아래서 발견되었는데 몸은 금빛이고 개구리 모양을 했다. 그래서 사람들은 그를 '금와'(Keum-wa), 혹은 '금 개구리'(Golden Frog)로 불렀다. 신라의 시조 왕의 아내는 '용천'(Dragon Spring) 옆에 있는 암탉의 옆구리에서 나왔다. 영웅의 초인간적인 탄생에 대한 이야기는 수없이 많다.

---

15 넵튠(Neptune): 로마신화의 해신

Closely connected with these stories are those which deal with the omens and signs that heralded the coming of momentous events. Propitious ones were seldom foreshadowed excepting in dreams. There is hardly a great man in Korean history since the tenth century with whose birth tradition does not connect a dream, foretelling the happy event. Heroes themselves before attaining fame had dreams, announcing the approach of greatness. The founder of the present dynasty is said to have dreamed in his youth that he saw a running sheep whose horns and tail suddenly fell off. This afterwards was interpreted to mean that he would become a king for the character for sheep is 羊 and if the horns and tail are dropped it becomes 王 or *King*! Yi Sun-sin, the great admiral who, with his "Tortoise Boat," drove back the Japanese reinforcements in 1592, was assured of future greatness by one of his friends who dreamed that he saw some men trying to cut down a great tree but Yi Sun-sin came along and with one hand held the tree up while with the other he drove off the vandals. The father of Wang-gon, founder of the Koryu dynasty, dreamed that he saw a young pine tree growing and under it a child with a scale like a fish-scale growing on the back of his neck. When he awoke he saw a monk, the great To-sun, who congratulated him saying that he would be the father of an illustrious son, for the boy in the dream was none other than the offspring of a dragon that lived in the sea off the island of Kang-wha. Before the Japanese invasion King Sun-jo dreamed that a woman came into the palace bearing on her head a sheaf of rice. The great scholar Yul-gok, on hearing of it, exclaimed "You must prepare for war; for the character 倭 means Japanese and is composed of 人='man,' 禾='rice in sheaf' and 女= 'woman' and as the 'sheaf of rice' is over the 'woman' it means that the 'small men' are coming, namely the Japanese." A maiden dreamed that she saw a dragon enter her father's ink-water-bottle and when she woke up she concealed the bottle and kept it until she was married and her son had attained the age when he must try the government examinations. She gave him the bottle and said "Use this when you write your essay and you will gain great honors." He did so and through the aid of the dragon passed successive examinations, until at last he became prime minister.

이와 같은 이야기들과 밀접히 관련된 것은 중대한 사건의 도래를 알리는 전조와 징조를 다룬 이야기들이다. 좋은 일은 꿈을 통해서만 예시된다. 10세기 이후 한국 역사에서 위인의 탄생은 꿈으로 제시된다. 영웅은 명성을 얻기 전에 꿈을 꿈으로써 장차 그가 위대한 인물이 될 것을 알린다. 현 왕조의 시조는 젊은 시절 뿔과 꼬리가 갑자기 떨어져 나간, 달리는 양을 꿈에서 보았다고 한다. 이 꿈은 그가 장차 왕이 된다는 의미로 이후에 해석되었다. 양을 의미하는 한자는 '羊'인데 만약 이 글자에서 뿔과 꼬리가 떨어져 나가면 왕을 의미하는 '王'이 되는 것이다. 1592년 거북선으로 일본군을 물리친 위대한 장군 이순신이 앞으로 보일 위대함은 그의 친구의 꿈으로 나타난다. 그 친구는 몇몇 사람들이 큰 나무를 자르려고 했지만 이순신이 와서 한 손으로 그 나무를 받치고 다른 한 손으로 도적들을 몰아내는 꿈을 꾸었다고 한다. 고려의 시조인 왕건의 아버지는 어린 소나무 아래 등에 물고기 비늘 같은 것이 자라는 아이가 있는 꿈을 꾸었다. 그는 잠에서 깨어난 후 위대한 도선 스님을 만났다. 도선은 꿈속의 소년은 다름 아닌 강화도 바다에 사는 용의 후손이니, 장차 그는 걸출한 아들의 아버지가 될 것이라고 말하며 축하해 주었다. 일본의 침략이 있기 전 선조왕은 한 여성이 머리 위에 볏단을 이고 궁궐로 들어오는 꿈을 꾸었다. 위대한 학자 율곡은 이를 듣고 외쳤다. "전쟁에 대비해야 합니다. 倭(왜)라는 글자는 일본을 의미하고 사람人과 볏단禾 그리고 계집女으로 만들어지는데, 볏단이 여자 위에 있기 때문에 '소인' 즉 일본인들이 오고 있다는 것을 의미합니다." 한 처녀가 꿈을 꾸었다. 여자는 용이 아버지의 먹물 병에 빠지는 꿈을 꾸었다. 그 처녀는 깨어난 후 그 병을 숨겼고 결혼하여 아들이 장성하여 공직 시험을 칠 나이가 될 때까지 그것을 간직하였다. 그녀는 아들에게 그 병을 주면서 말했다. "글을 적을 때 이 먹물을 이용하거라. 그러면 큰 영광을 얻을 것이다." 아들이 그렇게 했더니 그는 용의 도움으로 연이어 시험에 합격하여 마침내 재상이 되었다.

As a rule the signs which foretold[16] future events were ominous. It is a mark of all semi-civilized peoples that fear is the main element in their religion, and this fear has made them quick to detect the signs of coming evil. Before the kingdom of Pak-che fell, imps flew through

16 fortold(원문): foretold

the palace corridors screaming "Pak-che is fallen, fallen," and then dived into the earth. Digging at the point where they disappeared, the king found a tortoise on whose back was carved the words "Silla's sun has just risen, Pak-che's is at the zenith," which meant that the latter was about to wane. Before Ko gu-ryu fell, tigers came down from the mountains and wandered in the streets of the city. The fall of Silla, the Japanese Invasion and many other calamities have all had their forerunners. Among these baleful signs must be mentioned the waters of the streams or of the sea turning red like blood, meteors and cornets, eclipses of the sun, abnormal births either human or animal, a white fox crossing the road in front of one, a shower of insects, thunder in the winter, fruit trees blossoming late in the autumn, a white bow piercing the sun, red snow, wailing sounds coming from royal tombs, the blowing down of city or temple gates, clouds fighting with each other, frogs destroying each other, frog's eyes turning red and fiery; all these and many more are repeatedly met with in Korean legends. It is of interest to note how closely many of these signs resemble those which were dreaded by the Ancient Romans' for instance as given in Shakespeare's tragedy of *Julius Caesar*. Of course such things as earthquakes or other cataclysmic phenomena might easily be interpreted as omens by widely separated people but others are not so easily explained, such as the roaming of wild animals through the street. Among signs which predict good fortune the most prominent are the meeting with a white deer or a white pheasant, or the finding of a two-stemmed stalk of barley.

　　대체로 미래 사건을 예언하는 징조는 불길한 것이었다. 두려움이 어떤 종교의 주요 요소로 나타나는 것은 그 민족의 문명이 반[半]문명적이라는 표지이다. 이 두려움으로 그들은 재빨리 다가오는 악의 징조를 간파한다. 백제 왕국이 멸망하기 전에, 님프들이 궁궐의 복도를 날아다니며 "백제가 망한다"라고 외치고 땅속으로 들어갔다. 님프가 사라진 곳을 왕이 파보니 그곳에서 자라가 나왔다. 자라의 등에는 "신라의 해가 방금 뜨고 백제는 해는 천정[天頂]에 이르렀다"라고 쓰여 있었다. 이는 백제가 이미 멸망하고 있음을 의미하는 것이었다. 고구려가 멸망하기 전에, 호랑이가 산에서 내려와서 도성의 거리를 돌아 다녔다. 신라의 멸망, 일본 침략, 기타 여러 재앙들을 알리는 징조가 모두 있었다. 이 불길한 징조들 중에 반드시 언급해야 할 것은 핏빛으로 변하는 시냇물 또는 바다, 유성과 혜성, 일식, 인간 혹은 동물의 기형 출산, 사람 앞길을 가로 질러 가는 흰여우, 곤충 떼, 겨울 천둥, 늦가을에 꽃을 피우는 과실나무, 해를 꿰뚫은 활, 붉은 눈, 왕릉에서의 곡성, 바람에 떨어지는 성문과 절문, 서로 싸우는 구름, 서로를 죽이는 개구리, 불처럼 붉어진 개구리 눈 등이다. 또한 더 많은 흉조들이 한국 전설에서 반복해서 나타난다. 이러한 징조들이 셰익스피어의 비극 『줄리어스 시저』(Julius Caesar)에 나온 고대 로마인들이 두려워하던 징조와 매우 유사하다는 것은 흥미롭다. 물론 지진과 같은 파국적인 현상들은 여러 사람들이 흉조로 쉽게 해석할 수 있다. 그러나 거리를 배회하는 야생 동물과 같은 현상들은 쉽게 설명하기 힘든 부분이다. 행운을 예언하는 전조에서 가장 두드러진 것은 흰 사슴 또는 흰 꿩을 만나거나 두 줄기로 갈라진 보리를 발견하는 것이다.

Prophecy plays an important part in Korean legendary lore. Of course it is all "*ex post facto*" prophecy, and yet the Korean people still cling to it. Most of the leading events in Korean history since the tenth century are found to have been foretold at some time or other. There does not seem to have been any prophetic office, but now and again a monk or a scholar has been moved to tell his vision of the future. One of the most celebrated of these was the monk Mu-hak who at the time the present dynasty was founded opposed the building of the palace at the site of the Kyong-pok-kung, affirming that if it were done a great calamity would overtake the land in just two hundred years. This is supposed to have been uttered in 1392, and the year 1592 beheld the Japanese invasion. The occurrence of the invasion precisely two centuries after the founding of the new dynasty evidently seemed too tempting an opportunity to let slip for making a startling prophecy.

예언은 한국 전설에서 중요한 역할을 한다. 물론 모두 나중에 해석하는 '소급된' 예언이지만, 그럼에도 한국인들은 여전히 예언에 집착한다. 10세기 이후 한국사의 주요 사건 대부분은 어느 한 시점에 이미 예언된 것으로 밝혀진다. 예언을 관장하는 관청은 없는 듯하지만, 간혹 스님 혹은 학자가 미래에 대한 그의 전망을 말해달라는 부탁받았다. 그 중 가장 유명한 이가 무학 대사이다. 그는 현 왕조가 건국될 당시 궁궐을 경복궁의 터에 짓는 것을 반대하며, 그렇게 하면 정확하게 200년 후에 큰 재앙이 닥칠 것이라고 확언했다. 무학 대사가 이 말을 1392년에 한 것으로 보이고, 일본 침략이 있었던 것은 1592년이었다. 새 왕조의 건국 이후 정확히 200년 후에 발생한 일본 침략은 무학 대사의 말을 무서운 예언으로 만들지 않고 그냥 두기엔 너무도 유혹적인 기회임이 분명했다.

When anyone doubts the genuineness of these prophecies the Korean points to that one which still stands waiting fulfillment, that this dynasty will be followed by another, whose capital shall be at Kye-ryong San. This prophecy has existed, they say, since far back in the days of the Ko-ryu dynasty. Curiously enough there is another prophecy which says that if this dynasty passes its 500th anniversary it will be perpetual! A few years ago when that crisis was on, considerable uneasiness is said to have existed among leading Koreans on account of that prophecy. The latest one to come to light affirms that "when *white pines* grow in Korea the south will go to the shrimp and the north to the Tartar." The "white pines" are interpreted as *telegraph poles* while the shrimp means Japan and the Tartar means Russia. When the monk Mu-hak pointed out the town of Han Yang as the site of the capital of this dynasty, he ascended Sam-gak Mountain and looking from its top toward the south exclaimed, "I see South Mountain (Nam-san) ten li away which is a sign that if the capital is founded here no official will be able to hold power more than ten years. I see rapids in the river at intervals of three *li*, which is a sign that no family will be able to retain its wealth more than three generations."

누군가가 이들 예언의 진정성을 의심하면 한국인은 아직 실현되지 않는 예언, 즉 이 왕조 뒤에 올 왕조의 수도는 계룡산에 위치할 것이라고 거론한다. 이 예언은 고려 왕조 때부터 지금까지 이어졌다. 흥미로운 것은 만약 이 왕조가 건국 500년을 넘으면 영원할 것이라는 또 다른 예언도 있다. 몇 년 전 위기가 닥쳤을 때, 이 예언 때문에 상당한 불안감이 한국 지도층 사이에 감돌았다고 한다. 앞으로 밝혀질 가장 최근의 예언은 "백송[白松]이 한국에서 자라면, 남쪽은 새우에게 갈 것이고 북쪽은 타타르(Tartar)에게 간다"고 확언한다. '백송'은 전신주를, 새우는 일본을, 타타르는 러시아를 의미한다. 무학 대사가 한양을 조선의 수도로 가리킬 때 그는 삼악산에 올라 정상에서 남쪽을 보며 외쳤다. "십리 밖의 남산이 보이는 것은 수도를 여기에 세우면 어떠한 신하도 권력을 10년 이상 잡을 수 없다는 징조이고, 삼리의 간격을 두고 강의 급류가 흐르는 것은 어떠한 가문도 삼대 이상 부를 가질 수 없다는 징조이다."

When the monk To-san in 918 A. D. ascended Song-akMountain and chose the site of Song-do for the capital of the Koryu dynasty he made a mistake, for the next day he ascended it again and saw to his dismay that the distant peaks of Sam-gak Mountain back of Han

369

Yang had shot up in a single night so that they became *kyu-bong* or "Spy-peaks" upon Song-do; and from this he prophesied that within five centuries trouble would arise from that source. So twelve brazen dogs were set up outside the gate of Song-do which, for four hundred and seventy-five years, barked at the "Spy-peaks," but to no avail. But space does not permit us to multiply examples. Those given here indicate with sufficient accuracy the style of Korean prophecy.

918년 도선(To-san) 대사가 송악산에 올라 고려 왕조의 수도를 송도로 결정했을 때 그는 실수를 했다. 그 다음날 다시 그 산에 올랐을 때 그는 단 하룻밤 새에 한양 쪽의 삼각산 먼 봉우리가 솟아올라와 송도를 감시하는 "스파이 봉우리(Spy-peaks)" 혹은 "규봉(kyu-bong)"이 되는 것을 보고는 절망했다. 도선은 500년 안에 한양 쪽에서 문제가 일어날 것이라고 예언했다. 그래서 12개의 청동견[靑銅犬]을 송도 성문 밖에 세웠다. 475년 동안 이 개는 "규봉"을 향해 짖었지만 소용이 없었다. 지면이 허락하지 않아 더 많은 예를 적지 못한다. 이미 제시한 예들로도 한국 예언의 양식을 충분히 정확하게 알 수 있다.

During the entire history of Korea twenty-one capitals have been founded, and the legends connected with these events are very fascinating. The most of them, as we have seen, center about Song-do and Seoul but ancient Kyong-ju, P'yung-yang, Pu-yu, Ch'un-ch'un, Kwang-ju and others are also embalmed in Korean-folk-lore. In the founding of Seoul we find the clashing of Buddhistic ideas in the dispute between Mu-hak and the courtiers of King T'a-jo. In the end the Buddhistic element seems to have won, perhaps because, before that time, all such things had been left to monks and the new order was not sufficiently well established to depart from precedent. These stories could have little in common with the utilitarianism of the Confucianist, and so all that is occult, mysterious, supernatural or infra-natural finds its genesis in Buddhism, fetichism or Shamanism.

한국의 전 역사 동안 21개의 수도가 건립되었고 이와 관련된 전설은 매우 흥미롭다. 이미 본 것처럼 대부분의 전설은 송도와 서울에 관한 것이다. 고대의 경주, 평양, 부여, 춘천, 광주 혹은 그 밖의 다른 수도들도 한국의 민속에 남아 있다. 서울을 수도로 정할 때, 무학과 태조의 신하들 사이에서 불교 사상을 둘러싼 충돌이 있었다. 결국 불교적인 요소가 승리한 듯한데, 그것은 이 시기 전까지 그런 류의 일들은 승려가 일임하였고 새 질서는 전임자를 배제할 만큼 확실한 자리를 잡지 못했기 때문이다. 이 이야기들은 유교의 실용주의와 공통점이 거의 없다. 비밀스러운, 신비로운, 초자연적인 혹은 자연 외적인 모든 것은 불교, 물신숭배 혹은 샤머니즘에 그 뿌리를 둔다.

Another style of legend deals with important crises when supernatural aid was rendered. When Chu-mong the founder of Ko-gu-ryu fled from Pu yu in the far north to escape from the scourge of his brothers' hatred he came to a river where there was neither bridge, boat nor ford. He shot an arrow into the water and a great school of fish rose to the surface and placed back to back to form a bridge for him to cross. Thus he escaped. When the capital of Silla was attacked by wild natives of the north and was about to fall, strange warriors appeared who had ears like bamboo leaves, and the savages were speedily put to flight. The next day the King found his father's grave strewn with bamboo leaves and so he knew that spirits had come forth to help him in his dire need.

전설의 또 다른 스타일은 결정적인 위기 상황에서 초자연적 요소가 나타나 영웅을 돕는 것이다. 고구려 시조인 주몽은 먼 북쪽에 있는 부여 형제들의 미움으로 인한 재앙을 피하기 위해 도망을 가다가 다리도 배도 없는 강에 이르게 되었다. 그가 화살을 물속으로 쏘았더니 엄청난 떼의 물고기가 물 위로 떠올라 등과 등을 이어 다리를 놓아 주어 그가 강을 건너 도망갈 수 있게 했다. 신라의 수도가 북쪽 야만족의 공격을 맞아 무너지려고 했을 때, 대나무 잎 같은 귀를 가진 기이한 무사들이 나타나 그 미개인들을 순식간에 제압했다. 그 다음날 선왕의 묘를 찾은 왕은 묘가 대나무 잎으로 덮여 있는 것을 보고 절박한 상황에 빠진 그를 구하기 위해 영혼들이 무덤에서 나와 그를 구해 주었다는 것을 알았다.

When the Japanese, during the great invasion, attempted to dig open the grave of Ki-ja they heard the sound of music coming from the ground and fear compelled them to desist. This theme of warnings proceeding from royal tombs is a favorite one in Korean lore. When the same invaders attempted to desecrate the grave of the founder of this dynasty the reeds which grow thick about it turned into armed warriors and drove the Japanese away. The Kings of Angnang had a drum which sent forth of its own accord an ominous wail whenever an enemy was about to attack the border.

일본인들이 임진왜란 시기에 기자의 묘를 파헤치려고 하자 땅에서 음악 소리가 흘러나왔다. 그들은 두려움을 느끼고 그 일을 중지하였다. 왕족의 묘에서 나오는 이런 류의 경고는 한국 민담이 선호하는 것이다. 일본 침략자가 이 왕조의 시조의 묘를 모독하려고 했을 때 묘 주위에 자라는 갈대는 무장한 무사로 변하여 일본군을 물리쳤다. 낙랑왕에게는 적이 국경을 공격할 때마다 저절로 불길한 곡성을 내는 북이 있었다.

As in every other land, the battle-fields of Korea form the background for many a thrilling tale. When a Ko-gu-ryu army went north to attack Pu-yu they heard the sound of clashing arms in Yi-mul forest. The leaders pushed forward and found swords and spears wielded by invisible hands. The omen seemed a favorable one. They seized the weapons and with them overthrew the enemy. When rebels attacked Kyong-ju a star fell in the city, which was an omen of destruction, but the stubborn general, defying even the fates, sent up a kite with a lantern attached to its tail. The rebels thought it was the star returning to the sky, and so decamped.

다른 나라와 마찬가지로 한국의 전쟁터는 소름끼치는 여러 이야기의 배경이 된다. 고구려 군대가 부여를 공격하기 위해 북쪽으로 갔을 때, 그들은 이물(Yi-mul) 숲에서 무기가 서로 부딪히는 소리를 들었다. 장수들이 앞으로 나아가보니 보이지 않는 손들이 칼과 창을 휘두르고 있었다. 이 전조는 길조인 듯했다. 그들은 그 무기를 잡고 적들을 무찔렀다. 반군이 경주를 공격했을 때 별이 경주로 떨어졌다. 이것은 멸망의 전조였다. 그러나 고집스러운 장군이 심지어 그 운명을 거부하고 연 꼬리에 등을 달아 높이 띄웠다. 반군은 그 별이 하늘로 다시 올라갔다고 생각하고 진을 철수했다.

At one time or another almost every foot of Korean soil has been the scene of battle and the stories of wonderful marksmanship, heroic daring, gigantic strength, subtle strategem, inventive genius, intrepid horsemanship, hairbreadth escape by field and flood are among the commonest household words of Korea. Such is the story of the battle in which the leader of a piratical baud was killed by Yi T'a-jo who ordered his lieutenant Yi Chi-ran to shoot off the helmet of the robber. Yi T'a-jo's arrow followed the other and smote the enemy in the eye as the helmet was displaced. Memorable too is the strategem of Yi Sun-sin who, when surrounded by the Japanese, hung men's clothes on bamboo sticks and placed them along the hill-tops, thus making the enemy suppose that he had a powerful force and so raise the siege. Who shall worthily sing the praises of Yi Yu-song whose virtue was so great that Japanese bullets flattened against his body and fell harmless to the ground; or of Kwak Cha-u, called "The General of the Red Robe," who today would be falling upon a body of the enemy in Chul la Province and tomorrow would take breakfast in Kyong-ju a thousand li away, because he had power to "wrinkle the ground." He would make the ground contract before him, and after he had taken a few steps, expand again, to find that he had gone a hundred li. Others had power to leap over a house or to become invisible. Many are the *dei ex machina*, like these, whereby men have been saved from seemingly desperate situations. Time would fail us to tell of the exploits of famous captains, monks, bandits and corsairs whose names are enshrined in Korean lore.

한국의 땅은 역사의 한 시기 전쟁터가 되지 않았던 곳이 거의 없다. 명궁술, 영웅의 대담성, 엄청난 용력, 오묘한 전략, 창의적인 천재, 용맹한 마술[馬術], 전장과 홍수의 참화로부터 가까스로 피한 이야기는 가장 흔한 한국의 민담에 속한다. 해적 떼의 우두머리를 죽인 이 태조의 전투 이야기가 그러하다. 이 태조는 부하 이치란에게 우두머리의 투구에 활을 쏘게 했다. 투구가 옮겨지자 이태조는 이치란을 뒤이어 활을 쏘아 적의 눈을 맞추었다. 또한 기억할 만한 것은 이순신의 전략이다. 일본군에 포위된 이순신은 대나무에 사람 옷을 걸어 산 정상에 배치하였다. 이순신이 강한 군대를 가지고 있다고 생각한 적들은 포위를 풀었다. 어느 누가 이여송과 곽재우의 덕을

다 기릴 수 있을까? 이여송은 매우 덕이 높아 일본군의 총알을 맞아도 끄떡없고, 일본군 총알이 그의 몸에 닿으면 납작해져 땅에 떨어진다. "홍의 장군" 곽재우는 "축지술(땅을 주름지게 하는)" 힘을 가지고 있기 때문에 오늘은 전라도에서 적군을 물리치고 내일은 천리 떨어진 경주에서 아침을 먹는다. 그는 백리를 가기 위해 땅을 축소하고 몇 걸음 걸은 후에 땅을 다시 전처럼 펴놓는다. 집을 훌쩍 뛰어 넘거나 몸을 감추는 힘을 지닌 사람도 있다. 대부분은 이처럼 '데우스 엑스 마키나'(deus ex machina)[17]로 사람들이 외견상 절망적 상황에서 목숨을 건지는 이야기들이 많았다. 시간이 부족하니 한국 민담이 숭배하는 그 이름 높은 유명한 대장, 승려, 산적, 해적의 업적은 생략한다.

Women too come in for their full share of attention, from the time of Yu-whathe mermaid princess and mother of Chu-mong down to the time of Non-ga, the dancing-girl patriot, who seized the Japanese general, her enforced paramour, and threw herself and him from the battlements of Chin-ju in the days of the great invasion. Most noble among the women of Korea was the queen of the last king of Pak-je who, upon the approach of the ruthless enemy, led her maids to the top of a beetling precipice and threw herself into the water far below rather than to suffer indignity at the hand of the Silla soldiery. That precipice is today called *Nak-wha-am*, or "Precipice of the Falling

---

17 데우스 엑스 마키나(deus ex machina): 극이나 소설에서 가망 없어 보이는 상황을 해결하기 위해 동원되는 힘이나 사건

Flowers," a name which, alone, would prove the existence of a poetic faculty in the Korean.

여성 또한 민담에서 크게 주목을 받는다. 위로는 주몽의 어머니이자 인어공주인 유화가 있고, 역사를 내려오면 임진왜란 때 자신에게 강제로 주어진 정부인 일본 장군을 붙들고 진주 성벽 아래로 떨어진 애국자인 기생 논개가 있다. 가장 고귀한 한국 여성은 백제의 마지막 왕비이다. 그녀는 무자비한 적군이 다가오자 시녀들을 이끌고 절벽 위로 가서 신라군의 손에 치욕을 당하기보다는 차라리 절벽 아래의 물에 몸을 던졌다. 이 절벽은 오늘날 낙화암 즉 '떨어지는 꽃의 절벽'이라 불린다. 그 이름만으로도 한국인의 시적 능력을 증명한다.

Tongman the first woman ruler in Korea divined from the fire in the frogs' eyes that Pak-je invaders had already crossed the western border of Silla. Se-o the faithful wife followed her husband to Japan on the flying boulder and became a queen, and she wove the magic silk, on which the King of Silla sacrificed and brought back the light of the sun to his dominions which, upon the departure of Se-o, had been stricken with Egyptian darkness. There was, also, the dancing girl in P'yung-yang, the Korean Judith, who during the occupation of that place by Hideyoshi's army brought her brother over the wall at night to smite off the head of her captor who always slept bolt upright at the table with a sword in each hand and with only one eye closed at a time! Even after his head bad rolled upon the floor he arose in his place and hurled one of his swords with such tremendous force that its blade went clean through a massive wooden pillar.

한국 최초의 여성 통치자인 덕만은 개구리의 눈에서 광기가 비치는 것을 보고 백제군이 이미 신라의 서쪽 경계선을 넘은 것을 예언했다. 정숙한 아내인 세오(Se-o)는 남편을 따라 바위를 타고 일본으로 건너가서 그곳의 왕비가 된다. 신라왕은 그녀가 짜서 보낸 마법의 비단 위에 제물을 바쳤다. 그러자 세오가 떠난 후 칠흑 같은 어둠에 쌓였던 신라 영토는 다시 태양 빛으로 환해졌다. 평양 기생인 한국판 쥬디스(Judith)[18]도 있다. 그녀는 히데요시군이 평양을 점령했을 때 오빠를 밤에 불러들어 항상 양손에 칼을 쥐고 한 눈은 뜬 채 탁자 위에 똑바로 서서 잠을 자는 왜장의 목을 베게 했다. 목이 마루 위로 굴러 떨어진 후에도 그는 제 자리에서 일어나 칼을 휘둘렀다. 그 힘이 얼마나 엄청났던지 칼날에 육중한 대들보가 싹둑 잘려 나갔다.

There are stories of women notorious for their wickedness, as for instance the princess of Ang-nang who married a prince of Ye-mak. Her husband came to live at the Ang- nang court, where, in a closely guarded building, there hung a drum which would give out muffled sounds, without being touched by mortal hands, whenever an enemy was about to attack the frontier. The prince knew that his father, the King of Ye-mak, was going to attack Ang-naug; so he induced his

---

18 쥬디스(Judith): 유디트로 아시리아(Assyria)의 장군 홀로페르네스(Holofernes)를 죽이고 고대 유대를 구한 과부.

wife, the princess, to gain access to the bell-house and slit the head of the drum with a knife. Soon after, messengers hurried in saying that Ye-mak forces had crossed the frontier, but the King laughed at them saying that he had not heard the drum, and so it *could* not be true. Too late it was found that the drum had been cut. The prince had already fled to the enemy but the princess was forced to confess her sin and was killed just before Ang-nang fell beneath the Ye-mak sword.

사악함으로 악명 높은 여성들의 이야기도 있다. 예를 들어, 예맥 왕자와 결혼한 낙랑 공주가 그러하다. 남편이 낙랑궁에 살러 왔는 데, 거기에는 경계가 철저한 한 건물 안에 적이 국경을 공격하려고 할 때마다 사람이 건드리지 않아도 둔탁하게 소리를 내는 북이 걸려 있다. 왕자는 예맥왕인 아버지가 낙랑을 공격할 것을 알고 있어서, 아내인 낙랑 공주를 꾀어 그곳에 접근하여 칼로 북을 찢도록 했다. 전령들이 서둘러 와서 예맥의 군대가 변경을 넘었다고 말했지만 낙랑 왕은 북 소리를 듣지 못했으니 그럴 '가능성'이 없다고 말하며 그 말을 비웃었다. 북이 찢어진 것을 알았지만 이미 늦은 일이었다. 왕자는 이미 적국으로 도망쳤다. 죄를 고백하지 않을 수 없었던 공주는 낙랑이 예맥의 칼 아래 무너지기 직전에 처형되었다.

A fruitful source of Korean legends is the wisdom shown by prefects and governors in the solving of knotty problems of jurisprudence. These stories, too, bear witness to the rich fund of humor which lies back of the Korean temperament and which keeps the Korean cheerful and patient through centuries of—what shall we say?—anything but ideal government.

　　한국의 전설을 알차게 하는 원천은 부사나 관찰사가 법률상의 난점을 해결할 때 보여주는 지혜이다. 이 이야기들도 한국인의 기질 이면의 풍부한 유머의 보고를 보여준다. 한국인의 유머는 결코 이상적이지 않은 정부라고 밖에 달리 표현할 길이 없는, 수 세기 동안의 한국 정부 아래에서도 그들을 유쾌하고 참을성 있게 해주었다.

A boy accidentally shot his parent and came weeping to the prefect, who could not make up his mind to execute the rigors of the laws upon him until the prefect's child, coming in, asked the cause of his father's perplexity and, being told, exclaimed, "The boy must be killed. If his heart had been right he would not have waited for you to punish him; he would have killed himself. His tears are only to excite your pity." So the boy was executed.

　　한 소년이 우발적으로 부모를 쏜 후에 울면서 부사에게 찾아왔다. 부사는 법에 따라 엄정하게 집행해야 할지 결정할 수 없었는데 마침 그때 부사의 아들이 들어와서 아버지가 당황해하는 이유를 물었다. 이유를 들은 아들은 "그 소년은 죽어야 합니다. 양심이 있는 사람이었다면 아버님이 벌하도록 기다리지 않았을 겁니다. 스스로 목숨을 끊었어야죠. 그 눈물은 단지 아버님의 동정을 유발하기 위한 것입니다." 그리하여 그 소년은 처형되었다.

A father dying left only a hat, a pair of shoes and a roll of paper to his infant son and gave everything else to his daughter, who was fourteen. When the boy came to maturity he asked his sister to share the money but she refused, and drove him away with nothing except the hat, shoes and paper. A friend advised him to appeal to the magistate[19]. He wrote out his plea on the paper and, putting on the hat and shoes, without which no petitioner could enter the magisterial presence, he went to the governor's yamen. When he had told his story the governor laughed and said, "Certainly you shall have justice. It is evident that your father knew the avaricious nature of his daughter and foresaw that she would spend the money before letting it pass to her brother, so he gave it to her to hoard under the supposition that it was her's, but he gave you the hat and the shoes to wear and the paper where on to write out your accusation against her. I decree that she shall turn over the entire fortune to you, as was evidently your father's intention."

한 아버지가 죽으면서 모자, 신발 한 켤레, 종이 두루마기만을 갓 난배기 아들에게 남기고 나머지 모든 것은 당시 14살이었던 딸에게 주었다. 소년이 성인이 되어 누나에게 돈을 나누어 줄 것을 요청했다. 그러나 누나는 이를 거부하고 그에게 모자, 신, 종이만을 주곤 그를 내쫓았다. 한 친구가 사또에게 항소하라고 충고했다. 그는 종이

---

19 magistate(원문): magistrate

에는 탄원을 쓰고, 모자와 신발을 착용하지 않으면 사또 앞에 탄원서를 제출하지 못하니 모자와 신발을 착용하고, 사또가 있는 관아로 갔다. 그의 사연을 들은 사또는 웃으면서 말했다. "너는 정당한 권리를 가지게 될 것이다. 너의 아버지는 분명 딸의 탐욕스러운 면을 알고 그 돈을 너에게 넘겨주기 전에 다 써버릴 것을 예상했을 것이다. 그래서 너의 누나에게 주면서 자기 것이라고 믿고 비축하게 했다. 그러나 너에게는 착용할 모자와 신발을 그리고 너의 누나를 고발할 내용을 적을 종이를 주었다. 나는 네 누이가 너에게 전 재산을 돌려줄 것을 명한다. 그것이 너의 아버지의 뜻임이 분명하다."

A valuable brass bowl had been stolen. The thief was doubtless one of twenty or thirty men, but *which* one it was impossible to tell. The prefect called them all in, on some pretext or other, and after talking about indifferent subjects dismissed them. As they were passing out the door with their backs turned to him he shouted "Where is that bowl?" The thief, taken by surprise, lost his presence of mind and turned like a flash toward the prefect and thus betrayed himself.

귀중한 놋쇠 그릇을 도둑맞았다. 도둑은 분명 20명 혹은 30명의 남자 중 한 명이지만 '누구'인지 알기 불가능했다. 부사는 이런 저런 명목으로 그들 모두를 불러 별 상관없는 말을 한 후에 방면하였다. 그들이 부사에게 등을 돌리고 문을 통과할 때 그는 "그릇 어디 있어?"라고 소리쳤다. 도둑은 깜짝 놀라 마음의 평정을 잃고 부사 쪽으로 획 몸을 돌림으로써 스스로 도둑임을 드러냈다.

A cow's tongue was cut off by someone in the night and the prefect, after keeping the cow all day without food, called all the town people together and forced each one to offer the cow some beans in a trough. The cow greedily ate from each one until at last a boy came up, whereupon the cow plunged as if in fright. So the prefect knew who the culprit was. The boy confessed that he had done it because his sick mother had asked for cow's tongue to eat and he had no money to buy one with. The prefect paid for the cow and gave it to the boy for food.

누군가가 간밤에 소의 혀를 잘라갔다. 부사는 그 소에게 하루 종일 먹을 것을 주지 않고 데리고 있다가 모든 마을 사람들을 오게 한 다음, 각자 소에게 여물통의 콩을 주도록 명했다. 소는 마을 사람들이 주는 모든 콩을 게걸스럽게 다 받아먹었지만, 마지막으로 한 소년이 나타나자 놀라 펄쩍 뛰었다. 부사는 범인이 누구인지를 알았다. 그 소년은 병중인 어머니가 소의 혀를 먹고 싶어 했지만 살 돈이 없어 그렇게 했다고 자백했다. 부사는 소 값을 치른 후에 그 소를 소년에게 주었다.

Two men got into a dispute over the ownership of a long pipe. The prefect said, "Before taking up this case let's sit down and have a smoke." He offered each of the men a pipe of medium length. As they smoked the prefect saw that one of the men held his head erect and sat back straight while the other would bend his head or lean forward and smoke. So the prefect said, "There is no use in troubling about this case. I know which of you is the owner. A man who is accustomed to use a long pipe gets accustomed to sitting up straight, otherwise he could not smoke with comfort." So the real owner was discovered.

장죽의 소유권을 둘러싸고 두 사람이 말다툼을 하게 되었다. 부사가 말했다. "이 사건을 맡기 전에 먼저 앉아서 담배나 태우세." 그는 두 사람에게 중간 길이의 담뱃대를 주었다. 부사는 그들이 담배를 피울 때, 한 명은 머리를 곳곳하게 하고 허리를 펴고 앉은 반면에 다른 한 명은 고개를 숙어 몸을 숙이고 담배를 피우는 것을 보았다. 이에 부사가 말했다. "이 문제로 골치 아플 필요가 없겠네. 누가 담뱃대 주인인지 알겠네. 장죽으로 담배를 태우는 사람은 흔히 곧추 앉지. 안 그러면 편안하게 담배를 피울 수 없거든." 그리하여 진짜 담뱃대 주인이 밝혀졌다.

A countryman was standing at Chong-no looking about him, with a fine yellow dog-skin under his arm. A sharper came along, backed up to the countryman and got one end of the skin under his arm. When the countryman started on the sharper exclaimed, "What are you doing with my dog skin?" The countryman insisted that it was his. The matter came before the magistrate, who took the skin in his hand and folded it so that the head did not show. When each man had told his story the prefect looked thoughtfully at the skin and, without addressing either man in particular, said "That's a rather nice skin but why did you slit one of the ears?" The sharper hastened to answer, "O, that was done about two months ago in a fight." The real owner said, "Why, no, the dog's ear is not slit—at least not to my knowledge." The prefect handed the skin to its proper owner and then said to the sharper, "How comes it that if your dog's ear was slit this one is not? I think you need a few weeks in the chain-gang."

한 시골 사람이 종로에서 멋진 누런 개가죽을 겨드랑에 끼고 주위를 둘러보며 서 있었다. 한 사기꾼이 그에게 다가가 등 뒤에 서서 겨드랑이 밑의 가죽의 한 끝을 잡았다. 시골 사람이 길을 가려고 하자 사기꾼은 소리쳤다. "내 가죽 가지고 무슨 짓이오?" 시골 사람은 자기 것이라고 주장했다. 그 문제는 부사에게 갔다. 사또는 손에 가죽을 잡고 가죽 머리가 보이지 않도록 접었다. 각자 자신들의 이야기를 하자 부사는 가죽을 곰곰이 보며 누구에게라도 딱히 할 것 없이 "참으로 좋은 가죽이군. 근데 어째서 한 쪽 귀에 가늘고 긴 상처가 있는가?" 했다. 사기꾼은 급히 말했다. "아, 두 달 전에 싸우다 그렇게 되었습니다." 실제 주인은 말했다. "그럴 리가 없습니다. 제가 아는 한, 개의 귀에는 상처가 없습니다." 부사는 그 가죽을 실제 주인에게 건네준 후에 사기꾼에게 말했다. "너의 개의 귀에 상처가 나 있다면 이것은 아니겠지? 너는 몇 주 동안 쇠고랑을 차야겠다."

A hunter was chasing a fax and had wounded it severely. In a few moments more it would be his; but a dog came out of a yard and caught the fox, whereupon the owner of the dog claimed the animal. The prefect said, "It is evident that the hunter was after the animal's skin, whereas the dog was after its flesh. Let each have what he sought."

어느 사냥꾼이 이미 치명적인 부상을 입혔던 여우를 쫓고 있었다. 조금만 더 있으면 그의 것이 되기 직전이었다. 그런데 개가 마당에서 나오더니 여우를 잡았다. 이에 개 주인은 여우가 자기 것이라고 주장했다. 부사는 말했다. "사냥꾼이 가지려던 것은 여우의 가죽이었고, 개가 가지려던 것은 고기였음이 분명하다. 각자 원하는 바를 가지도록 하여라."

Such are a few of the anecdotes told of the Solons of Korea and from these the whole of this class of stories may be judged. They often evince a keen knowledge of human nature and they abound in a dry kind of humor which render them not the least interesting part of the repertoire of the Korean story-teller.

이 이야기들은 한국의 솔론(Solon)[20]을 보여주는 몇 가지 일화들이며, 이것만으로도 이 범주에 속하는 이야기 전체를 판단할 수 있을 것이다. 인간 본성에 대한 예리한 지식이 드러나고 그 속에는 진

---

20 솔론(Solon, 638?-558? B.C.): 아테네의 입법가, 그리스 7 현인의 한 사람.

지한 유머가 풍부히 들어 있어, 한국 이야기꾼이 가진 레퍼토리 중 매우 재미있는 부분에 속한다.

Fascinating though the realm of legend may be, we must hasten on to speak of Korean myths; and here we take the word in its strict meaning, namely some extra-natural origin of a natural phenomenon. At the very start we must say that the Korean imagination has never proved large enough or buoyant enough for those grand flights of fancy which produced the enchanting myths of Greece. Nor has it been virile enough or elemental enough to evolve the hardy heroes of the Norse mythology. The Greek, Roman and Scandinavian pantheons were filled with figures that loomed gigantic and awful while in Korea almost all superhuman or extra-human agencies seem, somehow, less than man; sometimes craftier, often stronger, but seldom nobler or worthier. So, instead of giving us a Phoebus Apollo to lead out the chariot of the sun to run his daily course across the sky, the Korean gives us the reason why bed-bugs are so flat. Instead of fancying that the cirrus clouds are flocks of sheep feeding in the ethereal pastures the Korean tells us why sparrows hop on both feet while magpies put one foot before the other. Greek mythology is telescopic; the Korean is microscopic. If you want to know the origin of fire, of the procession of the equinoxes, of echo or of lightning you must seek it in the Greek mythology but if you want to know how it comes about that the ant has such a small waist or why the louse has a black speck on his breast[21]-you must consult the Korean. To the West, form is everything and detail is but secondary while to the East detail is all important and form is but the background for its display.

　　민속에서 전설이 매력적이긴 하지만, 우리는 한국의 신화로 빨리 넘어가야 한다. 여기서 말하는 신화는 신화의 가장 엄격한 의미인 자연 현상의 어떤 자연 외적인 기원을 말한다. 처음부터 말해 두어야 할 것은, 장엄한 환상의 비상으로 매력적인 신화를 생산한 그리스와 달리 한국인의 상상력은 방대하지도 않고 자유롭지도 않다. 또한 북구 신화의 강건한 영웅을 등장시킬 만큼 남성적이지도 강하지도 않다. 그리스, 로마, 스칸디나비아의 신전에는 거대하고 무시무시한 형상들이 가득하지만 이에 반해 한국의 거의 모든 초자연적 혹은 인간 외적 힘은 때로 사람보다 더 작다. 사람보다 재주가 많고 더 강한 경우는 있지만, 사람보다 더 고귀하거나 가치 있어 보이지는 않는다. 그래서 태양 마차를 끌고 하늘을 매일 운행하는 아폴로(Apollo) 대신, 한국인은 빈대가 왜 저렇게 납작한가의 이유를 제시한다. 한국인들은 새털 같은 구름이 천상의 목초를 먹는 양떼라고 상상하기보다는, 참새는 두 발을 모아 뛰는데 까치는 왜 한 발씩 번갈아 뛰는가를 말한다. 그리스 신화는 거시적인데 반해 한국 신화는 미시적이다. 불, 춘분과 추분의 진행, 메아리 또는 번개의 근원을 알고 싶다면 그리스의 신화를 찾아보면 되지만, 개미가 왜 그렇게 작은 허리를 가지게 되고 머릿니의 가슴에는 왜 검은 점이 있는지 알고

---

21 breas(원문): breast

싶으면 한국인에게 물어보아야 한다. 서구인에게 형태는 모든 것이고 세부사항은 부차적인 반면 동양인에게는 세부사항이 가장 중요하고 형태는 세부사항을 나타내기 위한 배경일 뿐이다.

A very few samples of mythological stories will suffice. Let us ask why it is that the crab walks backwards and the angleworm has no eyes. The Korean will tell us that in dim antiquity this was not true, but that the crab was blind and had a black band around his body while the angleworm had eyes, But, as it happened, a crab took to wife an angleworm and, not long after, suggested that as he was the provider for the family, his wife should lend him her eyes in exchange for his black band. She did so, with the result that the treacherous crab soon after sued for a divorce and obtained it. The angleworm asked to have her eyes back but the crab refused. She then attacked him so furiously that he backed away. She pursued and kept him backing so long that he formed the habit and has never gotten over it.

한두 가지의 신화를 예로 들어도 충분할 것이다. 게는 왜 뒤로 걷고 지렁이는 왜 눈이 없는지 물어보자. 그럼 한국인은 아주 먼 옛날에는 그렇지 않았다고 하며, 게는 눈이 보이지 않고 몸에 까만 띠를 두른 반면에 지렁이는 눈이 있었다고 말해줄 것이다. 그러나 일이 어떻게 되었는가 하면, 게가 지렁이를 아내로 삼았다. 얼마 후 게는 자기가 가족의 가장이니 자기의 까만 띠와 지렁이 아내의 눈을 맞바

꿀 것을 제안했다. 그녀가 그 제안에 응하자 교활한 게는 곧 이혼 신청을 하고 그녀와 이혼했다. 지렁이는 눈을 돌려 줄 것을 요청했지만 게는 이를 거부했다. 그녀가 매우 화가 나서 게를 공격하자 게는 뒤로 물러났다. 지렁이가 계속 게를 쫓아가자 게는 계속 뒤로 걷게 되었다. 오랫동안 그렇게 했더니 게는 뒤로 걷는 것이 습관이 되어 다시는 앞으로 걷지 못하게 되었다.

The flies and sparrows had a quarrel and agreed to arbitrate. The governor of Py'ang An Province was the arbiter. The flies charged the sparrows with stealing rice and building their nests under the eaves and quarrelling all the time. Without waiting to hear the other side the governor ordered the sparrows to be beaten on the legs. As the blows began to fall, the sparrows hopped up and down and begged the governor to wait till he had heard the other side. He complied, and the sparrows charged the flies with entering the house and defiling the food, and with laying eggs in the rice and destroying it. The governor thereupon ordered the flies beaten; but they begged so piteously, rubbing their hands together the while, that the governor let them off. He decreed however that in memory of the trial the sparrows should forever hop on both feet instead of walking properly and that Wherever flies alight they must rub their hands together!

파리와 참새가 싸움을 하다 화해하기로 합의했다. 평안 감사가 중

재자가 되었다. 파리는 참새가 들에서 쌀을 훔치고 지붕 처마 밑에 둥지를 만들었으며 매일 싸운다고 비난했다. 감사는 참새의 변명을 들어보지도 않고 그의 종아리를 때리도록 명령했다. 매질이 시작되자 참새는 아픔을 견디지 못하고 깡충깡충 뛰면서 자기의 이야기도 들어보라고 간청했다. 감사가 이에 응낙하자 참새는 파리가 집에 들어가서 음식을 더럽히고 밥에 알을 낳아 못 먹게 만든다고 비난했다. 이에 감사는 파리를 때리도록 명령했다. 서로 번갈아 매를 맞고 나자 그들의 신세가 초라해졌다. 파리는 두 손을 잡고 비비면서 이제 풀어 달라고 애처로이 빌었다. 그러나 감사는 그 재판을 기억하도록 앞으로 영원히 참새는 걷는 대신 두발로 깡충깡충 뛰어야 하고, 파리는 어디에 내려앉든 항상 두 손을 비빌 것을 명령했다.

In like manner Korean lore tells why flounders have the two eyes on the same side of the head, why the shad fish has so many bones, why the moon has on it the picture of a tree with a rabbit beneath it, why sorghum seeds are enveloped in a red case, why clams are simply birds that have fallen into the sea, why hawks are like policemen, how the octopus and the serpent had a lawsuit in which the serpent lost, and had to give up his four legs to the octopus who before that time had enjoyed only four. how the angleworm had his legs all taken away and given to the centipede—these and many another quaint and curious freak of nature are explained to the satisfaction of the Korean, at least.

391

한국의 민담에는 이런 식의 이야기가 많다. 가자미의 두 눈이 한 쪽으로 몰린 이유, 청어의 뼈가 많은 이유, 달이 나무 아래에 토끼가 있는 것처럼 보이는 이유, 수수 씨가 빨간 껍질에 싸인 이유, 바다에 빠진 새가 조개가 된 이유, 매가 경찰관처럼 살피는 이유, 소송에 진 독사가 네 다리 밖에 없던 문어에게 자신의 네 다리를 주어야 했던 경위, 지렁이가 모든 다리를 지네에게 빼앗긴 경위 등, 이런 저런 기 이하고 흥미로운 자연의 변이들을 최소한 한국인의 구미에 맞게 설 명한다.

So far we are able to classify roughly the different types of Korean folk-tales, but outside of these limits there is a whole realm of miscellaneous fiction so varied in its character almost to defy classification, and are able to enumerate only individual types. If I were allowed to classify arbitrarily I should include under one head all those stories which draw their inspiration from the workings of human passions. Of the love story, pure and simple, as we know it in the west, Korean folk-lore is entirely innocent. Social conditions which prevent all communication between men and women of a marriageable age sufficiently account for this; and it may well be that this limitation along the line of legitimate affection is to blame for a very wide range of popular literature which could not be discussed with propriety. Love between man and woman is a thing seldom spoken of among respectable Koreans.

지금까지 한국의 민담을 몇 가지 유형으로 대략 분류하였다. 그러나 이 범위를 벗어나면 그 성격이 매우 다양하여 분류화가 거의 불가능한 잡다한 허구적 이야기가 전 범위에 걸쳐 있다. 그래서 개별적인 유형만을 열거할 수 있다. 자의적인 분류가 허용된다면 나는 영감을 인간 열정의 작용에서 끌어오는 모든 이야기들을 하나의 항목 아래에 포함시키겠다. 한국 민속에서는 서양에서 알고 있는 것과 같은 그런 순수하고 소박한 사랑 이야기가 전혀 없다. 결혼 적령기의 남녀 사이의 모든 교류를 막는 사회적 환경을 고려할 때, 이것은 충분히 설명 가능한 현상이다. 따라서 합법적인 애정조차 제한하는 현상 때문에 다양한 범위의 대중문학이 온당한 논의조차 받을 수 없었던 것은 너무나 당연하다. 남녀 사이의 사랑은 점잖은 사람이 입에 올릴 수 있는 것이 아니었다.

Prominent among the stories of human nature I should place those which have for their motive the passion for revenge. Without doubt the prevalence of this type springs from a state of society in which even-handed and blind-fold justice finds no place; in which the principle that "to the victor belongs the spoil" applies equally to political, industrial and social life. It is a state of society in which influence in vulvar language, "pull" is the chief asset of the politician, the merchant or even the coolie. In such a condition of things the passion for revenge finds daily and hourly food to feed upon, and we see a clear reflection of it in the folk-tales of the Korean.

인간 본성을 다룬 이야기에서 두드러진 것은 강한 복수심이 동기가 되는 이야기들이다. 이런 유형의 이야기가 우세한 이유는 의심할 여지없이 공명정대한 정의로운 사회가 아니기 때문이다. "승자독식"[22]이라는 원리는 정치, 산업, 사회생활에 모두 적용된다. 영향력의 저속한 말인 "연줄"은 정치인과 상인 심지어 막노동꾼에 이르기까지 주요 자산이다. 이런 상황에서 복수에 대한 열정은 매일 매시간 자양분을 발견한다. 한국의 민담은 이를 명확하게 반영하고 있다.

A woman has been robbed of her ancestral burying ground by the prefect, and she is told by a fortuneteller that she will be able to secure revenge when she shall succeed in making one egg stand upon another without falling off. She spends years in the attempt, while all the time her wrath burns hot within her. One night the King of Korea, masquerading like Haroun al Raschid of old, peeped through a window and saw an aged woman attempting, time and again, the impossible feat. As he looked, the woman suddenly saw her desire fulfilled. One egg rested on the other and did not fall off. The King demanded admittance and after hearing the whole story gave her her revenge.

어느 여인이 부사에게 조상 묘지를 강탈당했다. 점쟁이에게 물어보니 떨어뜨리지 않고 계란 위에 계란을 세울 수 있으면 복수를 할

---

22 to the victor belongs the spoil: 승자독식, 엽관제도

수 있다고 했다. 여인은 마음속은 분노로 활활 타오른 채 그 세월동안 들은 대로 했다. 어느 날 한국의 왕은 옛날의 하룬 알 라쉬드 (Haroun al Raschid)[23]처럼 변복을 하고 창문을 들여다 보다가 한 나이든 여인이 이 불가능한 일을 하고 또 하는 것을 보게 되었다. 그가 바라보는 동안 그녀의 바람이 갑자기 실현되었다. 한 계란이 다른 계란 위에 떨어지지 않고 세워졌다. 안으로 들어가게 된 왕은 모든 이야기를 들은 후 그녀의 원한을 풀어주었다.

A young girl whose father and brother have been wrongfully done to death by the prime-minister, retires to a mountain retreat and practices the sword-dance for years with the settled purpose of thus securing the opportunity to kill the prime minister's only son, and so cutting off his line. Meanwhile that son has been disowned by his father and wanders away among the mountains where he finds the girl. Neither knows the other, but in time they wed, the girl reserving the right to carry out some dread fate of which she does not tell him. When the time comes for her to go, it transpires that her husband is the very man she has vowed to kill. The husband casts off his father's name and takes her father's name, and all comes out right.

재상의 손에 억울한 죽음을 당한 아버지와 오빠를 둔 젊은 처자가

---

23 하룬 알 라쉬드(Haroun al Raschid, 766－809): 이슬람 제국의 왕으로 저스트(Just)로 불린다. 그의 재임 기간 동안 과학, 문화, 종교, 이슬람 예술과 음악이 번성했다. 『아라비안 나이트』에 그의 일화가 소개되어 있다.

있었다. 그녀는 산 속 암자로 들어가 수년간 검무를 연마한다. 그 목적은 재상의 외아들을 죽일 기회를 노려 그의 대를 끊기 위해서이다. 그러는 동안에 재상의 아들은 그의 아버지와 의절하고 산천을 방황하던 중 그 처자를 만난다. 두 사람 모두 상대방을 알지 못하였지만 시간이 흘러 결혼을 하고, 처자는 남편에게 말하지 못한 끔찍한 운명을 이행할 생각을 마음속에 계속 품는다. 그녀가 떠날 시간이 되었을 때 남편이 바로 그녀가 죽이고자 맹세했던 바로 그 사람인 것이 드러난다. 남편이 아버지의 성을 버리고 장인의 성을 따름으로써 모든 문제가 해결된다.

A young man mistakenly thinks that he has been grievously injured by a high official. In disguise he secures a position in the household of his intended victim and becomes a confidential servant. As he sees the wished-for day approach, when he can secure his revenge, his master reads his secret in his face and at night puts a manikin in his own bed while he himself hides behind a screen. He sees his would-be murderer enter knife in hand and drive the steel into the supposed body of the official and then escape. The next day, in a most skillful manner he gets the boy back, shows him his error and reinstates him in his old place as if nothing had happened. and all without any of the other members of the household suspecting that anything has happened.

한 젊은이가 고위 관리에게 억울한 일을 당했다고 오해했다. 그는 변장을 하고 죽이고 싶은 사람의 집에 들어가 충직한 하인이 된다. 복수를 할 수 있는 고대하던 그 날이 왔을 때, 주인은 그의 얼굴에서 비밀을 읽고는 밤에 침상 위에 마네킹을 두고 병풍 뒤에 몸을 숨겼다. 장래의 살인자가 손에 칼을 쥐고 들어와 관리라고 생각한 몸을 칼로 찌르고 도망을 갔다. 그 다음날 주인은 아주 교묘하게 청년을 다시 불러 그의 실수를 보여주고는 마치 아무 일도 없었던 것처럼 그를 옛 자리에 복직시켰다. 집안의 어느 누구도 무슨 일이 있었는지 눈치 채지 못했다.

Korea also has its stories of detectives and their wiles. The Korean custom of sending government detectives to the country to spy upon governors and prefects and to right the wrongs of the people, forms an easy hook upon which to hang many an interesting tale. These are crude compared with the complicated plots of the West, and yet now and again situations occur which would do credit to Sherlock Holmes himself. In the human heart there is a passionate love of justice. In the end the right *must* prevail. The Koreans evidently think so, for though there are tragedies enough in actual life there are none in Korean fiction. Things come out right in the end. The Korean may be much of a fatalist but he is not a pessimist. His fatalism is of that cheerful type which takes things as they come. We may rightly say that the comic muse fills the whole stage of Korean drama. It is the villain only who gets killed off.

한국에는 또한 탐정과 간계에 대한 이야기가 있다. 한국에는 정부 감시관을 지방으로 보내 관찰사와 부사의 비행을 살피고 백성들의 억울함을 바로잡는 관습이 있다. 이에 관련된 흥미로운 이야기들이 많이 있다. 서양의 복잡한 플롯에 비해 조잡하긴 하지만 때로 셜록 홈즈(Sherlock Holmes)가 풀기에도 까다로운 문제가 발생한다. 인간의 마음속에는 정의에 대한 열정적 사랑이 있다. 결국 정의가 '반드시' 이겨야한다. 한국인들의 이와 같은 명확한 생각은 그들의 실제 생활에서는 비극적인 일이 많지만 한국의 허구에서는 이를 찾아볼 수 없다는 점에서 알 수 있다. 마지막에는 모든 것이 제대로 마무리된다. 한국인들은 운명론자적인 면이 다분히 있지만, 그렇다고 염세주의자는 아니다. 한국인의 운명론은 일이 생기면 생기는 대로 받아들이는 유쾌한 운명론이다. 한국 드라마의 전체 무대는 익살맞은 뮤즈가 채운다고 해도 과언은 아니다. 죽어 없어지는 것은 단지 악당일 뿐이다.

This craving for justice amounts to a passion, perhaps on the principle that things that are least accessible are the most desired. This feeling has expressed itself in a multitude of stories in which justice, long delayed, has at last been done; justice between King and subject, father and son, friend and friend, master and servant. The Korean story-teller has the same penchant for getting his hero into hot water in order to show his (the teller's) cleverness in getting him out that prevails in western lands. Fortunately in Korea he always gets out, while in the so-called realism of the West the poor fellow is often left suspended over the coals.

　　얻기 힘든 것일수록 더 원하기 마련이라는 원칙에 따라, 한국인의 정의에 대한 이와 같은 갈망은 매우 뜨겁다. 이 감정은 왕과 신하, 아버지와 아들, 친구사이, 주인과 하인 간의 정의가 오랜 시간 실현되지 않다가 마침내 정의가 승리하는 수많은 이야기 속에서 잘 표현되어 있다. 영웅을 곤경에 빠뜨리고 영웅이 곤경에서 빠져나오는 과정을 빈틈없이 묘사하여 이야기꾼의 영리함을 보여주는 이야기가 서양에 널리 퍼져 있듯이 한국의 이야기꾼도 이와 똑같은 경향을 보인다. 한국의 영웅은 다행히 항상 역경을 극복하지만 서구의 리얼리즘은 불쌍한 영웅을 때로 고초를 겪는 그 상태로 두고 이야기를 마무리한다.

Stories based upon the passion for fame generally take a literary turn. They cluster about the great national examinations. The enormous influence that these examinations have exercised on the life of the Korean is shadowed forth in countless stories relating to the open strife of the competitors, their attempts to cheat or bribe the examiners, to substitute spurious manuscripts, to forge names, if by any means whatever they may arrive at the Mecca of official position. And right here comes out the relative status of literary and military life. The literary man is distinctly above the military. No fame is sufficient that rests only on military success. There are a few exceptions but they are very rare. All Korean fiction goes to prove

that military glory is thrust upon a man, while it is only literary fame
that he eagerly seeks.

명성을 얻으려는 열정에 초점을 둔 이야기는 일반적으로 문과 쪽
에 기울어 있다. 이러한 이야기의 대부분이 비중이 큰 국가시험인
과거에 집중되어 있다. 과거가 한국인의 생활에 미친 엄청난 영향은
여러 이야기에 드리워져 있다. 경쟁자들 간의 공공연한 반목, 시험
관을 속이고 매수하려는 시도, 미리 써온 시험지로 바꿔서 제출하는
것, 남의 이름을 적는 일 등 그들은 공직의 성지(Mecca)에 도달하기
위해서는 무슨 짓이라도 한다. 바로 여기에서 문관과 무관의 상대적
지위가 결정된다. 문관은 무관보다 그 지위가 훨씬 높다. 무관으로
서 성공했다 해도 그 명성은 그리 높지 않다. 약간의 예외가 있긴 하
지만 아주 드물다. 한국의 모든 허구는 무관으로서의 영광은 어쩌다
얻게 된 것이고, 진정으로 추구하는 것은 단지 문관으로서의 명성임
을 증명해 보인다.

Avarice, too, is one of the chords which is struck in Korean tales,
but it is usually only as a secondary theme. Rarely is a story devoted
exclusively or even mainly to the illustration of this passion. The
Koreans are too happy-go-lucky and they have too great a contempt
for niggardliness to make the sordidly acquisitive faculty a pleasing
theme in fiction. On the other hand the tales of generosity and self-
sacrifice, of prodigal and reprehensible extravagance are common
enough, for they fit the spirit of the people and go hand in hand with

their optimism.

탐욕 또한 한국의 설화에서 연주되는 한 코드이긴 하지만, 주로 부차적인 주제로만 다루어진다. 한 이야기가 탐욕만을 집중적으로, 혹은 많은 부분 할애해서 다루는 경우는 드물다. 한국인은 만사태평이다. 그들은 구두쇠를 매우 경멸하기 때문에 재산을 탐욕스럽게 모으는 재능은 허구가 즐겨 다룰 수 있는 유쾌한 주제가 아니다. 반면에 너그러움과 자기희생에 관한 이야기, 비판받을 정도로 마구 퍼주는 낭비에 관한 이야기가 아주 흔하다. 이는 한국인의 사고방식에 맞고 그들의 낙천주의와도 조화를 이루기 때문이다.

For instance a lad goes forth to seek his fortune. He comes to a village and there finds another boy weeping because he has no money to bury his parent with. Our hero gives the unknown lad every cent he has in the world and then fares on, a beggar. Of how he tramped up and down the country and finally came to the capital of Silla and became a general, of how the Ye-mak enemy had in their ranks a veritabe Goliath, of how our hero went and challenged him, only to find that he was the man whom, as a boy, he had helped with his last cent, and how a happy peace was consummated ─all this forms the kind of story the boys and girls of Korea can listen to by the hour, and ask for more.

어느 날 한 청년이 출세를 위해 집을 나선다. 그는 어느 마을에 도착하여 부모의 장례비가 없어 울고 있는 한 소년을 만난다. 우리의 영웅은 가진 모든 것을 탈탈 털어 그에게 준 뒤 거지가 되어 길을 떠난다. 그는 그 나라 여기저기를 떠돌다 마침내 신라의 수도에 도착하여 장군이 된다. 적군 예맥에는 엄청나게 큰 골리앗이 있다. 가서 그와 대적한 우리의 영웅은 그 골리앗이 바로 어린 시절 마지막 남은 돈으로 도와주었던 그 소년이라는 것을 알게 된다. 행복한 평화가 완성된다. 이런 이야기는 한국의 소년 소녀들이 언제라도 들을 수 있고, 더 해 달라고 요청하는 이야기이다.

Of course we would expect that the peculiar customs of the country would be enshrined in the folk-lore. Nor are we disappointed. The unique stone-fight, the tug-of-war, the detestable custom of widow-stealing and the still more horrible custom called *po-sam* which was veritable murder, committed for the purpose of forestalling the prediction of the fortune-teller that the bride would soon become a widow, the wiles of the *ajun* or hereditary hangers on at country prefectures who are looked upon much as Judean publicans, or tax-gatherers were in the days of the Christ; all these themes and many more, based on peculiar Korean customs, swell the volume of Korean folk-lore.

민속은 시골의 특정 관습이 민속으로 전해질 것이라는 우리의 기대를 저버리지 않는다. 독특한 돌싸움, 줄 달리기, 과부를 훔치는 혐오스러운 관습, 훨씬 더 끔찍한 관습인 신부가 곧 과부가 될 것이라는 점쟁이의 예언을 미리 막기 위해 자행되는 명백한 살인인 '보쌈' (po-sam), 그리스도 시대의 고대 유대의 세금징수원인 세리와 같은 지방 관아의 세습 엽관인 '아전'(ajun)의 농간, 이 모든 주제들과 독특한 한국 관습에 기초한 기타 더 많은 주제들이 한국 민속의 분량을 더 늘린다.

Another class of stories depend for their success upon some startling surprise, some drop from the sublime to the ridiculous. One of the first of these is the story of the man who found a monstrous stone Buddha in the woods. From a fissure in its head a pear tree grew and on the tree hung a pear as large as a man's head. Such a prize was worth risking life and limb for. Clinging to the bushes that grew from crevices in the ancient image he succeeded in reaching its neck. A wild grape vine afforded him the means to get over the[24] projecting chin but still the nose hung out over him and seemed to bar the way effectively. The only thing to do was to climb up one of the nostrils hoping to find a passage through to the top. All went well until he reached the point where the nostril narrowed, when suddenly a terrific blast of wind came down the orifice and a veritable earthquake shook the mage to its foundations. His last thought as he was hurled though the air to certain death on the rocks below was this — "The god has sneezed." He landed in a clump of bushes and did not regain

---

24 he(원문): the

consciousness till late in the afternoon when he found to his joy that the same convulsion had shaken off the pear and that it lay at his feet. So he went on his way rejoicing.

또 다른 범주의 이야기는 이야기의 성공을 위해 숭고한 대상을 갑작스럽게 우스꽝스럽게 추락시켜 사람들을 경악하게 하는 이야기 구조에 기댄다. 첫 번째 이야기는 숲에서 불상처럼 보이는 거대한 바위를 발견한 남자 이야기이다. 그 바위의 머리 틈에 사람 머리통만한 배가 달린 배나무가 있었다. 그런 멋진 상을 얻을 수 있다면 목숨이나 사지를 걸어도 아깝지 않았다. 그는 불상 형상의 틈에서 자라는 가지에 매달려 불상 바위의 목에 도착하는데 성공했다. 야생포도 덩굴에 기대 돌출된 턱을 넘을 수 있었지만 여전히 그 앞에 튀어나와 있는 코 때문에 제대로 접근할 수 없었다. 위로 올라가기 위해서는 콧구멍으로 올라가는 수밖에 없었다. 콧구멍이 좁아지는 부분에 오기 전까지는 일이 잘 풀렸다. 그런데 갑자기 끔찍한 돌풍이 콧구멍에서 불어왔다. 가공할 지진이 일어나 그 사람은 맨 아래로 떨어졌다. 공중에서 바위 아래의 어떤 죽음으로 내던져지면서 그가 한 마지막 생각은 바로 "신이 재채기를 했구나"였다. 그는 덤불 위에 떨어졌고 정신을 잃었다. 오후 늦게 정신이 돌아온 후 그는 그 돌풍으로 배가 떨어져 자신의 발 앞에 있는 것을 발견하고는 기뻤다. 그는 흥겨워하며 제 길을 갔다.

It is natural that a land as old as this should be filled with relics of other days and that they should be surrounded with a halo of popular veneration. Even though many of these relics are now lost like the "Holy Grail" yet the stories remain. There was the "Golden Measure" of Silla and the pair of jade flutes that could be sounded only in Kyong-ju, their home There was the magic stone in which one could look and discover the nature of any disease. There was the magic robe that would render its wearer invisible and the "King Stone" from which the ashes of cremated Kings of Silla were cast into the Japan sea. Then there are stories connected with the dolmens which are found all over Korea, but whose origin no one seems to know.

한국처럼 역사가 오랜 나라에서 대중 숭배의 후광에 둘러싸인 과거의 유적들이 많은 것은 당연하다. 비록 이러한 유적들 중 많은 것이 서양의 '성배'처럼 지금은 없어졌지만 관련된 이야기는 여전히 남아있다. 신라의 '금자'(Golden Measure), 제작 장소인 경주에서만 소리가 나는 한 쌍의 옥피리, 들여다보면 병의 원인을 알 수 있는 마법의 돌, 입은 사람이 보이지 않는 마법의 옷, 화장된 신라왕의 유해가 일본해[25]로 뿌려지는 장소인 '왕의 바위'(King Stone) 등이 있다. 한국의 전역에서 볼 수 있는 고인돌과 관련된 이야기도 있지만 그 기원을 아는 사람은 아무도 없는 듯하다.

Among the miscellaneous tales are those which tell of the introduction of various things into Korea, or their invention. St.

---

25 동해를 말한다.

Patrick drove the snakes out of Ireland but Yun-san-gun introduced them into Korea. He wanted a few to keep under his bed; but as there were none in Korea he sent to India and secured a boatload. As they were being unloaded some of them escaped, and ever since there have been snakes here. We also have stories about the introduction of tobacco, ginseng, bomb-shells, muskets, and musical instruments, some of which came from Japan and some from China, while others were of native invention. One curious tale tells how the Korean alphabet was formed from the lattice work of a Korean door, another one how the Koreans come to wear the remarkable, broad-brimmed hats, as a preventative of conspiracy!

잡다한 설화 중에는 한국으로 유입된 다양한 문물이나 발명품에 관련된 이야기들이 있다. 성 패트릭(St. Patrick)[26]은 뱀을 아일랜드에서 몰아냈지만 연산군은 뱀을 한국에 들여왔다. 연산군은 몇 마리의 뱀을 침상 아래에 두고 싶었지만 한국에는 뱀이 없어 인도로 사람을 보내 많은 뱀을 가져오게 했다. 뱀이 든 짐을 푸는 과정에서 몇 마리가 도망갔다. 그때부터 한국에도 뱀이 존재하게 되었다. 담배, 인삼, 폭탄, 장총, 그리고 일본과 중국 등에서 들어온 악기 혹은 자체 개발한 악기에 대한 이야기가 있다. 한 흥미로운 이야기에선 한글이 한국식 문의 격자 작업으로 만들어졌다고 하고, 다른 이야기에선 한국인들은 음모를 숨기기 위한 예방책으로 창이 넓은 눈에 띄는 모자를

---

26 성 패트릭(St. Patrick, 389 ? -461 ?): 아일랜드의 수호성인

쓰게 되었다고 말한다.

In closing it is necessary to mention the matter of comparative folk-lore and its relation to Korean folk-lore. The present paper is simply an attempt to give a brief outline of the general style and contents of Korean lore, but beyond that, and more important still, is the relation between the tales of Korea and those of other lands. Here, of course, lies the scientific value of such a study. We want to know the affinities of Korean folk-lore, what elements it borrowed and what elements it lent. It would be quite impossible to attempt such a discussion in this paper, but that it will prove a most interesting field of investigation can be shown in few words. We find in Korea native stories that are almost the exact counterpart of that of Cinderella, which is such a common theme in almost all European countries, of Ali Baba and the Forty Thieves, of the Uncle Remus stories in which the rabbit outwitted other animals, of Haroun Al Raschid and his nightly peregrinations, of Jonah and the whale, of Red Riding Hood, of Alladin's Lamp, Sinbad the sailor, and many another type familiar to the scientific folk-lorist of the West.

글을 마치면서 비교 민속의 문제와, 그것이 한국 민속과 어떤 관계를 가지는지 언급할 필요가 있다. 이 글은 한국 민담의 전반적인 스타일과 내용에 대해 간략한 설명을 하기 위한 시도일 뿐이고, 이를 넘어서는, 아니 이보다 훨씬 더 중요한 것은 한국 이야기와 다른 나라 이야기의 관계이다. 민담 연구의 학문적 가치가 여기에 있음은 당연하다. 우리는 한국 민담이 다른 나라 민담과 어떤 유사성을 가지는지, 어떤 요소를 다른 나라에서 차용하고 어떤 요소를 다른 나라에 전달하였는지 알고 싶다. 이 글에서 그러한 논의를 하기는 거의 불가능하지만, 비교 민속 연구가 앞으로 매우 흥미로운 연구 분야가 될 것임을 다음의 몇 마디 말로 간략하게 보여줄 수 있다. 한국의 토속 이야기에는 거의 유럽의 전 나라에서 공통으로 나타나는 주제인 신데렐라 이야기와 알리바바와 40인의 도적, 토끼가 다른 동물들보다 뛰어난 기지를 보여주는 엉클 리머스, 하로운 알 라쉬드 (Haroun Al Raschid)와 잠행, 요나와 고래, 빨간 망토의 소녀, 알라딘 램프, 선원 신밧드에 정확히 상응하는 이야기가 존재하고 서구의 민담 전문가들에게 익숙한 다른 유형의 이야기들이 많이 있다.

제2장

19세기 말 ~ 20세기 초 한국소설의 존재, 향유방식을 말하다

- 헐버트, 「한국의 소설」(1902)

H. B. Hulbert, "Korean Fiction," *The Korea Review* II, 1902.

헐버트(H. B. Hulbert)

▌ 해제 ▌

　헐버트의 「한국의 소설」(1902)은 상하이 신문에 수록된 게일의 기사("Corean Literature," *The North China Herald*, 1902)에 관한 일종의 반박문이다. 이렇듯 '한국에는 소설이 없다'는 소위 한국소설부재론은 게일 개인의 견해라기보다는 당시 한국문학을 접한 서구인들의 통념이자 지배적인 담론이었다. 이는 비단 소설이란 개별장르의 문제일 뿐만 아니라, 한국문학 전반에 대한 서구인의 논리이기도 했다. 이는 근대 국민국가의 민족문화라는 기준에 부합되는 문학작품의 부재를 논하는 일종의 '한국문학부재론'이었다. 즉, 중국고전 중심의 한문문학이 지배적인 위치에 있었고 국문(언문·한글)은 위상이 낮고 널리 활용되지 못했기에, 국민문학이라는 차원에서 이야기할 수 있는 한국의 고유 성과 수준 높은 문예미를 보여주는 국문문학이 없다는 것이다. 이러한 논리는 게일뿐만 아니라, 1890년경 대표적인 외국인의 한국문학론으로 볼 수 있는, 애스턴, 모리스 쿠랑, 오카쿠라 요 시사부로의 논저에서도 발견할 수 있는 것이다.

이와 관련하여 헐버트의 한국소설론은 비단 한국문학에 관한 논의로 제한할 수 없는 성격이라고 볼 수 있다. 여기서 헐버트가 한국문학의 존재를 이야기하는 행위는 한국민족이 중국/일본에 종속되지 않은 독자적인 문화를 지닌 존재임을 증명하는 것이기 도 했다. 이에 헐버트는 근대적인 문학개념에 의거해 한국문학 을 논하는 담론에 대한 반론이자 새로운 한국고소설에 대한 연 구방법론을 제시했다. 그것은 한국의 소설을 읽을 문학적 개념 층위의 조절이라고 볼 수 있다. 그는 직업적인 소설 작가 혹은 근대적 문예 개념의 소설적 측면에서 접근할 대상이 아니란 점 을 분명히 하였다. 그리고 이에 맞춰 한국의 소설작가와 소설작 품의 존재를 논증하였다. 헐버트의 논문 속에서는 비록 문헌학 적인 오류의 모습이 발견되지만, 그의 논문은 한국의 고소설이 대중적으로 널리 유통되는 양상과 묵독이 아닌 낭독 중심의 소 설 향유의 현장을 증언했으며 이를 긍정한 변별점이 보인다.

■ 참고문헌 ────────
김승우, 『19세기 서구인들이 인식한 한국의 시와 노래』, 소명출판, 2014.
이민희, 「20세기 초 외국인 기록물을 통해 본 고소설 이해 및 향유의 실제」, 『인문논총』 68, 2012.

이상현, 윤설희, 『주변부 고전의 번역과 횡단 1, 외국인의 한국시가 담론 연구』, 역락, 2007.

정출헌, 「근대전환기 '소설'의 발견과 『조선소설사』의 탄생」, 『한국문학연구』 52, 2016.

C. N. Weems, "Editor's Profile of Hulbert," *Hulbert's History of the Korea* 1, London: Routledge & Kegan Paul, 1962.

A few weeks ago there appeared in a prominent Shang-hai paper an article on Korean Literature, the first sentence of which reads as follows; "Korea is a land without novels;" and further on we read that during the last thousand years there has been no regular novelist in Korea. It is not our purpose to question the literal accuracy of these statements, but they are likely to cause a grave misapprehension which would be unfair to the Korean people. These statements if unmodified will inevitably leave the impression that the art of fiction is unknown in Korea--an impression that would be the farthest possible from the truth.

몇 주 전 상하이의 유명한 신문에 한국 문학에 대한 기사가 실렸다. 기사의 첫 문장은 "한국은 소설이 없는 나라"로 시작한다. 이어 그 기사는 지난 수천 년 동안 한국에는 정식 소설가가 한 명도 없었다고 말한다. 이 진술의 정확성을 따지는 것이 우리의 목적이 아니다. 그러나 이 진술은 한국인에게 불공평한 심각한 오해를 불러일으킬 수 있다. 만약 이 진술을 정정하지 않는다면 한국인들은 허구

예술을 몰랐다는 인상을 어쩔 수 없이 남기게 될 것이다. 이것은 진실과는 매우 먼 진술이다.

To say that Korea has never produced a regular novelist is quite true if we mean by a novelist a person who makes his life work the writing of novels and bases his literary reputation thereon. If, on the other hand, a man who, in the midst of graver literary work, turns aside to write a successful novel may be called a novelist then Korea has a great number of them. If the word novel is restricted to works of fiction developed in great detail and covering at least a certain minimum number of pages Korea cannot be said to possess many novels but if on the other hand a work of fiction covering as much ground as, say, Dickens' *Christmas Carol* may be called a novel then Korea has thousands of them.

만약 우리가 소설가의 의미를 평생 소설을 쓰고 쓴 작품을 토대로 문학적 명성을 쌓는 사람으로 본다면 한국은 정식 소설가를 배출하지 못했다고 말할 수 있다. 반면에 더 중대한 문학 작업을 하는 중에 잠시 그 일에서 벗어나 성공적인 소설을 쓴 사람을 소설가로 부를 수 있다면, 그러면 한국에는 다수의 소설가가 존재한다. 소설이라는 단어가 매우 세분화되어 발달해온 허구 작품으로서 최소한의 일정 분량을 가진 것으로만 한정한다면, 한국에는 소설이 많이 있다고 말할 수 없다. 그러나 디킨슨의 『크리스마스 캐롤』(*Christmas Carol*)을 소설로 부를 수 있다면 그 정도의 기준을 만족시키는 허구 작품은 한국에 수도 없이 많이 있다.

Let us cite a few of the more celebrated cases and discover if possible whether Korea is greatly lacking in the fictional art.

더 유명한 사례를 몇 가지 열거하고 한국에는 허구적 예술이 정말로 부족한 것인지 알아보자.

The literary history of Korea cannot be said to have opened until the days of Ch'oe Ch'i-wum(崔致遠) in the seventh century A. D., the brightest light of early Korean literature. He is one of the few Koreans whose literary worth has been recognized widely beyond the confines of the peninsula. But even then at the very dawn of letters we find that he wrote and published a complete novel under the name of "Kon-yun-san Keui"(崑崙山記). This is the fanciful record of the adventures of a Korean among the Knen-lun Mountains on the borders of Thibet. It forms a complete volume by itself and if translated into English would make a book the size of Defoe's Robinson Crusoe. The same man wrote a work in five volumes, entitled Kye-wan P'il-gyung(桂苑筆耕) which is a collection of stories, poems and miscellaneous writings. Many of the stories are of a length to merit at least the name of novelette.

한국의 문학사는 초기 한국 문학이 가장 빛나던 7세기 최치원(崔

413

致遠)에 이르러 비로소 시작되었다고 볼 수 있다. 최치원은 그 문학적 진가가 한반도의 경계를 넘어 널리 알려진 극소수 한국 문인 중의 한명이다. 그러나 문학의 바로 그 여명 시절에도 최치원은 「곤륜산기」(崑崙山記)라는 제목의 완전한 소설을 쓰고 출판했다[1]. 이것은 티베트 국경 지역의 곤륜산에서 경험한 한 한국인의 모험을 기록한 환상물이다. 그 자체로 완벽한 한 권이고 영어로 번역되면 디포우의 『로빈슨 크루소』(*Robinson Crusoe*) 책 정도의 분량이다. 최치원은 또한 5권짜리 책, 즉 이야기와 시와 수필의 모음집인 『계원필경』(桂苑筆耕)을 적었다.

At about the same time Kim Am(金巖) another of the Silla literati wrote a story of adventure in Japan which he called Ha-do Keui(蝦島記). This is a one-volume story and of a length to warrant its classification as a novel.

동시대 신라의 다른 문필가인 김암(金巖)[2]은 『하도기』(蝦島記)라는

---

1 "헐버트는 최치원이 곤륜산기라는 소설을 지었다고 했지만, 이는 사실이 아니다. 학계에 곤륜산기라는 작품이 소개된 바 없거니와, 원제는 'adventure among the Kuen-lun Mountains'로서 '곤륜산에서의 모험' 정도로 해석이 가능하다. 작품의 제목과 그 내용이 곤륜산을 배경으로 한 모험담이자 명산을 돌아다니는 동안의 일을 적은 환상적 작품이라는 점을 고려할 때, 이는 중국의 서유기에 해당한다. 즉, 헐버트가 최치원을 최초의 소설가로 든 이유는 그를 서유기의 작가로 오인했기 때문이다"(이민희, 「20세기 초 외국인 기록물을 통해 본 고소설 이해 및 향유의 실제」, 강원대 『인문논총』제 68집(2012), pp. 123-158)
2 김암(金巖): 신라 중대의 무관·방술가(方術家). 김암은 779년(혜공왕 15)에는 왕명에 따라 일본에 사신으로 갔는데, 일본의 광인왕(光仁王)이 그의 도술이 높음을 알고 억지로 더 머무르게 하였다. 그때 당나라 사신 고학림(高鶴林)도 일본에 건너와 김암과 만나게 되었는데 전부터 아는 사이라 서로 반기니, 이를 본 왜인

일본 모험담을 썼다. 이것은 한 권짜리 이야기로 그 길이는 소설로
분류해도 모자람이 없다.

Coming down to the days of KoryU we find that the well known
writer Hong Kwan(洪灌) wrote the Keai-ja jun(箕子傳) a collection of
stories dealing with the times of Keui-ja. This of course was pure
fiction though the fragmentary character of the stories would bar
them from the list of novels proper.

고려 시대로 내려오면 홍관(洪灌)³이라는 유명한 작가가 기자 시
대를 다룬 이야기 모음집인『기자전』(箕子傳)을 썼다. 기자전은 이야
기들의 단편적인 특성 때문에 고유 소설로 볼 수 없는 면이 있지만
순수한 허구인 것은 확실하다.

Kim Pu-sik(金富軾) the greatest, perhaps, of the Koryu writers, to
whom we owe the invaluable Sam-guk-sa(三國史) wrote also a
complete novel in one volume entitled Puk-chang-sung(北長城) or
"The story of the Long North Wall." This may properly be called an
historical novel, for Korea once boasted a counterpart to the Great

---

들이 김암이 중국에도 널리 알려진 인물임을 알고 감히 더 머무르게 하지 못하
자 돌아오게 되었다. [네이버, 한국민족문화대백과] 김암의『하도기』에 대한 정
보는 거의 없다.

3 홍관(洪灌): 고려 학사 홍관(洪灌)은 진봉사(進奉使)를 따라 송(宋)나라에 들어
가서(1102~06) 신라 김생을 알리고, 김생의 글씨를 본받아 쓰는 이는 적던 그
시대에 김생의 필법을 본받아 당대의 명필로 이름을 남겼다. 홍관의 기자전에
대해서는 확인이 필요하다.

Wall of China and it extended from the Yellow Sea to the Japan Sea across the whole of northern Korea.

우리에게 너무도 귀중한 삼국사(三國史)를 남긴, 고려의 가장 위대한 작가인 김부식(金富軾) 또한 한권으로 된 "북쪽의 긴 성벽 이야기"인 「북장성」(北長城)이라는 완전한 소설을 썼다. 이 소설을 역사 소설로 부르는 것은 정당한데 과거 한국에는 한국의 북쪽 전역을 가로지르며 황해에서 일본해로 이어지는, 중국의 만리장성에 상응하는 자랑스러운 성벽이 있었기 때문이다.

About the year 1440 a celebrated monk named Ka-san(枷山) wrote a novel called "The Adventures of Hong Kil-dong." Not long after that the monk Ha-jong(海宗) wrote another entitled "The Adventures of Im Kyong-op."

1440년경 가산(枷山)이라는 유명한 승려가 「홍길동의 모험」이라는 소설을 썼다.[4] 그 후 얼마 뒤 승려인 해종(海宗)은 「임경업의 모험」이라는 제목의 다른 소설을 썼다.[5]

Coming down to more modern times and selecting only a few out of many, we might mention the novel by Yi Mun-jong(李文宗)

4 「홍길동전」의 저자인 허균의 호는 교산이다. 저자는 이를 가산으로 표기하고 있고 또한 허균을 스님으로 잘못 알고 있다.
5 헐버트는 「임경업전」의 저자로 '해종'을 지목하지만, 해종이라는 화승(畵僧)은 실존 인물로 확인되나 그가 임경업전의 작가라는 근거는 미약하다.

written in about 1760 and bearing the Aristophanean title "The Frogs," or rather to be strictly correct "The Toad."

보다 근대로 내려와서 여러 편 중 단 몇 편만 고르라고 하면, 우리는 「개구리전」, 보다 정확하게 말하면 「두꺼비전」인 풍자 희극적인 제목을 가진 1760년경의 이문종(李文宗)의 소설을 언급할 수 있다.

Then again in about 1800 Kim Chun-tak(金春澤) wrote four novels entitled respectively Ch'ang-son Kam-eui Rok(昌善感義錄), Ku-on-mong(九雲夢), Keum-San Mong- hoi-rok(金山寺會夢錄) Sa-si Nam-jung Keui(史氏南征記). or by interpretation "'The Praise of Virtue and Righteousness," "Nine Men's Dreams," "A Dream at Keum-san Monastary," "The Sa clan in the Southern wars." Ten years later we have novel from the pen of Yi U-mun(李宇文) entitled "The Adventures of Yi Ha-ryong." In this enumeration we have but skimmed the surface. A list of Korean novels would fill many numbers of this magazine. That they are genuine romances may be seen by the names "The Golden Jewel," "The story of a Clever Woman," "The Adventures of Sir Rabbit" and the like.

1800년경 김춘택(金春澤)은 4권의 소설 즉 『창선감의록』(昌善感義錄), 『구운몽』(九雲夢), 『금산사몽유록』(金山寺會夢錄), 『사씨남정기』(史氏南征記)를 적었다. 각 소설을 영어로 풀면 "덕과 의의 찬가," "아홉 사람의 꿈," "금산사에서의 꿈," "남쪽 전쟁터에서의 사씨"이다.

417

10년 후 이우문(李宇文)의 「이해룡전」이라는 소설이 있다.[6] 이 열거
는 단지 한국 소설의 표면만을 건드린 것이다. 한국 소설의 목록을 다
적으려면 이 잡지의 많은 지면이 요구된다. 진정한 로망스 류에는 「금
방울전」, 「어떤 영리한 여성의 이야기」, 「토생전」 등이 있다.

While many of the Korean novels place the scene of the story in
Korea others go far afield, China being a favorite setting for Korean
tales. In this the Korean writers have but followed a custom common
enough in western lands, as the works of Bulwer Lytton, Kingsley,
Scott and a host of others bear witness.

한국 소설의 배경은 대부분 한국이지만, 어떤 것은 멀리 밖으로
나간다. 한국 설화는 배경으로 중국을 선호한다. 한국 작가가 중국
을 배경으로 삼는 것은 단지 관습에 따른 정도이다. 타국을 배경으
로 하는 것은 서구 나라에서도 흔히 있는 관습으로 불워 리튼(Bulwer
Lytton)[7], 킹슬리(Kingsley)[8], 스콧(Scott)[9]의 작품들과 기타 다수의 작

---

6 헐버트는 작가 미상으로 알려진 창선감의록과 금산사몽유록, 그리고 김만중이
　저자로 일반적으로 알려진 구운몽과 사씨남정기를 모두 김만중의 손자 '김춘
　택'이 지은 것이라 주장한다. 또한 일반적으로 작가미상으로 알려진 이해룡전
　의 저자를 이우문으로 구체적으로 밝히고 있다. 그러나 그의 이 주장들이 근거
　가 있는지는 확인이 필요하다.
7 불워 리튼(Bulwer Lytton): 영국 정치가 겸 소설가이다. 많은 통속 소설을 썼는데
　그 중에서도 장편 역사 소설 『폼페이 최후의 날』(The Last Days of Pompeil, 1834)
　이 가장 널리 알려진 작품이 다.
8 킹슬리(Kingsley): Charles Kingsley를 의미하는 듯하다. 킹슬리는 영국 소설가
　겸 종교가로 어린이를 위해 『물의 아이들』(The Water-Babies, 1863)을 발표해 근
　대 공상 이야기의 선구자가 되기도 했다. 그 밖에 대표 소설로 『앨턴 로크』(Alton
　Locke, 1849) 등이 있다

품들이 이를 증명한다.

Besides novels written in Chinese, Korea is filled with fiction written only in the native character. Nominally these tales are despised by the literary class, which forms a small fraction of the people, but in reality there are very few even of these literary people who are not thoroughly with the contents of these novels. They are on sale everywhere and in Seoul alone there are at least seven circulating libraries where novels both in Chinese and the native character may be found by the hundreds. Many of these novels are anonymous, their character being such that they would not bring credit upon the morals of the writer. And yet however debasing they may be they are a true mirror of the morals of Korea today.

한국에는 한문소설 외에 토착문자인 언문로만 적힌 언문소설이 많다. 명목상으로 이런 이야기들은 한국 민족의 작은 분파를 형성하는 문인층의 멸시를 받지만, 사실상 이들 문인들 대부분은 언문소설의 내용을 조금은 다 알고 있다. 언문소설은 나라 곳곳에서 판매되고, 서울에서만도 한문소설과 언문소설을 합하여 수백 권을 갖춘 순회도서관이 적어도 7곳이 된다. 대부분의 언문소설은 작가미상인데 특성상 저자의 도덕성에 명예를 가져다주지 않기 때문이다. 그러

9 스콧(Scott): Walter Scott을 의미하는 듯하다. 스콧은 19세기 초 영국의 역사소설가·시인·역사가이다. 그의 역사소설 『웨이벌리』(*Waverley*, 1819), 『가이 매너링』(*Guy Mannering*, 1815), 『십자군 이야기』(*Tales of the Crusaders*, 1825) 등은 유럽에서 애독되었다.

나 언문소설은 그 품격이 많이 떨어진다고 해도 오늘날 한국의 도덕
을 비추는 진정한 거울이다.

The customs which prevail in Korea, as everywhere else in Asia, make it out of the question for anyone to produce a "love story" in our sense of the term, but as the relations of the sexes here as everywhere are of absorbing interest we find some explanation of the salacious character of many Korean novels. And just as the names of Aspasia and other *hetairai* of Greece play such an important part in a certain class of Greek literature, just so, and for the same reason, the ki-sang or dancing-girl trips through the pages of Korean fiction.

한국의 지배적 관습은 아시아의 다른 곳과 마찬가지로 우리가 말
하는 그런 류의 '사랑 이야기'의 생산을 불가능하게 한다. 그러나 여
기서도 다른 곳과 마찬가지로 이성간의 관계가 사람들을 빠져들게 하
는 관심사이기 때문에 한국의 여러 소설에서 외설스러운 인물이 등
장하는 이유가 어느 정도 설명된다. 그리스의 아스파샤(Aspasia)[10]
와 그 외 다른 '헤타이라이'(hetairai)의 이름들이 그리스 문학의 어떤
계층에서 중요한 역할을 하듯이, 그와 꼭 같은 이유로 한국의 기생
즉 무희는 한국소설의 여러 장면에 등장한다.

---

10 아스파샤(Aspasia): 고대 그리스 아테네의 고급 창녀이다. 아테네의 유명한 정
치가인 페리클레스의 정부로 일반적인 창녀와 달리 높은 교양수준을 지니고 상
류층을 상대로 한 연회에 서시를 읊고 담론을 즐기던 '헤타이라이' 즉 고급 창녀
였다. 소크라테스는 그녀를 변증법과 수사학에 있어서는 최고의 스승이라고 칭
할 정도로 매우 뛰어난 여성이었다.

So much, in brief, as to written Korean fiction; but we have by no means exhausted the subject of fiction in Korea. There remains here in full force that ancient custom, which antedates the making of books, of handing down stories by word of mouths. If a gentleman of means wants to "read" a novel he does not send out to the bookstall and buy one but he sends for a kwang-da or professional story-teller who comes with his attendant and drum and recites a story, often consuming a whole day and sometimes two days in the recital. Is this not fiction? Is there any radical difference between this and the novel? In truth, it far excels our novel as an artistic production for the trained action and intonation of the reciter adds an histrionic element that is entirely lacking when one merely reads a novel. This form of recital takes the place of the drama in Korea; for, strange as it may seem, while both Japan and China have cultivated the histrionic art for ages, Koreans have never attempted it.

간략하게나마 한국소설 문헌을 다수 다루었지만 한국의 소설이라는 이 주제를 철저하게 다루지는 못했다. 한국에는 시간적으로 책 제작을 앞서는, 이야기가 입에서 입으로 전해지는 오래된 구전 관습이 강력하게 작동한다. 재력이 있는 양반은 소설 '읽기'를 원하면 책방에 가서 책을 사오게 하는 것이 아니라 광대 즉 전문 이야기꾼을 불러오게 한다. 전문 이야기꾼은 수행원을 대동하고 북을 가지고 와서 이야기를 낭송하는데 하루 종일 걸리기도 하고 때로 이틀이 걸리기도 한다. 이것은 허구가 아닌가? 이것과 소설 사이에는 근본적인 어떤 차이가 있는가? 사실 이것은 예술적 생산품으로서 우리의 소설보다 훨씬 뛰어나다. 왜냐하면 낭송자의 훈련된 행동과 음조가 소설을 읽기만 해서는 전혀 느낄 수 없는 연극적인 요소를 소설에 가미하기 때문이다. 한국에는 드라마를 대신할 이런 형태의 낭송이 있었던 것이다. 이상하게 보이지만, 일본과 중국 모두 수세기 동안 연극예술을 발전시켜 왔지만, 한국인들은 결코 그런 예술을 시도하지 않았다.

Fiction in Korea has always taken a lower place than other literary productions, poetry and history being considered the two great branches of literature. This is true of all countries whose literatures have been largely influenced by China. The use of the Chinese character has always made it impossible to write as people speak. The vernacular and the written speech have always been widely different and it is impossible to write a conversation as it is spoken. This in itself is a serious obstacle to the proper development of fiction as an art for when the possibility of accurately transcribing a conversation is taken away the life and vigor of a story is largely lost. Dialect stories and character sketches are practically barred. And besides, this subserviency of Chinese literary ideals to the historical and poetic forms has made these people cast their fiction also in these forms and so we often find that a genuine romance is hidden under such a title as "The Biography of Cho Sang-geun" or some other equally name[11]. It is this limitation of the power of written language to transcribe accurately human speech which has resulted in the survival of the professional story-teller and it is the same thing that has made Korean written fiction inferior and secondary to history and poetry. In this as in so many other things Korea shows the evil effects of her subserviency to Chinese ideals.

한국에서 시와 역사는 문학의 큰 두 줄기로 여겨지는 반면에 소설은 항상 다른 문학 장르보다 하위에 있었다. 이것은 중국의 영향을 크게 받은 모든 나라의 문학에 적용된다. 한자를 사용할 경우 사람들이 말하는 대로 적는 것이 불가능하다. 지방어와 문자화된 말은 언제나 매우 다르기 때문에 들리는 대로 대화를 적는 것은 불가능하다. 이것은 본질적으로 소설이 제대로 된 예술로 성장하는데 큰 장애물이 된다. 대화를 정확하게 표기할 가능성이 없어지면 이야기의 생명력과 활기도 대부분 사라지기 때문이다. 방언으로 된 이야기와 인물 스케치는 사실상 문자로 표기된 허구에 포함되지 못한다. 이에 더 하여, 역사와 시 형식을 이상으로 생각하는 중국 문학관에 맹종함으로써 한국인들은 소설 또한 역사와 시의 형식을 띠도록 만들었다. 때로 순수 로맨스가 "조상근전"과 같은 제목이나 이런 류의 다른 이름하에 숨어 있다. 전문 이야기꾼이 살아남을 수 있었던 것은 바로 문어가 인간의 말을 정확하게 표기하는 데 한계가 있기 때문이다. 한국에서 출판된 소설이 역사와 시보다 열등한 부차적인 장르가 된 이유도 동일하다. 한국의 다른 여러 현상들과 마찬가지로 이것 또한 중국적 이상에 맹종했을 때 나타나는 나쁜 결과이다.

---

11 tame(원문): name

But the question may be asked, To what extent is fiction read in Korea as compared with other literary productions? There is a certain small fraction of the Korean people who probably confine their reading largely to history and poetry but even among the so-called educated classes the large majority have such a rudimentary knowledge of the Chinese character that they cannot read with any degree of fluency. There is no doubt that these confine their reading to the mixed script of the daily newspaper or read the novels written in the native character. But the great mass of the people, middle and lower classes, among whom a knowledge of the native character is extremely common, read the daily papers which are written in the native character when they can afford to buy them or else read the common story-books in the same character.

그러나 다음의 질문을 던질 수 있다. 한국에서 소설은 다른 문학 장르에 비해 어느 정도 읽히는가? 한국인 중 소수의 사람들은 역사 와 시만을 읽는다. 그러나 심지어 소위 말하는 지식인들 중에서도 대다수의 한자 지식은 아주 초보적인 수준이라 한자를 막힘없이 읽 지 못한다. 그래서 그들은 언문과 한문이 혼용된 일간지만을 읽거나 아니면 언문소설을 읽는 것이 분명하다. 그러나 대다수의 한국인을 구성하는 중·하류층은 대부분 언문을 잘 알고 있기 때문에 여력이 되면 언문으로 된 일간 신문을 사서 읽거나 아니면 언문으로 된 일반 이야기책을 읽는다.

It is commonly said that women are the greatest readers of these native books. This is said because the men affect to despise the native character, but the truth is that a vast majority even of the supposedly literate can read nothing else with any degree of fluency, and so they and the middle classes are all constant readers of the stories in the native character. By far the greater part of what is read today in Korea is fiction in one form or another.

흔히 언문소설의 가장 큰 독자는 여성들이라고 알려져 있다. 그것은 남성들이 언문을 멸시하는 척하기 때문이다. 실상은 소위 말하는 한국의 식자층 중 상당수는 언문소설 외의 다른 것을 유창하게 읽을 수 있는 수준이 아니기 때문에 그들과 중류층은 모두 언문 소설의 꾸준한 독자이다. 오늘날 한국에서 읽히는 독서물의 상당수는 이런 저런 형태의 소설이다.

It is a hopeful sign that there is nothing about this native writing which prevents its being used as idiomatically and to as good effect as English is used in fiction today and it is to be hoped that the time will soon come when someone will do for Korea what Defoe and other pioneers did for English fiction namely, write a standard work of fiction in Korean.

언문소설에서 한국 토속어의 관용적 사용을 막는 장애가 전혀 없다는 점은 희망적이며, 오늘날 영어가 소설의 언어로 사용된 것만큼이나 좋은 효과를 발휘할 것이다. 또한 디포(Defoe)와 같은 선구자들이 영어로 작품을 써서 영국소설에 기여한 것처럼 한국에서도 머지않아 한국어 소설의 표준작을 쓸 선구적 작가들이 나오기를 기대한다.

제3장

「우미인가」를 통해 한국 시가의
율격을 말하다

- 장로교선교사 밀러, 「한국의 시가」(1903)

F. S. Miller, "A Korean Poem," *The Korea Review* Ⅲ, 1903. 10.

밀러(F. S. Miller)

| 해제 |

프레더릭 S. 밀러(Frederick Scheiblin Miller(閔老雅), 1866~1937)
는 1892년 장로교 선교사로 한국에 입국 한 이후 지속적으로
한국에서 전도사업을 펼쳤다. 「한국의 시」(1903)는 밀러가 한국
인의 정서와 한국어의 율격에 맞는 찬송가 노랫말을 짓기 위해,
한국의 고전시가에 관심을 가졌던 점이 반영되어 있다. 즉, 「우
미인가」를 통해 한국시가의 율격을 발견하려고 한 점은 찬송가
를 위한 노랫말 작사를 위한 실용적인 목적이 있었다. 하지만
동시에 개신교 선교사의 영미정간행물 *The Korea Review*의 지
향점이 일정량 반영된 측면이 있다. *The Korea Review*는 1901~
1906년 한국의 정치적 격변 속에서 교회가 전국 각지로 확장되

427

며 발전하던 기간이며, 동시에 학교교육의 부흥기라고 평가할
만한 기간에 출판된 간행물이다.

　사실 한국이 영미권의 언론에 주목받게 된 가장 큰 계기는 일
본의 한국에 대한 1905년 보호국화와 1910년 식민화였다. 즉,
그 중심에는 일본이란 존재가 있었던 것이다. 밀러의 논문은 헐
버트의 한국문학론과 공통된 지향점이 있다. 한국의 고유성으
로 표상되는 민간전승과 국문시가와 고소설에 관한 헐버트의
논저들은 1905년 이후 일본의 한국에 대한 보호국화에 대하여
맹렬한 반대란 정치적 입장을 보여주었던 그의 정치적인 실천
과 맞물리는 것이었다. 밀러 역시 당시 한국문학에 관한 지배적
인 담론, 한국에는 한국민족의 독자성을 말해주는 문학이 없다
는 논리에 대항적인 성격을 지니기 있기 때문이다. 1890년경
외국인들의 한국시가론에서, 한국의 시가작품 속 전고, 중국식
공간의 설정, 한자어의 존재를 근거로, 한국의 고유성을 부정하
고 한국문화의 중국적 종속성을 지적하는 논의와는 차별되기
때문이다.

　따라서 비록 시가 작품 1편을 고찰했지만, 그의 논문이 지닌
연구사적 의의는 큰 것이었다. 밀러의 논의는 항우와 우미인이
라는 역사적 사건, 중국이라는 시공간적 배경에 주목하지 않는
다. 오히려 한국식 찬송가 편찬을 위해 「우미인가」의 율격을 주
목하고 있으며, 비록 우미인을 노래하나 그 정서의 기저에는 이
를 향유하는 한국 여성의 삶과 생활인식이 놓여 있음 전제로 하
고 있다. 무엇보다 한국의 가사 장르를 주목했으며, 歌唱과 분리
된 시가 율격론을 제시했다는 점은 당시 외국인의 한국학에서

찾아볼 수 없는 두드러지는 연구성과였다.

┃ 참고문헌 ────────
김승우, 『19세기 서구인들이 인식한 한국의 시와 노래』, 소명출판, 2014.

Korean poetry having fallen into disrepute and become mainly one of the allurements of her whose "house inclineth unto death," the better class Korean will not acknowledge his acquaintance with it. One might study with a teacher for several years and not discover that there is such a thing as a Korean poem. Yet when he delves into the somewhat difficult language of a book of songs he finds much that gratifies.

한국시가 나쁜 평판에 시달리고 "패가망신"의 주범이라는 오명을 얻게 되었으니 한국의 상류층은 한국시를 알고 있다는 사실을 전혀 인정하지 않을 것이다. 스승에게 몇 년 동안 교육을 받아도 '한국시'라는 것 자체를 전혀 접하지 못할 수도 있다. 그럼에도 그가 가사집(a book of songs)의 다소 어려운 언어들을 파고들게 되면, 만족감을 주는 시를 많이 발견하게 될 것이다.

Some idea of one style of Korean poetry may be gained by studying a few extracts from a poem on woman's devotion, the 우미인가 or "The Song of U, the Pretty One" (U being her surname and

Pretty One her personal name). The setting is Chinese. Perhaps it is a translation, but its similarity to poems that seem to be purely Korean would indicate otherwise. A faint attempt at translation and some romanization is made for the benefit of those readers who are not acquainted with Korean.

한국시의 한 양식에 대해 알고자 한다면 여인의 헌신을 노래한 시 「우미인가」(The Song of U)(U는 그녀의 성이고 이름은 미인(Pretty One) 이다)'의 몇 구절을 발췌해서 연구해 보면 된다.[1] 이 시의 배경은 중국이다. 아마도 번역시인 듯 하지만 순수 한국시와 유사점이 있기 때문에 번역시가 아닐 수도 있다.[2] '우미인가'를 영어로 번역하고 어

---

[1] 「우미인가」는 길이가 7자에 이르는 두루마리에 줄글체로 필사되어 전하는 가 사작품이며, 내용은 중국 초패왕 항우와 우미인의 애달픈 이별의 사연을 노래 한 詠史類의 작품이라고 볼 수 있다. 또한 작품의 모본(母本)으로 보일만치 『셔 한연의』와 깊은 관련을 지니며, 다양한 이본들이 있어 한국에서 널리 향유되던 가사작품임을 알 수 있다. 그 이본계열은 크게 '항우와 우미인과의 이별'이 가창 화되어 있는 '이별대목 「우미인가」' 유형과 '우미인의 탄생', '항우와의 결연', '사면초가로 인한 이별과 우미인의 죽음'이 가창화된 '결연이별대목 「우미인 가」' 유형으로 분류할 수 있다. 밀러가 참조한 저본은 후자의 유형이라고 판단 할 수 있다. 밀러가 인용한 작품과 완전히 일치하는 작품은 찾을 수 없지만, 가장 근접한 현전본은 임기중 편, 『역대가사문학전집』26, 아세아문화사, 1999에 수 록된 1271번 작품이다.

[2] 밀러를 비롯한 The Korea Review의 필진들이 보여주는 지향점은 중국과 구별되 는 한국(문화)의 고유성(혹은 독창성)을 제시하려고 했다는 공통점을 지니고 있다. 이러한 경향에 부응하여, 밀러의 글은 한국시가를 비롯한 한국문학에 관 한 외국인들의 재인식을 잘 보여주는 사례이다. 1890년경 외국인들의 한국시가 론에서, 한국의 시가작품 속 전고, 중국식 공간의 설정, 한자어의 존재를 근거로, 한국의 고유성을 부정하고 한국문화의 중국적 종속성을 지적하는 논의와는 차 별되기 때문이다. 이러한 관점과 논리와 달리, 밀러의 논의는 항우와 우미인이 라는 역사적 사건, 중국이라는 시공간적 배경에 주목하지 않는다. 오히려 한국 식 찬송가 편찬을 위해 「우미인가」의 율격을 주목하고 있으며, 비록 우미인을 노래하나 그 정서의 기저에는 이를 향유하는 한국 여성의 삶과 생활인식이 놓

떤 부분을 로마 표기화한 것은 한국어에 익숙하지 않는 독자들을 위한 것이다.

After a brief description of the place and time the heroine is introduced and described

장소와 시간에 대한 간단한 묘사에 이어 여주인공이 소개되고 묘사된다.

Miin ŭlgol koheulsigo,
Miin t'ădo pisang hada,
Tanch'ŭngeuro keuryŭ năndat,
Păgogeuro, gokka năndat.

From this romanization of the first four lines an idea may be gotten of the occasional play upon the sounds of the words and the repetition of the same syllable in corresponding parts of the couplets. This takes the place of rhyming, which would be impossible in

Korean.

첫 4행의 로마표기를 살펴보면 2행 연구의 대구를 이루는 부분에서 단어 소리를 유희하고 동일 음절을 반복하는 것을 알 수 있다. 이것은 한국어로는 표현하기 불가능한 영어의 운(rhyme)에 해당한다.[3]

It will be noticed that the stanza consists of couplets, each verse containing four trochaic feet. This is the usual form of Korean verse and the easiest to write. This is one of the greatest obstacles to the making of hymns in Korean, as our corresponding verse is all iambic,

한 연은 2행 연구들로 구성되고 각 행은 강약 4음보이다. 이것은 가장 쓰기 쉬운 한국 운문의 일반적인 형태이다. 그래서 모두 약강인 영어 운문을 한국어 찬송가로 옮길 때 가장 큰 어려움이 발생하는 이유는 이러한 율격의 차이 때문이다.[4]

"Mi-in's face, how sweet it is!
Mi-in's carriage how refined;

---

3 밀러는 한국어에 익숙하지 않은 독자들을 위해 작품원문을 로마자로 표기했다. 하지만 인용작품 전체에 대한 것은 아니다. 로마자 표기를 병기한 부분은 한국 시가 율격에 관한 기술을 위한 것이다. 밀러는 작품에 대하여 두 구 씩을 묶어서 2행 연구로 규정하고 있다. 그는 첫 구와 둘째 구 앞머리의 '미인', 셋째 구와 넷째 구 중간 '어로[으로]', 셋째, 넷째 구 마지막 '낸닷' 등을 통해 대구가 이루어진 점, 단어와 소리를 유희화하고 동일음절을 반복한 점 등을 감지한 셈이다.
4 밀러는 연행에서 분리된 텍스트 그 자체에서 시가작품의 율격을 발견한 셈이다. 그의 분석은 오늘날 '4음보'로 규정되는 시가율격론에 부응한 것이다.

Like a painting in red and blue

Like a carving from whitest jade.

The figure eight (八) of her butterfly brows,

A distant peak above the clouds.

Raven locks, pink cheeks, her pretty face

A half-moon lighting the autumn river.

"미인 얼굴, 참으로 곱구나.

미인 태도 참으로 精妙하여,

단청으로 그린 듯

백옥으로 깍은 듯하다.

八字 모양의 나비 눈썹

구름 위의 먼 봉우리구나.

검은 머리, 홍안의 예쁜 얼굴

秋江을 밝히는 반달이로다.

Her age, at the time the story begins, is referred to as,

이야기가 시작될 때, 우미인의 나이가 언급된다.[5]

이물한갑소녀서에

5 밀러가 참조한 저본이 '결연이별대목 「우미인가」' 유형이란 점을 알 수 있는 부분이다.

"In the flowery youth of twice eight years."

꽃다운 청춘 16세에

Again, speaking of her beauty:

다시 우미인의 아름다움을 말한다.

단순호치 고 흔 얼 골
오 색 쳐 단 그 려 낸 닷

"Red lips, white teeth, her pretty face
A picture painted in many colors."

단순호치 고운 얼굴
오색으로 그린 듯.

Then follows a description of the mighty chief and his warlike hosts.

그 다음 대왕과 군사들에 대한 묘사가 이어진다.

범 갓 흔 우 리 대 왕
함 정 에 드 단 말 가
잉 모 갓 흔 우 미 언 이
그 물 속 에 드 단 말 가

Pom katheun uri Tǎwang.

Hamjǔnge teudan malga

Angmo Katheun umiini

Keumul soge tendan malga.

Notice the arrangement in these verses. The following is a translation.

이 시의 배치에 주목하라. 번역은 다음과 같다.

"Like a tiger, our great chief,

Fallen in a pit, you say;

Like a parrot, U mi in,

Taken in a net, you say."

범 같은 우리 대왕

함정에 빠졌단 말인가.

앵모 같은 우미인

그물에 갇혔단 말인가.

This is how it happened. The enemy above the camp played "The Thoughts of Home," the national air of our hero and his forces, and they were scattered "like falling leaves in the Autumn wind." Or in the words of the poem,

사건은 이러하다. 위쪽 진지에 자리 잡은 적이 대왕 군대의 애창
곡인 "사향곡"을 연주하자 군사들은 "추풍낙엽처럼" 흩어졌다. 시
를 보자.

구즁산 긴 흔밤 일　　　젹막히 누엇스니
추풍은 소소호고　·　　야월은 침침흔데
계명산 츄야월에　　　옥통소 슬피 부니
ㅅ향곡 슬픈 소릭　　　팔 츤 데 조 홋 터 젼 다
초가 성 슬픈 소티　　　뎌왕 님에 드로시고
자 던 잠을 늘 나셔여　　　팔쳐 장금 손에 들고
육장 막에 셕여 나와　　　사 면을 둘 너 보 니
가 련 하 다 우 리 군ㅅ　　　출 풍 락 엽 되 단 말 가

Behind nine ridges, in the depths of night

In a lonely place they laid them down.

The Autumn winds were blowing cool

The midnight moon was shining dimly

On the Koe-myung Mountain, in the Autunm moon.

They mournfully blew on their flutes of jade;

Sad notes of the tune of "Thoughts of Home."

And the eight thousand followers are scattered abroad.

The mournful song of his native land

Fell on the ears of the chieftain great;

With a start he awakened from his sleep,

Took in his hand his eight-foot sword.

Leaping he left his tent of jade

And looked around on all four sides.

Sad to relate－the mighty hosts

Were fallen leaves in the Autumn wind.

　　구중산 깊은 밤

　　적막히 몸을 뉘니

　　가을바람 차고

　　한밤의 달빛 침침하다.

　　계명산 추야월에

　　애처로이 부는 저 옥피리

　　"사향곡" 슬픈 곡조에

　　팔천 군사들이 흩어지는구나.

　　애처로운 고향땅 노래

　　대왕님 들으시고

　　깜짝 놀라 잠에서 깨어나

　　8척 장검 손에 쥐고

　　옥장막 뛰어 나와

　　사면을 둘러보니

　　가련한 군사들이

　　추풍낙엽이 되었구나.

Then, as defeat is inevitable, comes the sorrow at partings

　　패배가 불가피 하자 이별의 슬픔이 다가온다.

437

Behold the sorrow of our King.

He looks to; heaven and cries aloud.

Amidst his sighs he thus exclaims;

Oh, Umiin ! Oh, Umiin !

Tonight at the lower walls of Hai

Does it mean that we must part?

대왕의 슬픔을 보라.

앙천하고 통곡한다.

탄식하여 외치니

우미인아, 우미인아!

오늘밤 해의 하성(下城)에서

이별해야 한다 말인가?

To which she replies:

그녀가 화답한다.

I want to go. I want to go.

With my king I want to go.

Oh, how sad ! Is it parting ?

Parting ! What does this word mean ?

In the lonely, silent tent,

That I must abide alone ?

Your raven steed, though only a horse

Will go along with you, but I -

This my body is a woman's,

Like a horse I cannot speed.

Save my life. Oh, save my life.

Oh, my chieftain, save my life.

가고 싶소 가고 싶소.

대왕 따라 가고 싶소.

슬프다 이것이 이별인가?

이별이라니 이 무슨 말인가?

적막한 장막에서,

혼자 거해야 한다 말인가?

오추[6]는 말이지만

대왕 따라 가건만

---

6 raven steed: 오추. 항우의 오추는 검푸른 털에 흰털이 조금 섞인 덩치가 큰 말로 하루 천리(400㎞)를 달렸다고 전해지고 있다. raven는 주로 갈가마귀로 해석되고 몸 전체가 검고 머리 부분에 흰털이 섞인 것이 있다.

여자인 이 내 몸은

말처럼 빠르지 않구나.

날 살려주오 날 살려주오.

나의 대왕이시여, 날 살려주오.

The King explains to her how he could escape through the ranks of the enemy if he were alone, but with this frail one, what could he do? She hears his word and as she sits with the candle before her-

대왕은 혼자라면 적군을 뚫고 도망갈 수 있겠지만 이 허약한 그녀를 데리고는 그럴 수 없다고 설명한다. 왕의 말을 들은 우미인은 촛불 앞에 앉는다.

Like white jade was her face,
Crystal-like the tears that fell.

백옥 같은 얼굴에

수정 같은 눈물 떨어졌다.

She offers him the consolation of the cup and he replies :

우미인이 왕에게 위로주를 건네자 왕은 화답한다.

Oh, Umiin, sing a song

For the last time let me hear thee.

Oh, Umiin, pour me a cup,

For the last time let me taste it.

Oh Umiin, give me thy hand

For the last time let me press it.

> 우미인아 노래하소.[7]
> 마지막으로 들어 보자.
> 우미인아 술 부으소.
> 마지막으로 먹어 보자.
> 우미인아 손을 주소.
> 마지막으로 잡아 보자.

As he is about to depart —

> 왕이 떠나려고 하자

---

7 밀러가 제시한 원문은 '우미인아리 ᄒᆞ소'로 되어 있는 데, 이는 '우미인아노리 ᄒᆞ 소'에서 노가 빠진 듯하다.

그리마소그리마소
두장부를섭길소냐
가막가치화히되여
대왕ᄯᅡ가고지고
셰든니는구름되야
대왕ᄯᅡ라가고지고
팔쳑상검갈이되야
대왕ᄯᅡ라가고지고
쥬류런하빗최여서

이내몸이ᄯᅩᆺ죽어도
쳔ᄒᆞ니니이내몸이
반공즁에소사울나
쳔ᄒᆞ나니이내몸이
만리풍에놉히울나
쳔ᄒᆞ노니이내몸이
칸집속에굽허드려
동히동산도이되여
대왕님계신ᄯᅩᆺ에

모모이빗최고져고져
간ᄯᅩᆺ마다ᄯᅡᆯᄯᅡᆺ나라

나래돗친학이되여
대왕겻헤안치고져

In a distant village a cock is crowing,

On the tent jade, the moon is shining.

The moon's light is sad and chill.

Mournful the tune of The "Thoughts of Home"

　　원촌의 수탉이 울고

　　옥장막 위로 달이 비춘다.

　　달빛은 처연하고

　　"사향곡" 소리는 애처롭다.

The King tries to console her and advises her to become the wife of his victorious enemy who will be King in his place, but

　　왕은 우미인을 위로하며, 승리한 적이 그 대신 왕이 될 것이니 그의 아내가 되라고 권하지만

Even though riches and rank be yours
Let your former love be not forgotten.

부와 명예를 얻는다 해도
옛 낭군을 잊지 마소.

And this is her reply:

이에 그녀는 화답한다.

Say it not. Oh, say it not.
Even though this body die,
Could I ever serve two Chieftains ?
How I wish that this my body,
Changed into a crow or magpie,
In mid-air might fly away
And follow thee; Oh, this my longing.
How I wish that this my body
Might become a floating cloud,
On far-flying winds to drift away
And follow thee: Oh, this my longing.
How I wish that this my body
Might become an eight-foot sword
To crouch and hide within thy scabbard

And follow thee; Oh, this my longing.

To be the moon on Eastern sea or mountain

To roam the whole world o'er and o'er,

In whatever place my chief may be.

To shine in every crack and cranny,

To become a winged crane

To fly wherever thou dost go

And sit beside thee: this my longing."

그리 마소 그리 마소.

이 내 몸이 죽어도

두 장부를 섬기겠소.

원하건대 이내 몸이

까막까치 되어

반공중에 멀리 날아

대왕 따라 가고 싶소.

원하건대 이내 몸이

떠다니는 구름 되어

멀리 가는 바람에 실려

대왕 따라 가고 싶소.

원하건대 이내 몸이

8척 장검이 되어

칼집 속에 웅크려 숨어

대왕 따라 가고 싶소.

동해 동산 달이 되어

온 세상 떠다니며

대왕이 어디에 있든

세세히 비추겠소.

날개 달린 학이 되어

그대 간 곳마다 날아가

그 곁에 앉고 싶소.

So she pleads on through seventy verses, some of it very pretty and pathetic. The king commends her fidelity:

우미인은 70행에 걸쳐 애원한다. 어떤 부분은 매우 아름답고 애처롭다. 왕은 그녀의 충절을 칭송한다.

정렬이다우미인아　　잘잇거라우미인아
부대부대잘잇거라　　맛날세잇스리라

"Oh, Umiin, chaste and virtuous,

Oh, Umiin, fare thee well.

I pray, I pray, abide in peace

Surely we shall meet again."

정숙하고 고결한 우미인아

잘 있거라 우미인아

445

부디부디 평안하거라

필히 다시 만날 것이다.

Then comes the tragical climax −

그런 후 비극의 절정이 온다.

Behold the actions of Umiin.

With slender fingers, white as jade

She tightly grasps his eight-foot sword.

Into her delicate beautiful throat

Fearlessly she thrusts the blade

And falls before the mighty chief.

Men of wood and stone, who weep not !

Sun and moon both hide their light.

The mighty chieftain midst his weeping,

With strength enough to pluck a mountain,

In the space of a breath, gives her burial.

And bounding high on bis raven steed

With the speed of a flash of lightning

Breaks through the ranks and southward flies.

우미인의 거동 보소.

옥같이 흰 가느린 손으로

8척 장검 움켜쥐고

섬약한 아름다운 목에

두려움 없이 칼을 찔러

대왕 앞에 쓰러진다.

목석인들 아니 울랴!

일월은 그 빛을 감추었다.

대왕은 눈물을 흘리며

역발산의 힘을 내어

순식간에 장례를 치르고

오추를 높이 타고

전광석화의 속도로

적군을 뚫고 남으로 달아난다.

If you should ask a Korean why the mighty chief makes no attempt to save her life he would reply with a dazed look "What! And spoil such a beautiful illustration of feminine devotion?" But this need not prevent our enjoying the beauty of the song. Notice the music in such passages as the following:

만약 당신이 한국인에게 왜 대왕은 그녀의 목숨을 구하려고 하지 않느냐고 묻는다면 그는 멍한 표정을 지으며 대답할 것이다. "뭐라구요! 여인의 충절을 보여주는 이토록 아름다운 이야기를 망치게 요?" 이런 생각이 든다 해도 이 노래의 아름다움을 충분히 즐길 수 있다. 다음 문구의 음악에 주목하자.

츄 풍 은 쇼 쇼 ᄒ 고
야 월 은 침 침 ᄒ 뎨

Ch'up'ungeun so-so hago
Ya wuleun ch'im-ch'im handa

While the autumn wind was sighing, sighing,
And the midnight moon shone dimly, dimly.

추풍은 탄식하고 탄식하고
야월은 침침하고 침침하다.

Through it all we find a wonderful freedom of motion, a casting off of the bonds of syntax which our hymn-writers might do well to imitate.

우리는 「우미인가」를 통해 통사구문의 제약을 벗어던지는 경이롭고 자유로운 움직임을 보게 된다.[8] 우리 찬송가 작가들은 이것을 본받으면 좋을 듯하다.

8 그가 「우미인가」 통사구문의 제약을 벗어난다는 의미화가 지닌 의미를 주목할 필요가 있다. 이는 이 작품을 통해 산문과는 다른 시가 장르의 특성을 그가 감지한 셈이기 때문이다. 즉, 율격으로 인하여 논리적인 나열이 아니라 압축적인 특성, 의미 혹은 문법의 비통사적인 일탈을 통해 정감을 제시하는 한국시가장르의 특성을 발견한 셈이기 때문이다.

제4장

고소설 번역을 통해,
한국인의 마음을 말하다

- 게일 고소설 영역본 서발문(1917~1918)

| 해제 |

　게일(James Scarth Gale, 1863~1937)은 40년 동안 한국에서 머물렀던 '개신교 선교사'이자, 경신학교와 정신여학교를 통해 많은 제자를 길러낸 '교육자'였으며, 많은 저술을 남긴 '한국학자'였다. 그가 다수의 한국고전 읽고 연구했던 까닭은 한국인의 외면으로는 발견할 수 없는 마음을 알고 싶었기 때문이다. 그가 본격적으로 한국문학을 번역하고 한국문학론을 개진했던 잡지가 바로 *The Korea Magazine*이었다. 게일은 이 잡지에『옥중화』를 저본으로 <춘향전 영역본>을 1917년 9월부터 8월까지 연재했다. 그의 <춘향전 영역본>의 번역사적 의의를 말한다면, 무엇보다 영미 및 서구권에 있어서 <춘향전>의 최초의 완역본이자 직역본이란 점을 말할 수 있다. 이는 이 시기 이러한 새로운 <춘향전 영역본>이 요청되었음을 보여주는 것이며, 게일 <춘향전 영역본>에 있는 *The Korea Magazine* 편집자의 논평이 잘 말해준다. 또한 게일은 이렇듯 <춘향전>에 대한 충실한 직역을 통해 한국(동양)의 이상 즉 여성의 정절을 서구인에게 전하고자 했다. 더불어 게일은 *The Korea Magazine*이 발간되던

시기인 1917~1919년 사이 다수의 한국 국문고소설을 번역했다. 토마스피셔희귀본 장서실에 남겨진 그의 유물은 이 점을 잘 말해준다. 특히 그가 번역하여 출판하고자 했던 <심청전 영역본>의 서문은 이렇듯 한국의 고소설을 번역출판하여 한국인의 내면을 알리고자 했던 그의 지향점이 잘 반영되어 있다.

▌참고문헌

유영식, 『착혼 목쟈 : 게일의 삶과 선교』 1~2, 도서출판 진흥, 2013.

이상현, 『묻혀진 한국문학사의 사각-외국인의 언어·문헌학과 조선후기-식민지 언어문화의 생태』, 박문사, 2017.

이상현, 『한국고전번역가의 초상, 게일의 고전학 담론과 고소설 번역의 지평』, 소명출판, 2013.

이상현, 이진숙, 「『獄中花』의 한국적 고유성과 게일의 번역실천」, 『비교문화연구』 38, 2015.

이상현, 이진숙, 「게일의 『옥중화』 번역의 원리와 그 지향점」, 『비교문학』 65, 2015.

정혜경, 「The Korean Magazine의 출판 상황과 문학적 관심」, 『우리어문연구』 50집, 2014.

최윤희, 「『The Korea Magazine』의 「한국에서 이름난 여성들」 연재물에 관한 연구」, 『비교문화연구』 37, 2014.

R. Rutt and Kim Chong-un, *Virtuous Women : Three Masterpieces of Traditional Korean Fiction*, Korean National Commission for UNESCO, 1974.

R. Rutt, *James Scarth Gale and his History of Korean People*, Seoul: the Royal Asiatic Society, 1972.

R. King, "James Scarth Gale, Korean Literature in Hanmun, and Korean Books," 서울대 규장각한국학연구원 편, 『해외 한국본 고문헌 자료의 탐색과 검토』, 삼경문화사, 2012.

[1] 게일 〈춘향전 영역본〉 서문

J. S. Gale, "Preface," *The Korea Magazine* 1917.9.

게일(J. S. Gale)

The story of Choonyang, one of the most famous in Korea, dates from the reign of Injo, who was king from 1623 to 1649. The heroine was true to her principles in the midst of difficulties and dangers such as the West knows nothing of. Many, like her, rather than yield the right, have died pitifully, unrecorded and forgotten. In the Yo-ji Seung-nam, the Official Geographical Records of Korea, we find, however, that in county after county, shrines with red gates have been erected to her honorable memory—to the woman who fought this battle and won. May this ideal of the Orient, dearer to so many than life itself, help us to a higher appreciation of the East with its throbbing masses or humanity.

A year and more ago on the occasion of a concert given in behalf of Belgium at the Chosen Hotel, three Korean singers won the special commendation, of all those assembled, and were given the heartiest applause. Their song was the story of Choonyang.

춘향의 이야기는 한국에서 가장 유명한 이야기로 인조(1623-1649)가 통치하던 시대를 배경으로 한다. 여주인공은 서구인들은 전혀 이해할 수 없는 어려움과 위험에 처했어도 자신의 원칙을 지켰다.

한국의 많은 여성들이 춘향과 마찬가지로 원칙을 지키면서 가련하게 죽어갔지만 그들의 행위는 기록으로 남지 않고 잊혀졌다. 그에 반해『여지승람(한국의 공식적인 지리학 기록물)』을 보면 이 전투에서 싸워 이긴 춘향을 기리는 열녀문이 마을마다 세워진 있는 것을 알 수 있다. 서구인들이 많은 동양인들이 목숨 그 자체보다 더 소중하게 여겼던 이 동양의 이상을 통해 가슴 뛰는 대중이 사는, 혹은 인간이 사는 동양을 더 잘 이해할 수 있기를 바란다.

일 년도 더 전에 조선 호텔에서 벨기에를 위한 콘서트가 열렸다. 참석자 중에서 특히 세 명의 한국인 가수가 아낌없는 박수와 찬사를 받았는데, 그들은 춘향가를 불렀다.

[2] 편집자 주석

"Note," *The Korea Magazine*, 1918. 1.

NOTE: The Editors have been asked if this is a literal translation of Choonyang and they answer. Yes! A story like Choonyang to be added to by a foreigner or subtracted from would entirely lose its charm. It is given to illustrate to the reader phases of Korean thought, and so a perfectly faithful translation is absolutely required.

주석: 편집자들은 이 번역이 <춘향전>을 직역한 것인지를 묻는 질문을 받았기에 이에 답변을 하고자 한다. 맞다! 춘향 같은 이야기는 외국인이 원전에서 더하거나 뺀다면 작품의 매력이 완전히 상실

된다. 이 번역은 독자들에게 한국 사상의 단면들을 보여주기 위한 것이 그 목적이므로 완벽하고 충실한 번역이 절대적으로 요구된다.[1]

[3] 〈심청전 영역본 서문〉(1913)

J. S. Gale, "The Story of Sim Chung," *James Scarth Gale Papers* Box.9.

게일(J. S. Gale)

Translated from the Korean original by James S. Gale in 1919 A. D. and in Seoul, Korea copied off in Bath, England in August 1933) 24th August 1933.

Translated out of an old time-worn Korean book, done not in the Chinese, such as scholars use, but in the native script that was invented in 1446 A.D.

Synopsis.

A man of Whangjoo goes blind early in life and later on loses his

---

1 편집자의 이 짧은 논평은 게일의 『춘향전』영역본이 지닌 새로운 '직역'이라는 지향점과 그 번역사적 맥락을 잘 드러내주는 말이기도 하다. 게일 『춘향전』번 역본은 『옥중화』라는 저본을 확정할 수 있는 완역본이었다. 또한 게일을 비롯 한 서구인 독자들에게 『옥중화』의 언어는 충실한 직역을 통해 轉寫해야 될 대상 이었다. 요컨대, 이 속에서 원본 『춘향전』의 형상은 하나의 단행본, 원본을 훼손 해서는 안 되는 문학작품으로 형상화된다. 이는 과거 구전설화 혹은 저급한 대 중적 독서물로 인식되었던 고소설의 형상과는 다른 것이었다.

faithful wife Kwak. He is left with one child, a little girl, for whom he begs help from door to door. She grows up and is a faithful daughter, serving her father day and night.

It transpires that he learns that if he gives 300 bags of rice to a monastery the Buddha will restore to him his sight. He rashly makes a promise to give this but later finds that no way of paying it is available. In his distress his daughter hearing that certain sailors are looking for a girl to offer as a sacrifice to the Dragon King in the sea that divides Nanking and Korea, offers herself for the 300 bags of rice necessary for her father's eyes.

She is so offered, but she is raised again to life in the bud of a lotus flower and becomes the queen of the Kingdom. The father too, has his sight miraculously restored and they are very happy. It is intended to show the blessing that follow in the wake of a faithful daughter.

J.S. Gale.

Seoul, May 6th, 1913.

제임즈 S. 게일이 1919년 한국 서울에서 한국어 원본에서 번역하고 1933년 8월 24일 영국 바스에서 옮겼다.

이것은 학자용 한문책을 번역한 것이 아니라 1446년 창안된 한국의 고유 표기로 적힌 오래된 낡은 한국어 책을 번역한 것이다.

개요.

황주 사람이 젊은 시절 눈이 멀고 이후 충실한 아내 곽씨도 떠나보낸다. 아이와 남겨진 그는 어린 딸을 위해 집집마다 다니며 구걸을 한다. 딸은 자라 효녀가 되어 주야로 아버지를 잘 모신다.

우연히 그는 쌀 삼백 석을 절에 공양하면 부처님께서 눈을 뜨게 해준다는 것을 알게 된다. 그는 성급하게 쌀 삼백 석을 바치겠다고 약속하지만 나중에 이를 마련할 방법이 전혀 없음을 알게 된다. 그가 절망에 빠지자 딸은 어떤 선원들이 남경과 한국 사이의 바다에 사는 용왕의 제물로 바칠 소녀를 찾고 있다는 소식을 듣고는 아버지의 눈을 뜨게 하기 위해 쌀 삼백 석에 자신을 바친다.

그녀는 제물로 바쳐지지만 연꽃송이에서 다시 살아나 그 나라의 왕비가 된다. 아버지 또한 기적적으로 시력을 되찾아 그들은 아주 행복하게 산다. 이 이야기의 목적은 딸이 효를 다하면 나중에 복을 받는다는 것을 보여주는 것이다.

J. S. 게일.

서울, 1913년 5월 6일.